KB043051

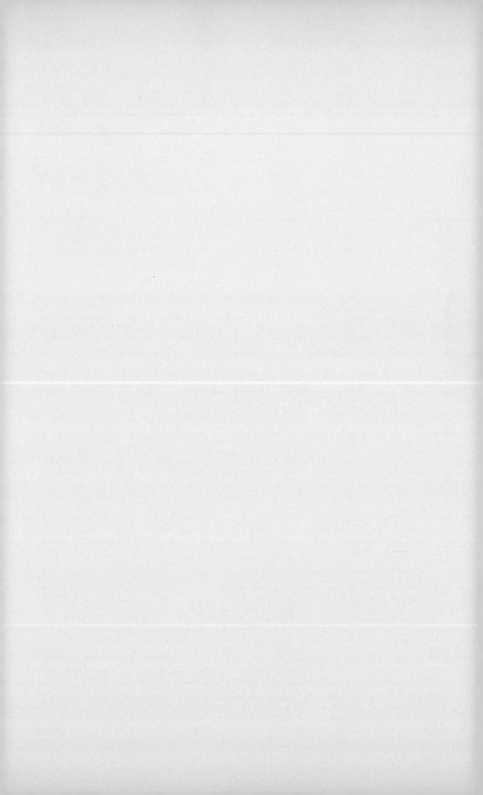

| A.TEMPO PREMIUM LABEL. op. 005

언니가
남자 주인공을
주워 왔다

이 책은 (주)에이템포 미디어가 저작권자와의 계약에 따라 발행한 것으로 저작권법의 보호를
받는 저작물입니다. 본서의 내용을 무단 전재 및 무단 복제하는 것을 금합니다. 작가와 협의하
여 인지는 생략합니다.

이 도서의 국립중앙도서관 출판시도서목록은 서지정보유통지원시스템 홈페이지(http://
seoji.nl.go.kr)와 국가자료공동목록시스템(www.nl.go.kr/kolisnet)에서 이용하실 수 있습니
다. (CIP제어번호: CIP2020012896)

언니가 남자 주인공을 주워왔다

문시현 장편소설

Ⅱ

MY SISTER PICKED UP
THE MALE LEAD

CONTENTS

언니가 남자 주인공을
주워 왔다

Romance Fantasy
crescendo

008   6.   늑대가 찾는 소리 Ⅱ

188   7.   진실은 언제나 얇은 껍데기 아래 있더라

286   8.   늑대의 매듭

MY SISTER PICKED UP THE MALE LEAD

늑대가 찾는 소리

VI

6

늑대가 찾는 소리 Ⅱ

"안녕하십니까. 저택의 총집사 헤트롯테 딜런입니다."

상황이 일단락된 뒤 다시 다가온 총집사가 허리를 숙였다. 우아한 몸짓이었지만 그보다는 그의 생김새에 눈이 갔다. 조금 전 거리가 있을 때에는 몰랐지만…… 헤렌과 생김새가 꽤 비슷했던 것이다.

"네. 안녕하세요. 인사가 늦었네요. 에이미라고 해요. 저 그런데, 헤렌 씨와는……."

"남매입니다. 그녀는 제 손위 누이입니다."

아, 역시. 닮았다 싶었더니 남매가 맞았던 모양이었다. 나는 얼떨떨한 얼굴로 남자를 관찰했다. 부집사님이 나이가 지긋하신 노신사였는데…… 총집사가 이렇게 젊어도 되는 걸까? 이 남자는 많아 봐야 서른도 안 됐을 나이로 보였다.

무엇보다 이들 남매의 신기한 점은 가택 사용인이라면서, 검사보다 더 검을 잘 다뤘다는 점이었다. 레이피어로 눈을 대번에 찌른 헤렌이나, 저 멀리서 정확하게 단검을 던져 미간 사이를 맞춘 이 남자

나. 조금 신기한 기분으로 쳐다봤다.

"성함은 이미 전해 들어 알고 있었습니다. 만나 뵙게 되어 영광입니다."

들었다라, 리녹에게 들은 걸까? 아니면 그레이?

어느 쪽이든 상관없지만.

"이런, 많이 닮았나요? 그런 소릴 많이 듣곤 한답니다."

번갈아 보는 시선을 느꼈는지 헤렌이 정중하면서도 넉살 좋게 덧붙였다.

"네에, 그러네요……."

"바빠서 이제야 저택에 도착했지 뭐예요. 늦게 인사하는 무례를 용서해 주세요."

"아. 아니에요."

총집사는 제법 차가워 보이는 안경을 쓰고 있었다. 머리칼을 말끔하게 넘겨 나이가 퍽 들어 보이는 스타일이었다. 눈꼬리가 처진 편이지만 하얀 피부 덕에 상쇄되는 느낌이었다.

"로테라고 불러주십시오."

그는 제 이름의 발음이 까다로워 전부 부르는 이가 없다고 설명했다. 아. 그러고 보니 이 사람. 아는 사람이구나. 막 기억났다.

헤트롯테 딜런. 통칭 '로테'.

처음엔 긴가민가해서 바로 알아보지 못했는데, 책 속 조연 중 한 사람이다. 리녹의 충성스러운 보좌관이자 수하 중 하나이면서 세레나와 리녹의 사이를 반대했던 인물이기도 했다.

「그분은 각하와 격이 맞지 않습니다!」

시어머니가 없는 이 소설에 시모 노릇을 한 사람이라고 할까. 그렇다고 미워할 수 있는 캐릭터는 아니었다.

「각하, 각하야말로 제 인생의 성서이며, 각하를 모신 것은 제 인생의 영광이었습니다.」

리녹이 대공의 자리에 오르며 대공 기사단 룩스와 함께 처음으로 얻게 된 부하. 그를 지나치게 존경해서 리녹 덕후로 보이기까지 했었다.

「죽을 때까지 목숨을 바쳐 당신을 따르겠습니다.」

리녹이 없을 때 대공저를 책임지는 사람이었던가. 꽤 유능한 행정관으로 나왔던 것 같다. 까칠한 성격이었지?

그레이보다 비중이 적어서 기억하는 데 오래 걸렸지만. 이렇게 생겼구나. 그레이 이후로 처음으로 만난 책 속 조연이다.

벌써 약 20년이나 살았으니 전생은 희미해질 만도 하지만……. 그럼에도 활자로 이미 접해서 간접적으로 아는 누군가가 앞에 있다는 건 신기한 기분이었다.

"그보다 오시자마자 저택의 진짜 모습을 보게 되셨네요. 보통은 드문 일인데. 인연인가 봐요."

헤렌이 자연스럽게 말을 엮었다. 나는 그런가요, 끄덕이다 말고 멈칫했다.

'뭐요? 인연이요?'

그러나 자연스럽게 넘어간 탓에 지적할 타이밍을 놓치고 말았다. 정말이지 물 흐르듯이 태연한 엮기였다.

"새벽에 바로 찾아봬야 했는데, 일이 많아져 뵙는 것이 늦었습니다."

"아니, 아니에요."

이 얼굴을 새벽에 봤으면 그날 종일 체했을 것 같은데. 바늘구멍

하나 보이지 않는, 빈틈없는 인상은 절로 말을 고르게 만드는 힘이
있었다. 꼭 깐깐한 조교 내지는 상사를 보는 느낌이랄까.

"몸은 괜찮나, 에이미?"

나는 그제야 리녹이 나를 안고 있다는 사실을 떠올렸다. 뭐야. 이
사람들 왜 이렇게 자연스럽게 받아들이고 있어? 대공이, 주인이 외
간여자를 꽉 끌어안고 있는데? 묘한 기시감이 점차 하나로 좁혀지
는 기분이었다.

그러나 당장 따질 힘이 없었다. 조금 전에 배앓이를 한 탓인지 배
가 살살 아팠고, 빠른 시간에 달리고 심력 소모를 한 탓에 말을 잇지
못할 정도로 지친 기분이었다. 리녹 또한 이를 눈치챈 것인지 손수
나를 안아 방까지 옮겨주었다. 푹 쉬라며.

"다시 보지, 에이미."

그러고 싶은 마음이 들진 않았지만 당장 휴식을 거절할 순 없었다.

"……푹 쉬어라. 불편한 것은 언제든 말을 해주겠나."

"네에."

……일단, 조금만 있다가 생각하자.

난 그대로 눈을 감았다.

△

반쯤 커튼이 내려진 집무실.

에이미를 방에 데려다 준 리녹은 이곳에 고요히 앉아 있었다.

"각하."

그를 부른 이는 대공저의 마법사 베이커였다. 그는 수염이 있지도

않은 턱을 쓰다듬으며 슬쩍 리녹의 눈치를 살폈다.

"아가씨께서 마법을 쓰셨습니다."

베이커는 조금 전 리녹이 의사를 부르러 갔을 때에 있었던 일을 말했다. 정확히는 에이미가 혼자 있었을 무렵의 일.

리녹은 답이 없었다. 괜히 베이커만 슬슬 눈치를 보았다. 현재 집 무실에는 리녹뿐만 아니라 리녹의 최측근이라 할 수 있는 이들이 베이커를 포함해 셋 정도 있었다.

"아가씨께서 쓰신 것이, 말씀하신 순간이동 마법인 것 같습니다."

베이커는 사실을 고하고는 리녹의 표정을 파악하기 바빴다.

'불똥은 피해야지.'

리녹이 심기가 불편하다 싶으면 잽싸게 튈 요량이었다.

"그런가."

그러나 고개를 돌린 리녹은 뜻밖에 아무것도 느껴지지 않는 무표정이었다.

"어랍쇼. 놀라지 않으시네요."

그러자 리녹이 살짝 고개를 틀어 시선을 들어 올렸다.

"······그럴 거라 생각했으니까."

리녹이 손을 가볍게 쥐었다 펼 때였다.

"납치범."

나지막한 목소리에 방 안의 모든 시선이 몰렸다. 누가 이런 간 큰 소리를 한단 말인가.

"······이라고 전해 들었습니다."

저택의 총집사인 로테였다. 사무 보좌이기도 한 그는 사무적인 표정으로 시선을 담담히 수용했다.

"제가 없는 잠깐 사이 저택이 어수선했다 들었습니다. 거기다 꽤 위험한 등급의 방범 벨도 울려 버렸고 말입니다."

로테는 담담히 조금 전 있던 일을 언급했다. 나머지 두 사람도 알고 있는 사실이었으나 베이커는 괜히 리녹의 얼굴을 한번 더 보았다. 언제 불똥이 튀려나.

그러거나 말거나 로테는 말을 이었다.

"물론 부집사도 잘해주었겠지만 부족한 점은 있었겠지요. 제 불찰입니다."

막 저택에 귀환한 로테는 저택을 한바탕 뒤집은 소식을 조금 늦게 전해 들었다. 저택에 새 손님이 왔는데, 온 방식이 '조금', 아니, '많이' 이상했다나. 로테는 겹겹이 쌓인 바위처럼 단단하고 건조한 주인의 얼굴을 보다가 슬쩍 한마디 흘렸다.

"납치범이란 말이 자자하던데 말입니다."

리녹의 표정은 잠잠했으나 고개가 돌아갔다. 베이커가 슬그머니 눈치를 보다가 한마디 얹었다.

"크흠흠. 납치범⋯⋯."

그러자 기사단 대표로 이 자리에 참석해 있던 그레이가 앞선 두 사람의 눈치를 보더니 해맑게 입술을 열었다.

"대장은 납치범입니다!"

"뭐라고 했나."

그레이가 움찔했다.

"아니, 왜, 왜. 저한테만!"

리녹의 사나운 눈길을 받은 그는 얼른 꼬리를 말았다.

"그레이의 감봉을 명할까요?"

눈치 빠른 로테가 나섰다.

"나쁘지 않군."

리녹의 허락이 떨어지자 그레이가 나라 잃은 표정을 지었다.

"저는 아무 말도 하지 않았습니다. 주인님!"

역시나 눈치 빠른 마법사 베이커가 한마디를 더 얹었다. 비굴하기 짝이 없는 주인님 호칭을 스스럼없이 붙이면서.

"듣자 하니 얘기를 들었는데 말이죠. 생각해 보니 저놈이 납치했지 않습니까? 주인님."

리녹의 서늘한 눈동자가 천천히 돌아갔다.

"그렇군."

"그렇죠. 저놈이 다 주범이라 이겁니다."

베이커의 손가락이 가리킨 곳은 그레이가 있는 곳이었다. 그 말에 그레이는 나라를 잃고 자기 사지를 잃은 표정을 지었다.

또 나요? 왜요? 왜! 저도 명받은 건데요? 나한테 왜 이래요?

그레이의 소리 없는 절규를 받아주는 이는 없었다.

"그레이의 감봉을 한 번 더 명할까요?"

"나쁘지 않다."

"네. 알겠습니다."

로테가 얼른 주인의 심기가 불편한 속을 읽고 고개를 조아렸다.

"잠시만요 감봉에 감봉이면 대체 뭘 얼마나 내려가는 겁니까!"

듣고 있던 베이커가 그레이의 말에 슬쩍 답을 던져 주었다.

"3개월은 무급이구만."

그레이의 억울한 비명에 베이커가 킬킬킬 소리 내어 웃었다.

"아니, 아니. 왜 저한테만……. 대장! 억울합니다!"

"시끄럽다."

그레이의 처진 눈이 삽시간에 그렁그렁해졌다.

"아니, 어째서어……."

그레이가 양손으로 머리를 부여잡았다. 끙끙대는 모습이 꼭 깨진 밥그릇을 잡고 낑낑대는 대형 강아지나 다름없었으나, 이 방에서 신경 쓰는 이는 아무도 없었다.

"그나저나 주인님."

대공저에서 리녹이 불리는 이름은 그레이의 대장, 로테의 각하, 베이커의 주인님까지 다양했다. 어찌 보면 체계가 분명하지 못하다고 여겨질 수 있으나 그럼에도 이런 소리가 나오지 않는 것은 어찌 부르던 이들이 충성을 바치기 때문이었다.

이는 마법사의 본성대로 변덕스럽고 제멋대로인 베이커 또한 마찬가지였다.

"말씀하신 대로 아가씨의 마법은 이 저택에서 실패합니다. 저택을 벗어나지 않는 한은 그렇겠지요."

현재 저택에서는 외부인이 가져온 마법 도구 혹은 마법을 쓸 수 없었다. 본래 저택이 이러했던 것은 아니었다. 정확하게는 이 정도로 '강력'하지는 않았다. 최근에 강화된 것이라 할까. 이건 베이커가 저택을 위해 깔아둔 결계의 구조를 먼저 이해해야 했다.

"이곳의 모든 마법은 제 통제하에 있습니다. 정확히는 저보다 약한 마법사는 마법을 쓸 수 없는 것이지만 말이지요."

오랫동안 대공저에는 수많은 낯선 손님이 찾아왔다. 대부분은 달갑지 않은 칼과 독을 품고 나타난 살객들이었는데, 이런 이들이 항상 리녹의 목숨을 노려왔다.

측근들이 고심 끝에 내린 결론이 마법 공격이라도 막아보자는 것
이었다. 그렇게 탄생한 것이 이 결계와 조금 전 에이미가 당한 마수
가 봉인된 봉인석, 즉 방범 벨이었다.

'마법을 쓰든 독을 쓰든 수단과 방법을 가리지 않으니, 그 비싼 봉
인석에다 이런 결계를 치는 것이고 말이지.'

그들의 주인은 제국 최강의 무인이었지만 주인이 가진 권력과 힘
으로도 암살자들의 접근을 떨어낼 수 없었다. 낯선 손님들의 주인이
저 높은 황실이라는 것은 그의 측근이라면 전부 아는 사실이었으니
말이다.

무엇보다 그들의 주인에게는 치명적인 약점이 있었으니까. 바로
15일 동안의 낮은 취약해진다는 약점이.

"저보다 약한 마법사라 했으니, 당연히 저보다 강한 마법사는 제
외가 됩니다. 아가씨 구슬에 걸린 마법은 제 마력보다는 약한 모양
이군요. 당연하겠지만."

베이커가 자연스럽게 제 자랑을 흘리며 어깨를 으쓱였다. 옆에서
로테가 아니꼬운 듯 눈썹을 휘었지만 그는 모른 체했다.

"저보다 강한 마법사라고 해봐야, 제 고리타분한 스승님이나 저
높은 황실 나리들과…… 세레나 님."

그는 여기에 없는 대마법사의 이름을 담았다. 그러고는 리녹을 향
해 눈을 옮겼다.

"그리고 주인님뿐이겠군요."

강력한 고대 주문에 걸린 리녹은 아이러니하게도 강력한 마법사
이기도 했다. 여기서 마법사란 보통의 마법을 쓰는 사람을 가리키는
것이 아닌 거대한 마력을 가지고 있음을 뜻했다.

리녹에게는 잠재력이 있었으나 그는 마법을 배우지 않았다. 이미 그는 뛰어난 검사였고, 검을 통해 마력을 다룰 수 있었으니까.

그러나 리녹의 몸속에는 여전히 어마어마한 마력이 잠재했고, 이 거대한 마력은 위험했다. 자칫 생명의 위협을 받을 수도 있었다. 리녹 안에 내재된 마력은 잠잠한 용암이자 목 앞에 드리워진 칼과 같다. 언제 움직여 그를 노릴지 몰랐다.

더구나 마력이 그를 노리지 않는다 하여도 황실을 비롯한 황태자 탄시즈가 늘 그의 목을 노리지 않던가. 오직 통제하지 못하는 이 고대 주문 때문에 말이다.

"거기까지."

"······예."

베이커는 리녹이 그 점을 좋아하지 않음을 떠올리고, 얼른 숨을 삼켰다.

"황실 쪽은?"

"현재 아무런 반응 없습니다. 듣자 하니 황태자가 자릴 비운 모양이라더군요."

리녹의 눈이 로테를 향했다.

"황태자가 경계의 산에서 뭔가를 열심히 찾고 있는 것 같답니다."

"알아보고 경계해."

"예. 각별히 주의하도록 하겠습니다."

사무적인 로테의 말에는 으적으적 쌓인 감정이 잔뜩 씹혀 나왔다.

"······또 어떤 새로운 독이나 마법을 가져와서 저희에게 퍼부을지 모르니 말입니다."

사실 리녹의 수하치고 황실에 적의를 가지지 않은 이가 없을 것이다.

"그나저나 제가 잠시 자리를 비운 사이에 이런 일이 있을 줄은 몰랐습니다."

로테의 안경알 속 시선이 데구루루 굴러갔다.

"거기다 이 사고를 친 게 그레이 경이란 말이지요."

그레이가 눈을 끔뻑였다. 아니, 나한테 또 왜 이래.

"아니, 아닙니다. 저는 명령을 받아……. 아니, 명령이…….."

그러나 로테는 듣고 있지 않았다.

"그보다 제 누님이 언제 한번 당신을 소환할지도 모르겠습니다."

"예? 혜, 헤렌 전 부단장님이요?"

그레이가 눈을 동그랗게 떴다. 일찍이 기사단을 은퇴하여 하녀장을 하고 있는 헤렌이 저를 부를 땐 대체로 안 좋은 일이었다. 그의 예감은 틀리지 않았다.

"기강이 해이해졌다고 한번 소집한다고 하시더군요."

"네, 네에? 네?"

그레이로서는 날벼락 같은 일이었다. 그뿐만 아니라 기사단 모두에게 그럴 터였다.

"그러게 벨이 울리는데 3분 안에 오지 말랍디까?"

"아니, 그건! 당연히 대장님이 건드린 줄 알고. 그 위치에 있는 걸 누가 건드립니까! 그건 그냥 신입 애들 훈련용 아닙니까!"

그레이로서도 억울했다. 저택에 있는 '방범 벨'이 모두 방범을 위한 것은 아니었다. 가끔은 신입 기사를 위한 훈련용을 비치해 두었는데, 이 경우에는 힘을 주어 잡아당겨야 발동하는 등 조건이 까다로워 침입자로 인해 발동하지 않는 종류였다. 거기다 훈련용답게 나타나는 마수도 꽤 까다로웠고.

그러나 로테는 그런 변명을 들어주지 않았다.

"어쨌거나 저택에 귀한 손님이 계시게 되었으니 성심을 다해 모시겠습니다."

"로, 로테!"

"왜 그러십니까?"

그레이가 쩔쩔맸다.

"그, 에이, 아니, 그분은 바깥에서 오래 살다 오신 분이니……."

어쨌거나 소환은 소환이고……. 이는 어쩔 수 없다 쳐도 그레이는 로테의 성심이 성심처럼 느껴지지 않았다. 저 집사의 성격을 알면 누구나 그럴 것이다.

"그, 그러니까. 그분께는 너무……."

"어찌할 생각은 하지 말라는 겁니까?"

로테가 딱 잘라 말했다.

"누가 보면 제가 잡아먹는 줄 알겠습니다. 저도 귀한 분이신 줄 잘 압니다."

제 뒷목을 벅벅 긁던 그레이가 복잡한 표정을 지었다.

그레이가 알기로 로테는 이 저택에서 가장 똑똑하고 유능한 수하였다. 거기에 이어 하나 더 특징을 꼽자면 대공인 리녹을 아주, 많이. 아니, 지나치게 존경한다는 점이었다. 나쁘게 말하자면, 지나치게 말이다!

"로테, 그러니까."

"예. 명받은 대로 아가씨께는 모든 일을 발설하지 않습니다. 내 역할은 결계에 관해 말하지 않고 극진히 모시는 것. 제 말이 틀렸습니까?"

"그건 아닌데……."

"아. 각하, 한 말씀 올려도 되겠습니까?"

조용히 침묵하고 있던 리녹의 눈이 살짝 돌아갔다.

"각하께서 오래전부터 약혼식을 계획하셨던 것에 대해서 말입니다."

로테는 일부러 느릿하게 말을 이었다.

"약혼자, 아니, 정확히는 약혼하고 싶으신 분이 있다 말씀하시고 준비하셨던 것 정도는 말씀드려도 되겠습니까?"

어째서인지 정중함 뒤로 감춰진 로테의 눈으로 이유 모를 짓궂음이 스쳐 갔다. 그것은 리녹이 고개를 돌리자 다시 감춰졌다. 그레이는 이를 보며 안절부절못했다.

'저 철의 주둥아리가 무슨 말을 하려고!'

기사단 중에 저 재정 및 행정담당 주둥이에 얻어맞지 않은 자가 없었다.

"그러도록."

리녹이 긍정을 보였다. 그레이가 눈을 동그랗게 떴다.

"아, 아니! 대장님, 저치의 입에 자물쇠를 풀어주시면 안 됩니다!"

"……제가 무슨 입마개를 한 투견입니까? 자물쇠라니 무슨 말씀입니까?"

"아니. 그게."

그레이가 황급히 항변을 꺼내는 사이 베이커가 슬그머니 끼어들었다.

"저 주인님? 이 회의는 여기서 끝입니까?"

리녹이 천천히 고개를 끄덕였다.

"어이쿠! 저는 간만에 마법진 보수나 해야겠군요! 정원에 물뿌리개 마법이 영 실하질 않아……."

줄곧 리녹의 눈치를 살펴보던 베이커가 얼른 발을 뺐냈다.

"베이커."

"옛? 크흠흠, 예."

"당분간 봉인석들의 단계를 낮춰놓도록."

베이커가 눈을 끔뻑였다. 이 말인즉 봉인석 안에 담긴 마수들을 단계가 낮은 것들로 갈아놓으란 이야기였다. 귀찮은 공정이었다. 더군다나 저택의 경계를 낮추는 행위였다.

그러나 그럼에도 이건……. 그 아가씨의 안전을 더 고려한다는 뜻일 터였다.

"크흠흠, 예. 그리하겠습니다."

그는 리녹의 수하 중에서도 눈치가 빠르며 피하는 데 도가 튼 인물이었다.

"그 김에 결계도 한번 보수하고……. 큼. 어쨌든 결계도 잘 지키고 있겠습니다. 그럼."

베이커는 그리 얘기하면서도 얼른 몸을 내빼는 데 집중했다. 이렇게 에이미란 아가씨를 생각하는 리녹의 표정이 영 행복해 보이질 않으니 말이다.

아니, 아무리 봐도 대공의 심기가 영 좋지 않으니 피하는 것이 상책이었다. 물론 저 심기가 불편한 것은 베이커가 보기엔 이유가 빤했다.

'그 아가씨가 눈길도 안 줘서겠지.'

그러나 세상엔 알면서도 입에 담지 말아야 하는 말도 있는 법이다. 물론 측근의 입장으로서는 살 떨리니 얼른 해결해 주었으면 하는 마음이었다.

△

며칠이 흘렀다.

이 말인즉, 내 멘붕 또한 며칠 동안 이어졌다는 얘기다. 비단 이건 저택 한가운데서 밤의 숲에나 등장할 듯한 마수를 봐서는 아니었다.

'왜 안 되는 거지?'

목걸이가 여전히 시동되지 않았다. 며칠 전 목걸이가 말을 듣지 않은 뒤 몇 번이고 다시 시도했다. 그러나 어째서인지 목걸이는 시도하는 족족 요지부동이었다.

"흐엉, 왜 안 되는 거냐고……."

도무지 알 수 없었다. 아주 어릴 적 언니와 처음 사용한 순간부터 목걸이가 듣지 않은 적은 단 한 번도 없었다. 그렇기에 이 상황이 매우 당황스러웠다.

"이건 마법 물품이야, 에이미. 고장 나도 자가 복구가 가능하거든."

"와, 신기하네."

언니는 분명 이 구슬이 반영구적인 거라고 했다. 특히나 우린 어렸을 적부터 몇 번이나 이걸 써 왔고. 숨 막히는 추격전 속에서도 문제없이 발동했다. 이제 와 갑자기 고장 나지는 않을 거였다.

다만 이건 반영구적으로 쓸 수 있는 대신 사용 횟수에 제한이 있었는데, 한 번 사용한 후에는 어느 정도 시간이 흐르고 나서야 재사용이 가능했다. 최소 4분 이상. ……근데 난 이걸 사용한 적이 없단 말이지.

'왜 갑자기 쓸 수 없게 된 거지?'

사실 리녹의 마차에서 도망갈 때 숲으로 내달렸던 이유가 이 구슬의 이런 특징 때문이었다. 거기다가 무척이나 반짝이고 찬란한 빛을 뿜어냈기에 사람이 많은 곳에서는 사용하기 곤란했다. 며칠 전 사람이 전혀 없는 한적한 복도를 찾았던 것도 이 때문이었다. 발동이 가까울수록 빛이 환해져서 숨기기 어려우니까 말이다.

이젠 혼자가 되는 게 문제가 아니었다. 발동 자체를 안 하니 골치가 아프다. 이런 일은 처음이었다.

"정말 이상하단 말이지."

무엇보다 의문인 점은 사용하려 해도…… 아무런 빛도 띠지 않는다는 거다.

'재사용 불가한 기간에도 사용하려 하면 자그만 빛은 튀었는데?'

정말 이상한 노릇이었다.

"노려본다고 해결될 일은 아닌 것 같지만."

한숨과 함께 목걸이를 도로 옷 안쪽으로 넣었다. 아무튼 나는 며칠간 근심과 걱정으로 아무것도 먹지 못하고 잠도 전혀 자지 못…… 하지는 않았고. 아주 잘 먹고 잘 잤다.

당연하다. 여기서 훌쩍훌쩍 눈물을 닦아낼 정도로 나약하지 않을뿐더러 희망이 없는 것도 아니다. 구슬만 제대로 작동한다면 여기서 나갈 수 있잖아? 지금은 어쩐 일인지 구슬이 돌아올 생각이 없지만 언제 다시 돌아올지 모르는 일이다. 그때를 위해서 체력을 아껴둔 몸과 충분한 수면을 치른 깨끗한 정신은 꼭 필요한 준비물이다.

암.

"이건 언니와 오랜 도피 생활에서 얻은 지혜였지."

내가 바로 도피 만렙이다, 이거야. 동의 없이 데려온 게 괘씸해서라도 나가고 말 거라 이거지. 허공을 바라보며 샐쭉 웃을 때였다. 익숙한 향기가 훅 콧속으로 파고들었다.

"……리녹?"

낯설다고 생각했으나 거짓말처럼 기억 속에서 떠오른 향기는 바로 리녹의 것이었다.

'……도둑이 제 발 저린 건가?'

리녹은 어디에도 없는데, 그의 향기가 느껴졌다니 이상할 노릇이었다. 나는 금방 사실을 알 수 있었다.

"*이곳은 각하께서 열일곱 살까지 쓰시던 응접실입니다.*"

이 방은 한때 리녹이 썼던 방이었다고 했다. 물론 그게 아니더라도 리녹이 어린 시절부터 머물던 저택이니, 불현듯 그의 기척이 느껴진 것도 이상한 일이 아니다. 왜, 오래된 물건은 주인의 흔적을 품는다고 하지 않던가.

내가 이곳에서 그의 향기를 느낀 것도 어찌 보면 당연한 일일지도 모른다. 그나저나 여긴 그의 방이었다기에 조금 기묘했다. 분명 꽤 오래 사용했다고 했는데 가구가 없다시피 했다.

방 여기저기를 구경하던 나는 한곳에 시선을 멈췄다. 눈앞에는 커다란 거울이 있었다. 언뜻 평범한 거울이었지만 볼수록 겉에 새겨진 무늬가 범상치 않았다.

'이것도 리녹이 쓰던 건가?'

그의 방에 있는 물건이니 그렇겠지만……. 난 묘한 느낌에 고개를 갸웃했다. 그의 방에는 뭔가 어울리지 않는단 느낌이 들었기 때문이었다. 한편으로는 고풍스러운 게 그와 딱 떨어지는 것 같기도 했다.

근데 보통 이런 거울이 이 위치에 있나? 옷장 근처에나 있지 않나.

이 방엔 옷장이 따로 없었다. 그도 그럴 것이 귀족들은 의상용 방을 따로 두니까. 그렇다고 치장용은 아닐 것 같고.

투박하다 못해 날것에 가깝게 다니던 리녹의 모습을 보며 고개를 갸웃했다.

'먼지가 앉은 것 같은데.'

나도 모르게 손을 뻗었다. 가만 보면 이 저택의 물건 대부분은 늑대가 그려져 있는데, 이것만 쏙 빠진 느낌이었다. 저 끝의 무늬는 날개 같기도 한데.

'박쥐 날개?'

그 순간이었다.

"……아!"

손가락에서 붉은 핏방울이 고이다 못해 툭 흘렀다. 모서리의 날카로운 부분에 베인 듯했다. 아프진 않지만 따가웠다.

"으으……."

손가락을 붙잡고 있는데, 손등이 미묘하게 간지러웠다. 마치 누군가 깃털로 간지럽힌 듯이.

'어라, 언젠가 이런 감각을 느껴본 적 있는 것 같은데…….'

딱 거기까지 생각했을 무렵 강한 강풍이 불어왔다.

'바람? 방 안에서?'

동시에 시야가 홱 뒤집혔다.

"으으, 뭐야……."

천천히 눈을 뜬 나는 그대로 눈꺼풀을 크게 떴다. 눈앞에 전혀 다른 풍경이 펼쳐져 있었다. 새파랗게 넓은 정원. 색색으로 피어 있는 꽃. 분명 방 안에 서 있던 것 같은데……. 어느새 나는 웬 정원에 서 있었다.

'이게 어떻게 된 거지?'

얼떨떨한 기분으로 주변을 살폈다. 눈앞에는 아주 커다란 벽, 아니, 온실 같은 것을 제외하면 아무도 없었다. 도대체 이게 어떻게 된거야. 꿀 먹은 벙어리처럼 굳은 채 막 뒤를 돌아보려던 찰나였다.

"누구신가요?"

우뚝, 나는 돌아보려던 그대로 멈칫했다. 뒤쪽에서 낯선 음성이 들렸으니까. 낯선 음성? 아니야. 들어본 것 같은 목소린데. 듣기 좋은 남자의 음성인데 들어본 적 있다니.

예감이 좋지 않았다. 나는 결국 돌아보지 않는 쪽을 택했다. 그럼에도 반쯤 돌아본 시야에 머리칼이 잡힌 것 같았다. 그것도 붉은색의…….

"저기요?"

남자의 음성이 한 번 더 나를 불렀을 때 내 몸이 마구 흔들렸다. 그리고 다시 눈을 뜨자, 신기하게도 방 안이었다.

"아가씨?"

조그맣고 조심스러운 목소리가 나를 불렀다. 나는 내 팔을 잡고 있는 가녀린 손을 응시했다.

"왜 멍하니 서 계세요, 혹시 어디 아프신가요?"

로잘린이었다.

"아가씨?"

분명 다른 공간이었건만, 정원도 꽃향기도 낯선 남성의 음성도 온데간데없었다.

"아무, 아무것도 아니에요."

눈앞에는 로잘린뿐이었다. 그것도 차 트레이를 손에 든 로잘린.

"저 로잘린, 저 거울 말이에요. 원래 있던 건가요?"

"네?"

로잘린이 내가 가리킨 것을 보더니, 아 하고 끄덕였다.

"네. 오래전부터 있던 것인데. 왜 그러세요?"

"아……. 아니에요."

나는 아무 일도 없는 사람처럼 어깨를 으쓱여 주었다. 그러고는 호흡을 가다듬었다. 이어 아무렇지 않게 로잘린과 마주 앉아 함께 차를 마셨다. 이미 아침을 조촐하게 먹었던 차라 오후를 알리는 차의 향은 놀란 마음을 진정시켜 주었다.

"차가 입맛에 맞지 않으시다면 말씀해 주세요."

"전혀요. 맛이 아주 좋은걸요."

오늘도 아침을 조촐하게 먹고, 뒤이어 후식과 함께 나온 차였다.

"그 차는 장미를 우린 차예요."

"꽃을 우려요? 허브차 같은 거구나."

"네. 저택에도 허브가 있답니다. 허브를 좋아하세요?"

"아뇨. 예전에…… 야생 허브를 가져다 먹은 적은 있어요."

나는 언니와 함께 숲속에서 차를 우리던 생활을 떠올렸다.

"그렇군요, 신기하네요. 대공님께서도 허브차를 참 좋아하시는데!"

식사 시간에 리녹이 또 나타나지 않을까 했지만, 그는 식사 시간에는 나타나지 않았다. 지난번 내가 급체할 위기를 거친 것을 보고 무언가를 느꼈는지도 모른다.

봉인석 괴수에다 목걸이 고장으로 멘붕에 빠진 며칠간 나타나지 않았지?

"오늘도 정원을 돌아보실 생각이세요?"

"음, 어쩔까요. 의상실에서 제 짐을 찾아봐도 좋고."

사실 나는 아직도 내 짐을 찾지 못했다. 작정하고 어딘가에 숨겨져 있을 것 같아 반쯤 포기했다. 아쉽지 않은 건 아니지만 가장 중요한 구슬은 내 손에 있으니 마냥 나쁘지는 않았다. 이것만 정상적으로 작동한다면 언제든 몸만 빠져나올 수 있으니까.

"그럼 오늘은 어제 가신 곳과 다른 정원은 어떠세요? 기사님들의 수련장과 가까워서 다른 식물을 심어두었거든요!"

그동안 나는 저택을 구경한다는 목적으로 정원 곳곳을 돌아다녔다. 물론 어여쁜 정원이 목적은 아니었다. 여차하면 직접 발로 이곳을 벗어나야 할 테니 말이다.

'미리 조사하고 준비해 둬서 나쁠 것 없지.'

어쩐지 갈수록 탈출이 어려워지는 데다 고생을 사서 하는 기분이지만 이건 어쩔 수 없다. 리녹은 날 보낼 것 같지 않고 세레나는 언제 올지 알 수 없었으니까.

"아. 그럴까요?"

이러다 세레나라도 오면 어쩌지, 별로 생각하고 싶지 않은데. 팬인 척이라도 해야 하나.

우리는 정원으로 향했다. 사박사박 걷는 동안 나는 열 걸음에 한 번씩 멈칫했다. 나를 관찰하던 로잘린이 내게 무슨 일이냐고 물었다. 나는 별거 아니라고 고개를 저었다.

"전 아가씨가 어디 불편하신가 해서."

나는 로잘린의 얼굴이 포옥 숙여지는 것을 보고 뺨을 긁적였다. 그녀는 놀랍게도 나보다 한참 연상이었다.

"저, 저는 아가씨께서 이곳을 편하게 여기셨으면 좋겠어요."

"음, 저를 너무 좋아하시면 곤란한데. 아무리 매력이 넘쳐도?"

"네?"

"농담이에요."

로잘린이 작게 웃음을 터트렸을 때였다. 막 우리가 걷는 정원 옆 길 앞으로 누군가가 나타났다.

"안녕하십니까."

반쯤 열린 울타리 문으로 들어선 남자는 며칠 전 만난 저택의 총 집사였다.

"다시 뵙습니다."

이름이 로테였었지. 책 속 조연. 그가 여기 계셨군요, 반듯한 자세로 고개를 숙였다.

"간밤에 편안히 보내셨습니까? 로잘린의 시중은 마음에 드시는 지요."

"아. 네. 안녕하세요, 물론이죠."

난 얼어붙은 로잘린을 대신해 대답했다.

"혹여나 사용인들에게 미숙한 점이 있다면 언제든 편히 말씀해 주십시오."

"저야 소리 없이 머무는 객인걸요. 신경 쓰지 마세요."

내가 대수롭지 않게 꺼낸 말에 두 사람이 움찔했다. 하나는 로테였고, 다른 하나는 로잘린이었다.

로테는 고개를 갸웃했다. 우아한 몸짓이었다.

"아가씨께서 불청객이란 말씀이십니까?"

저기요. 내가 언제요? 그렇게는 말 안 했는데요?

"확실히 그렇게 생각하실 수 있습니다."

예? 나는 얼떨떨한 얼굴로 그를 응시했다.

"저희 각하께서 잘생기시고 몸도 완벽하고 모든 것이 완벽하시긴 합니다. 그런 저희 각하께서 데려오신 손님께서 불청객일 리가 있겠습니까."

……뭐래니?

잠시 잘못 들었나 싶었다. 황당한 표정으로 고개를 드니, 남자는 태연한 얼굴로 나를 응시하고 있었다. 무슨 소리 했느냐 싶을 정도로 자연스러운 표정이었다.

"감히 아가씨를 두고 무어라 입방아를 찧을 사람은 이 저택에 없을 것으로 생각됩니다."

"음. 어. 말씀 감사합니다……."

"아닙니다. 감사하실 일은 아닙니다. 각하께서 하신 일에 실수가 있을 리는 없으니까요."

정말 새롭다 못해 낯선 타입인데, 이 사람? 와. 대충 책 내용으로 알긴 했지만. 아는 거랑 보는 거랑 매우 크구나. 이 사람 진성 리녹 덕후였지…….

아는 것과 겪는 것에는 차이가 있다는 걸 새삼 깨달았다. 로테의 눈은 차가웠지만, 확신이 가득했다. 자신의 말이 옳다는 확신.

"물론 아가씨의 말씀대로 누군가는 아가씨를 불청객이라 생각할 수도 있겠군요."

……저기, 혹시 그 누군가가 당신인가요? 저는 아무런 말도 하지 않았는데 댁이 딱 불청객이라는 눈으로 보고 계신데요.

"아 네……."

나는 반쯤 얼이 나간 표정으로 눈을 깜빡였다. 마치 내가 거기에 해당된다는 표정처럼 보이는 건 착각일까. 아니 뭐. 내가 불청객이 맞긴 하다. 세레나 입장에서 보면 불청객이지.

잘 알진 못하지만 이 저택에서도 나를 불편하게 여길 사람들이 있지 않을까 생각해 보긴 했다. 약혼자가 있다는 주인이 어느 날 데려온 미령의 여성이니 말이다.

그래서 그동안 산책을 해도 인적이 드문 정원 쪽을 돌아보았다. 솔직히 약혼자도 버젓이 있는 사람의 저택을 마구 돌아다니긴 그렇잖아.

로테는 자신의 발언을 태연히 넘겼다.

"하지만 아가씨께서 소리 없이 머문다는 쪽에는 동의하지 못할 것 같습니다. 이쪽을 향한 시선이 너무 많아서 말입니다."

"그런가요?"

"예."

"이쪽을 향한 시선이라면……."

나는 눈을 깜빡이며, 눈앞의 남자를 응시했다. 그는 입꼬리를 끌어 올려 정중하게 미소했다.

"고민하실 정도로 중요한 말은 아니었습니다."

"그렇게 말씀하시니 조금 궁금하긴 하네요. 하하."

"'요란스러운 등장이었다.'라는 말들이 많이 오가는 것을 보니, 상황을 생각하면 시선이 몰릴 수밖에 없지 않았을까 싶습니다."

왜일까. 그가 '요란스럽다'는 부분에서 힘을 준 것 같았으나 나는 고개를 갸웃하고 말았다.

"오늘은 날이 추우니 정원 산책은 어려우실 것 같습니다. 감기에 걸리신다면 실례지만 저희로서는 유감스러운 일이니 말입니다."

그가 웃었다.

"아니 그렇습니까?"

……가만 보면 외람된 줄 알면서 말하고 실례될 말인 줄 알면서도 버젓이 하는 것 같은데. 괜히 추운데 싸돌아다니다가 감기 걸리면 내가 고생한다 이 소리 아닌가.

이 사람 예의 바름에 슬쩍 숨겨서 할 말 다 하는 사람인 것 같다. 책 속에서도 얼추 이런 캐릭터이긴 했다. '과잉 충성'을 사람으로 만들면 딱 이 사람 같겠다 싶었지.

나는 가로로 가늘어지는 눈을 보며 생각했다. 지금 이 사람은 내가 어떤 사람인지 가늠해 보고 있는 거다.

"그건 대공님 명인가요?"

"물으신다면 말씀드려야겠지요. 예. 각하의 명이 맞습니다."

로테가 슬쩍 고개를 기울이며 덧붙였다.

"각하께서는 비밀에 부치라 하셨지만요."

"그럼 말하면 안 되는 거 아니에요?"

"이건 명이라 덧붙이지 않으셨으니 괜찮습니다."

아니, 틀린 말은 아닌데.

산뜻한 대답에 나는 얼이 빠져서 끄덕였다.

이 사람. 턱주가리 한 대 치고도 '우연히 제 주먹이 거기 있었습니다.'라고 설득할 사람이네…….

"대공님께서는 왜 직접 안 오시고 당신을 통해 명을 전달하시나요?"

며칠 전 리녹의 행동을 봐서는 직접 나타나 금지라도 시킬 것 같았는데 말이지. 단순한 의문으로 물은 것이었지만, 정중하고도 단정한 시선이 내게 와닿자 나도 모르게 멈칫했다.

"외람되지만 이유는 아가씨께서 더 잘 아실 거라 생각합니다."

"제가요?"

"예. 모르셨습니까? 저는 각하께서 약혼자가 있으신 사실을 전해 들으신 줄 알았습니다."

태연하게 받아내는 로테의 말에 나는 잠시 숨을 멈췄다.

'약혼자.'

천천히 고개를 드니 정중한 표정을 한 그가 있었다.

"약혼자라 말씀하셨나요?"

"예."

순간이지만 그의 눈으로 짓궂은 기색이 스쳐 지나간 것 같았다. 아니, 심술에 가까운가. 잘못 본 것이리라 생각했다. 나는 아랑곳하지 않는 척 태연함을 유지하며 물었다.

"그럼 그분은 어디 계신가요?"

"현재 저택 내에는 계시지 않습니다."

그의 말에 흠칫했다.

"그렇군요. 그럼 오시기 불편하겠어요."

고개를 끄덕이면서도 기분이 묘했다. 정말 세레나랑 혼인을 약속했구나. 지금까지 나를 쿡쿡 찌르던 기시감이 사라진다. 일말의 의혹은 사라지고 가정은 확신이 되었다.

아니. 그럼 난 왜 데려온 거야?

"아무튼 오늘은 정원 산책이 어렵게 되었으니, 저택 안쪽을 둘러보시면 어떠신지요? 구경하실 것이 꽤 되리라 생각해 추천드리고 싶습니다."

"그것도 명인가요?"

"아닙니다."

로테가 정중하게 미소 지었다. 나는 순간 오싹했다. 눈이 웃지 않았던 탓이다. 서늘함의 종류는 다르지만 리녹을 닮았다. 리녹의 부하라서 대장을 닮나? 마치 짐승 같은 느낌 말이다. 그러고 보니 그레이도 커다란 대형견 같은 느낌이었지. 대장 짐승 밑에는 짐승들만 여럿인가.

"어디까지나 집사로서 추천드리는 것이니, 부디 부담스럽지 않게 여겨주시길 부탁드립니다. 실례되었다면 사과드리겠습니다."

"아. 아뇨. 갈게요."

내게 기울어지는 정수리를 바라보며 손사래를 친 나는 시선을 문으로 옮겼다. 어차피 다른 곳도 한번은 둘러보려고 했다. 만약 정말 발로 뛰는 상황이 온다면 내부 지리도 알아둬야 하니 말이다.

로테는 직접 안내를 맡지는 않고, 내 시중을 드는 로잘린에게 안내를 맡겼다. 그러고는 구경이 끝날 즈음에 복도에서 다시 찾아뵙겠다나. 어떻게 알고 온다는 건지 모를 일이다.

"아휴. 총집사님을 뵐 때마다 뒷목이 오싹해요. 너무 무섭단 말이에요."

로테에게 느낀 감상은 로잘린의 생각과 크게 다르지 않은 모양이었다.

"그러게요. 잘 웃지 않는 분 같기는 하네요. 정중하고?"

"어, 어떻게 아셨어요? 저택에 계신 분 중에 총집사님이 웃는 걸 본 건 대공님밖에 없으실걸요?"

"대공님요?"

"네……! 소문에는요. 대공님이 전대 대공님의 자리를 차지하셨을 때, 활짝 웃으셨대요!"

"아하…….."

리녹에게 과잉 충성하는 사람이니 그럴 수도 있겠다 싶었다.

로잘린의 목소리가 작아졌다.

"오히려, 대공님이 웃으시는 걸 본 사람이 아무도 없을 것 같아요. 이크, 막 얘기할 일은 아니지만요……."

"아, 그런가요?"

리녹의 미소라. 나는 가만히 리녹을 떠올렸다. 자연히 떠오르는 얼굴은 3년 전의 얼굴이었다.

그때 웃은 적이 있던가? 확실히 웃음이 적은 사람이긴 했다. 하기야 그가 거쳐 온 세월은 녹록한 것이 아니었으니까.

"근사하긴 하던데."

"네? 아가씨는 보셨어요?"

"네? 네. 아하하……. 아주 우연히요?"

달빛이 얇은 비단처럼 쏟아지는 어느 밤, 나는 잠에서 잠시 깨어난 적이 있다.

"으음, 녹스 안 자요?"

눈앞에서 자지 않고 창문에 기대있던 리녹은, 내 인기척에 고개를 돌렸고 그날 마주했던 시선을 기억한다.

"아."

한숨인지 한탄인지, 그저 숨일지 모를 날숨.

"아름다워서."

조금씩 접히며 휘어지는 시선과 묵직하면서도 나른한 목소리가.

"네. 본 적 있네요."

그 미소, 황홀할 정도로 아름답지만……. 한철 꽃처럼 그새 사그라지고 말았던 그 미소가 달을 향했을지, 고요한 밤의 풍경을 향했을지. 어쩌면 또 다른 것을 향했던 것일지는 몰라도, 나는 그 밤을 오래 기억했다.

"역시 아가씨는……."

"네?"

"저는 역시 아가씨께서 오래오래 여기 계셨으면 좋겠어요."

벌써 몇 번이나 들은 수줍은 목소리에 나는 웃음으로 대꾸하는 법을 체득했다.

"저쪽이에요."

로잘린은 곧 어느 방문 앞에 멈춰 서서 문을 열어 보였다.

"여기가 총집사님이 아가씨를 모시라 한 방이에요."

"어떤 방인가요?"

"여긴 도서관이자 서재예요."

"서재?"

내가 관심 있는 쪽은 방 안쪽보다는 방까지 오기까지의 복도 구조였지만 감쪽같이 숨기고 되물었다.

"네. 하지만 아주 특별한 서재라, 들어갈 수 있는 사람이 한정되어 있는 곳이에요."

그런 곳에 내가 들어가도 되는 건가? 그 생각과 함께 문득 한정되어 있단 말은 리녹 외에 세레나 정도나 들어가는 방일까 생각했다. 로미오 뒤에 줄리엣이 꽁무니로 연상되듯 리녹 뒤로는 역시 세레나가 짚신짝처럼 떠오르고 만단 말이지.

활짝 열린 문으로 들어간 순간 나는 멈칫했다.

"……리녹?"

리녹이 앞에 있었다.

"아."

아니었다.

"그림?"

가까이 다가간 나는 정말 살아 있는 것처럼 생생한 그림을 보며 감탄했다. 자세히 보니 리녹의 얼굴이 아니었다. 리녹과 닮은 구석이 있지만, 눈동자 색이 달랐다. 하나, 정교할 정도로 실물을 그린 그림이었다. 심지어 배경까지 여기와 꼭 잘 어울리는 서재라 깜빡 실물로 착각한 듯했다.

아니, 무슨 그림을 이렇게 잘 그려놨담. 사람 착각하게.

"아가씨?"

로잘린이 책장 사이에서 고개를 내밀었다. 다행히 앞서 방에 깊숙이 들어가 있었기 때문에 내가 리녹, 하고 부른 소리를 듣지 못한 것 같았다.

"아휴. 뒤돌아봤는데 안 계셔서 놀랐어요. 무엇을 보고 계셨어요?"

"아. 이 그림요."

그림? 하고 로잘린이 고개를 갸웃했다.

"이 흰 도화지를 말씀하시는 건가요?"

"네? 도화지요?"

깜짝 놀란 나는 그림과 로잘린을 번갈아 봤다. 장난을 치는 걸까 싶던 그녀의 눈은 뜻밖에 한 치의 거짓도 보이지 않았다.

"네에. 이 도화지요……. 저는 아무것도 없는 하얀 도화지를 보며 상상하는 걸 좋아해서.”

무구한 눈을 바라보던 나는 천천히 고개를 끄덕였다.

“와, 멋져요. 아가씨는 상상력도 풍부하시군요!”

역시. 이 반응은 거짓이 아닌 것 같다.

‘그럼 이 그림이 나에게만 보이는 거라고?’

고개를 돌린 나는 알 수 없는 기분으로 그림을 한 번 더 응시했다. 나는 대체로 호기심을 참고 넘어가는 편이었지만 이번만은 의문이 들어 한 걸음 다가갔다.

“아가씨?”

나도 모르게 그림을 톡 쳐보았다. 분명 나한테는 유화 물감의 재질이 그대로 느껴지는데 말이지.

그 순간이었다.

“어…….어?!”

로잘린? 고개를 돌리니 로잘린이 놀란 표정을 하고 있었다. 눈이 톡 튀어나오겠네.

그녀가 액자를 가리키며 손가락을 파르르 떨었다.

“그……림이 나타났어요!”

그림이 나타났다고?

로잘린이 그림이 보인다며 호들갑을 떨었다. 설명을 들어보니 내가 보는 것과 정확하게 일치했다.

“와. 어떻게 된 일일까요? 아가씨가 마법을 부리신 거여요?”

“그럴 리가요. 전 마법사가 아닌 걸요.”

“아, 그렇죠. 하녀장님도 별말 없으셨구. 와……!”

로잘린은 내가 한 것이라곤 생각 못 하는 눈치였다. 하긴 리녹이 내 능력에 대한 것은 언급하지 않은 것 같았지. 일단 나도 내가 했다는 자각이 없긴 했다.

"저 이분 누군지 알아요. 초대 대공님이에요!"

확실히 리녹과는 전혀 다른 시리도록 푸른 눈을 가진 남자였다. 단단하긴 해도 좀 더 호리호리한 체격인 것 같고.

나는 눈을 가늘게 떴다. 그러니까…… 이 인간이 저주의 근원이 된 사람이구먼? 이런 낯짝이었구나 하는 심정으로 가늘게 노려보았다.

"저, 그림 옆에 있는 짐승은 뭔가요? 늑대?"

"아, 늑대 펜릴이네요!"

펜릴? 처음 듣는 이름이었다. 고개를 갸웃했지만 알 순 없었다. 책에 나오지 않는 건 나도 알 수 없으니까.

일단은 세레나, 리녹 이야기 위주로 알고 있기도 했고. 그저 저 애완동물의 이름이려니 했다. 애완동물치고는 상당히 크고 위압적인 크기였지만.

그나저나 정교한 그림이었다. 마치 살아 있는 사람과 눈을 마주한 기분이 들 정도로. 여기서 움직이기만 하면 모 마법 소설 속 움직이는 사진처럼 느껴질 것도 같다. 그림은 성숙하고 나이가 느껴졌다.

'역시 잘생긴 게 최고구나.'

리녹과 비슷하게 생긴 선조도 잘생겼다.

'리녹보단 못하지만.'

어린 모습부터 쭉 전부 봤는걸. 리녹의 잘생김은 누구보다 잘 안다.

나는 곧 그림에 관심을 잃고 방 한편으로 시선을 옮겼다. 나에게만 보이는 그림이 신기하긴 했지만 대공씩이나 되는 저택에 마법 물품 하나 정도는 있겠지 싶었다. 게다가 이미 순간이동씩이나 하며 여기 오지 않았냐고.

'그나저나 책이 정말 많네.'

이 방에는 희귀한 책들이 잔뜩 있었다. 로잘린은 어디서 가져온 지 모를 먼지떨이를 들고 나를 반겼다.

"아가씨, 둘러보시겠어요?"

"네. 둘러볼게요. 재밌을 것 같아요."

그러자 먼지떨이를 한 손에 쥐고 있던 로잘린이 밝게 웃었다. 그러고는 슬그머니 눈을 휘었다.

나는 책을 좋아하는 편이었다. 읽을 기회는 많이 없었지만. 나는 로질린의 권유에 따라 책장 사이로 발을 들였다. 어찌나 책장이 높은지 책들이 한눈에 보이지 않았다.

책장을 돌아보던 나는 몇몇 눈에 띄는 제목을 찾았다. 저건 약초학 책이잖아? 나는 약초학에는 해박한 편이었고, 여기에는 보기 드문 약초학 책들이 잔뜩 있었다. 책 전부가 아주 고가의 주요 서적들이란 건데.

"저는 각하께서 약혼자가 있으신 사실을 전해 들으신 줄 알았습니다."

이렇게 많은 책이라면, 세레나가 좋아할 법하다.

"현재 저택 내에는 계시지 않습니다."

세레나는 마법 연구와 약초학 및 각종 제조약의 대가이자 독서광이었으니까.

'나도 기회가 있었다면 실컷 읽었을 텐데 말이지.'

그렇게 책 종류만 눈으로 쭉 훑던 나는 한곳에 멈춰 섰다.

"이건……."

내가 멈춘 곳은 다른 곳보다는 작은 책장이 놓여 있었다. 꽂혀 있는 책도 다른 곳보다 얇은 편이었다. 나는 천천히 책 한 권을 뽑고는 눈을 깜빡였다.

『백작 투툴루 시리즈』

순간 손이 멈칫했다.

'이상하네. 이 책이 왜 여기에 있는 거지?'

물론 여기에 있어서는 안 될 책은 아니다. 다만, 이 책은 아주 어린 아이가 글자를 뗄 때나 읽는 아주 기초 서적이었다. 더구나 시중에서 구하기도 쉬운 편이라 비싼 책으로 채워진 이 책장과는 어울리지 않았다.

무엇보다 이 책은……. 어린 리녹에게 읽어줬던 책이다. 분명 안심했다고 생각했는데. 묘한 기시감이 뒷목을 저릿하게 울렸다. 설마, 어른 리녹이 이걸 읽진 않을 테고. 그냥 인상 깊었던 모양이었겠지?

'……그랬을 거야.'

눈을 감으며 내게 되뇌었다.

기묘한 기분이 드는 것과 함께 나는 천천히 책장을 훑어봤다. 과연, 책 제목을 눈으로 더듬던 나는 몇몇 익숙한 제목을 찾아냈다.

'나랑 읽었던 책이, 전부 있잖아?'

주춤 뒤로 물러났다. ……아무래도 구경은 여기까지 해야겠다. 그래야 할 것 같은 기분이었다.

다시 거대한 책장들을 응시했다. 수많은 종류의 학문, 세세하게 세분화된 항목의 책들. 이건 누가 봐도 학자급으로 지식을 탐구하는 이가 좋아할 법한 책장이었다. 그러니, 세레나의 성정에 딱 맞는 서재였다.

'하지만, 그럼 이건 왜?'

아니라는 생각과 우연이라는 생각이 팽팽하게 맞섰다.

와르르.

당황한 탓에 잡고 있던 책을 놓쳐 버렸다. 동시에 빼다 만 책들도 함께 떨어졌다. 후다닥 달려온 로잘린이 자신이 줍겠다며 얼른 자리에 앉았다. 함께 쪼그려 앉으려 하자, 그녀는 한사코 말리며 나를 창문 쪽으로 가게 했다.

자연히 창문 밖을 보다 정원을 발견했다.

"로잘린, 이쪽에도 정원이 있어요?"

"네! 아가씨는 처음 보셨겠네요. 저택의 가장 안쪽에 있는 정원이에요."

내가 본 정원은 보통의 정원과는 다르게 키가 작은 풀들로 가득했다. 특이한 정원이다. 처음엔 꽃인가 싶었지만 형태를 봐서는 관상용은 아니다. 오히려 모양이 꽤 익숙했다. 익숙할 리가 없는데…….

"풀에 관심이 있으세요? 한번 내려가 보시겠어요?"

나는 잠깐 머뭇거렸다. 로테가 나가지 말라 말을 했었으니까. 난 지키지 않아도 상관 없지만 로잘린이 불이익을 당할지도 모른다.

"혹시 집사님 말씀 때문에 그러세요?"

내 생각을 알아챈 건지 로잘린이 방긋 웃었다.

"괜찮아요! 대공님께서 아가씨가 원하시는 건 다 해드리라 명하셨고, 하녀장님도 아가씨가 저택 정원 전부 돌아봐도 된다고 하셨어요."

로잘린은 아무렇지 않게 하녀장인 헤렌의 파워가 로테보다 더 세다고 말했다. 그쪽이 누나였던가. 그랬지?

"게다가 저긴 춥지 않은 정원이거든요."

"춥지 않다니요?"

"저도 잘은 모르지만 저기 있는 식물들은 특수한 관리가 필요해서 마법으로 온도를 고정시켜 놓았대요. 저도 저택의 마법사님께 살짝 들었답니다."

그 말에 나는 리녹과 이곳으로 넘어왔을 때를 떠올렸다.

분명 바닥 한쪽에 아주 거대한 마법진이 있었지? 그런 마법진이 저택에 있을 정도니, 관리하는 마법사가 있을 법도 했다. 애초에 이 세계에는 흔하지 않아서 그렇지 마법사들도 있는 곳이니까. 무엇보다 주인공인 세레나가 아주 뛰어난 마법사고 말이다.

"한번 가보시겠어요? 가보셔도 좋을 것 같아요! 내려가면 신기한 것이 아주 많거든요."

나는 문득 그녀를 쳐다봤다. 언니랑 단둘이 지내서인지 이런 친절한 사람에게 약해지곤 한다. 이러면 안 되는데 말이지.

"네, 가요."

나는 그녀에게 고마움을 표현하며 뒤를 따랐다. 창문으로 보던 정원까지는 금방이었다.

"안녕하십니까."

정원사가 모자를 들어 올리며 꾸벅 고개를 숙였다.

"저는 서쪽 정원을 관리하는 와이엇이라 합니다."

"와이엇 아저씨!"

"허허, 로잘린 너도 함께 왔구나."

나는 얼른 함께 고개를 숙였다.

"안녕하세요. 만나서 반가워요."

"소식은 들었습니다. 저택에 오신 귀한 손님이시라지요? 반갑습니다."

"편히 대해주세요. 저는 평민인걸요."

어쩐지 중년 정원사의 깍듯한 태도에 낯간지러운 기분을 느낀 나는 뺨을 긁적이며 웃었다.

"아닙니다. 각하의 손님께 작위는 중요하지 않습니다."

분명 옷이나 도구는 정원사의 그것 같은데 묘하게 각이 잡힌 태도나 말투가 기사같이 느껴진다. 한때 기사였을까? 마을에서 퇴역기사 아저씨들을 많이 봤기 때문인지 그럴 것 같단 생각이 들었다.

"돌보시던 식물을 봐도 괜찮을까요?"

"물론입니다."

나는 방싯 웃고는 얼른 작은 풀 앞에 쪼그려 앉았다. 조금 전 창문에서 내려다볼 때부터 묘한 기시감을 일으킨 풀의 모양이라 신경이 쓰였다. 풀을 살펴보던 나는 금방 알아차렸다.

'아······. 역시나.'

그도 그럴 것이 이건 내가 알던 밤의 숲속 허브였다.

'밤의 숲에서만 자라는 거잖아?'

종종 먹었던 것이니 모를 수가 없다. 약초에 한해서라면 전문가 못지않다고 자부하는 나였다.

"이건―."

······역시 허브가 맞는데. 밤의 숲에서 나는 허브는 억세고 맛을 내기 힘들어서 시중에서는 거의 판매되지 않고 마니아층의 선호나 받는 정도였다.

'이걸 정원에서 키우기엔 보통 까다로운 게 아닐 텐데?'

밤의 숲의 식물들은 밤의 숲의 기후에서밖에 자라지 않는다. 대공령은 제국에서도 북쪽에 위치해서 싸늘한 날씨가 이어지곤 했다. 비교적 온난한 밤의 숲 식물은 더더욱 키우기 힘들 것이었다.

아리송해진 기분이 곧 알아선 안 될 기분 반, 고향을 맞이한 것 같은 얼떨떨한 반가움 반으로 나뉘었다. 이윽고 고개를 든 나는 한곳에 시선을 멈췄다.

'어라, 저건. ……저건 또 왜 있어?'

이번에야말로 나는 눈을 동그랗게 뜰 수밖에 없었다.

"아가씨 혹시 저 풀을 아십니까?"

나는 웃음을 흘렸다. 남자는 곧바로 답을 주었다.

"오직 밤의 숲에서만 나는 약초입니다. 밤의 숲은 아시나요?"

……모를 리가 없다. 내가 바로 그곳 출신인데. 하지만 밝힐 수는 없으니 모른 척 얌전히 웃었다.

"그런 숲이 있다는 것만 들어봤어요."

"허허. 저도 말로만 들었을 따름이지요. 아무튼 이것의 이름은 테르데로트인데, 아주 영험한 약초로 가을에 손톱만 한 열매를 맺지요."

잘 알지. 한때 내가 직접 말리고 약도 만들었던 약초였으니까. 집에서 흔히 냄새를 맡을 수 있던 약초였다.

"저는 이 귀한 약초를 말려 죽이지 않아야 하는 중대한 임무를 맡고 있습니다."

"대단하시네요. 이건 까다로워서 양식이 안 될 텐데……."

"잘 아십니까?"

"네? 네? 아뇨. 이 약초에 대해 아는 것은 아니고, 약초에 대해 전반적으로 조금 알거든요. 공부를 했어서. 그래서 비슷하게 생긴 약초를 알고 있어서 그렇지 않을까 했어요. 이건 희귀해 보이니까요."

황급히 붙인 내 변명이 나름 먹힌 듯했다.

"아하. 명석하신 아가씨셨군요."

밤의 숲 식물들은 숲이 아니면 구할 수 없는 쪽에 가깝다. 약초가 괜히 약초가 아닌 거다. 그런데 이걸 무려 양식씩이나 하다니⋯⋯.

나는 순수한 감탄을 토했다.

"사실 말입니다. 저도 저걸 키우는 방법을 겨우 전수받은 겁니다."

와이엇 씨가 두툼한 손으로 손뼉을 짝 쳤다.

"전수요?"

나의 반문에 그가 적극적으로 끄덕였다. 그의 표정과 음성이 친근해졌다.

"말도 마십쇼. 대공님이 전 제국을 뒤져서 재배할 줄 아는 정원사를 데려왔습니다. 심지어 심마니에 약초꾼, 저명한 아카데미 식물학자도 왔다 갔지 않겠습니까?"

"저 약초 때문에요?"

"예. 바로 저 귀한 약초 때문에 말입니다!"

나는 할 말을 잃었다. 그렇게까지 해서 작은 어장에 키우고 싶었던 걸까? 저 까다로운 것들을? 얼떨떨하게 와이엇 씨를 보았더니 그는 고개를 절레절레 내저었다.

"이게 왜 필요한가요?"

"글쎄요. 대공님과 대공 기사단은 다치는 일이 잦으니 여기에 쓰이지 않겠습니까? 저희 같은 못 배운 무지렁이들은 모를 일이지요."

그리 말하고는 와이엇 씨가 곧 아차, 싶은 얼굴로 나를 바라봤다.

"이런 말을 한 건 비밀로 해주시겠습니까?"

그가 머쓱하게 뒷머리를 쓸어내렸다.

"어째서인지 대공께서는 이 약초에 대해 누군가 언급하는 것을 썩 좋아하지 않으시니……."

나는 얼른 끄덕였다.

"네. 걱정 마세요."

내가 곧 떠날 사람이란 말은 목구멍 안에 잠재워 뒀다. 옆에서 함께 반짝이는 눈으로 바라보는 로잘린이 있었으니까. 나는 상당한 혼란스러움을 느꼈다.

'상처 치료라고? 저게?'

머릿속에 맴맴 도는 것은 조금 전에 봤던 약초였다. 오직 밤의 숲에서만 자라는 테르데로트. 이걸로 상처를 치료하다니 그럴 리가 없는데. 곱씹을수록 혼란이 커졌다.

그도 그럴 것이 정원에 있던 약초는 해열제로 쓰이는 약초였다. 무엇보다 이 약초의 빼어난 특징은 바로 단 하나의 독을 치료하는 약이라는 것이다. ……오직 밤의 숲에서만 발견되는 독 테테르를 치료하는 것. 내가 리녹을 치료할 때 쓰던 것이었다.

그리고 3년 전 나는 테테르에 중독된 리녹을 간호한 적이 있었다.

"지금은 괜찮은 것처럼 보이겠죠. 녹스가 고통에 무디니까 더욱! 하지만 심하게 움직이면 발열이 시작될 거예요. 나아가던 상처가 터지고 남아 있던 독이 활성화될 거예요. 간접적인 중독이라 그렇지. 보통은 혈관에 침투해 마비를 일으키고 심하면 기절하고 죽는 독이라고요. 모르겠어요?"

그 당시 리녹은 보통 중독된 것이 아니었다. 나는 그의 해독을 위해 정신없이 이 약초를 말리곤 했다. 리녹을 향해 당신 죽을지도 모른다고 간절하게 외치던 날이 선명했다. 결국 리녹은 천천히 약으로 해독한 것이 아니라 내 마법으로 말끔히 나아버렸지만.

"대공님께서는 왜 약초를 키우시는 걸까요?"

그러니까, 저 약초는, 테테르 중독이 아니면 쓸모없으며, 밤의 숲에 가지 않는 한 필요 없는 풀이었다.

"대공님께서 필요로 여기셔서가 아닐까요?"

로잘린이 당연하지 않으냐는 듯 고개를 갸웃했다. 나는 그녀가 사정을 잘 모르리라 생각했다. 하기야 그녀가 리녹의 세세한 사정을 알 리가 없겠지. 약혼자가 누구인지도 몰랐잖아.

"아가씨, 혹시 여기 좀 더 계신다면 옆에서 훈련해도 될까요?"

더는 이곳에 있고 싶지 않았지만 로잘린의 말이 호기심을 쿡 찔렀다.

"훈련이요?"

"네! 본래 이 시간 훈련인데, 제가 근래 하지 못해서……."

근래 이 시간이라 하면 나와 함께 있던 시간을 말하는 듯했다. 미안해진 마음에 얼른 머리를 끄덕였다. 그랬더니 로잘린이 활짝 웃으며 품속에서 칼을…….

잠시만 칼요?

"허락해 주셔서 감사드려요!"

내가 무어라 할 새도 없이 로잘린이 다른 한 손에 들고 있던 것을 허공으로 휙 던졌다. 아니, 저게 뭔데!

정체는 금방 알 수 있었다.

"마수?"

솜뭉치처럼 생겼지만 분명 마물이었다. 마물 중에서도 제일 무해하다고 알려진 마수 릭볼이었다. 공처럼 생겼다고 이렇게 이름 붙은 마수였다. 그러나 다음 순간 나는 흠칫 놀라고 말았다.

서걱―. 마수가 검에 베여 툭 떨어진다. 공격성이 없을 뿐이지 공기 중에 마비독을 뿜는 위험성을 품은 마수였다.

"에이미, 저건 독이 있어서 한번에 처리해야 해. 알았지? 바로 땅에 떨어트리는 거야."

그래서 언니가 되도록 단칼에 베어야 한다고 했는데······. 이 저택 대체 정체가 뭐야? 나는 마수의 사체와 로잘린의 뿌듯한 표정을 번갈아 보았다.

"오늘 한 번에 성공했어요, 아가씨가 보고 계셔서인가 봐요!"

"어? 네? 아, 그. 네······. 아니, 로잘린. 대체 방금 뭐였던 거예요?"

로잘린이 고개를 갸웃하더니 알았다는 듯이 설명했다.

"아, 저희는 모든 시중인이 의무적으로 무기를 단련해요, 언제 어디서든 어느 상황에서든 대처하기 위해서요!"

"아니, 그러니까 그걸 왜······ 왜요?"

"어······. 글쎄요. 당연한 일이라. 저희는 모두 이 영지 출신이거든요."

이베르크 영지 출신.

로잘린이 설명했다. 아주 오래전부터 이 땅 사람들은 남녀 할 것 없이 모두가 뛰어난 사냥꾼이었다고. 이는 문명이 발달한 지금도 다르지 않다고 하였다.

나도 한번은 들어본 얘기다. 척박한 이 땅에서 사람들은 여전히 사냥을 이어가고 있다고. 로잘린도 그런 가정에서 자라 단검은 쉬이 다룬다고 했다.

"아가씨, 그거 아세요? 사냥꾼은 가장 좋은 사냥감을 반려에게 바친답니다!"

로잘린이 눈을 반짝거렸다. 하녀복 차림에 단검을 역수로 쥔 모습과는 썩 어울리지 않았지만······. 나는 얼떨떨하게 끄덕였다.

"초대 이베르크 대공님께서는 사냥꾼들의 우두머리셨어요."

"그래요?"

로잘린이 손을 붕방붕방 흔들었다. 이에 군용 단검처럼 생긴 커다란 단검도 붕방붕방 야광봉처럼 흔들렸다. 잠시 그러다가, 조금 전의 검 실력이 어땠냐고 물었다. 나는 놀란 티를 내지 않으며 눈을 깜빡였다.

"멋졌어요."

멋지긴 멋졌다. 저렇게 커다란 단검을 가볍게 휘둘렀으니까.

진심을 담아 감탄했다. 그러자 로잘린은 마구 부끄러워하더니 얼굴을 붉혔다. 그러더니 허리춤을 더듬었다.

'로잘린? 뭘 하려고?'

그녀가 뭔갈 더 보여 주겠다며 무언갈 주섬주섬 꺼낸 것이다.

"크흠, 그만하는 것이 좋을 것 같은데."

지금까지 조용히 있던 와이엇 씨가 한마디 했지만 로잘린에게는 들리지 않는 듯했다.

그 뒤로도 로잘린은 구슬을 잔뜩 꺼내서 여러 하급 마수로 연습하는 모습을 보여 주었다. 덕분에 나도 밤의 숲에서 자주 보던 마수를 고루고루 볼 수 있었다. 그렇게 그녀의 주머니가 바닥을 보였을 즈음이었다.

"이제 마지막이에요, 아가씨!"

로잘린이 맑게 외치며 하나를 들어 올렸다. 그건 왜인지 지금까지 구슬들과는 생김새가 달랐다. 딱 보아도 반짝반짝해 보이는데. 보석 아니야?

그러나 로잘린은 보지 못한 듯했다.

"로잘린!"

와이엇 씨가 외쳤지만 때는 이미 늦은 뒤였다. 심상치 않은 빛이 우리를 덮쳤으니까.

'잠깐 저 빛은 본 적 있는 것 같은데?'

실수로 벽의 장치를 만졌을 때 보았던 빛과 같았다.

'잠깐만, 그때 나왔던 빛 뒤엔⋯⋯.'

"비키거라!"

'상급 마수가 나왔잖아! 아니나 다를까 거대한 몸집의 마수.'

그것이 그림자로만 우리를 뒤덮었다. 아니, 지난번보다 더 큰 것 같은데. 로잘린이 있던 자리로 거대한 발이 보였다. 로잘린을 붙잡고 있는 와이엇 씨의 손에는 어느새 긴 검이 있었다.

"뒤로 물러나 계십시오!"

그 말이 나에게 향한 말이란 걸 알았다. 하지만 나는 헛웃음을 흘렸다.

"⋯⋯와이엇 씨, 이미 늦은 것 같은데요⋯⋯."

기다란 꼬리가 와이엇 씨와 로잘린을 습격했다. 두 사람은 날쌘 움직임으로 양옆으로 갈라졌다. 놀라운 속도였다. 그러나 문제는 꼬리가 두 개였다는 점이었다.

"아가씨!"

"아가씨!!"

높낮이가 다른 음성이 들렸지만 신경 쓸 새가 없었다. 나는 눈을 꽉 찡그렸다. 언니가 안 될 땐 그나마 머리라도 보호하라 했으니까⋯⋯. 나는 언니가 검을 긋는 모습을 상상하며 팔로 방패처럼 머리를 감쌌다.

'제발 막아줘!'

무엇을 어떡해야겠다는 생각은 들지 않았다. 그저 살아만 있으면 좋겠다 생각했을 뿐.

캉!

기다렸던 아픔은 느껴지지 않았다. 대신에 거대한 굉음에 귀가 지이잉 아팠다.

'뭐지? 방금 검과 검이 부딪친 소리가…… 혹시 리녹이 온 건가?'

그러나 고개를 들었을 때 아무도 없었다. 그저 거대한 꼬리가 뒤로 물러나는 게 보였다.

"아가씨!"

"로잘린, 바, 방금 뭐였어요?"

"뭐가 말인가요? 마수 뒤에서 아무것도 보지 못했어요. 그보다! 피해야 해요!"

와이엇 씨와 로잘린이 내 팔을 하나씩 붙잡고 그대로 달렸다. 뜀박질은 자신 있었다. 다만 뒤에서 저만한 것에 쫓기는 상황은 한 번도 생각도 못 해봤는데……. 어째 귀족 저택에 왔는데, 계속 뛰는 느낌이지?

"으어엉, 꺄악!"

"아가씨, 고개 숙이세요!"

"숙였, 언니야!"

"잘하셨습니다, 시원하실 겁니다!"

"장난하세요?!"

아니, 시원한 바람 소리가 들리는데요. 자칫 목 위가 시원해지겠어요!

다행히 로잘린과 와이엇 씨는 익숙하게 꼬리를 피하며 한 방향으로 이끌었다. 저 방향으로 가면 기사들의 연무장이 바로 옆에 있다나.

"조금만 가면 됩니다!"

그 순간 나는 흘끗 뒤를 돌아봤다. 조금은 멀어진 마수의 모습이 한눈에 들어왔다. 이어 나는 눈을 동그랗게 떴다.

"밭이……."

마수가 밭을 엉망으로 만들어 놓고 있었다. 그리고 보니 마수 중에는 야생 허브의 향을 싫어하는 마수가 있었다. 이름이 생각나지 않지만 저것도 그 종류인 듯했다.

'리녹의 밭이…….'

그러나 와이엇 씨의 팔이 나를 잡아당겨 그대로 뛸 수밖에 없었다. 그대로 조금 더 달려갔을 때였다. 빛이 동공을 휙 덮었다. 눈을 가늘게 찡그렸다.

검의 빛이었다. 검날이 볕을 반사하고 있었다. 그리고 검은 하나가 아니었다. 여러 명이 보인 것 같은데 마수에게로 달려가는 것은 두어 명뿐이었다.

"하아, 하아."

숨을 몰아쉬며 눈물을 닦으려는데, 누군가 내 몸을 잡아당겼다. 무어라 하기도 전에 커다란 몸에 푹 안겼다. 시원하고도 익숙한 향기, 당연하겠지만 리녹이었다.

"다친 덴……."

리녹의 음성이 이어질수록 안쪽으로 먹혀 들어갔다. 묵묵한 음성에 왈칵 눈물이 솟았다. 이유는 몰랐다. 그냥 왜인지 모르게 서러웠다. 지금까지의 눈물은 숨이 가빠질 정도로 달려서 나온 생리적인 것이었지만 이건 달랐다.

"그러게 왜……. 왜 나를."

"에이미?"

톡. 내 주먹이 힘없이 리녹의 가슴을 때렸다. 탄력 있게 받아치는 가슴에 다른 때 같았으면 흠칫했겠지만 얼굴을 붉힐 겨를도 없었다.

"흐읍……. 나를 여기 왜 데려왔어요! 왜 나를 여기 데려와서는……. 주, 죽을 뻔하고! 언니도 보고 싶게 만들고!"

흘러나오는 울음에 리녹이 그대로 굳었다.

"으허허헝, 여기 와 한 거라곤 죽도록 뛴 것밖에 없어요. 알아요?"

"아……. 에이미."

"몰라요, 안 들려요. 공작님께서도 제 말 안 들어 주셨잖아요."

엮이고 싶지 않았는데. 나라고 기분 좋은 결정은 아니었는데. 내가 어떤 마음이었는데. 왜 당신은 몰라주는 건가.

야속한 마음이 먼저 들었다. 당연하겠지만 리녹은 나의 이런 마음 따위 눈곱만큼도 모를 텐데.

그는 어찌할 줄을 모르고 그대로 굳어 있었다. 단 한 번도 우는 사람을 달래본 적 없는 사람같이.

"공작저에 왔더니, 무슨 마수가 시도 때도 없이 나타나고, 울부짖고! 흡, 밤의 숲이랑 뭐가 달라요!"

따지고 싶은 건 아니었다. 당신은 계속 이런 환경에서 자랐구나. 저 흉측한 마수를 알람으로 쓰지 않으면 안 될 그런 환경에. 시중인들마저 검을 들지 않으면 대처하지 못할 그런 상황에 항상…….

입술을 깨물었다. 이입하면 안 돼. 두드리는 것은 고사하고 나는 이제 그의 옷자락을 꼬옥 쥐었다. 리녹은 날 안은 채로 가만히 있을

뿐이었다. 그보다는 그대로 굳어서 움직이지 못하는 것 같았다.

"에이미."

낮고 탁한 음성이 나를 담았다.

"미안하—."

"사과하지 마세요."

나는 어느새 눈물을 그친 얼굴을 들어 올렸다. 그러고는 눈을 뾰족하게 세웠다.

"진짜 사과하실 일은 이게 아니잖아요."

"……."

그러자 리녹이 입을 꾹 다물었다. 그는 조금 시무룩하지만 그러면서도 고집스럽게 날 응시했다.

"대장님, 파테타를 처리했습니다!"

낯선 목소리가 침투했다. 고개를 돌리자 처음 보는 얼굴이 있었다. 그 사람과 멀지 않은 곳에서 그레이가 난감한 표정으로 내게 고개를 숙여 보였다. 엉망이 된 잔해를 응시한 걸로 봐서는 이 상황이 일어나 내게 미안한 것 같았다.

그레이 옆에 있던 사내는 아주 컸다. 리녹만큼이나 큰 것 같았다. 그레이도 큰 편이었는데 그가 평범해 보일 정도였으니까. 진한 고동색 머리칼 사이로 보이는 시선이 단단하게 느껴졌다. 마치 군인처럼.

남자가 나와 눈이 마주치자, 고개를 숙였다.

"저는 기사단의 부."

"그만."

남자가 바로 입을 다물었다. 저어하는 기색은 전혀 없었다. 그런 남자를 다물게 한 리녹은 말이 없었다.

꾸욱. 왜인지 나를 잡은 손에 힘이 살짝 들어간 것도 같았다.

"소개하지 마."

"······대공님?"

나는 리녹을 한번 쳐다보고는 자연스럽게 그의 어깨너머로 시선을 돌렸다. 일순 경악이 가슴을 스쳐 지나갔다. 마수 파테타라했나? 마수가 날뛴 곳은 다름 아닌 와이엇 씨가 정성껏 가꾸던 밭이었다.

"대공님이 전 제국을 뒤져서 재배할 줄 아는 정원사를 데려왔습니다."

무엇보다 리녹이 애지중지 아끼던 곳이었다. 허브와 약초를 좋아하는 것 같았는데······.

나도 모르게 리녹의 눈치를 보던 중 눈이 딱 마주쳤다. 아니, 리녹은 줄곧 나만 바라본 채 한 번도 눈을 떼지 않았다. 나는 시선을 슬쩍 굴렸다.

"저 어떡해요? 음, 공작님께서 아끼시던 밭이 엉망이 되어버려서······."

"아끼지 않았다."

"네?"

아끼지 않았다니. 그런 사람이 전 제국을 뒤져서 정원사를 데려오고, 학자를 데려오던가? 앞뒤가 맞지 않았다.

"그저 대신 바라볼 것이 필요했을 뿐."

"······."

리녹은 잠시 말을 잇지 않았다. 그 시간은 길지 않았다.

"이제 저 밭은 없어져도 되니까."

어느새 고요해진 주변이 느껴졌다. 나를 선망하듯 바라보는 수많은 시선을 느꼈다. 커다란 강아지들이 한데 모여 뼈다귀를 든 주인을 보면 이러할까. 이것이 상당히 부담스럽게 다가왔다. 아니, 왜들 이렇게 나를 바라보고 있는 거냐고요. 등 뒤로 식은땀이 흘렀다.

나는 안다. 리녹은 절대 눈치가 없는 남자가 아니었다. 감정을 파악하는 일에는 무디지만 일 처리만큼은 확실하다. 그리고 나 또한 눈치가 없지 않았다. 이 상황이 의미하고 있는 것이 슬슬 피부로 와닿았단 얘기다. 여전히 의문이 남아 있었지만 동시에 종이 땡그랑땡그랑 울리고 있단 거다.

'도망쳐', 하고.

"에이미."

리녹이 입술을 보일 듯 말 듯 끌어 올리며 내 손을 들어 올렸다. 내 시선이 그의 손을 따라 움직였다. 나는 그를 멈춰 세우지 못했다. 그가 그대로 내 손끝에 입술을 맞췄다. 언젠가 우연히 손에 넣은 예절 교본에서 보았던 신사의 그림처럼.

그와 정중이라니 어울리지 않았다. 그 증거로 그의 표정과 시선은 이토록 날것에 가까웠으니까. 입술이 스친 손끝이 데인 것처럼 뜨거웠다.

"밭이 없어져도 볼 수 있는 것이 있지 않은가."

그 말이 마치 "네 모습."이라고 하는 것처럼 들렸다. 낭패감이 땀방울에 겹쳐 흘러내렸다.

대신 볼 수 있는 것이 있으니까……. 아니, 근데 밭이 없어져도 괜찮다고? 어째서 괴물에 쫓기던 순간보다 더한 긴장감에 휘감겼다. 똑 떨어진 땀방울이 묻는 것 같았다.

'네 진짜 마음은 어때?'라고.

△

기사단을 수습한 리녹은 기어이 나를 직접 옮겨 안전한 곳까지 네려다주었다.

"찾아가도 되겠나?"

무슨 말을 할까. 여긴 리녹이 주인인 곳인데.

그는 내 반응을 어떻게 받아들였는지 몰라도 바쁜 모양인지 그대로 다시 돌아갔다. 다시 보자는 인사를 남기고서.

저택 가장 안쪽 복도에서 다시 방으로 돌아가는 길이었다. 내 옆에는 로잘린이 졸졸 쫓아오고 있었다. 저택의 복도는 고요하기만 했다. 이렇게 커다란 저택인데, 아무리 안쪽이라지만 사람이 하나도 보이지 않는 것이 조금 이상했다.

"그런데 로잘린, 어째 이렇게 복도를 돌아다녀도 다른 하녀들이나 하인들이 보이지 않네요?"

나는, 외면하듯 밭과 약초를 머릿속에서 지워내며 물었다.

"한창 어수선할 때니까요. 바쁘기도 한 시기라 그런가 봐요! 저도 바쁘지 않을 때는 부엌이나 홀에 가 있곤 하거든요."

"홀이요? 어수선하다니요?"

"어머. 모르셨어요?"

로잘린이 눈을 크게 떴다. 몰랐냐는 얼굴이다. 뭘 말이지? 좀처럼 놀란 얼굴을 보여 주지 않던 그녀의 반응을 바라보며 나는 눈을 깜빡였다. 로잘린이 반가운 표정으로 입을 뗐다.

"삼일 뒤에 대공님 생신이신걸요."

나는 멈칫했다.

"아……."

혀가 움직일 줄 모르고, 잠시 할 말을 잃었다. 리녹의 생일이라니……. 한 번도 생각해 본 적이 없었다. 그야 그럴 것이 나와 리녹이 함께 보냈던 기간은 채 1년이 되질 않았다.

"아주 귀한 날이라 저택에서 축하연이 열려요. 아주 크게요! 이미 알고 계셨죠?"

"아…… 음. 네. 사실은 잊고 있었어요."

책 속에서는 그의 생일을 두고 세레나와 즐거운 하루를 보냈다 정도로만 나왔기에, 계절만 알 뿐 날짜까지는 알지 못했다.

만약 우리가 함께 지냈던 기간이 1년 이상이 되었다고 한들 나와 언니는 리녹을 축하하지 못했을 거다. 기억을 잃은 리녹은 자신의 생일을 기억 못 했을 테니까. 그럼에도 새삼스러웠다.

'아니 잠깐, 축하연?'

난 멈칫했다. 또다시 원작의 시간이 흘렀다. 그리고 그 안에는 있어서는 안 될 내가 있었다. 또한, 가장 중요한 것은 무엇인가. '리녹의 생존'이다. 저주를 푸는 것.

오싹해진 기분에 나는 얼른 입을 열었다.

"로잘린, 축하연이라 하면, 외부 사람들…… 그러니까 다른 귀족분들이 오시는 건가요?"

"네? 아뇨, 아뇨. 저택에 있는 사람끼리 축하연을 벌이는 거예요. 대공님께서는 외부인을 좋아하시지 않거든요."

그녀의 부정에도 나는 완전히 마음을 놓지 못했다. 거듭 질문을 잇자 로잘린도 고심했다.

"손님이 있다면 일주일 전에 목록을 받곤 하는데……."

로잘린이 곰곰이 생각하듯 고개를 갸웃했다.

"이번엔 없었던 것 같아요."

"아하⋯⋯."

수긍한 척 고개를 끄덕였지만 조금 혼란스러웠다.

'뭘까. 이 시기엔 세레나가 있어야 하는데. 조금 더 뒤에 오는 걸까?'

계속해서 뇌리를 때리는 위화감, 그리고 불안감. 나는 내 마음과 눈에 뻔히 보이는 것을 모르는 사람은 아니다. 역시, 이대로 입을 닫고 있을 순 없었다. 세레나의 행방을 묻기 위해 무어라 말을 하려고 입술을 떼어냈을 때였다.

"즐거운 시간 보내셨습니까?"

귀에 익은 목소리에 고개를 들면 복도 한편에 로테가 서 있었다. 그는 날 바라보며 고개를 살짝 숙였다.

"구경하셨던 곳은 마음에 드셨습니까?"

"아, 네⋯⋯. 멋졌어요."

좋아하고 말고가 있겠나 죽어라 뛰다 왔는데.

내 말에 로테가 보일 듯 말 듯 정중한 미소를 지었다.

"다행이군요. 방까지는 제가 모시겠습니다."

로잘린이 돌아가고, 로테와 걷는 동안 그는 아무 말이 없었다. 하긴 책 속에서도 말이 없던 사람이긴 했다.

'탄신일이라⋯⋯ 리녹은 이제 축하만 받는구나.'

리녹은 어린 시절에 단 한 번도 생일을 축하받은 적이 없었다. 그가 대공의 직위를 탈환할 때까지.

축하. 그리고 세레나와 리녹. 책 속에서 깊은 사랑을 했던 두 사람이지만, 늘 축복받았던 것은 아니었다. 세레나는 마법사이기 전에 가난한 귀족가의 딸이었다. 거의 몰락하기 직전의 가문으로, 귀족이라고도 할 수 없는 상태. 고귀한 신분은 아니었다.

그래서 로테는 처음 리녹과 세레나의 신분 차이로 인해 두 사람의 사이를 맹렬하게 반대했었다. 집사 겸 보좌가 저렇게 해도 되겠냐는 생각이 들었지만 그는 충성스러운 사람이란 대목에 충실했다. 이를 알았던 리녹도 그를 어찌하지는 않았다. 책 중간에 멀리 유배 보낼 뻔한 일은 있었지만.

이처럼 맹렬한 반대를 하던 로테는 점점 세레나란 사람에게 매료되고, 나중에 가서는 두 사람의 열렬한 지지자가 되어, 탄시즈의 방해 공작을 온몸으로 막아내는 조력자가 되었다. 일종의 주말 드라마에서 맛깔스러움을 더하는 반대자, 시모 혹은 시누이 같은 역할이라고 할까.

지금의 로테는 어떨까. 리녹과 세레나를 아직 반대하는 중? 아니면 인정하고 지지하는 중일까. 적어도 혼인식 전에 리녹의 마음이 바뀔 일이 발생했다고는 기억하는데. 어떤 사건이었더라? 제발 생각한 대로였으면 좋겠는데. 둘이서 알콩달콩.

나는 복잡한 낯으로 앞을 응시했다.

'아닌 것 같단 말이지.'

나는 충동적으로 혀를 움직였다.

"저기."

로테가 천천히 고개를 돌렸다.

"대공님께는 약혼자가 있으시다고 했죠."

로테의 눈이 살짝 벌어졌다. 지금 왜 이를 묻느냐 얼굴 같다. 자기가 어그로를 던져 놓고서 말이지. 곧 로테가 천천히 끄덕였다.

"예. 그렇습니다."

"그렇다면 왜, 약혼자가 버젓이 계신 분이 저를 이 저택에 두는 건가요?"

로테가 나를 지그시 응시했다. 그의 눈동자에 알 수 없는 빛이 어린 것도 같았다. 리녹을 위해 무엇이든 하려 했던 사람. 지금이 어떤 시점인지 모르나 어느 쪽이든 내 존재를 좋지 않게 여기지 않는 건 분명했다.

'아니. 나 좀 불쾌하게 여겨줬으면 좋겠는데. 기왕이면 쫓아내 주면 더 좋고.'

로테가 눈을 가늘게 찢어 좁혔다.

"각하께서 무얼 하셨습니까?"

"네?"

"각하께서는 아가씨께 큰 은혜를 입었고, 갚는 것이라 하셨습니다. 제가 만류할 이유가 있습니까?"

그의 안경알이 서늘한 시선을 담았다. 적의라기보다는 호의와 적의, 경계선에 가까운 눈이다.

"각하를 도와주신 분이라면 저에게도, 이 저택 모든 이에게도 은인이십니다."

그의 말대로다. 아직 리녹은 아무것도 하지 않았다. 그렇기에, 나에게는 아직 기회가 있었다. 비틀린 어떤 것을 바로잡을 기회. 누가 본다면 내가 답답하고 바보 같다 여길지도 모르지. 하지만 바라는 것은 분명했다.

날 구해준 남자 주인공이 살아 있는 것.

"로테, 나는 바보가 아니에요."

"……."

"하지만 때론 진실을 외면하고 눈치 없는 바보가 되어야 할 때도 있죠."

"그렇습니까."

의미심장한 말이 오갔다.

"제가 싫으면 그냥 날아가도록 두면 돼요."

너 나 싫어하는 거 안다? 도망을 돕지는 못해도 방관 좀 할래? 이런 뉘앙스를 그가 느꼈는지는 모른다.

"눈치가 빠르시다니 말이 잘 통하실 것 같습니다."

이 대사 왠지 물벼락 한 잔과 돈주머니가 함께 있으면 적절한 것 같은데. 나는 엉뚱한 생각을 지워냈다.

"다만 이 영지의 모두가 사냥꾼이며, 각하께서 가장 유능하신 사냥꾼이란 것을 기억하시길 바랍니다."

뭐지. 갈 테면 가보라고?

과연 내가 그의 뜻을 제대로 이해했는지는, 알 방도가 없었다.

△

깊은 밤.

나는 다른 날과 다르게 잠을 이루지 못하고 테라스를 응시했다. 당장 테라스를 넘어가서 이곳을 나가고 싶은데, 이미 테라스 아래로 빽빽하게 순찰하는 기사단을 봤다.

"하아, 시간을 끌어서 좋을 건 없는데."

나는 테라스 난간에 기대앉은 채로 길게 한숨을 쉬었다.

"······무슨 방범 벨을 밤엔 카펫처럼 깔아두는 건데."

그랬다. 몰래 복도에 나가보고는 식겁했다. 수많은 보석이 주렁주렁 깔려 있지 않겠나. ······치밀한 인간 같으니.

납치에 감금에 적응한 체했지만 역시 숲에 오래 살던 몸으로는 영 낯선 곳이었다. 무엇보다 내 공간이란 생각이 들지 않는걸. 꼭 빌린 옷을 걸친 기분이야.

'얼른 튀어버리든지 해야지.'

서늘한 난간에 고개를 기대던 나는 문득 고개를 들었다. 그러고 보니 여긴 난간도 참 튼튼하단 말이지.

'난간 타고 내려가는 연습이나 해볼까?'

어차피 오늘 당장 도망갈 수 있으리라곤 생각 안 했다. 난간에 매달려 있다 들키면 가벼운 운동 중이라고 둘러대지 뭐. 씨알도 안 먹힐 변명이지만 안 들으면 또 어쩔 거야. 언제는 내 동의를 묻고 여기 데려왔나. 어째, 좀 막 나가는 생각 같지만 슬슬 나도 초조해진 걸지도 모르겠다.

고개를 한번 젓고는 가볍게 뛰어올라서, 난간에 다리를 걸쳤다. 그 상태로 방 안의 풍경을 쭉 훑다 말고 문득 한곳에 멈췄다. 나는 홀린 듯이 일어나 한곳에 다가갔다.

거울이었다. 그러고 보니 이 거울 좀 이상했었지?

"만지다가 이상한 환상 같은 게 보이고."

역시 마법이겠지?

남자 주인공 저택답게 마법 물건이 많구나 싶었다. 동시에 찝찝한 기분도 함께였다. 그 환상 속에서 뭔갈 본 것 같은데 말이지.

"혹시······ 이거 밖으로는 안 데려다주나?"

아무 생각 없이 확인해 볼 겸 손가락으로 톡 두드린 순간이었다.

눈앞이 홱 뒤집혔다.

"윽······."

낭패였다. 지난번엔 분명 쓸어내리고 환상이 보였던 것 같은데!

그러나 눈을 뜨자 낯선 공간이 보였다. 지난번과 같은 정원은 아니었다. 시끌벅적한 공간이었다. 떠들썩하게 웃는 광대와 관객. 익숙한 가게들. 이곳은 내가 린네에게 축제를 구경하자 졸랐고, 잠시 머물렀던 도시였다.

"뭐야, 왜 여기에······."

동시에 누군가 옆을 휙 지나갔다. 가파르게 흔들리는 긴 머리칼을 본 순간 나는 눈을 크게 떴다. 저건 나였으니까. 거기다가 허겁지겁 도망가는 모양새다. 이 도시에서 도망쳤던 일이라곤······.

멀지 않은 골목을 응시하고, 그대로 몸이 굳었다. 그곳에는 탄시즈가 서 있었다. 사라지는 나를 빤히 응시하는 그의 모습이, 마치 진짜 있었던 일 같이 생생하게 느껴졌다.

······대체 이 환상은 뭐야?

"아니, 대체."

그렇게 말하다 말고 입을 합, 다물었다. 내가 말한 순간에 떠들썩하던 소리가 일시에 줄어들었기 때문이다. 내게만 조명이 집중되듯이. 그러나 때는 이미 늦었다. 탄시즈가 나를 발견했으니까.

그때였다. 조명이 픽 꺼진 공간이 일순간에 변했다. 도시 정경이 흘러내린 사이로 드러난 건 커다란 방이었다.

"안녕하세요."

나는 당황했고, 저벅저벅 걸어오는 탄시즈를 미처 피하지 못했다.

"그쪽은 '조정자'인가요?"

이거, 단순한 환상이 아니었어?

"음, 대부분은 이렇게 커다란 망토를 쓰고 나타나던데. 오늘은 조금 느낌이 이상하네요."

탄시즈는 여전히 태양처럼 눈부신 머리칼을 한 채 황홀하게 잘생긴 얼굴이었다. 그의 눈이 가느스름하게 좁혀지는 것이 시야에 들어오자마자 나는 정신을 차렸다.

"왜 말이 없나요?"

"잠시⋯⋯."

"잠시?"

"생각 중이었어요."

가까스로 임기응변이 흘러나왔다. 다행스럽게도 꽤 태연한 목소리였다. 탄시즈가 부드럽게 웃었다.

"흐음, 왜. 이제 꿈에서 깰 시간인가요?"

탄시즈는 또 다른 주인공답게 키가 무척이나 컸다. 리녹과 같이 커다란 체격이 아니었을 뿐 그를 감싼 옷은 탄탄하고 맵시 있는 실루엣을 드러냈다.

꿈? 꿈이라고? 탄시즈의 근사한 외양보다도 나는 엉뚱한 사실에 그저 얼떨떨했다.

눈은 연신 공간을 훑었다.

"'조정자'들은 하나같이 호기심이 많군요."

눈앞에 탄시즈가 진짜 탄시즈라니요. 황궁에 있어야 할 사람이 왜 내 눈앞에 나타나는 건데? 거기다 탄시즈가 자연스럽게 나를 오해한 것도 간과하면 안 될 것 같았다. 언제부터인지는 몰라도 어느새 나는 커다란 로브를 얼굴에 그림자가 푹 드리워질 만큼 뒤집어쓰고 있었으니까.

탄시즈는 테이블을 가리켰고, 나는 눈치를 보다 앉았다. 일단 장단을 맞춰야겠지. 그는 자신도 맞은편에 앉았다.

"오늘따라 말이 없군요."

"아, 잠시 다른 생각을 하느라."

"다른 생각?"

"중요한 생각이에요."

그렇지. 중요한 생각이지. 어째서 리녹의 저택에 탄시즈와 연결되는 오싹한 물건이 있느냐.

탄시즈는 마법사다. 그리고 추측하자면 여긴 마법의 공간, 그의 손에는 검인지 지팡인지 모를 기이한 무기가 있다.

만약 리녹이 무방비한 상태로 이곳에 왔다면……. 오싹했다.

"조금 전 보았던 여자를 생각했네요."

나는 일단 말을 돌렸다. 내가 '나'를 보았다는 사실이 나름 놀라웠으니까. 대충 내가 하는 말이 탄시즈가 오해한 인물에서 벗어나지 않는 듯했다.

"아, 그분 말인가요."

그러나 다음 순간 알았다. 내가 단단히 착각했다는 것을.

부드럽게 일어나 다가온 그가 테이블을 짚었다.

"당신이 '조정자'라도 이 꿈에 손대는 건 용서하지 않을 겁니다."

사뭇 가라앉은 음성에 등줄기로 식은땀이 흘렀다.

'뭐야. 왜 갑자기 협박하는 건데.'

탄시즈는 산 밑 마을에서 볼 때와 또 느낌이 달랐다. 부드럽지만 더 살벌했단 얘기다.

"……음. 왜인가요?"

나는 태연한 척 음성을 흘렸다.

"왜?"

"아. 왜 손을 대지 말아야 하나. 궁금해서요."

탄시즈는 나를 잠시 내려다보더니 언제는 웃지 않았느냐는 양 나긋한 웃음을 흘렸다. 조금 전 조정자들은 호기심이 많다고 말했다. 이런 질문은 괜찮을 거다. 시간이 지나면, 다시 원래대로 돌아갈 거라 믿었다. 처음처럼.

그렇게 생각한 것과 함께 탄시즈의 듣기 좋은 음성이 흘러나왔다.

"다시 한번 꼭, 보고 싶은 사람이니까요."

나는 침을 꿀꺽 삼키며 물었다.

"왜 보고 싶은데요?"

그의 고개가 슬쩍 기울어졌다. 마지막으로 보았을 때보다 길어진 머리가 한들한들 흔들렸다. 금을 녹인 듯 아름다운 눈동자가 그대로 휙 휘어진다, 유혹하듯이.

"글쎄요."

그의 눈이 나를 담았다.

"대공이 데려가서인가."

아니면. 금색 눈동자로 뜻 모를 것이 일렁거린다.

"첫눈에 반해서?"

식은땀이 일직선으로 쭉 흘러내리는 기분이었다.

"나는 원래 대공이 가진 건 모두 갖고 싶은 사람이라서요."

이 인간이 지금 무슨 개소릴 하는 거야.

"하지만 그 사람만은 내가 먼저 발견한 것 같은데 말이죠."

깊고 아름다운 홍채의 온도에서 나는 분명한 사실을 알 수 있었다. 웃고 있네.

"'표식'도 남겼으니. 은혜를 갚아야 하는데."

저건 연정이 아니다.

"찾을 수가 없네."

나는 움찔했다. 동시에 탄시즈가 뭔갈 발견한 사람처럼 눈을 크게 떴다. 그러고는 번개같이 내 옷자락을 잡아챘다. 넓은 로브 소매 사이로 가는 손목이 언뜻 비쳤다.

"여성?"

탄시즈의 얼굴은 어째서냐는 얼굴이었다. 위기감이 뒷목을 적셨다. 그의 손이 얼굴로 천천히 뻗어지던 순간.

끼이익.

경첩 소리와 함께 눈앞이 암전되었다. 다시 눈을 뜨니, 고요한 방이 보였다.

"와, 이거 뭐야."

나는 가슴을 쥐고 참았단 숨을 내쉬었다.

끼이익. 다시 한번 경첩 소리가 들렸다. 고개를 돌리자 활짝 열린 문과 텅 빈 복도가 보였다. 눈을 살짝 돌리다 말고 나는 그대로 몸이 굳었다.

"리, 공작님……?"

날 보고 있던 리녹과 그대로 눈이 마주쳤다.

우리는 서로 멀거니 바라봤다. 아니다. 리녹 쪽의 눈이 훨씬 살벌한 것 같다.

"뭘 하고 있었는지, 물어도 되겠나?"

······궁금해서 묻는 것 같은 목소리는 아닌데요.

나는 어색하게 웃으며 손을 흔들었다.

"산책요?"

"산책. 이 시간에, 난간에서 말인가?"

이상한 일이었다. 분명 거울 앞에 서 있었던 것 같은데 나는 난간을 앞두고 서 있었다. 그 거리를 가늠해 보던 나는 소름이 오소소 돋았다. 이거, 내가 아까 환상 속에서 움직였던 거리랑 비슷하잖아?

눈을 깜빡이다 말고 다시 리녹의 눈치를 보았다. 어쩐지 이거 현행범으로 붙잡힌 기분인데. 억울했다. 시도도 안 했다고! 아니 잠깐. 기다려 봐. 내가 왜 움츠려야 하는 건데. 어쩐지 나는 발끈하는 마음에 그를 노려봤다.

"산책하면 안 되나요?"

그러자 어둠 속 리녹이 살짝 움찔한 것도 같았다.

"왠지 너는 이 밤에도 움직일 것 같았다."

묵직한 음성이 느슨하게 공기 중에 울렸다.

"너는 밤눈도 밝았지."

"쓸데없는 것을 기억하시네요."

"네 일이니까."

저벅저벅 걸어온 그가 테라스 문에 멈춰 섰다. 그의 시선은 오직 나를 향한 채였다. 왠지 쏟아지는 시선을 마주하기 힘들어진 나는 슬그머니 고개를 돌렸다. 그러나 할 말은 했다.

"공작님, 이 방에 있는 저 거울요, 조사 한번 해보세요. 아무래도 이상한 마법이 걸려 있는 것 같아요."

저게 왜 탄시즈와 연결되며 어째서 무려 대공저에 있는지 몰라도. 너무 위험한 물건이다. 여기에 유능한 마법사가 있으니 조사하면 금방 밝혀내겠지.

"알겠다."

리녹은 조금 미묘한 얼굴로 거울을 보더니 선선히 승낙했다. 그 태도가 내가 무엇을 청해도 상관없었다는 듯해 묘했다.

"제 방엔 어쩐 일이세요?"

"……안색이 좋지 않다 들었다."

확실히 낮에 로테와 헤어지고 몸이 좋지 않았다. 물갈이라도 하는구나 싶었지. 오늘 저녁 중에 안색이 좋지 않았던 시간은 없었던 것 같은데. 살짝 머리를 숙인 나는 리녹의 손에 들린 약병을 바라보다가 끄덕였다.

"그럼 그거 주고 가세요."

약을 건네주러 온 이를 약과 함께 쫓아낼 생각은 없다. 약은 받고 쫓아낼 거지. 하지만 리녹은 축객령에도 나가지 않았다. 대신 그 자리에 서 있었다.

'왜 안 가는 거지?'

눈을 살짝 찡그릴 때였다. 성큼 다가온 리녹이 한걸음에 내가 있는 난간 앞으로 다가왔다. 그가 길쭉한 팔을 뻗어 양팔 사이에 나를 가뒀다. 나는 말 타듯 난간에 올라타 있었으니 가뒀다는 말은 썩 옳지 못했지만…….

"잠시, 들어 올려도 되겠나?"

"네?"

곧 그가 뻗은 손이 나를 가볍게 들어 올려 나를 정면으로 앉혔다.

그리고 난간을 짚으니, 정말로 갇힌 형국이 됐다. 난간은 꽤 높았고 리녹의 얼굴은 내 가슴쯤에야 왔다.

나를 올려다보는 리녹의 얼굴에 침을 꼴깍 삼켰다. 탄탄한 팔에서부터 단단한 어깨에 이르기까지, 하얀 셔츠 아래 곡선에 눈을 둘 곳이 없었다.

"……왜, 돌아가지 않아요?"

"……네가, 도망갈까 봐."

"안 가요."

오늘은.

잠재워진 말을 리녹도 느꼈을지도 모른다. 일부러 두려는 거리감도.

리녹의 시선이 깊어졌다. 그는 다른 말을 하는 대신 나를 물끄러미 올려다보았다. 집요하게 나를 잡아채는 시선에 옴짝달싹 못 하는 기분이었다. 마치 올가미에 걸린 새라도 된 듯이.

"너는 내가 기억을 잃었을 때도 말을 높였지. 그럴 필요가 없었는데도."

"전 원래 저보다 나이 많아 보이면 다 써요."

리녹만 특별해서는 아니었다. 아니다. 그땐 쫄아서 썼던 게 맞겠다. 그때 선생님 시선이 굶주린 짐승마냥 좀 살벌하셨냐고요.

은은한 달빛이 요요하도록 빛나는 그의 눈동자를 비췄다.

"손을 잡아도 되겠나?"

커다란 손이 다가와 내 손을 아프지 않게 잡았다.

"……나 아직 허락하지 않았는데."

생각해 보면 리녹은 3년 전에도, 지금도 길들여지지 않은 커다란 짐승 같았다.

"왜 온 거예요?"

왜 온 건지 진짜 이유를 밝혀라. 좀 더 낮아진 내 목소리에 리녹의 시선이 더욱 짙어졌다. 그는 천천히 손을 들어 올려 내 손목에 얼굴을 묻었다. 핏줄 위에 날숨을 묻힌 남자가 천천히 눈을 들어 올렸다.

"같이 자러 왔다."

……네?

"너와 밤을 보내고 싶다."

순간 나는 낮의 로테가 떠올랐다.

"각하께는 은혜를 갚는 것이라 들었습니다. 제가 말릴 이유가 있습니까?"

아니, 로테 경. 리녹이 은혜 갚는다며. 까치 같은 남자라며. ……선생님, 뉘 집 은혜 갚기가 이렇답니까?

당연하겠지만 말도 안 된다는 생각이 먼저 들었다. 내게서 황당한 목소리가 절로 흘러나왔다.

"……미쳤어요?"

선생님과 제가 같은 방을 쓴다니요. 당신 이 차림으로요? 누구 말려 죽일 일 있습니까?

"미치진 않았는데."

"그럼 그에 준한 상태이실지 몰라요."

이 선생님. 내가 생존 운운하며 꾹꾹 내리눌러 참아서 그렇지, 외양은 가히 절세가인이란 말이다. 미인 때문에 나라가 왜 망하는지 알겠다고.

"나는 멀쩡하다."

나는 리녹이 잡지 않은 손을 들어 그의 이마에 살짝 손끝을 가져다 댔다. 어린 그가 아플 때면 종종 하던 일. 3년이 지났건만 버릇이 무섭다고 자연스럽게 나왔다.

"열은 없는 것 같은데."

"나는 아프지 않대도."

"그렇게 말씀하시던 때에 마수로 인해 다친 상처를 숨긴 적 있죠."

"……."

사실 3년 전 우리가 같이 방을 쓸 때는 접촉이 낯선 일이 아니었다. 당시 그와 내가 쓰던 방은 아주 좁았는데, 특히나 리녹의 몸은 예전에도 아주 커서 접촉이 당연한 일처럼 느껴지기도 했다. 그래서 지금처럼 그가 붙잡아도 자연스럽게 느껴지곤 했다.

이상하지. 3년이나 지났는데…….

"남들이 보면 어쩌려고……."

리녹이 천천히 고개를 들었다. 그는 여전히 내 손목을 붙잡고, 내 손목 쪽에 얼굴을 기울이며 나를 응시했다.

"에이미."

나지막한 부름에 숨소리가 섞여들었다. 그가 눈을 감았다. 날숨은 그대로 손목에 부딪혀 사라졌다.

"그게 무슨 문제지?"

리녹이 고개를 기울였다.

네? 나는 시선을 찬찬히 옮겼는데, 기울어진 고개에는 의문만이 묻어나왔다. 요요히 빛을 반사하는 눈은 눈처럼 투명해 어린아이인 그의 눈이 생각날 정도였다. 나는 눈을 깜빡였다. 리녹과 순진함이라니…… 어울리지 않는 단어잖아.

"당연히 문제죠. 남들이 어떻게 생각하겠어요."

"누가 어떻게 생각하는가. 그게 왜 중요한 거지?"

나는 리녹을 내려다봤다.

그가 내게 바라는 것. 마치 옷이 한 꺼풀 벗겨지는 것처럼 눈이 떨렸다. 남자가 입술은 왜 이렇게 붉은 건지. 매끄러운 피부나 남자답게 날카로운 곡선에 손이 뻗어 나가고 싶은 걸 꾹 참았다.

분명 리녹은 누가 나타나도 거부할 수 없는 미모를 가진 남자였다. 거기다 이렇게 커다랗고 날렵한 몸까지. 어찌 거절할 수 있을까. 하지만 난 사양이다. 아니, 삼키고 싶어도 삼킬 수 없는 사람이었다.

"……어떻게 생각한다라."

고적한 침묵 사이에서 리녹의 입술이 벌어졌다.

"네 생각은 어떻지?"

"네, 네?"

그가 천천히 고개를 들고 입술 사이에서 움직이는 혀를 보는 순간 꼴깍 숨이 넘어갔다.

"날 어떻게 생각하나."

리녹의 언어는 마치 작은 얼음 알갱이 같았다. 차갑고 손에 닿으면 녹아버리는데, 역설적이게도 녹은 자리가 아주 뜨겁게 느껴지는 얼음 알갱이.

나는 섬세하게 만들어진 조각 같은 얼굴을 조심조심 바라보다가 툭 입을 열었다.

"제게 정말 답을 바라시는 건 아니죠?"

"왜 그렇게 생각하지?"

"정말 답을 얻고 싶으셨다면 저를 이런 식으로 데려와서는 안 되니까요."

그래, 사람을 이렇게 납치하면 어떡합니까. 불식간에 이끌려 오니 나 또한 설명을 포기하고 무작정 도망갈 궁리만 하고 있지 않겠나. 아니, 당신은 내게 좋은 핑계를 줬다.

"저랑 대공님 사이에 대화가 필요한 건 맞아요. 하지만 찢겨 나가듯 헤어진 사이에 이게 꼭 필요할까요? 저는 의문이 들어요."

그 마음을 어찌 모를까. 리녹이 상처를 조금만 받았으면 했다. 이 기적이란 걸 알아도 그가 살아남는 것이 먼저.

사실 우리에게 필요한 건 대화가 맞다. 어디까지나 평범하게 헤어졌다면 말이다. 3년 전 나는 도망가다시피 그의 눈에서 자취를 감췄고, 그동안 리녹은 자신만의 서사를 쌓았다.

지나간 열차는 돌아오지 않지. 하물며 시간은 어떻겠어. 이제 와서 나는 이 젊고 대단한 미남과 로맨스를 찍을 생각이 없다. 세상이 이를 차단했으니까.

저주라니, 얼마나 강력한 금제를 남자 주인공에게 묶어둔 것인지. 목숨을 담보로 열쇠는 세레나밖에 되지 않게 만들었지 않겠나.

왕자님의 마법을 풀어줄 사람은 따로 있다. 그리고 그는 목숨을 잃지 않기 위해서라도 그 방향을 향할 필요가 있었고.

'난 여전히 리녹이 행복하길 바라는걸.'

리녹이 나를 어떤 식으로 바라보든 그저 잠시 흔들린 것뿐이라 여겼다. 아니, 여기기로 했다.

"제가 드릴 수 있는 이야기는 하나예요. 3년이란 시간이 흘렀어요. 저랑 대공님 사이는 제가 대공님께 깍듯이 대공님이라 부르는 사이가 되었구요."

본래는 죽었어야 할 언니. 언니가 죽는 게 싫어 그런 언니의 역할을 대신했던 나.

끝내 그의 마음에서 죽었다고 믿기를 바랐다. 그러나 나를 다시 마주한 뒤 마음의 종이 의도치 않게 자잘하게 흔들렸을 뿐이라고. 제발, 그렇게 믿게 해줘.

"제가 어떻게 생각하는지는 중요하지 않아요."

고개를 뒤로 물리고픈 기분이 들었지만, 나는 단호하게 말하며 시선을 마주했다. 리녹의 눈이 천천히 돌아갔다.

"그래도 듣고 싶다."

"네?"

"듣고 싶다 말했다, 에이미."

바람이 불었다. 애써 정돈한 것을 흩뜨려놓는 듯 달빛이 담긴 바람은 서늘하게 느껴졌다.

"네 생각은 어떻지?"

불어오는 바람 속에서 그의 목소리만이 무게를 가졌다.

"네가 보는 지금의 나는 어떤가. 늘 궁금했다. 너는 몇 년 만에 만난 날 보며 어떻게 생각할까."

"어떻게, 냐고 물어도……. 제 대답은."

"그래도 듣고 싶다. 안 되겠나?"

"아니요. 지금의 대공님이 어떠시냐고 물어도."

리녹의 몸은 3년 전보다 커졌다. 눈매와 시선에는 성숙함과 깊이가 묻어나왔고 단단한 턱선에서 시간의 흐름이 느껴졌다. 그럼에도 갈고리로 걸어놓은 것 같은 맹목적인 눈동자와 말투. 여전히 내게 허락을 구하듯 묻고 있는 것은, 변하지 않았다. ……일단 저지르고 허락을 받는 것도 여전하지만.

나직한 웃음이 흘러나왔다. 서늘한 듯 집요한 그의 시선에 나도 모르게 입술을 떼어냈다.

"멋져지셨잖아요?"

"뭐?"

눈을 깜빡거린 나는 태연하게 말을 붙였다.

"멋있어지셨다고 했어요."

기왕 토로한 거. 진솔하게 털어놓았다. 솔직히 말해서 전보다 미모가 더욱 물이 올랐다는 건 사실인걸.

"지난 시간보다 커지고……. 머리도 길었잖아요?"

리녹과 함께 살던 때는 어린아이였던 적이 많았던지라 어른인 리녹을 보는 일이 적어서 이렇게 감상할 일이 상대적으로 적었다.

그렇게 말하고는 "음, 단순히 머리 문제는 아닌가." 하고 중얼거렸다. 그러고 나서 시선을 피하려다가 그대로 눈을 동그랗게 떴다.

"……대공님?"

리녹의 고개가 천천히 숙여지고 있었다.

의아하게 바라보니 리녹의 얼굴이 비스듬히 비껴 기울어졌다.

'잘못 본 건가?'

나는 잠시 눈을 비비고 싶었다. 달빛이 굉장히 새하얘서일까. ……리녹 뺨이 붉어진 것 같은데. 잘못 본 건가?

믿을 수 없게도 리녹이 손등으로 자신의 얼굴을 가렸다. 손은 무척이나 빨랐다. 그러나 나는 이미 새빨개진 귀를 본 뒤였다.

"……그거 말고는?"

묵직하던 목소리에 떨림이 스민 것처럼 느껴졌지만. 착각인가 싶었다. 천천히 내렸던 얼굴을 들어 올리면 깜깜한 밤에 잠긴 그가 그림자처럼 서 있었다. 빗금처럼 사선이 쳐진 테라스의 그림자가 바람을 따라 이리저리 움직인다. 어둠에 옅게 물든 그의 얼굴은 잘 보이지 않았다.

"그거 말고라…… 공작님을 어, 음. 어떻게 생각하는지요? 어떻게 생각하는지 물으시면……."

나는 팔랑팔랑 흔들려 손목을 간질거리는 검은 머리칼을 바라보다 입을 열었다.

"……납치범?"

"……."

왜요. 맞잖아요, 선생님.

"납치범."

리녹의 몸이 미세하게 움찔한 것도 같았다.

"그거 말고는."

"나쁜 납치범이요."

"……."

단호한 내 음성에 리녹이 입을 다물었다. 애써 실망한 티를 내지 않으려 하지만 선명히 보이지 않아도 불만이 어린 것처럼 느껴졌다.

나는 고개를 갸웃했다.

"……괘씸한 납치범?"

더 말을 하려 했더니 리녹이 입을 막으려 해서 관두기로 했다.

"……더할 건가?"

아쉽군. 자매품 은혜를 원수로 갚는 납치범도 있는데.

"더 듣고 싶으세요?"

"그렇기도 하고."

더 듣고 싶다고? 리녹에게 불쾌한 말을 듣고 싶어 하는 취미도 있던가. 눈썹을 살짝 찌푸리는 동안 리녹이 들어 올린 손이 입술 앞에서 멈췄다.

"나를 비난해도 네 목소리로 뭐든 듣고 싶으니."

마치 닿을 듯 말 듯한 거리에 멈춘 그의 손이 움직였다. 솜털에 스친 순간 온기가 느껴지는 것 같았다.

"……욕을 사서 듣고 싶으시다니 의외네요."

"욕을 사서 듣는 취미는 없다."

머쓱해서 던진 말에 무게 있는 목소리가 돌아오니, 진정되기는커녕 더욱 어쩔 줄 모르겠단 기분이 드는데.

휘이잉. 제국은 겨울이었다. 바람 소리가 들리기 무섭게 리녹은 셔츠를 벗으려 했다. 나는 필사적으로 막았다. 아니, 이 선생님이 미쳤어!

"공작님 셔츠 한 장만 입으셨잖아요!"

"아, 셔츠가 너무 얇긴 하군."

"그게 문제가 아니라!"

맨살! 맨살이요! 이 사람이 자꾸 몸으로 유혹하려 드네.

겨우 뜯어말리고 나니, 슬슬 싸늘한 손끝이 느껴졌다. 나와 닿아 있는 리녹의 손끝 또한 차가웠다.

"그런데 왜 그냥 듣고 계셨어요? 납치범 소리요. 제가 비난할 걸 알면서도 왜 들으신 거예요?"

닿은 손끝을 바라보며, 조심스럽게 말이 튀어나왔다.

"네가 떠나지 않길 바라니까."

"……떠나지 않을 수는 없어요.

목구멍까지 치솟은 목소리를 꾹꾹 삼켰다.

"본인이 나쁜 건 아시는구나."

"그렇지."

리녹이 보일 듯 말 듯 옅게 미소했다.

"못된 새끼가 되더라도 널 붙잡고 싶었으니. 그렇지만 이젠 잘 모르겠군."

리녹의 손이 손목의 핏줄을 쓸었다.

"어떡하면 내 옆에서 웃어주겠나."

나는 긍정도 부정도 하지 않았다. 굳이 그를 자극할 필요는 없으니까. 나는 지그시 눈을 감아 내가 알고 있는 모든 이유를 외면했다.

눈을 느리게 감았다가 떴다. 나는 슬슬 몰려오는 추위를 몰아내며 말을 꺼냈다.

"대공님, 저를 만난 마을에서요. 퍼레이드를 하고 계셨잖아요."

"그래."

나는 책 속 세레나를 참 좋아했다. 강하고 예쁘고 세계 속 누구에게도 뒤지지 않는 강인한 힘으로 리녹을, 혹은 많은 사람을 구하고 지켜낸 사람. 한 번은 만나고 싶던 세레나를 보길 포기한 건 당신과 마주치고 싶지 않아서였는데.

"제국 전체를 전부 돌 생각이셨던 거죠?"

고개를 숙였던 리녹이 시선을 들어 올렸다.

"……그래."

당신은 원래 당신의 짝을, 길을 내버려 두고서 대체 나와 어떡하고 싶은 걸까?

리녹의 마음에 내 자리가 남아 있다면 그것은 시간의 상흔으로 남겨야 했다. 과거는 신기루와 같으니 결국 지나간 추억은 손으로 잡을 수 없다.

침묵이 그림자로 만든 강처럼 고요히 흘렀다. 나는 입을 꾹 다문 채 잡힌 손을 응시했다. 내 뜻은 변함없었다. 리녹이 잠깐 흔들렸다고 믿게 하지 못하면, 내가 놓으면 되니까. 오히려 리녹이 제 길을 찾길 바라는 마음에서 얼른 사라져 줘야겠다는 생각이 들 뿐.

"안 추우세요? 아직 겨울인데."

"추운가."

그와 보내는 시간은 짧을수록 좋다. 어깨로 흘러내린 숄을 추슬렀다. 한 손으로 추스르다 보니 서툴렀지만.

"조금요. 졸리기도 하고."

그렇게 대답하자 리녹이 내 손을 조심스럽게 놓았다.

"……졸리다고?"

"네? 아……. 조, 조금?"

"확실히."

거리가 조금 더 좁혀졌다. 그의 손가락이 손목을 스치고 내려갔다. 그는 손을 바닥으로 향한 채 나를 내려다보았다.

"눈에 졸음이 어려 있군."

책 속에서는 냉혹했던 남자였기에 사뭇 낯선 기분이 들었다. 내가 아는 '대공 리녹'은 타인을 세심하게 바라보지도, 관찰하지도 않았다. 이것 또한 우리가 보냈던 시간의 잔재라는 생각에, 묘한 기분과 함께 깃털로 만든 천이 뺨을 사락 지나가는 것 같았다.

그의 따뜻했던 체온이 뱀이 지나간 자리처럼 빠져나가며 서늘한 한기가 손목에 몰려왔다.

"잠깐 실례해도 되겠나?"

"네?"

그대로 내 손을 들어 올린 그가 팔을 뻗었다. 허리로 단단한 팔이 감긴 것은 금방이었다. 어어, 하는 사이 한 팔로 가볍게 허리를 휘어 잡은 그는 나를 안아 올린 그대로 움직였다.

바닥에 발을 내려놓았을 때는 방에 들어온 뒤였다. 리녹이 한 손으로 문을 닫아걸어 잠갔다.

찰칵.

테라스 문이 잠기는 소리가 유난히 선명하게 들렸다.

꿀꺽.

여기서 왜 침이 넘어가는지.

"그만 가요."

나는 가까워진 그의 가슴을 밀어냈다. 손바닥으로 부드러우면서도 단단한 감촉이 느껴졌다.

'가슴 근육이지. 이거. ……몸은 왜 또 이렇게 좋은 거야.'

근육이라는 것을 깨닫자 얼굴이 빨개질 것 같은 기분이었다. 한때 상체가 전부 벗겨진 그를 봤더니 옷을 입어도 상상이 된다는 게 문제다. 3년 전 리녹의 몸은 꼭 조각한 것처럼 아름다웠다. 달빛에 새하얀 피부나 선명하던 근육의 결. 탄탄한 등 근육과…….

나는 변태가 아니다. 아니야. 아니야. 망상, 들어가. 진정해.

얼른 고개를 절레절레 저으며 떨쳐 낼 때였다. 내 허리를 잡은 리녹이 그대로 상체를 숙였다.

"가기 싫다."

귀로 바로 전해지는 목소리에 등골이 오싹했고, 귀로 누가 바람을 집어넣은 것처럼 간지러웠다.

"아, 아니. 가셔야죠."

"⋯⋯여기 있으면 안 되나?"

"치, 침대는 하나인데요."

당황하고 말았다. 동시에 3년 전으로 돌아간 것 같은 기분이 함께 찾아왔다. 그때도 내 방에서 이런 실랑이를 자주 했던 것 같은데.

"너와 내겐 한 침대가 더, 익숙하지 않나?"

아니. 아니. 이 선생님이 누구 혼삿길 막을 소리를⋯⋯.

"안 돼요. 돌아가세요."

단호한 말에 리녹이 잠시 말이 없었다. 하지만 나는 귀로 바로 전해지는 날숨에 딱 죽을 맛이었다.

⋯⋯당신이 얼마나 커졌는지 이렇게 실감하고 싶지 않다고.

"같이 있고 싶다."

"으읏, 이미 한 저택에 있잖아요? 대공님이 저를 데려오셔서요."

"아니. 지금, 이곳에서. 밤을 보내고 싶다."

"⋯⋯그 말."

오해하기 딱 좋다고요. 나는 속으로 꼴딱 삼키며 리녹의 가슴을 꾹꾹 밀었다.

"침대는 하나고 나는 대공님을 이 침대에서 재울 생각이 없어요. 돌아가 주세요."

썩 돌아가. 지금만 해도 리녹이 내 방에 있다는 것이 알려진다면 어떤 소문이 날지 몰랐다. 약혼식이나 하는 사람이 이런 것도 조심 안 해서 어쩌려고. 하긴 소문씩이나 걱정할 만큼 녹록한 지위를 가진 사람은 아니었지.

새삼 그의 당당한 행동에서 숨길 수 없는 지위를 느꼈다. 여기에 느끼는 건 좀 이상하긴 하지만. 나는 콧잔등을 살짝 찌푸리며 리녹을 응시했다. 슬슬 잠이 오는데.

"안 가세요?"

리녹의 눈썹이 살짝 움직인 것 같았다.

'아. 멀어지네.'

드디어 가려는 건가 싶어 나는 화색을 띠었다.

"바닥에서 자겠다."

……네?

눈을 비비다 말고 멈춘 나는 얼른 머리를 들었다.

"네 침대를 뺏을 생각은 없었다. 불편하다면 바닥에서 자겠다."

"아니. 잠깐. 왜, 왜. 이, 이렇게까지 하세요?"

"이 방에서 나가고 싶지 않으니까."

아이고. 뜻은 가상하지만……. 저는 선생님이 얼른 이 방에서 나가시길 원한단 말입니다. 나는 빠르게 고개를 저었다.

밤을 보낸다니 안 될 말이었다. 하지만 리녹은 나를 여기로 데려왔던 것처럼 요지부동이었다. 오히려 나를 번쩍 들어서 침대 위에 내려놓았다.

"잠깐, 잠깐만요! 공작님, 대공님!"

그러더니 자신은 성큼 걸어가 바닥에 그대로 드러누웠다.

"아니. 왜 바닥에 누우시는데요. 일어나세요. 얼른요!"

당연하겠지만 이 상황에서 얌전히 이불을 덮고 누울 수 있을 리가 없다. 나는 벌떡 일어난 그대로 침대 밑으로 내려가 손을 뻗었다. 누가 보면 어쩌려고 이럴까.

리녹의 손목을 덥석 붙잡은 그대로 잡아당겼다.

"대공님, 대공님! 누추한 곳에 귀하신 분이 이러시면 안 된다고요. 아세요?"

아니. 선생님, 대공이잖습니까. 일어나. 일어나 얼른!

"내 저택은, 네 방은 누추한 곳이 아니다, 에이미."

"누가 그걸 말한대요? 아니, 사람이 맥락을 좀……. 일어나요, 얼른! 대공님!"

리녹의 손목을 잡았지만 그는 꿈쩍도 하지 않았다. 그럼에도 그를 붙잡고 끙끙대며 그를 부르던 나는 참지 못하고 목소리를 높였다.

"이러지 마시라니까요, 대공님! 으으, 녹스!!"

리녹과 함께 방을 쓸 때, 나는 리녹을 책 속 잔혹하고 광기로 물든 대공을 생각했기에 약간은 무섭고 겁에 질려서 그러려니 넘기는 일이 잦았다.

"녹스! 이불 좀 뺏어가지 말라니까요! 녹스랑 다, 닿잖아요!"

하지만 그렇다고 실랑이를 벌이는 일이 없었던 것은 아니다. 그때도 지금처럼 참지 못하고 그의 이름을 높여 부르곤 했다.

그 사실을 깨닫는 순간 손목을 잡고 있던 손에서 손이 빠졌다.

"에이미."

바로 그때 리녹이 손을 들어 올렸다. 이번엔 내 손을 사로잡은 손에서 힘이 느껴졌다. 나를 잡아당긴 힘에 몸이 이끌려 나는 풀썩 엎어졌다.

"……이제야 나를 불러주나."

고개를 들자, 리녹의 얼굴이 코앞에 있었다. 황급히 시선을 내렸다.

"아, 아니. 이건 실수인데요……."

"네가 지어준 이름도 좋지만 내 이름으로도 불러주면 좋겠군."

"언제는 제가 지어준 이름으로 부르지 않느냐면서요? 아니. 이게 아니라!"

정신 차려 보니 나는 리녹의 가슴 위로 올라탄 형국이었다. 쿵쿵. 손바닥 아래로 박동이 느껴졌다. 얼른 하얀 셔츠에서 손을 떼어냈다.

"가, 갑자기 잡아당기시면 어떡해요? 다치잖아요."

"넌 다치게 하지 않는다. 당연하지 않나."

"아니, 깔린 공작님은 아프시잖아요."

정수리로 바람이 느껴졌다. 날것과 같은 그의 날숨이었다.

나는 손가락을 꼼지락거리다 이내 치맛자락을 꽉 움켜쥐었다.

"사실 대공이 맞다. 그래서 대공으로 더 불리곤 하는데."

리녹은 엉뚱한 소리를 하며 목소리를 낮췄다. 그의 가슴에서 웅웅 울림이 전해져왔다.

"네가 부르니 어떤 호칭이든 상관없다는 생각이 드는군."

웃은 걸까? 하지만 나는 도저히 고개를 들 용기가 나지 않았다. 어떤 얼굴을 볼지 모른다는 생각이 들었다.

"……호칭이 틀렸다면 말을 해주셔야죠, 대공님."

"딱히 틀린 말은 아니었다."

그에게서 옅은 바람 소리가 들렸다.

"나는 대공이고 또 공작이니. 공작 또한 맞지. 자주 불리지 않을 뿐."

그리 말한 리녹이 천천히 상체를 일으키고, 내 허리를 팔로 휘감았다. 이마가 닿을 듯 가까워졌다. 그 상태로 나를 가만히 바라보는가 싶던 리녹이 얼굴을 떼어냈다.

"……미안하다, 에이미."

놀란 듯 고개를 들었지만, 나는 무엇에 대한 사과인지 묻지 않았다.

"내가 가진 것 중에 널 붙잡을 수 있는 것이 무엇이 있을까."

"……."

"어린 나? 어린 나에 대한 연민인가?"

그 말에 나는 지그시 눈을 감았다. 역시 리녹도 알고 있는 거다. 내가 외면하고 있다는 것을.

리녹은 내 손을 가져가 제 얼굴을 가져다 댔다. 아니, 완전히 접촉한 게 아니라 닿을 듯 가까이 가져간 것에 불과했다.

이 밤이 영원히 지지 않을 것처럼 그대로 있던 리녹이 움직였다.

"밤이 늦었군."

뜻밖에 그는 나를 번쩍 안아 올리고는 침대에 그대로 눕혔다.

나를 눕히며 내 옆을 짚은 리녹이 나를 그대로 내려다봤다.

"넌 잠이 없는 편이었지."

그건 아니었다. 그 당시에는 잠을 이룰 수 없던 요소가 많은 편이었을 뿐.

'누군가의 상체라거나 반라라거나…….'

반라의 미남이 옆에 누워 있다거나. 지금과 같은 곤란한 상황의 연속이었지 아마?

실랑이를 하다 살짝 벌어진 셔츠 아래로 그의 살갗이 고스란히 보였다. 나는 괜히 시선을 피하며 헛기침했다.

내 눈앞에 있는 것은 종이다. 종이다……. 종이다…….

"네 잠을 방해하려던 건 아니었다."

그리 말하고는 리녹은 내 침대에서 몸을 일으켰다. 저벅저벅 누워 있는 귀로 멀어지는 소리가 들렸다.

'가는 걸까?'

가까스로 숨을 내쉴 때였다. 털썩, 문 가까이에서 쓰러지는 소리가 들렸다. 눈을 뜨자, 문에 기대어 앉은 리녹이 보였다.

"공작, 아니, 대공님?"

"여기서 자겠다."

나는 벙찐 눈으로 그를 응시했다. 이 무슨 독수리가 달걀에서 나오는 소리란 말이야.

그러나 리녹은 나를 마주 본 그대로 무릎에 턱을 기대며 늘어졌다. 나른하게 풀어진 모습이 꼭 기대어 앉은 짐승 같았다. 허, 기가 차서 눈을 깜빡이는데 리녹이 막 생각났다는 듯이 입을 열었다.

"그러고 보니 넌 특히 밤의 내 모습을 좋아했던가."

"네?"

"옷을 벗겠다."

나는 얼른 상체를 세웠다.

"아뇨. 아뇨! 주무세요. 그냥 주무세요. 네?"

그러자 리녹이 고개를 살짝 기울였다.

"왜지? 넌 내 몸을 좋아하지 않았나."

나는 대꾸하는 대신 아연한 낯으로 그를 바라봤다. 저건 꼭 몸만 좋아했다는 말종 같잖아.

"벗으면 되겠나?"

……왜 자꾸 사람을 쓰레기로 만드시나요, 선생님.

"……그냥 주무세요."

이마를 짚고 반쯤 체념한 나는 고개를 절레절레 흔들다가 이내 몸을 뉘었다.

"잘 자라, 에이미."

그의 밤 인사는 3년 전과 다를 게 없었다. 이상하지. 꼭 모든 것이 3년 전과 전혀 변함이 없다는 것처럼.

동시에 생각했다.

반드시 이곳에서 나가야겠다.

△

'으으, 한숨도 못 잤어.'

얼굴을 간지럽히는 햇살에 고개를 들면 커튼 사이에서 고개를 내민 오전의 하늘이 보였다. 나도 모르게 얼른 문을 바라보자 리녹이 있던 자리는 텅 비어 있었다. 분명 새벽까지 몸을 뒤척이다가 해가 뜰쯤에 겨우 잠든 것 같았는데. 리녹은 자긴 한 걸까?

새벽녘에 살짝 눈을 떴을 때, 리녹은 앉은 채로 조용히 눈을 감고 있었다. 어스름한 새벽 어둠에 잠겨 있어서 얼굴이 완전히 보이지는 않았다. 그가 눈을 뜨고 있었어도 보이지는 않았을 거다.

'바닥이 차가웠을 텐데……'

참다못해 카펫이라도 가져가 달라고 부탁한 탓에 푹신한 곳에 눕기는 했다. 그렇다고 마음이 편해지는 건 아니지만.

"눈을 떴을 때 네가 없을까 봐."

왜 이렇게까지 하느냐의 질문에 리녹의 답변은 이뿐이었다. 덕분에 얼른 저택을 나가야겠다는 생각이 커졌다.

그래. 이 모습을 몇 번이고 볼 수는 없잖아. 언제 세레나가 나타나 내가 알던 흐름으로 이어질지 모르는데 말이야. 세레나가 언제 저택에 나타날지는 알 수 없다. 하지만 이대로 있으면 결국 마주치겠지?

나는 허리를 쭉쭉 펴며 창문 밖을 응시했다. 아득하게 펼쳐진 정원이 보인다. 남자 주인공이 죽는 걸 보고 싶은 게 아니라면 얼른 떠나는 편이 낫겠지.

"좋아. 계획을 한번."

밖을 유심히 바라보며 중얼거리던 나는 짐짓 억울해졌다.

'그나저나 나만 꼴딱 세우듯 잠을 못 잔 것 같은데 말이지.'

그날 오전, 미리 차려진 식사를 마치고 돌아올 즈음 로잘린이 반갑게 인사했다.

"조찬 맛있게 드셨나요, 아가씨?"

리녹에게 어떤 명을 들은 것인지 저택의 사람들은 대부분 친절했다. 오히려 이런 대우를 받는 편이 불편했지만 말이다.

리녹은 내 조그만 말도 그냥 지나치지 않는 듯했다. 아침을 먹고 오니 탄시즈를 만났던 거울이 있던 자리는 텅 비어 있었다.

"로잘린도 잘 잤나요? 저 오늘 할 얘기가 있어요."

"하실 말씀이시라뇨?"

식후 티 테이블이 차려진 응접실에는 로잘린 말고도 하녀장인 헤렌도 함께였다.

흐음, 아무래도 이 저택에서 나를 담당한 건 딱 이 두 사람으로 정해진 것 같지?

시선을 느끼지 못한 척하며 나는 방싯 웃었다.

"저, 짐을 찾지 않으려 해요."

"네?"

로잘린의 눈이 톡 치면 떨어질 것처럼 커졌다.

"제가 이곳에 올 때 가져왔던 짐 말이요."

"아, 네에. 네! 계속 찾으시던 것을 말씀하시는 것이죠? 하지만⋯⋯."

이곳에 온 며칠 동안 짐을 찾는 데 시간을 할애했다. 결국 짐은 찾지 못했다. 이쯤 되면 그 방에 내 짐이 있다는 것도 믿을 수가 없단 생각이 반, 그만큼 옷이 많아서 찾기 힘들다는 생각이 반이었다.

"저⋯⋯ 아가씨."

우물쭈물하던 로잘린이 고개를 살짝 돌렸다. 그녀의 시선이 향한 곳에는 헤렌이 있었다. 로잘린이 어물어물 입을 열었다.

"아가씨의 짐이라면⋯⋯. 계, 계속 찾지 않으셨어요? 중요하신 것으로 생각되어서⋯⋯."

"네. 중요해요. 그렇지만 포기하려고요."

그러게 말하고는 잠시 꾹 참았다가 이어 말했다.

"여기에 더 좋은 것들도 많고. 예쁘고 좋은 옷들을 입었더니 다시 제 옷을 입지 못할 것 같기도 하구요."

나는 장난치듯 말을 맺고는 머쓱한 척 웃었다.

로잘린이 "소중한 것 같아서 신경 쓰였어요."라고 말하며, 황급히 손을 저었다. 그러고는 천천히 시선을 올렸다.

"여기 좀 더 머물러도 될까. 이렇게 생각했는데⋯⋯. 안 될까요?"

"물론, 물론 되시죠! 당연한 얘기예요. 아가씨! 제게 물으실 것도 없는걸요."

세상의 친절에는 여러 종류가 있는데, 로잘린의 친절은 계산과 가식이 없는 무해한 친절이었다.

"어머나. 감사합니다, 아가씨."

왜인지 옆에서 검을 닦고 있던 헤렌도 이때만큼은 밝은 웃음을 지었다.

"앞으로도 모, 모시기에 불편함 없도록 노력할게요."

"잘 부탁드립니다, 아가씨."

오래전 언니한테 들은 것인데, 명망 높은 귀족가에서 일하는 사용인들은 귀족가의 명예만큼 프라이드가 높다고 했다.

더구나 이들은 사용인인 동시에 무력까지 갖췄다. 여기에 자부심도 대단하고. 원래라면 평민인 나를 이렇게 정중하고 깍듯이 대하는 일은 드물거나 없을 거다. 실력 우선주의인 대공령에서 능력이라도 뛰어나면 또 모를까, 그런 것도 아니니까.

"하하⋯⋯. 새삼스럽지만 저도 잘 부탁드려요."

그러니 이들의 이런 태도는 리녹이 단단히 명을 해둔 게 맞겠지.

그리 생각하고 눈을 살짝 접었다.

"잘 들어, 에이미. 언니가 없을 때는 무조건 버텨. 알았지?"

언니는 늘 내게 언니가 없을 때일수록 머리를 더욱 굴리라고 말했다. 지금이 딱 그런 것 같다. 언니가 이런 때를 생각해서 말한 것은 아니겠지만⋯⋯.

"그럼 언니가 반드시 갈게. 네가 있는 곳이 어디든."

⋯⋯아니, 언니. 오지 않아도 괜찮아. 언니가 오기도 전에 내가 먼저 갈 테니까.

보이지 않게 한숨을 쉬었다. 진작에 언니가 있는 곳으로 함께 가야 했지 정말. 설마 이렇게 될 줄은 몰랐다.

"⋯⋯아가씨?"

"네? 죄송해요. 로잘린. 못 들었어요⋯⋯. 한 번만 더 말씀해 줄 수 있을까요?"

생각하느라 잠시 로잘린의 말머리를 놓치고 말았다. 그녀는 기분 상한 기색 하나 없이 밝게 끄덕였다.

"아가씨께서도 함께 계시니 더 즐거운 날이 될 거예요."

무슨 이야기인지 다음 말로 알아차렸다.

"아가씨께서도 대공님의 생신을 축하해 주실 거죠?"

"네? 네……. 그렇죠?"

잠시 멈칫했던 나는 얼른 웃어 보였다.

"어떤 음식을 좋아하시나요? 이틀 뒤의 파티에 꼬옥 넣게 주방장 님께 전하려고요!"

"음, 어. 가리는 음식은 없는데……."

생일. 이전 날 이미 들었던 얘기지만 적응되지 않는 단어였다. 로잘린은 꼭 꺄르르 웃음을 터트릴 것 같은 얼굴로 말했다.

'리녹과 내가 만난 날이 바로 내 생일이었지?'

그사이 로잘린의 반짝반짝한 눈빛을 정면으로 마주하게 된 나는 어색하지 않게 웃어 보였다.

"이날은 저택의 모든 사용인과 대공가 기사님들도 전부 모이는 날이니, 아가씨를 소개할 수 있을 거예요."

'……그건 좀 곤란한데요.'

나는 속엣말을 꾹 참으며 고개를 끄덕였다. 옆에서 헤렌 씨가 묘하게 뿌듯한 얼굴로 이쪽을 응시하고 있었다. 아니, 저 언니는 왜 또 저렇게 보고 있담.

"그러고 보니 아가씨가 오셨던 새벽에 저택에 있던 사용인이 전부 모인 것은 아니었습니다. 이번에야말로 저택의 모두를 아실 수 있겠군요."

"아하하. 네⋯⋯."

나는 당황한 눈으로 헤렌을 쳐다봤다. 이게 뭔 소리야. 그날 그 많던 사람들이 전부가 아니었다고요?

"꼭 참석해 주시면 좋겠습니다. 아마도 각하께서 아가씨께 소개해 드릴 분도 오실 테니 말입니다."

나는 찻잔을 쥔 그대로 손을 멈췄다.

'소개할 사람이란 건 세레나겠지.'

나는 태연하게 상황을 넘기는 데 성공했다. 그렇게 시간이 흘러 오후가 훌쩍 다가왔다.

"안녕하십니까."

산책 도중 복도에서 마주친 사람은 로테였다. 그는 나를 보자마자 고개를 숙여 보였다. 오늘도 정장 차림에 밀색 머리를 말끔하게 올린 그는 명화에서 톡 튀어나온 젊은 집사 같았다. 사실 하는 일은 행정관에 더 가깝다고 들었지만.

"안녕하세요."

"예. 벌써 오후로군요. 저택을 관람하고 계셨습니까?"

"네. 로잘린이 친절하게도 안내를 해줘서 즐거웠어요."

"다행입니다."

그냥 갈 것 같던 로테는 이쪽으로 다가오더니 로잘린을 하녀실로 돌려보냈다.

"여기서부터는 제가 안내하겠습니다."

갑작스러운 대접에 나는 그저 놀란 눈을 깜빡거렸다. 조금 어리둥절한 기분이었다.

'안내라고 해 봐야 얼마 걸리지 않는 거리일 텐데?'

요 며칠간 여기저기 돌아다닌 탓에 방 주변의 지리는 얼추 익힌 나였다. 그러나 티를 내는 대신 얌전히 로테의 뒤를 따랐다.

조금 걸었을까, 로테가 말문을 열었다.

"짐을 찾길 포기하셨다 들었습니다."

"네?"

"저택의 모든 소식은 가능한 빠르게 제게로 들어옵니다. 총괄하는 사람이니까요."

내가 헤렌에게 전달한 것이 겨우 몇 시간 전에 일인데. 이 남매가 텔레파시라도 주고받나. 나는 황당한 눈으로 로테를 바라봤다. 무슨 소식이 이렇게 빨라?

"아⋯⋯. 네. 그렇군요."

로테의 무심한 시선에도 별 감흥이 없이 끄덕였다.

"각하의 탄신일에도 참여하신다고 들었습니다."

"네에⋯⋯. 맞아요."

"저택 이들끼리의 파티라 하여 놀라셨을지 모르겠습니다."

확실히 그건 신기했지. 보통은 주인공의 생일이라고 하면 성대한 파티를 떠올리니까. 로테가 설명을 시작했다.

"각하께서는 외부인을 좋아하지 않으신 데다 큰 연회를 즐기시지 않습니다. 하나 각하를 따르는 저희의 간곡한 청에 매해 이런 자리를 만들도록 허락하셨지요."

"음, 로테 씨나 저택 분들이 축하하고 싶으셨단 말씀이신가요?"

"예."

나를 바라보던 로테가 처음으로 가볍게 미소를 머금었다.

"이토록 대단하시며 완벽하신 분의 탄신일을 그냥 보낼 수야 있겠습니까."

"아 네. 대단하신 대공님이요."

"대단하시고 완벽하신 각하십니다."

"아…… 네…….."

……못 들은 척하자.

순간이지만 뿌듯함 가득한 얼굴에 나는 슬쩍 시선을 돌렸다. 아무리 봐도 저건 최전방 스탠딩석을 손에 넣은 덕후의 얼굴 같은데.

"아무튼 각하의 탄신일 당일에는 저택에서 조촐한 파티를 진행하고, 며칠 뒤 수도 황성에서 제국의 영웅이신 각하의 생일을 기념하며 크게 축하연을 엽니다."

하나 언제 그랬냐는 듯이 정중하게 말을 잇는 로테는 태연한 낯으로 덧붙였다.

"각하께서는 참석하지 않으시겠지만요."

얌전히 설명을 듣다 말고 나는 그 말에서 고개를 갸웃했다.

'……주인공 없는 생일파티요? 그건 뭔 조합이지.'

하지만 한편으로는 이해했다. 황실에서 열리는 파티다. 리녹이 어찌 참여하겠나. 걔들은 그를 암살까지 하려 들었는데.

리녹이 웬만해선 암살당하지 않을뿐더러, 탄시즈와 리녹의 관계를 생각하면 황성 파티엔 '너 엿 먹어라.' 싶은 것들만 잔뜩 있을지도 모른다.

"말이 길어졌군요. 요는 아가씨께서도 이 파티에 참석하신다는 얘기를 전해 들었다는 것이었습니다. 저를 따라오시지요."

로테를 따라 복도 끝에 다다랐을 즈음 모퉁이에서 부집사님과 마주쳤다. 역시, 훨씬 어린 로테가 총집사인 게 신기했다.

"총집사가 더 젊은 것이 놀랍습니까?"

시선을 돌리자 어느새 로테가 멈춰선 채 나를 바라보고 있었다.

"놀라실 것은 없습니다. 부집사와 저를 비슷한 시선으로 보는 것을 많이 겪었으니 말입니다."

"아, 실례되었다면 죄송해요."

로테는 고개를 저었지만, 괜히 머쓱한 마음이었다.

슬그머니 창문 쪽을 응시했다. 어느새 해가 지려는 듯 서산 쪽으로 기어가는 태양이 보였다.

'지금쯤 언니도 저 석양을 보고 있으려나.'

그 순간 로테의 음성이 들려왔다.

"제 아버지는 이전 총집사이셨고, 전 대공 각하께 죽었지요."

뜻밖에 터져 나온 말에 나는 말을 잇지 못했다.

"누님은 각하의 기사가 되는 길을 택했고, 저는 보좌를 택했습니다."

……신상 고백? 이렇게 갑자기요? 내가 갈피를 잡지 못하는 사이 분위기는 로테에게로 흘러갔다.

"제 아버지가 사망한 이유는 간단했습니다. 현 대공 각하의 이름을 지어달라 요청해서였지요."

아. 이건 아는 얘기였다. 전대 대공에게 이름을 지어달라 간청하다 죽은 집사. 그게 로테의 아버지일 줄이야……. 책에는 이런 세세한 관계까지는 나오지 않았다.

"그걸 제게 말씀해 주시는 이유가 뭔가요?"

"대공가 사용인들은 한차례 물갈이……. 아니. 죄송합니다. 한차례 교체되었다 보니 대부분이 젊습니다."

"그런가요?"

확실히 모든 이가 젊었다. 젊거나 젊은 축인 중년이다.

"앞으로도 놀라지 않으시길 바라는 마음에서 꺼내드린 말씀이니 불편하게 생각지 마십시오."

그런 것치고는 묘하게 가시가 돋은 말투인데.

"아뇨. 전 어차피 귀족에 대해서 잘 모르는걸요."

"그렇습니까?"

그 순간 로테의 눈에 선명한 빛이 어린 것처럼 보였다.

"오래전 저는 각하께 아가씨에 대하여 들은 적이 있습니다."

과연 리녹은 로테에게 무슨 말을 했을까? 궁금했지만 로테는 알려 주지 않았다. 대신 다른 말을 했다. 아니, 색다른 행동과 함께였다. 그가 허리를 아주 깊이 숙인 것이다.

"아가씨는 각하의 은인이시지요. 대공님의 생신 전까지 저희가 은혜를 갚을 수 있게 해주시겠습니까?"

"······저, 은혜랄 것도 없는데요."

줄곧 탐탁잖게 봤으면서. 이 사람이 허리를 숙이다니. 호의는 아닌 것 같지?

"받은 이가 잊지 못할 은혜이니 말입니다."

"베푼 이가 괜찮다고 한다면요?"

"부탁드립니다."

정중한 것 같던 로테의 목소리가 변한 것처럼 느껴졌다.

아니, 갑자기 왜 이러시는 걸까.

"저희는 대공 각하께서 생일날 침울해하시는 모습을 보고 싶지 않습니다."

내 얼굴에 주름이 팼다.

"……이상한 말씀이시네요. 제가 꼭 대공님을 실망시킬 것처럼."

"도망가실 것이잖습니까?"

나는 멈칫했다. 내용에 놀라기도 했지만, 그의 말투가 지극히 담담했기 때문이었다.

"무슨 오해를. 저는 짐도 찾지 않겠다 말했는걸요?"

"짐을 찾지 않는 것이 꼭 여기에 머무르겠다는 것과 동일한 뜻은 아니지요."

"……하? 무슨 소릴 하시는 건지."

"경계하지 마십시오. 말씀드렸던 대로 저희는 대공 각하께서 침울해하는 모습을 보고 싶지 않을 뿐."

주춤 뒤로 물러나는 나를 로테는 막지 않았다. 로테의 얼굴은 무척이나 침착하게 보였지만, 자세히 보면 못마땅함과 깊은 결심 섞인 시선이 군데군데 섞여 있었다.

"거래를 하시겠습니까? 제 청은 단 하나, 최소한 각하의 탄신일까지는 이곳에 계셔 주시길 바라는 것입니다."

"갑자기 거래라니. 무슨 말도 안 되는 소리인지 모르겠네요. 제가 무엇을 얻으라고요?"

"그리하시면 순찰하는 루트와 경비 교체 시간, 그리고 대공 각하가 잠시 자리를 비울 시간을 만들어 드리지요."

그는 내가 거부할 수 없는 것을 제안했다.

"절 위해서 말인가요?"

"아뇨. 아가씨를 위해서가 아니라 저희의 완벽하시고 대단하신 각하를 위해서이지요."

웃지도 않고 말하는 모습이 꼭 진성팬 같기는 했다. 아니, 팬심이 이렇게 어긋난 발로를 열기도 하는구나.

확실히 거부할 수 없는 제안이다. 하지만 왜 이렇게까지 하지? 이 사람은 나에게 이럴 필요가 없는 사람인데.

저택의 총괄씩이나 되는 사람이었다. 리녹이 없으면 대리인의 역할. 마음에 안 들면 나를 교묘히 괴롭힐 수도 있는 사람이 이렇게 나오니 도리어 이상하게 여겨졌다.

……결국 도망가려면 생일 이후에나 도망가라는 얘기잖아.

"좋아요."

기회를 버릴 생각은 없다. 당연히 일단 잡아야지.

하나 이대로 그냥 넘어가기에는 이상해서 결국 묻고 말았다.

"그런데, 왜 이렇게까지 하세요?"

로테가 설핏 미간을 찌푸렸다. 추측하자면 말할지 고민하는 듯했다.

"일단은 각하를 존경하며 아끼는 마음이 먼저이겠고."

……그렇지 덕심이 최고겠고.

"두 번째는 각하께서 포기를 배울 필요도 있으신 것 같다 여겼기 때문입니다."

……포기?

나는 일부러 눈을 끔뻑였다. 동시에 동요하지 않으려 했다.

"세 번째는 각하께서 한번 울어보셨으면 좋겠다는 하극상적인 생각도 드는군요. 너무 지독한 병은 차라리 끊어내는 것이 옳으니까요."

"……예? 당신, 대공님을 좋아하는 거 아니었어요?"

존경한다며?

로테가 입꼬리를 말아 올렸다.

"각하께서 아신다면 그대로 목이 뎅겅 잘릴 생각이지요."

"……그럼 그런 생각은 저한테 보이면 안 되지 않을까요?"

"아가씨께서 고하지만 않으신다면 저는 내일도 살아 있겠지요."

아니, 왜 생사여탈권을 주세요. 필요 없는데요.

"그리고 이 정도는 말씀드려야 저를 믿지 않으시겠습니까?"

"……이전까지만 해주셨어도 충분히 믿었을 것 같네요."

오히려 그 말로 신뢰감이 감소했어. 알아? 나는 신음을 토했다.

"그럼 농인 것으로 하지요."

……그 얼굴로 퍽이나 농인 줄 알겠다.

어쨌거나 나는 로테와의 거래 아닌 거래를 받아들였다.

로테는 용건을 끝내자마자 그대로 돌아갔다. 돌아가며 붙이는 말이 가관이었다.

"어차피 여기서는 길을 아시지 않습니까? 도망가시려고 온 길을 익히느라 애쓰셨을 텐데요."

그렇게 말하며 입을 끌어 올린 모습은 진짜 성격이 나빠 보였다.

「각하, 저는 오직 한 주인만을 따릅니다. 제 주인은 완벽하며 오점 없는 이. 각하 말고는 안 됩니다.」

그러고 보니 원작에서도 리녹이 아니면 목줄을 쥘 사람이 차마 없는 짐승이자 지옥의 주둥이 캐릭터이긴 했다.

사실 리녹의 수하 대부분이 그러했다. 딱 주인을 닮은 수하들이 모인 기사단이었지. 그레이만 봐도 순둥한 얼굴을 하고서 퍽 외골수이지 않았던가.

방으로 가다 말고 문득 걸음을 멈췄다. 이대로 돌아가긴 아쉬웠다. 로테의 말대로 난 길을 익히고 있었으니까. 영 마음에 안 드네.

일이 너무 쉽게 풀리는데. 다른 함정은 없을까? 괜찮을까. 뺨 안쪽 여린 살을 살짝 깨물었다.

빨리 나서긴 해야 했다. 언제 세레나가 나타나서 이야기가 걷잡을 수 없게 비틀려 버릴지 모르는 상황이니 말이다.

'……내 생에 이렇게 쫄리던 날은 리녹과 살던 때가 끝인 줄 알았는데 말이지.'

정신 차렸을 때 복도에 작게 나 있는 테라스에 서 있었다. 창문으로 정원이 고스란히 보였다.

"흐음, 그러고 보니 뛰어내리는 연습도 해야 할 것 같은데."

2층 정도라. 여기서 뛰어내리면 아프진 않겠는데. 언니 덕분에 얼추 나무를 타고 내릴 줄은 알았다. 볼록하게 조각이 새겨진 기둥은 나무와 크게 다르지 않았다.

'한번 해 봐?'

정말 뛰어내릴까 말까 고민하던 그때였다.

"에, 에이미 씨?"

귀에 익은 목소리에 나는 쪼로록 고개를 내렸다.

"그레이?"

난간 아래에는 언제 온 것인지 모를 그레이가 서 있었다.

"위, 위험합……."

"거기서 뭘 하고 있는지."

그레이의 당황한 목소리 사이로 묵직한 음성이 끼어들었다.

"물어도 되겠나."

리녹이었다.

'……이런. 망했다.'

나는 웃으며 난간에 올렸던 다리를 내렸다. 아울러 치맛자락을 잡았다. 바람이 불며 치마가 거세게 흩날렸기 때문이었다.

"눈 내려."

"네, 네넷! 저는 아무것도 못 봤습니다!"

살벌한 리녹의 목소리가 들리는가 싶더니, 어느새 난간 바로 밑에서 나를 올려다보는 리녹을 볼 수 있었다.

'이대로 24시간 감시라도 당하는 거 아닌가 몰라.'

불호령을 기다릴 때였다. 그가 팔을 벌렸다.

"내려와 주겠나, 에이미."

겨울바람이 불고, 그의 머리칼이 한들한들 흔들렸다.

'아니, 사람을 받겠다니 저게 말이야, 방구야?'

나는 조금 기가 찬 얼굴로 그를 응시했다. 그러고는 팔을 난간에 기대고 턱을 괬다.

"싫어요. 제가 대공님이 하라 명하시면 전부 해야 할까요?"

방긋 웃었다. 내 말과 동시에 히익, 숨을 삼키는 소리가 들렸다. 그레이의 순한 눈이 연신 나와 리녹을 오갔다. 왜 댁이 울먹여?

"대공님은 손짓 하나, 눈짓 하나로 모든 걸 얻으실 수 있는 분이시잖아요."

평민인 내가 이렇게 함부로 내려다보고 막말을 뱉는 일이 아주 경을 칠 일이라는 건 안다.

"저 괘씸하죠? 막 쫓아내고 싶은 생각 드시죠?"

리녹이 고개를 저었다.

"기분이 상하지 않은 일을 상했다고 할 수는 없다."

장난도 치기 어렵네. 살짝 시선을 피한 나는 못마땅한 시선으로 정원 언저리를 쳐다봤다.

"제가 그렇게 중요해요?"

"그건 네가 더 잘 알지 않나."

리녹은 언제나처럼 집요한 시선으로 나를 담고 있었다.

"대공이 정말 대단한 자리라면, 너는, 손짓 하나 눈짓 하나로 그 대공을 얻을 수 있겠지."

책 속 당신은 당신의 대공이란 자리를 참 싫어했다. 아버지의 직함이었으니 당연할지도 모른다. 그러나 지금 날 위해 그 작위를 입에 담는다. 이 일관적인 모습에 나는 마침내 웃음을 머금을 수밖에 없었다.

당신은 한결같다. 너무 한결같아서 무서웠다.

"저를 중요하게 생각하시는 건 알아요. 이런 대접이 과분할 정도구요."

"……."

"납치범이란 건 변함없지만."

어째서인지 납치범이란 단어에 그레이가 히끅, 딸꾹질을 했다.

난 잠깐 의아하게 봤다가 한숨을 쉬었다. 이런 얘길 하려고 한 건 아니었는데. 그대로 시선을 옮겼다.

"심술궂게 이야기해서 미안해요. 대신 선물 하나 드리려 하는데 어떠세요?"

그에게서 눈을 떼어내지 않았다.

"저는 앞으로 여기에 머물 생각이에요, 대공님."

생각보다 담담하게, 태연한 목소리가 스스럼없이 튀어나왔다.

"제가 머물 방이 있을까요?"

나는 상체를 세웠다.

팔랑팔랑.

허리를 기울여 흩날리는 내 치맛자락을 잡았다.

"……정말인가?"

"네."

리녹은 어째서인지 큰 감정의 동요를 보이지 않았다. 아니, 거리
가 멀어서 잘 보이지 않는 건가?

"이 정도 처사는 대공님께 후한 거겠죠?"

장난치듯이 한마디 덧붙이고는 슬그머니 발을 뒤로 옮길 때였다.

"대, 대장!"

"대장님!"

그레이의 목소리와 리녹을 부르는 낯선 목소리가 함께 들렸다. 낯
선 목소리는 아마 그레이와 있던 사내의 것이지 싶었다.

그렇지만 나는 그레이의 음성에 시선을 돌릴 겨를이 없었다.

시야가 휙 흔들리며, 몸이 붕 떠올랐으니까.

"리, 아니, 대, 대공님?"

바로 눈앞에 리녹이 있었기 때문이다. 분명 조금 전까지 아래에서
멀리 봤던 얼굴이 코앞에 있었다. 심지어 내 허리와 손을 붙잡은 채로.

'……어떻게 올라온 거야?'

허리를 단단하게 지탱한 팔에 안긴 채 당황한 눈으로 앞을 응시했다.

"아, 아니. 사람이 무슨 뛰어서 2층을 올라와요."

선생님, 슈퍼맨이세요? 무슨 2층으로 눈 깜짝할 사이에 날아와.

"대공 기사단이라면 어렵지 않게 할 수 있다."

"아. 그레이 씨도 할 수 있다고요?"

그러자 나를 빤히 보던 리녹이 눈썹을 들어 올렸다. 그러더니 낮은 음성을 터트렸다.

"내가 더 빠르다."

……예? 누가 선생님 대단하신 거 모른답니까.

마력을 사용하는 기사들이 어느 정도로 강해지는 책으로 읽어서 얼추 알고 있다고 생각했다. 상상 그 이상이어서 그렇지.

아무래도 그가 날 놓아줄 것 같지 않으니 직접 잡아서 뗄 생각으로 손을 들었다. 그의 손을 잡는 순간 리녹이 나를 살짝 잡아당겼다.

"……정말인가, 에이미."

끓는 듯 낮은 소리에 자연히 시선은 얼굴로 향했다.

"정말 여기 있을 건가?"

무엇이 정말이냐고 물으려던 나는 입을 꾹 다물었다. 그러다 한숨을 삼키며 끄덕였다.

"네. 남아서 대공님의 생일도 축하드릴게요. 놓아주세요. 아파요."

사실 하나도 아프지 않지만. 이 상황이 영 부끄러우니 말이라도 이렇게 해보자 싶었다. 그러자 거짓말처럼 리녹의 손에서 힘이 빠졌다. 뱀처럼 스르륵 빠지는 손을 바라보며 안심한 나는 그대로 고개를 들었다가 딱딱하게 굳었다.

"잠깐. 잠깐만요."

나는 얼른 손을 빠르게 뻗었다. 리녹은 갑자기 자신의 얼굴을 잡은 나를 알 수 없다는 듯이 바라봤다. 지금까지 여기 온 뒤로 단 한 번도 먼저 손을 뻗지 않던 나였지만 이건 안 되겠다 싶었다.

……이 선생님, 방금 내 심장을 조져 버리시려고 했어.

리녹의 얼굴, 정확히는 리녹의 양 입꼬리를 붙잡은 나는 얼른 절레절레 고개를 저었다.

"동작 그만. 하지 마세요."

"뭘, 말이지?"

"하려고 했던 게 무엇이든요. 하지 마세요. 네?"

리녹은 알 수 없는 눈으로 나를 보고 있었다. 이내 그가 느리게 머리를 움직였다. 그의 동의를 받고서야 나는 손을 떼어냈다.

허공으로 떨어진 손은 곧 덥석 붙잡혔지만.

"내가 웃는 게 싫은가?"

악어처럼 벌어진 손이 나를 잡고 놓을 줄 몰랐다.

"아하하. 그, 그건 아니고요……."

황급히 손을 떼어낸 나는 뒤로 뒷걸음질 쳤다. 이번에야말로 리녹이 성큼 멀어졌다.

"어쨌든, 전 할 말 전부 전했으니 가볼게요."

참 마성의 얼굴이다. 섬세하면서도 남자다운 유려한 선에 지는 석양의 그림자도 아름다울 만큼.

그렇게 막 테라스의 문을 열던 나는 문득 머리를 홱 돌렸다.

"에이미."

그가 부르지 않았다면 나는 그대로 나갔을 거다. 돌아보니 리녹이 석상처럼 서 있는 것이 보였다.

"나는 세 번은 참고 싶지 않다."

석양빛에 물든 그의 눈을 바라보며 울대를 꼴깍 움직였다. 나를 물끄러미 바라보던 리녹이 고개를 슬쩍 기울였다.

"네?"

무슨 말일까. 리녹은 더는 말을 잇지 않았다. 별 뜻 없겠지. 쿵 내려앉는 심장의 느낌을 피해 말을 돌렸다.

"대공님, 한 가지 이야기하고 싶은데."

나는 눈만 돌려서 리녹을 빤히 응시했다.

"벗지 마세요."

"무엇을 말인가."

"상의요, 상의!"

그러자 잠시 고민하던 리녹은 천천히 시선을 아래로 내렸다.

"하의는?"

"······네?"

벗어났다 싶은 자색 눈이 리녹의 눈높이보다 아래에 있는 나에게로 쏟아졌다.

"하의에 대해서는 말이 없다만."

······되겠습니까?

"당연히 안 되죠!"

나는 어처구니없는 눈으로 그를 쳐다봤다. ······대체 남자 주인공 머릿속엔 뭐가 들어 있는 거지?

"알아들었다."

리녹은 무슨 생각을 하는지 모를 낯으로 끄덕였다.

그러고는 모양 좋은 입술을 떼어냈다.

"그럼 앞으로, 둘만 있을 때 처음부터 탈의한 채······."

쾅!

나는 곧바로 문을 닫았다.

나는 아무것도 못 들었다. 못 들었어.

△

시간은 빠르게 흘렀다.

어느새 리녹의 생일이 다가왔다. 아침부터 이 거대한 저택이 분주하거나 시끌벅적할 거라 생각했는데, 생각했던 것과 달리 고요했다. 아침이라 그런 걸까? 모두 딱히 분주해 보이지 않았다.

"아가씨, 조금 피곤해 보이세요."

"아. 아니에요. 조금."

2일이란 시간이 순식간에 지나간 것 같지만 사실 내게 순조로운 이틀은 아니었다. 밤마다 리녹이 방문을 두드렸으니 말이다.

"······에이미, 안 열어줄 건가?"

"대공님, 왜 이러세요."

"에이미."

"애타게 부르지 마시고."

"······정말 돌아가나?"

"돌아가시라니까요. 이제 도망도 안 간다고 말씀드렸잖아요. 생일도 축하해 드린다고!"

그럼에도 리녹의 노크는 끊임없이 들려왔다. 노크 귀신이 있다면 딱 이렇겠다 싶었다. 다행인 것은, 문을 잠그면 부수는 대신 두드리기만 한다는 거랄까.

리녹은 들여보내 주지 않자, 마치 쫓겨난 강아지처럼 문 앞에 기대어 자기 시작했다. 커다란 짐승이 문을 긁고 낑낑대는 것과 다를 바 없었다.

그러자 로테의 눈이 송곳을 장착한 듯 뾰족해졌다.

"탄신일까지 함께해 달라 청을 드렸건만……."

감히 우리 완벽하신 각하님을 네가 바닥에 드러눕게 했냐. 딱 이런 시선이었다.

조금 울고 싶은 심정이었다. 둘째가라면 서러워할 선생님 팬이 흡사 무대 장치로 실수해 스타를 다치게 한 무대감독 보듯이 절 쳐다보는데요.

"내 탓 아니에요."

아니, 그쪽 선생님이 도통 말을 들으시질 않는다고요.

덕분에 식사 시간이 가시밭길이었다. 식사 시간마다 하녀장인 헤렌 씨며 총집사인 로테며 함께했으니까. 아니, 총집사 겸 대공의 보좌라면서 왜 내 식사 시간에 함께하는 건지 모를 일이었다.

아무튼 그렇게 고비를 꾸역꾸역 넘겨 가며 오늘이 왔다.

"와아. 엄청 크네요……."

로잘린은 오늘 파티 준비 중인 과정을 구경시켜 주겠다며 홀로 이어지는 정원으로 나를 데려왔다.

"이베르크 대공가를 상징하는 동상이에요."

"대공가를 상징하는 거면 저렇게 큰 것도 이해 가네요."

여긴 내가 처음 도착했던 정원 같은데. 그때는 새벽이어서일까, 못 봤던 커다란 동상이 있었다.

로잘린은 매해 이 시기쯤 꺼내놓는 것이라며 설명했다.

리녹을 만났던 마을에서처럼 리녹의 모습을 형상화한 동상은 아니었다. 오히려 저건…….

"늑대네요?"

"네. 맞아요! 초대 대공께서는 늑대 펜릴과 계약하셨다고 알려져 계시니까요.”

“펜릴?”

“어머, 모르셨어요? 요즘 동화에는 안 나오나 봐요.”

로잘린이 눈을 동그랗게 떴다.

펜릴, 들어본 적은 있는데. 저만한 짐승이 초대 대공 그림에도 그려져 있었지. 그냥 키우던 개 이름이 아니었나?

내가 뺨을 긁적이며 그런 것 같다고 얘기하자 로잘린은 짝 손뼉을 치며 말했다.

“저 어릴 적에는 자주 나왔던 내용이거든요. 일 년 내내 겨울인 제국 북쪽 산맥에 사는 마법을 부리는 늑대예요.”

“아하, 네.”

“초대 대공 전하의 친우이기도 했고요.”

초대 대공이라면 현재 리녹이 걸린 고대 마법과 깊이 연관된 인물이었다. 그 마법이 초대 대공으로부터 이어진 것이니 말이지.

찬찬히 동상을 다시 바라보자 늑대 옆에는 하얀 솜 같은 뭉치가 군데군데 놓여 있었다.

“저기 쌓인 건 눈이에요. 초대 대공님께서 펜릴과 처음 마주했을 때가 눈 오는 겨울이었다고 해요.”

컨셉이 눈을 맞는 늑대인 듯 입을 쫙 벌리고 하늘을 올려다보는 모습이었다.

“눈 속에서 어린 새끼 펜릴을 주웠고, 그 펜릴의 어미에게서 강대한 마력을 건네받으셨대요.”

나는 자세히는 몰랐지만 고개를 끄덕였다.

“검사셨던 초대 대공님은 그렇게 마법사가 되셨다고 해요.”

펜릴에 대해서는 모르지만 마력은 언니와 공부했었다.

기사들은 마력도 사용하는데, 그건 크게 보면 마법사의 마력과 다르지 않았다. 때문에 극도로 숙련된 검사는 대마법사에 비견되기도 했다.

"이베르크령에는 지금도 전설이 돌아요. 푸른 눈이 내리는 겨울에는 펜릴이 다시 이곳을 방문한다고요."

"마법과 늑대라니 신기하네요."

확실히 특이하긴 하다. 마법을 쓰는 늑대가 또 어디에 있겠어? 더구나 마법사도 있는 세상이다. 원작도 이런 맛에 읽었지.

로잘린과 동쪽 본관 건물에 도착했다.

"저기가 주방이에요. 맛있는 냄새가 나죠? 아가씨께 맛있는 쿠키를 드리고 싶어요!"

"하하. 네. 감사해요."

그렇게 로잘린이 꼭 보여 주고 싶다는 주방 쪽으로 향할 때였다.

저벅저벅. 누군가 급한 걸음으로 이곳에 오고 있었다.

"그렇대도요. 누구든 와야 합니다. 책임자로요!"

로테였다. 그리고 옆에 있는 사내는 늑대가 그려진 갑옷을 입고 있는 걸로 봐서는 기사단의 일원인 듯했다.

"그쪽 볼일만 바쁜 게 아닙니다, 테이. 난 지금 당장 이걸 전해 드려야 합니다."

"아, 로테 님, 제발. 급한 거 아시지 않습니까. 애 하나 죽습니다!"

"이것도 급합니다. 마법 서류라 금방 지워진단 말입니다."

무슨 일인진 몰라도 실랑이를 벌이는 얼굴이 퍽 심각해 보였다. 돌아서 가야겠다고 생각할 즘, 로테와 정면으로 시선이 마주쳤다.

아. 어쩐지 잘못 걸렸다는 생각이 든다.

그리고, 불길한 예감은 딱 맞아떨어졌다. 로테가 내게로 성큼 걸어왔던 것이다.

"아가씨, 매우 실례되는 말씀이나, 청을 하나 드려도 되겠습니까?"

'실례되는 말이라면 안 하시는 편이 나을 것 같아요.'라는 말은 로잘린이 있어 못 했다.

직설적으로 하지 못해도 백기는 들기 싫었다.

"……안 듣고 안 들어드릴 수는 없을까요?"

"감사합니다. 외람되지만 이 서류를 각하께 전해 드릴 수 있으시겠습니까."

……당신, 내 말 듣긴 들은 거야?

나는 어처구니없다는 표정을 숨기지 못했다.

"중요한 서류인 것 같은데, 제게 맡기시겠다구요?"

"현재 각하께서는 기사단 간부와 회의 중이십니다."

"그런데요?"

"회의 중에 외부인이 들어갈 시…… 각하는 즉시 검으로 베어버립니다."

잠시 우리 사이에 침묵이 돌았다.

'……잠시만. 나도 외부인인데요?'

그리 쳐다보는 시선을 로테가 알아차렸다.

"외부인의 기준에는 하녀와 하인을 비롯해 모든 사용인을 포함합니다. 하지만 아가씨께서는 괜찮으십니다."

"괜찮을 리가요. 제가 가장 외부인이잖아요."

"아가씨이기 때문에 괜찮다 말씀드리는 겁니다."

로테는 살짝 찡그리면서도 퍽 진중한 목소리로 말했다.

"……장담컨대, 각하께서는 절대 아가씨를 베지 않으실 겁니다."

그리 말했음에도 나는 로테를 믿지 못했다.

'아니, 거짓말하는 것 같지 않은데. 설마 내가 싫어서 검에 좀 베여봐라 싶은 건가? 자꾸 삐딱한 마음이 먼저 든단 말이지.'

하지만 같이 있던 사내의 간절한 눈빛을 이기지 못하고 끄덕이고 말았다.

"알았어요. 어딘지 말씀만 해주세요."

로테의 얼굴이 조금 밝아졌다. 나는 서류를 받으며 목소리를 낮췄다.

"가드리는 대신, 약조 잊지 않으셔야 할 거예요."

"물론입니다."

도망갈 때 좀 더 도움을 기대해도 된다는 거겠지?

뭐, 나쁘지만은 않았다.

"아가씨, 저쪽 저쪽이에요."

로잘린의 안내를 받아 리녹이 있는 회의실로 향하는 것은 어렵지 않았다. 다만 회의실이 있는 복도에서부터는 나 홀로 걸어야 했다. 물론 한숨은 나왔지만. ……어쩌다 심부름까지 하게 된 건지.

"쭉 걸어서 세 번째 방이었지?"

막 모퉁이를 도는데 웬 사내들이 네 명쯤 우르르 튀어나오더니 걸어갔다. 하나같이 심각한 표정인 그들은 내게 시선도 주지 않고 걸어가 버렸다.

'저 갑주는 대공기사단인 것 같은데.'

누군가 나를 돌아보는 것 같았지만 시선은 금방 사라졌다. 나는 얼른 발걸음을 재촉했다. 그렇게 문고리를 막 잡았을 때였다.

'열려 있잖아?'

순간 귀에 익은 목소리가 들렸다.

"정말 괜찮겠습니까?"

문틈 사이로 그레이의 목소리가 흘러나왔다.

"대장님이 그대로 돌아가 버리셔서 아주 화가 많이 나셨던데요…… . 제 생각도 그렇습니다. 이렇게 돌아오셔서는 안 되는 거 아닙니까?"

나는 문을 미려던 동작을 멈췄다.

"애초에 퍼레이드를 제안한 건 대장님 아니십니까. 그분은 대장님께서 벌이신 일 때문에 한 달 뒤에야 이곳에 오실 수 있게 됐다는데."

그레이의 조곤조곤한 음성이 귀에 쏙쏙 박혔다.

"어라, 대장님. 신호가 왔는데요?"

꽉 손잡이를 쥐고 있던 나는 나도 모르게 힘을 풀었다. 그레이의 목소리가 잠시 잦아들고 미미한 진동 소리가 들렸다.

"누구지? 아. 제 말 하면 오신다더니."

이때, 끼이익 문이 열리며, 리녹의 옆모습이 보였다.

"세레나 님이시네요. 받으시겠습니까?"

……세레나? 여주인공?

그 순간 리녹과 눈이 마주쳤다.

"에이미?"

넓은 회의실로 보이는 방 안에는 리녹과 그레이 둘뿐이었다.

"왔으면 들어오지 않고서 뭘 하나."

기대어 있던 리녹이 상체를 세웠다.

"아, 그게 저 음. 심부름을 왔는데…… ."

"심부름?"

"네. 로테 씨의 부탁으로요."

나는 그대로 멈칫한 채 눈을 굴렸다. 이렇게 티 나게 시선을 피할 필요는 없었을 텐데. 그 생각은 조금 뒤에나 들었다.

"대장님?"

"나중에."

리녹이 손을 저었다. 조금 전까지 굉장히 바빠 보였는데, 나를 신경 쓰는 듯한 기색에 괜히 미안해졌다. 그러나 머리는 한 가지 생각으로 가득한 상태였다.

'세레나.'

그녀의 이름이 리녹의 입에서 나오고서야 현실감이 들었다. 어쩌면 마주칠지도 모른다는 두려움과 함께.

"음, 저……. 죄송해요. 방해한 것 같은데."

"아뇨. 아닙니다."

대답한 것은 그레이였다.

"이미 회의도 끝났고요. 만약 회의 중이라 했더라도 음……. 음. 에이미 씨는 괜찮으실 것 같은데…… 요?"

그레이는 그렇지 않냐는 듯이 리녹을 바라보면서 말을 했는데, 곧 입을 다물었다.

"……에이미 씨?"

"으."

사색이 된 그레이의 얼굴에 실수했다는 기색이 역력했다.

"하, 하하하. 대장님. 그게 말이죠."

그레이가 얼른 내게서 몸을 돌렸다.

어째…… 등만 봐도 식은땀이 잔뜩 흐르는 것 같다.

"제 이름이 에이미니까. 그렇게 부른걸요. 그럼 뭐라고 부르나요?"

"하, 하하하. 아닙니다! 제가 호칭 실수를!"

그럼 뭐라고 부르려고? 의문이 어린 눈으로 그를 바라보고 있으려니 리녹이 끼어들었다.

"다시."

"예, 예? 대장님?"

"다시 불러보도록."

"아가씨……."

주르륵. 그레이는 금방이라도 울 것 같은 울상이었다. 하지만 곧 애써 웃음을 지어 보이며 내 쪽을 응시했다.

……너무 불쌍해 보이는데.

"대……."

"그보다요."

안절부절못하는 그레이가 안타까워서라도 나서야겠다 싶었던 내가 말을 가르고 끼어들었다.

"로테 씨가 급하다고 한 서류예요."

진지하게 부탁하는 표정만은 진짜였으니 급한 게 맞겠지?

"로테가 네게 부탁한 건가?"

"네. 급한 일로 직접 전달 드릴 상황이 안 돼서 간곡한 청으로 제가 온 거구요."

성큼성큼 걸어간 나는 들고 있던 서류를 그레이에게 안겼다.

"전달했으니 이만 가볼게요."

얼떨결에 서류를 받은 그레이는 조금 전보다 더 어쩔 줄 모르는 얼굴을 보였다. 구해줘도 왜 이런 표정이람. 등을 돌린 나는 미련 없이 문으로 걸었다.

'괜히 온다고 했네…….'

세레나와의 중요한 연락 순간을 방해하게 될 줄은 몰랐다.

긴 복도를 한참 걸었을까. 나는 잠시 걸음을 멈췄다. 그러고는 해가 지는 창문을 응시했다.

파티는 저녁부터였지. 그리고 밤이 깊어질 때……. 기다려 왔던 때가 돌아온다.

어쩐지 왜일까. 그 시간이 오지 않았으면 하는 것과 동시에 빨리 왔으면 좋겠다는 모순적인 생각이 들었다.

창문으로 흘러내린 석양이 바닥을 붉게 물들였다. 긴 그림자의 다리가 모퉁이에서 막 잘릴 무렵이었다. 누군가 앞에 나타났다. 나는 내 앞으로 길게 뻗어진 팔을 응시했다.

"……에이미."

리녹이었다.

그는 달려온 듯 숨이 가쁘지는 않지만 머리칼이 헝클어지고 옷매듭이 흐트러져 있었다. 흐트러진 그 모습이 조금 야릇하단 생각을 하던 나는 고개를 붕붕 흔들었다. 대체 무슨 생각을 하는 거람.

"네. 대공님? 무슨 일이신가요? 이렇게 급하게 쫓아오시고."

나는 차분한 눈으로 리녹을 응시했다. 그 순간 자수정을 박아놓은 듯 요요한 자색 눈동자가 잠깐 흔들린 것처럼 보였다.

나는 뒤로 주춤 물러났다. 가까워지지 말아야겠단 생각이 들었다. 그러나 내 시도는 곧 가로막혔다.

"……딱히 이유가 있던 것은 아니다."

나는 손을 내려다봤다. 리녹이 내 손목을 아프지 않게 잡고 있었다. 언제나 손끝이 찬 리녹은 오늘도 내게 서린 온도를 전달했다. 체온이 정신을 톡톡 두드려 깨우는 것 같았다.

"그렇구나. 으음, 그럼 이 손…… 놓아주시면 안 될까요?"

"아픈가?"

잠시 입을 다물었던 나는 다시 떼어냈다.

"아뇨. 아픈 건 아닌데……. 돌아가 봐야죠."

"돌아가? 어디로."

"로잘린이 계단 밑에서 기다리고 있는걸요."

손목에서 잠시 움찔하는 떨림이 느껴졌다. 그건 리녹의 것이었다. 나는 무슨 생각을 하는지 모를 그의 얼굴을 눈에 담았다.

"쫓아온 건 조금 전 네 얼굴이……. 아니, 아니다. 아픈 건가 싶었다."

"아파요? 전혀요. 전 건강한걸요."

"그렇게 보인다."

그의 머리칼이 이마로 흘러내렸다. 정돈된 것보다 약간의 흐트러짐이 가미된 모습이 더욱 시선을 잡아당겼다.

"아프지 않아요."

어쩜 석양과 이리도 잘 어우러지며 아름다울까. 한번 잘못 빠져들면 다시는 탈출구를 찾지 못할 미로처럼.

잠깐 꾹 맞물려 있던 그의 입술이 떼어졌다.

"아프진 않아 보이지만, 지나치게 태연한 것처럼 보이는군."

순간 심장이 두근거렸다. 의심하는 거야? 아니, 아니야. 무엇을 보고 그러겠어. 푹 심장을 찔린 기분이다. 긴장을 삼킨 나는 무슨 소리냐는 듯 고개를 기울였다.

"……무, 무슨 소릴 하시는지 모르겠어요."

"그런가."

나는 천천히 머리를 들어 올렸다. 어쩐지 그를 보지 않으면 안 될 것 같은 기분이었다. 나를 바라보던 리녹의 눈이 깊어졌다.

"에이미, 정말 머물 건가, 이곳에?"

한순간 서늘해진 눈에 순간 한기가 들었다. 어째서 지금 다시 묻는 건지 알 수 없었다.

놀람을 감추며 의아하게 대꾸했다.

"네. 맞아요."

"오늘 저택의 파티에도 참여한다고 들었다."

"어어, 네. 그것도 맞아요."

뜻 모를 문답에 의문이 타조 머리처럼 고개를 삐죽 내밀었지만 드러낼 수는 없었다. 바람이 불며 리녹의 머리칼을 흔들어 놓았다. 불현듯 다가온 얼굴에서 청량하며 시원한 향기가 스쳤다. 리녹이 느긋하게 몸을 숙였다. 서늘한 듯 날카로운 눈에 내가 담겼다.

"……에이미, 네가 원하는 것은 뭐든 들어주고 싶다."

리녹이 검지를 살살 밀어 손목에 도드라진 핏줄을 문질렀다. 느리게 문질러지는 손에 아랫배에 힘이 들어갔다. 자칫 이상한 소리가 터질 것 같았다.

"너는 내게 과분한 은혜를 베풀었지."

"……저는 빚이라 생각하지 않아요. 그리고 이미, 많은 것을 주셨어요. 예, 예쁜 옷도. 맛있는 음식도……."

고개를 들면 그는 숲속에서 순간이동 마법을 쓰던 날처럼 나를 내려다보고 있었다. 절로 긴장이 손끝을 지배했다.

"부족해."

……당신의 은혜 갚기란 언제부터 시작했으며, 언제 끝나는 걸까.

그의 손에서 힘이 빠졌다고 느낀 순간 그가 조금 전보나 조금 강하게 나를 붙잡았다.

"나는 세 번은 싫다."

오싹하도록 낮은 목소리가 귓전을 파고들었다. 리녹이 바로 옆에 있지 않았다면 팔을 싹싹 문지르고 싶은 목소리였다.

……왜 그날처럼 긴장되는 걸까.

기울어진 고개가 대답을 기다리는 듯 나를 응시하지 않았다면 나는 그대로 입을 꾹 다물었을 것이다.

"무, 무슨 말인지 모르겠지만, 알겠어요."

그의 입술이 보일 듯 말 듯 꺾어진 것을 본 것 같았다.

"그래. 에이미. 그럼. 저녁에 보지."

그가 멀어지며 한없이 길어지는 그림자를 응시했다. 목을 타고 침이 꼴깍 넘어갔다. 지금까지 얌전히 고양이처럼 장난치던 맹수가 발톱을 드러낸 기분이었다.

△

저녁이 찾아오자, 로잘린이 나를 커다란 홀로 데려갔다.

이미 석양이 완전히 질 때까지 주방을 구경했던 나는 배가 썩 고프지도 않았다. 이미 오후쯤 주방에서 맡았던 단내에 먹지 않아도 배가 부른 기분이었으니까.

로잘린은 저녁을 거르면 안 된다며 펄쩍 뛰었지만 나는 속이 좋지 않다는 말로 그녀를 달랬다. 주방에서 아주 안 먹은 것도 아니고 주방장들이 자꾸 권하는 탓에 시식한 게 좀 많기도 했다.

'여기 인심 한번 정말 후하네.'

주방을 다녀오며 알게 된 사실은 대공저 사람들의 인심이 넉넉하다 못해 보따리가 터질 정도라는 것과 이들이 나를 그다지 꺼리지 않는다는 점이다.

"아가씨, 이것도 드십쇼! 제 역작입니다!"

"저놈 거보다는 제 것이 더 맛있습니다!"

"아가씨 저놈은 손 안 씻고 만들었습니다요!"

"뭐야? 거짓말입니다. 저놈은 코를 판 손으로……!"

"……둘 다 먹을게요."

어째서 이렇게 나를 먹이는 데 열성적인 것인지 알 수 없었지만.

"아가씨께서는 대공님의 생명의 은인이시잖아요! 모두가 감사히 여기고 있어요."

이들에게 내 존재는 리녹에게 아주 큰 은혜를 베푼 은인으로 알려져 있다는 것을 알았다. 낯선 존재가 껄끄러울 만도 한데, 목숨을 구한 것으로 잘 알려진 것 같다. 어쩐지 로잘린부터 과한 친절을 보인다 싶더라니.

어쨌거나 주방에 다녀오고 이곳에서의 내 처지를 간접 체험한 나였다. 미움받지 않는 것은 좋았지만 그렇다고 딱히 만족한 것도 아니다.

'……내가 여기서 사랑받아서 뭐 할 거야.'

어쨌거나 나는 홀을 둘러보며 곧 감탄을 흘렸다. 본래는 대공저에 방문하는 귀족들을 위한 홀이었을 공간은 사용인들로 가득했다. 간간이 하녀복 하인복이 보이지만 대부분 사복처럼 보이는 복장이다.

"온 저택 모든 사용인이 전부 모였어요!"

누군가의 시중을 들고 저택 곳곳을 관리하고 깨끗이 해야 할 이들이 삼삼오오 짝지어 즐겁게 웃고 있었다.

딴딴, 따라란.

누군가는 악기를 들고 또 누군가는 가운데서 흥겹게 춤을 추고 있었다. 춤에 격식은 없었다. 남녀끼리, 여성끼리, 혹은 남성끼리 흥겹게 리듬에 맞춰 경쾌한 움직임을 보이는 것이었다.

'……신기하네.'

이미 오래전에 귀족의 이름을 포기한 나는 사교계의 파티를 잘 모른다. 하지만 잘 몰라도 이 흥겨운 파티는 사교계 파티보다 즐거워 보였다. 사용인들의 축제라. 새삼 이것을 허락한 리녹이 신기하게 여겨졌다.

"아가씨, 정말 가지 않으실 거예요?"

"네. 제가 가면 다들 불편해할지도 몰라요. 소개는 조금 있다가 해 주세요. 파티는 길잖아요?"

다른 사용인들에게 나를 소개하고 싶어 했던 로잘린은 망설이다가 이내 끄덕였다. 수긍한 기색이었다.

멀어지는 그녀를 잠시 바라보던 나는 턱을 괴고 미소를 살짝 지우고 눈을 내리깔았다.

'마지막일지도 모르는데……'

하지만, 인사는 못 하는 게 당연했다.

홀의 조금 구석진 곳에 앉아 주변을 바라보았다. 내가 앉아 있는 자리는 누군가 애써 오지 않으면 가까워질 일이 없는 한적한 곳이었다. 물론, 이걸 알고 여기 앉은 거긴 했다.

홀에는 사용인뿐만 아니라 곳곳에 덩치가 크고 몸이 탄탄한 남녀가 가득했다.

'기사단도 있다더니 저기 모인 건가 보네.'

물론 기사단이라 해서 기사단끼리만 모여 있지는 않았다. 나는 그들 사이에서 로잘린을 발견했다. 그녀는 자신보다 조금 큰 여성과 즐겁게 웃고 있었는데 마치 자매처럼 무척 사이가 좋아 보였다.

"……오늘은 언니가 많이 보고 싶은 날이네."

고개를 돌려 테라스를 바라보니 어쩐지 숲속에 살던 그날이 떠오르는 하늘이었다.

"에이미 씨!"

고개를 돌리자 저쪽에서 걸어오는 그레이가 보였다. 그는 회의실에서와 달리 평상복 차림이었다. 큰 덩치와 훈훈한 얼굴 덕에 보기 나쁘지는 않았다. 아니, 리녹에게 익숙해져서 그렇지 준수한 외양이었다.

"아. 대장님께서는 중요한 분과 얘기를 나누시고 계실 겁니다."

"궁금해서 쳐다본 건 아닌데요."

"앗, 그런가요? 그래도요."

뭐가 그래도인지는 모르겠지만 호기심은 풀렸다. 홀에 리녹이 보이지 않아서 당연히 참여 안 하는 건 줄 알았다.

혹시 세레나랑 얘기 중인 걸까? 온다고 했으니, 도착했을지도 모르잖아.

"그런데 아까 그렇게 혼나놓고 저를 또 에이미 씨라 불러도 괜찮나요?"

"헉. 아. 그러네요. 그, 그럼 뭐라고 부르죠?"

그걸 왜 나한테 묻냐는 시선을 그에게 돌려주자 그레이가 움찔했다.

"으으음. 잠시만요. 적절한 호칭을 찾아보겠습니다!"

머리를 잡으며 끙끙대던 그레이가 이내 번쩍 고개를 들었다.

"대……."

"대?"

"대공비님?"

……이 사람 무서운 소릴 하시네.

"세레나 님을 두고 왜 제게 그런 소리를 하세요?"

"세레나 님요?"

그레이가 의아하게 반문했다. 얼떨떨함이 가득했다.

"……아뇨. 됐어요. 그냥 이름으로 부르세요."

그레이가 눈을 크게 깜빡였다.

"아뇨, 아뇨. 잠시만요. 에, 아니, 아가씨! 제가 눈치가 좀 없는 편이긴 한데요, 지금 간과할 수 없는 소리를 들은 것 같은데."

"아뇨. 아닐걸요. 그냥 농담한 거예요."

"농이요?"

"네. 대공님께서는 세레나 님과 퍼레이드를 같이할 정도로 가까운 사이시잖아요."

나는 생각보다 태연히 그레이의 말을 받아 흘렸다.

"하지만."

"그보다 저 제대로 안 불러주시면 아까 이름으로 부른 거 대공님께 이를 거예요."

그래 이게 옳은 거다. 나는 되뇌듯이 중얼거렸다.

나는 세레나를 제치고 그 자리에 앉을 마음이 전혀 없다. 그의 마음을 얻는 대신 목숨을 준다면 어쩌잔 말인가.

그레이는 이전 내 말을 잊은 듯 방금 한 말로 펄쩍 뛰었다.

"에이미 씨이……. 그건 안 됩니다……. 저 죽습니다! 네에?"

"친근하게 부르지 마세요. 저 이곳에 데려온 건 그레이 씨라는 거 잊지 않았거든요."

그러자 그레이가 한 대 맞은 강아지처럼 나를 내려다봤다.

"……아니. 이런 것까지 대장님과 닮지 마십쇼."

"닮긴 누가 닮아요."

"내 봉급……."

뭐라는 걸까. 쓸데없는 소리겠거니 하고 그냥 흘려 넘겼다. 그렇게 못 들은 체하자 나를 슬쩍 보던 그레이가 제 뺨을 긁적였다.

"역시 에이미 씨는 변하신 것 같네요."

막 턱을 괴던 나는 그대로 손을 멈췄다. 그러고는 고개를 들었다.

"변해요?"

"예. 과거랑은 다른 느낌입니다."

"왜 과거와 같을 거라 생각하나요?"

그레이와는 이런 대화를 이미 했었다. 그가 내게 똑같이 말했다.

"그 말은 이상해요. 3년 전의 저와 지금의 제가 같을 수는 없는 거잖아요."

변하지 않는 사람은 없다. 예외도 있겠지만, 사람이라면 누구나 세월에 성장하고 시간에 풍화된다. 시간을 빗겨 나가는 사람은 없듯이 누구든 작든 크든 변하는 게 당연할 텐데.

그러니 리녹이 나를 보며 3년 전의 모습을 찾아도 내겐 없을지도 모른다는 거다. 내가 3년 전 리녹을 기억으로만 품고 있듯이.

"시간에 변하지 않는 사람은 없어요. 제가 그때랑 다른 건 당연한 일일지도 모른다는 거예요."

"음……. 그러네요. 에이미 씨의 말도 옳은 것 같아요."

그레이가 순한 표정으로 수긍했다. 그의 끄덕임에 따라 회색 머리칼이 흔들렸다.

"그런데 저는 영, 그렇게 생각이 안 들어요. 아. 에이미 씨 의견에 반대하는 건 아니고요!"

"반대하고 말고가 어딨겠어요. 다른 의견이 있을 수 있는 거죠."

"아니, 그런 거창한 것은 아니고요. 저는 음……. 변하는 것보다 변하지 않는 것을 더 많이 봐서요."

관자놀이를 긁적인 그가 난감한 듯이 미소했다.

"퍼레이드를 기어코 진행한 대장님도 그렇고."

"퍼레이드요?"

"예. 대장님은…… 퍼레이드로 꼭 찾고 싶은 것이 있었습니다. 그것이 무엇일 것 같습니까? 그게 대장님껜 아주 오랫동안 변하지 않았던 것이었거든요."

그는 제 머리를 마구 털었다.

"전 제국을 돌았습니다. 저였으면 진작 포기했을 텐데 싶기도 하고요."

그레이의 순한 눈이 나를 향했다.

"그 덕에 의도치 않은 오해도 받으셨지만요. 그 오해는 풀면 좋았을 건데."

그레이가 뺨을 긁적였다.

"가신들마저 세레나 님과 정말 혼인하는 거냐, 아우성인데 신경도 쓰지 않으시더라고요. 한 곳에만 미친 사람처럼."

나는 입술을 꾹 깨물었다.

"사실 저 지금도 에이미 씨랑 대화하면 안 돼요."

"무슨 말씀인지 모르겠지만, 말이라면 이미 거셨잖아요?"

"하하하. 근데 또 에이미 씨를 홀로 두면 안 되거든요."

"안 된다니요?"

정확히는 알 수 없었지만 얼추 이해가 갈 것 같았다.

"저기 보이세요? 저기 기사단 인간들 전부 아가씨에게 말을 걸고 싶어 안달 났는데 감히 다가오지 못하는 거예요."

그레이가 가리키는 곳에는 그레이처럼 덩치가 큰 사내들이 나를 바라보고 있다가 흠칫 놀라 시선을 마구 흐리는 것이 보였다.

"대장님께 접근 금지, 말 걸기 금지를 당해서요."

나는 꼭 커다란 짐승들을 똘똘 뭉쳐 놓은 것 같은 사내들에게서 눈을 떼어내고 그레이를 쳐다봤다.

손을 꾹 쥐었다가 폈다.

"정말 변하지가 않았죠."

누가 심장을 방망이로 치는 것 같았다. 그레이의 눈은 관찰을 일삼던 로테의 것과는 달랐다.

"저는 제가 말해도 될 범위를 잘 몰라서 곤란한 얘길 한 걸지도 모르지만, 확실히 변하는 건 있을지도 몰라요, 에이미 씨. 그렇지만 변하지 않는 것도 있어요."

그레이가 나를 보며 머쓱한 듯이 하하하 웃었다.

"이렇게 말을 할 수 있는 건 대장님은 변하지 않았기 때문이 아닐까요?"

달빛이 저 너머로 흩어졌다. 곧 로테가 나를 찾아와 약속했던 시간이 찾아올 것이다. 내가 이곳에 있을 마지막 시간.

쿵쿵. 탈출을 생각한 순간, 긴장감이 맴돌았다.

"대공님은 같다고요?"

"네. 긴 시간 동안, 한결같이요."

나를 바라보던 그레이의 얼굴이 아주 잠깐 곤란한 것처럼 보였던 것 같다. 그러나 그는 곧 시원하게 답했다. 손바닥에 스며든 땀이 주르륵 흐르는 것 같다. 미처 할 말을 찾지 못한 내가 입술을 축일 때였다.

"지금 뭘 하는 거지?"

고개를 들면 산산이 부서지는 샹들리에의 빛을 후광 삼아 다가오는 이가 있었다. 당연하겠지만 밝은 곳에서 더욱 은은한 빛을 뿌리는 리녹이었다.

"왜 에이미가 얼굴을 가리고 있지. ……어디 아픈가?"

성큼 다가온 리녹이 내 손끝을 잡았다. 눈가를 덮었던 손이 그의 손에 이끌려 내려갔다. 땀으로 젖은 손바닥이 고스란히 그에게 드러났다. 이에 리녹이 동작을 멈춰 섰다.

"누구지?"

"네?"

리녹이 나를 보지도 않고 매섭게 고개를 돌렸다.

"누가 울렸나?"

……네?

"그레이가?"

그레이가 새파랗게 질린 얼굴로 고개를 마구 휘저었다.

"아닙니다! 아, 아니에요. 대장님!"

나는 당황한 눈으로 리녹과 그레이를 번갈아 보고 얼른 손을 내저었다. 지금 땀을 눈물로 안 거야?

그러나 내 손은 리녹의 손에서 빠져나올 줄 몰랐다. 세게 잡은 것도 아닌데 왜 안 빠지는 거야? 가만 보면 그는 항상 아프지 않게 조심스레 잡곤 했는데, 나는 이 약한 힘에서 내 힘으로 빠져나가 본 기억이 없었다.

"오해입니다! 오해라고요, 대장님!"

"무엇이 오해냐고 묻지도 않았건만, 알아서 오해라 말하는군."

스겅!

그의 손이 뻗은 걸 본 뒤에야 손끝에 검이 있음을 알 정도로 빠른 움직임이었다.

"아니, 검을 뽑으시기 있습니까! 제 얘기는 아, 안 들어주시고!"

"해 봐."

"아, 아! 대장님! 그럼 그 살벌한 얼굴로 쳐다보시는데 어떻게 말합니까!"

"그럼 진짜 울렸다?"

"네, 네? 아닙니다!"

명색이 부단장이란 호패를 그냥 거머쥔 것은 아니었는지 그는 리녹의 손을 아슬아슬하게 피해냈다.

"아니, 정말 그게 아니라! 말하겠습니다. 말이요!"

"쓸모없는 데 낭비할 시간은 없다."

"⋯⋯대장님⋯⋯!"

……이러다 그레이 울겠다. 그제야 정신을 차리고 리녹의 팔을 붙
잡았다.

"저, 대공님. 오해이신데요……."

거짓말처럼 그의 팔이 멈췄다, 아주 자연스럽게.

"저 운 적 없어요. 식은땀이 난 걸 잘못 보신 거예요."

리녹이 눈을 살짝 좁혔다. 그의 눈동자가 나를 훑는 게 느껴졌다.

"……정말인가?"

"네. 왜 거짓말을 하겠어요. 그레이 씨가 좋은 것도 아닌데."

그가 멈칫했다.

"좋지 않다고?"

"네. 굳이 따지자면…… 음. 싫어하는데요."

"에, 에이미 씨…….."

아니, 그렇게 울먹이면서 쳐다보지 마세요. 댁도 살아야 할 것 아
니야.

"대공님, 그보다 드릴 말씀이 있는데……. 잠깐 시간 되실까요?"

리녹은 내가 그레이를 좋게 말하는 것을 좋아하지 않는 듯했다.
비단 오늘 일이 아니라, 그는 3년 전에도 못마땅해했었다. 그땐 그
에게 기억이 없던 때였지만. 어쨌든, 지금과 비슷한 상황이었다.

과연 정답이었는지, 검을 올려 잡았던 리녹의 손이 내려갔다.

"말?"

"네."

파티를 즐기는 대공가 사람들은 여기에 리녹이 있는 걸 모르는 것
같았다. 더구나 홀의 구석이고, 어두워 검을 휘둘러도 이목이 집중
되지 않았다.

"저 조금 답답해서 산책가려 하는데. 같이 가시겠어요?"

리녹은 검만 거뒀을 뿐 그레이를 보는 눈은 여전히 차고 날카로웠다. ……시선으로 사람을 죽일 수 있다는 게 바로 지금 저 얼굴을 두고 하는 말일까. 주인에게 버려진 강아지처럼 끙끙대는 그레이가 어쩐지 좀 불쌍해졌다.

나는 천천히 뻗은 손을 조심스럽게 리녹의 손등 위에 올려두었다.

"밤 산책은 처음이라. 낯선 곳이고 어두우니까 조금 무섭거든요."

자로 잰듯한 곧고도 반듯한 시선이 나를 향했다.

끄덕. 리녹이 고개를 끄덕였다.

'끄덕이는 모습은 꼭 낮의 아이 모습이랑 비슷하네.'

물론 나라고 이 먹이를 노리는 짐승같이 집요한 시선이 부담스럽지 않은 건 아니지만. 마지막이니까.

우리는 테라스로 나왔다.

"이건 산책이 아니지 않나."

"왜요, 밤바람 쐬면 그게 산책이죠."

정원도 나쁘지 않았지만 굳이 계단을 내려가고 싶지는 않았다. 밤바람이 조금 거세게 불며 머리칼이 거칠다 싶게 흔들렸다.

"겨울이라 공기가 차긴 차네요. 그런데 견딜 정도는 된다고 할지."

"저택 근처에는 한파를 막는 결계가 있어 그리 춥지 않게 만들었다."

이런 바람도 좋았다. 숲과 산에서 그리 드물지 않은 바람이었다. 기분 좋은 나부낌에 머리카락을 잡은 채로 살포시 미소 지었다.

"생일 축하해요."

리녹의 눈이 크게 벌어졌다. 좀처럼 보기 힘든 드문 모습을 흩날리는 머리칼 사이로 응시했다.

"한 번도 축하해 드린 적이 없네요."

3년 전은 당신과 내가 보낸 시간이 짧아서. 이후의 시간은 헤어졌기 때문에.

"우리 함께했을 때는 대공님 생일을 몰랐어요. 그러니까, 한 번 더 말해야겠다. 축하해요."

그리고 나는 앞으로 이 말을 건넬 날이 오리라고 생각하지 못했다.

"아주 많은 사람이 대공님의 탄생을 축하하고 있어요."

창문 너머 행복한 사람들의 얼굴을 바라봤다. 긴 복도 끝 환한 불 너머에서 하하호호 웃고 있을 대공저 사람들.

이것만은 신기했다. 나는 책을 읽었지만 책 속의 그는 외롭고 추운 곳에 홀로 사는 대공이었다.

"이건 아주 기쁜 일이라고 알려 주는 것 같아요."

책과는 달리 직접 본 저택에서는 사람 냄새가 났다. 활자로는 보지 못하는 것들. 살랑살랑. 겨울바람에서는 눈과 서리 내음이 났다. 숲과 비슷한 내음이 싫지 않았다.

바람을 맞으며 눈꺼풀을 비스듬히 내렸다. 머리칼이 눈을 덮었다. 흘러내린 머리칼을 치운 순간 나는 입을 살짝 벌렸다. 육식 짐승처럼 내 그림자를 잡아먹은 커다란 그림자가 있었다.

"……대공님?"

양손으로 테라스를 붙잡아 나를 가둔 리녹은 미처 내게는 다가오지 못한 채 타는 듯한 시선으로 나를 응시했다. 야릇한 열의가 담긴 시선에 숨을 멈췄다.

"너도 그런가?"

"네?"

"……너도 기쁘냐고 물었다, 에이미."

잠시 망설이던 내가 작게 끄덕이는 데는 오래 걸리지 않았다.

"네. 기뻐요."

어째서인지 나는 달빛이 새파랗던 어느 밤을 떠올렸다.

"……기쁘지 않을 수가 있을까요. 당신이 태어나서, 당신을 만나서."

원작을 알아차린 순간부터 원작이 미웠다. 하나뿐인 내 언니를 앗아간다니. 용서할 수도 용납할 수도 없었다.

언니는 죽어야 했다. 운명대로 살해당했을 내 언니가 기적처럼 살아난 날. 정해진 것을 거스르고 기적을 일으킨 것은 당신이었다. 어찌 기쁘지 않을 수 있을까.

"절 이렇게 납치한 건 옳지 않은 일이지만 그렇다고, 대공님께 감사한 마음을 잊은 건 아니에요. ……괘씸한 건 여전하지만요."

음성에 진솔함이 스며들었다.

리녹의 고개가 부러진 고목처럼 아래로 거꾸러졌다. 잠시 역광에 사로잡혀 그의 표정이 보이지 않았다.

"……이름을 불러주겠나."

혼탁한 그의 음성이 나를 붙잡아 가두는 기분이 들었다.

나는 한들한들 깃털처럼 나부끼는 검은 머리칼을 바라보며 느리게 입을 열었다.

"녹스, 생일 축하해요."

툭. 어깨 위로 가볍지 않은 무게가 떨어졌다.

당신의 머리의 무게였을까. 그의 날숨이 목을 간지럽혔다. 뺨이 달아오르는 것 같았다.

"다시."

그가 속삭였다. 리녹이 원하는 바를 눈치챘지만 들어줘도 될지 판단할 수 없다.

'그래. 마지막이니까.'

"……리녹, 생일 축하해요."

이상하게도 가장 처음, 리녹의 이름을 지어주던 날이 머리를 스쳤다. 그렇지만 이제는 꽂을 플래그도 없는걸. 불안할 필요는 없었다.

"네게 닿고 싶다."

리녹이 고개를 든 것은 바로 그때였다.

"어떻게 하면, 닿을 수 있지?"

고적한 시선 아래로 달빛이 푸른 불꽃처럼 넘실넘실 타고 있었다.

"에이미."

"제 이름이 에이미인 건, 부르지 않아도 알아요."

꿀꺽, 침이 넘어갔다.

고개를 들어 올리는 모습 뒤로 옹송그린 짐승이 기지개를 켜는 모습이 겹쳐 보이는 듯했다. 이런 모습에 '우리가 닿을 필요는 없다'는 말이 나오질 않았다. 그대로 삼켜질 것 같았으니까.

그래서 나는 그의 질문과는 전혀 다른 엉뚱한 말을 할 수밖에 없었다.

"……저는 축제나 파티를 가까이서 본 적이 한 번도 없어요."

"……"

"저, 저택의 사람들이 모두 즐거워해요. 이런 파티는 처음 봤어요."

고개를 숙이고 몸을 웅크릴수록 목소리는 작아졌다.

"이런 걸 보여줬으니 그나마 고맙다고 할까요? 그래도 절 납치하신 건 나쁘다고 생각하지만요."

다행히 리녹은 더 묻거나 토를 달지는 않았다. 서늘한 시선이 더욱 깊어졌을 뿐.

"처음이라 했나."

"……네. 언니도 저도 숲에서, 산맥에서 오래 살았으니까 저택에도 파티에도 익숙하지 않지만 흥겨운 건 잘 알겠어요. 어, 언니도 대공님의 생일파티를 보았다면 무척이나 기뻐했을 거예요."

"리녹."

"대공님."

아니, 그렇지는 않았을 거야. 언니는 리녹을 괘씸하게 생각하고 있을 테니까.

"그만 돌아가요."

리녹은 대답하지 않았다. 그의 시선은 얼음으로 된 송곳처럼 꼿꼿했다. 세로로 가늘게 좁혀진 시선이 나를 오래도록 뚫어보았다.

곧 리녹이 내 손을 향했다.

"욕심은 내지 말라는 건가?"

손끝에 달랑 매달린 내 손이 그의 입으로 움직였다.

"네?"

"이게 네가 저택에 남는 대신 그어진 선이냐 물었다."

나는 파르르 떨리는 손끝을 감추며 고개를 저었다.

"그렇게는 말하지 않았어요."

"그럼, 이 선을 넘으면 어찌 되나?"

물러날 곳은 없었다.

"네?"

"네가 걸쳐둔 이 선을 넘으면— 너는."

닿을 듯 말 듯한 거리에서 떨어진 입술이 통속적이게 느껴졌다. 한없이 요염하고 저속한.

"나는 아주 많은 허락을 받고 싶은데, 에이미."

리녹은 그대로 손목 가장 안쪽 핏줄이 도드라진 곳에 입술을 묻었다. 날숨이 솜털을 간지럽히고 있었다.

나는 눈을 살짝 찡그렸다.

"그 허락을 일일이 열거하면, 너는 도망갈까."

나른하게 늘어지고 긴 눈꼬리가 천천히 굴러 나를 응시했다.

"늘 궁금했지, 네가 어떤 생각을 하는지."

어둠은 그를 더욱 은은하게 빛내는 장식이었다.

"닿아도 되겠나? 허락을 받고 싶다."

"아, 아……. 아뇨!"

손끝이 파르르 떨렸다. 이 떨림마저 숨길 수는 없었다. 나는 도리어 입을 꾹 다물었다.

"도, 돌아갈래요. 조, 조금 추워요."

다행히도 팽팽한 긴장감 속 그는 아무 말 없이 뒤로 물러났다. 벗어났지만 팔목 한쪽이 콱 붙잡혀 있는 기분이었다.

"내가 무서운가?"

"네? 아. 그렇지는 않아요."

망설이며 고개를 저었다. 이것만은 진심이었다.

그가 무서운 건 아니다. 정확히는 3년 전 처음 만난 날처럼 무섭지는 않다는 거겠지만. 무서움과는 조금 다른 긴장감이 몸을 꽉 붙잡고 놓아주지 않을 뿐.

"그런…… 의도는 아니었다."

하지만 내 대답을 어떻게 해석한 것인지 리녹은 손을 뻗었는데, 그 손은 닿지 못하고 허공을 헤맸다.

"나는……."

그가 차마 말을 잇지 못하고 나를 응시했다. 조금 전 저돌적인 모습은 온데간데없이 망설이는 모습에 의아해졌다. 하지만 이 시선을 말로 꺼내서는 안 될 것 같았다. 나는 대답하는 대신 그의 손을 붙잡아 내렸다.

그러고는 그가 했듯이 손을 뻗었다.

"공기가 차요. 그렇죠?"

"……많이 추운가?"

"그냥, 조금요. 아니. 좀 많이 춥네요."

"돌아가지."

리녹이 들어올 때와 달리 에스코트하듯 옆에 섰다. 리녹은 내가 띄워낸 거리를 가늠하듯이 쳐다봤다. 그러더니 입을 열었다.

"그렇군, 네가 정한 거리인가."

나는 어색하게 웃었다.

이후 테라스를 나선 우리는 말 없이 복도를 걸었다. 그렇게 홀로 다다랐을 무렵 홀 주변을 서성이는 사람을 발견했다.

"대공님!"

갑주를 걸친 사내가 리녹을 향해 깍듯이 고개를 조아렸다. 그는 나를 보더니 다시 한번 고개를 숙였다.

"잠깐 가보셔야겠습니다. 북쪽 창고에 그것이 날뛰는 것 같아……."

"……."

"내일 황실에 보낼 것이다 보니 한번 보시는 편이……."

나를 보면서 말끝을 흐리는 걸로 봐서는 듣지 말아야 할 이야기인
가 보다.

……귀를 닫아야 하나?

"먼저 돌아갈까요?"

리녹은 탐탁지 않은 표정이었다. 그러나 급한 일이긴 한지 곧 낮
게 숨을 쉬었다.

"금방 돌아오지."

느리게 얼굴을 쓸어내린 리녹이 나를 향해 말했다. 표정에 잠시
아쉬움이 스쳐 지나가는 것이 보인 것도 같았다.

"홀에서 기다려 주겠나. 할 말이 있다."

"……음. 네."

살짝 끄덕였다. 그렇게 리녹이 등을 돌리고 막 멀어지려 하던 때
였다.

"에이미?"

리녹이 조금 놀란 눈으로 나를 응시했다. 리녹의 옷자락을 붙잡은
채로 나는 어색하게 미소했다.

"대공님, 그 말요. 중요하신 거죠?"

나는 긴장감을 드러내지 않은 척 태연해하려 애썼다. 마치 줄다리
기를 하는 것처럼 손끝에 땀이 맺히는 기분이었다.

"지금 하길 바라는 건가? 그 말을."

"아뇨. 아뇨. 그런 건 아니었어요."

"……."

나를 물끄러미 바라보던 리녹이 고개를 돌려 기사에게 눈짓했다.
기사가 빠르게 고개를 끄덕이고는 "먼저 가 있겠습니다."라고 말하

곤 머리를 숙이고 사라졌다.

　복도에는 나와 그 둘만 남았다. 나는 시선을 아래로 내렸다가 숨을 삼켰다. 긴 리녹의 그림자를 바라보다가 눈을 밀어 올렸다.

　"생일 선물을 드리지 않아서요."

　"……선물? 그런 건."

　"필요 없다고는 하지 마세요."

　나는 리녹과 눈을 맞추며 눈을 살짝 휘었다. 언니와 나와 살던 때에 생일을 챙겨주지 못했다는 것이 마음에 걸리긴 했다.

　"좋은 걸 드리고 싶은데, 제겐 변변찮은 것밖에 없네요. 그러니까 이건 음……. 여기 머무른 밥값이나 숙박료라 생각하셔도 되고요."

　농담처럼 덧붙이며 웃었다. 물론 원해서 여기 온 게 아니지만 말이지. 나는 머리를 높이 묶고 있던 리본을 풀어 내렸다.

　짐을 잃어버리며 내게는 원래 가지고 있던 물건이 딱 두 개밖에 남지 않았다. 하나가 바로 목걸이로 차고 있는 순간이동 구슬이었고, 다른 하나가 바로 이 리본이었다.

　"여기요."

　언니는 나무에다 리본을 묶어두곤 했다. 잎사귀와 비슷한 색의 리본은 언니만의 길을 알아보는 표식이었다.

　그 리본을 만든 것은 나였다. 내게 리본은 그런 의미였다. 언제나처럼 무사히 돌아오기를. 오늘도 평온한 하루가 되기를.

　이 리본은 그가 있을 때 만든 것이었다. 언니의 성화로 정성껏 염색까지 하면서. 아꼈기에 지금도 깨끗했다.

　"음, 기억 못 할지도 모르지만 어린 당신은 제가 만든 리본이나 옷을 좋아했어요. 그리고 밤의 당신과 함께 있을 때도 이걸 하고 있었구요."

"……기억한다."

"정말요? 다행이네요. 이건 제 행운의 부적이거든요. 드릴게요."

나는 리녹의 아무것도 없는 셔츠에 넥타이처럼 붉은 리본을 매 주었다. 음, 이곳에서는 이렇게 안 매려나?

매듭에서 전생의 흔적을 바라보던 나는 슬쩍 웃음을 틔웠다. 그동안 리녹은 말없이 나를 물끄러미 응시하고 있었다.

"저, 대공님? 마음에 들지 않는 건……. 아니시죠?"

리녹이 고개를 저었다.

"아니. 보물이라 생각했을 뿐이다."

"……보물이라뇨. 너무 띄워주시네요."

"그런가."

리녹이 셔츠에 매여 있던 리본 끝을 들어 올렸다. 리녹의 새하얀 손과 리본이 흰 도화지에 떨어진 핏물처럼 대조적이었는데, 너무나 잘 어울렸다.

고개를 나른하게 기울인 리녹이 나를 똑바로 바라보며 머리를 숙였다. 그는 그대로 리본에 입을 맞췄다.

"고맙군."

"아, 아뇨. 뭘요."

입술을 꾹 누르는 동안에도 시선은 오로지 나를 향하고 있었다. 마치 덫처럼 나를 꽉 쥐고 놓아주지 않을 듯이.

"에이미, 이건 평생 네게 묶여 있으라는 뜻인가?"

느린 숨과 함께 그의 입술이 떼어졌다. 방심한 틈을 타 그의 입술이 황홀하게 휘어졌다.

나는 당황한 눈으로 그를 쳐다봤다.

······아니. 무슨 그런 비약을.

"아닌데요."

정말 아닙니다. 선생님.

나는 그의 오해를 풀어주기 위해 단호하게 말했다. 그러자 나를 내려다보던 눈이 잠시 흐려졌던 것도 같았다. 아니, 시무룩한 것처럼 보였다.

리녹이 시무룩하다니, 잘못 본 거겠지. 설사 진짜라 해도 어쩔 거야. 내가 그를 묶어둘 수나 있겠나. 묶어둔다고 해도 문제고. 나는 부적절한 관계에는 관심 없단 말이다.

"그만 가보세요."

리녹은 순순하게 물러났다.

"조금 뒤에 보지, 에이미."

나는 리녹이 보이지 않을 때가 돼서야 숨을 내쉬었다.

이제는 복도 저 끝으로 사라진 보이지 않는 어둠 속 공간을 바라보며 중얼거렸다.

"이유 없이 좋은 것이 주어질 때가 가장 의심해야 할 때래요."

린네가 자주 하던 말이었다. 세상에 공짜는 없다. 모든 것엔 대가가 있는 거라고. 염불하듯 중얼거리던 목소리가 남아 있었다.

리녹에게 하지 못한 말이자 전해선 안 될 말이기도 했다.

언니는 내게 약아빠진 사람이 되어도 괜찮다고 했다. 사람이 약은 면도 있어야 한다고. 하지만 정작 그리 말하는 언니는 정직하고 우직하게 살았다. 적어도 내가 아는 모습은 그랬다. 책 속에서도 현실에서도.

그러니 리녹이 내 동의를 받지 않고 여기에 데려왔었더라도 나는 약아빠진 일은 하지 않고 싶었다. 내가 당신에게 은혜를 입은 것만은 변함없으니까.

'그랬는데……'

나는 한숨을 쉬며 창문을 바라봤다. 밤의 복도를 얼마나 보고 있었을까. 누군가 걸어왔다.

저벅저벅.

나는 고개만 돌려 다가오는 사람을 응시했다. 홀이 비춰낸 빛이 로테의 얼굴을 반사했다.

"여기 계셨습니까."

"왜 여기 있냐고 묻는 것 같은 말씀이네요. 당연히 여기 있지 않겠어요. 약속 장소인데."

로테는 정중한 표정 그대로 고개를 까딱였다.

"그건 그렇습니다만, 각하를 하필 이곳으로 데려오실 줄은 예상하지 못했으니 말입니다."

왜 우리 완벽한 각하님을 이 어둡고 누추한 곳에 데려왔냐는 얼굴이다. 아니, 여기도 댁네 저택인데요.

나는 절레절레 고개를 저었다. 헛웃음이 터졌다.

"실수는 아니에요. 그냥……. 대공님께 마지막으로 할 말이 있었으니까."

"그렇습니까."

나를 쳐다보던 로테는 곧 시선을 돌렸다. 뜻을 알 수 없는 얼굴이었다. 그는 마지막 말이 무어냐는 사족은 덧붙이지 않았다. 어찌 보면 편한 방식이다. 존경은 단순하고도 거룩한 감정이니 말이다.

"약속을 지키러 왔습니다."

바람이 불었다.

"경비 교체 시간은 지금으로부터 5분 뒤입니다."

5분 동안 설명을 하겠다며 그가 말을 이었다.

"제가 약속드린 것은 순찰을 하는 루트와 경비 교체 시간, 그리고 대공 각하가 잠시 자리를 비울 시간이었습니다."

"맞아요. 그랬죠."

"각하께서는 지금 북쪽 창고로 가셨지요. 운이 좋았습니다."

그가 의도치 않게 리녹이 자리를 비웠다고 말했다.

"오늘은 경비가 가장 느슨해지는 날입니다. 기사단 대부분이 바로 저 파티에 참석하기 때문이지요."

로테가 창문을 눈짓했다. 흥겨운 노랫소리가 희미하게 들렸다.

이어 로테는 지도를 펼쳐 순찰 루트를 간단명료하게 설명했다. 길 찾기엔 익숙한 데다 이미 로잘린과 이곳저곳을 돌아다니며 저택 곳곳을 살폈기에 알아듣기는 어렵지 않았다.

"제가 함께 갈 수 있는 것은 여기, 중앙 건물까지입니다."

"알아들었어요."

달리 말하자면 여길 빠져나가기 위해 꽤 걸어야 한단 말이지.

"이쪽으로 오십시오."

곧 명료한 설명을 마친 로테가 길을 안내했다. 나는 그의 뒤를 쫓으며 주변을 살폈다.

고요한 복도에 오직 나와 로테의 구두 소리만 들렸다. 로테가 경비 교체시간에 맞춰 걸었기에 이곳의 경비 기사를 보는 일은 없었다.

밤의 저택은 숲과 같은 형상이었다. 길을 잃기 쉬워 보였다.

"이곳입니다."

마침내 로테가 멈춰 섰다.

그가 멈춰 선 곳은 맨 처음 이 저택에 도착했을 때 들어갔던 문이었다. 이 문 앞에서 수많은 사용인의 환영을 받았지? 그것도 새벽에.

"제가 함께할 수 있는 길은 여기까지입니다."

나는 숨을 삼켰다. 가슴이 쿵쾅쿵쾅 뛰었다. 애써 떨림을 참으며 끄덕였다.

"나머지는 알려 드린 대로 찾아가시면 될 듯합니다. 목적지는 아시겠지요?"

"네. 기억해요. 모르는 건 지도를 참고하면 되겠죠."

나는 지도를 흔들었다.

로테가 내게 알려준 목적지는 정원이었다. 이 중앙 홀과 멀지 않은 정원으로 쭉 걸어가면 울타리가 헐거운 부분이 있어 빠져나갈 수 있을 거라고.

울타리를 빠져나간 순간 나는 목걸이를 쓸 생각이었다. 이건 저택에서 순간이동 목걸이가 통하지 않기 때문에 택한 궁여지책이었다.

"본래 제 역할은 여기까지입니다만, 한 가지 더 제안을 드려도 되겠습니까."

"제안이요?"

"제안일지. 호의일지. 아니면 꿍꿍이일지는 아가씨께서 판단하십시오. 제가 드릴 추가 정보는 목적지에 관한 것입니다."

'여기서 무슨 정보라는 거지?'

해 보라는 듯이 머리를 까딱였다.

"아가씨에게는 마법 도구가 있는 것으로 알고 있습니다. 아마⋯⋯

순간이동과 관련한 것이겠지요."

머리를 기울인 로테가 안경 속의 눈을 느릿하게 좁혔다.

가슴이 빠르게 뛰었다.

"……어떻게 아셨는지 묻는 건 둘째 치고, 그걸 말씀하신 건 그와 관련된 이야기를 하기 위해서겠죠?"

정중하지만 차갑던 로테의 얼굴에 순간 이채가 스쳤다.

"예. 맞습니다. 아가씨께서는 이미 저택 안에서 순간이동 마법이 통하지 않는다는 것을 아실 겁니다. 체험하셨겠지요."

"그런데요?"

"자세히 알려 드릴 수는 없지만 저택 안에서 마법이 통하지 않는 것은 저택의 마법사가 걸어둔 결계 때문입니다."

로테의 가는 손이 가리킨 것은 바닥이었다. 이 저택 모든 것을 가리키는 것처럼 보였다.

"이곳에서는 특정인이 아니면 마법을 쓸 수 없지요."

"지금 남은 시간이 촉박하다고 말씀하셨죠."

나는 눈을 빛냈다.

"그럼 이 얘기를 꺼내신 것은 마법을 쓰지 못한다는 사실을 알려 주려고 한 것만은 아니실 것 같네요."

이미 알고 있으니까.

바닥이 새파란 달빛을 반사했다. 빛에 물든 로테의 눈은 달빛과 비슷한 색을 띠었다.

"말씀하신 대로입니다."

"그렇다면."

"저택에는 이 결계의 효과로부터 예외에 속하는 공간이 있습니다."

"거기가 어디죠?"

"지금 알려 드리려 합니다."

그가 시간을 가늠하듯 하늘을 한번 쳐다봤다. 그런 모습에 이끌려 나도 흘끗 시선을 올렸다.

숲에서 오래 산 터라 별자리로도 시간을 대충은 알 수 있었다.

"혹시 이곳에 처음 오셨을 때의 정원을 기억하십니까?"

"기억해요."

"그 장소가 바로 아가씨께서 처음에 나타나신 정원과 동쪽 창고 근처입니다."

"……두 곳?"

"예. 두 곳입니다."

두 곳이다.

두 곳이라는 건, 선택하란 얘기다.

"다시 말씀드리자면 아가씨께서는 둘 중 한 곳을 선택하셔야 한다는 말이지요."

반사적으로 이곳에 처음 온 날을 떠올렸다. 분명 그날은 밤이었기에 기억은 흐릿했다. 하지만 로잘린은 나를 데리고 저택 이곳저곳을 가곤 했다.

"아가씨, 기억하세요? 저기가 아가씨가 오신 정원이에요. 새벽에 저도 아가씨를 처음 뵀었구요."

내가 처음에 이동했던 정원은 지금 이곳에서 크게 멀지 않았다. 반면, 동쪽 창고일 경우 정확한 위치는 모르지만, 지도상으로 봤을 때 여기서 꽤 걸어야 하는 길이다.

내 방이 동쪽이었지. 거기서는 가까울지도 모르겠다. 그렇게 되면 여기서 멀다. 리녹은 북쪽 창고로 갔다고 했다. 거기서 돌아오는 데 얼마나 걸릴지 정확히 알 수는 없으나, 두 곳 모두 다 가볼 시간은 없었다.

'……한쪽은 함정일지도 몰라. 아니, 어쩌면 둘 다 함정일지도 모르지.'

그럼에도 미끼는 매혹적이었다. 굶주린 물고기나 마찬가지인 나로선 거부할 도리가 없었다. 잡아채기 전에 한번 확인하듯 입술을 열었다.

"……선택했어요. 한데 정말 믿어도 되나요?"

로테의 표정은 정중하고 차가운 그대로였다.

"제 말이 틀렸다고 여겨지면 처음에 말씀드린 울타리로 가시면 됩니다. 시간이 있을지 모르겠지만 말입니다."

그는 굳이 내가 어느 쪽으로 가느냐는 질문은 하지 않았다. 오히려 저런 말을 덧붙이는 걸 보면 좋은 성격은 아니었다.

나는 발걸음을 떼기 전 마지막으로 그에게 물었다.

"왜 마음이 바뀌어서 이런 정보를 준 거죠?"

"그저 아가씨의 선택이 궁금했습니다."

"……."

로테의 시선이 내게 당도했다.

"그리고 빚이라고 할지. 갚을 게 있다고 생각하시죠."

"무슨 빚이요?"

"저는 아가씨가 오해하실 말을 했습니다."

나는 대답하지 않았다. 약혼자 얘기겠지. 따질 시간은 없었다. 상황이 급했다.

"아가씨께서는 여기에 며칠을 더 계셨다 한들…… 또 탈출할 시도를 하지 않으셨겠습니까."

반박할 수 없는 말에 나는 입을 다물었다.

"저는 존경하는 각하를 위하여 최선의 선택을 한 것이라, 믿습니다. 그저 긴 날이 되어봐야 각하께서 상처를 받으실 테니. 그 상처 깊이만 줄이고자 했을 뿐."

상처라는 말에서 손끝이 움찔했다. 심장으로 가시가 푹 찔러 들어간 기분이 들었다. 아니, 마음을 다잡아야 해. 마법이 풀리는 키워드는 세레나의 사랑이다.

리녹은 훗날 정해진 죽음의 위기를 겪게 된다. 이걸 막기 위해서 반드시 그녀의 사랑을 받고 사랑을 깨달아 더욱 강해진 그녀의 능력으로 마법을 풀어야 했다.

눈을 지그시 감았다. 나는 혼란을 주기 딱 좋은 방해물이다. 세레나가 마법을 풀기 위해서는 내가 없어야 해.

"각하께서는 언젠가는, 괜찮아지시겠지요."

"……."

"그러나 탄신일만은 즐거우셨길 바랐고 아가씨는 충실히 이행해 주신 것 같습니다. 감사합니다."

로테가 긴 복도를 응시했다.

"시간이 없군요."

"그러네요. 가봐야겠어요."

조금 다급하다 싶은 음성이 튀어 나갔다. 고개를 돌린 로테는 내게 머리를 숙였다. 무운을 빌 사이는 아니었으니 이어질 말은 없었다. 나는 한곳으로 쭉 걸어갔다. 목적지는 분명했다.

'정원.'

동쪽 창고는 내 걸음으로 가기에 멀었다. 애초에 시간을 다투는 상황에서 쉬이 선택할 수 없는 곳이었다.

'얼른 정원으로 가야 해. 빨리. 어서!'

북쪽 창고로 갔다던 리녹이 언제 돌아올지 몰랐다. 돌아오고 나를 찾는 데 시간이 걸리겠지만 그것도 장담할 수 없다.

정원까지만 가면 순간이동 마법이 완성되는 데는 몇 분이 걸린다. 그 몇 분을 벌기만 하면 돼.

곧 나는 꽤 익숙한 장소에 도착했다. 정원 옆으로 대리석이 쫙 깔려 있고, 그 밑으로 거대한 마법진이 그려진 곳. 처음 눈떴을 때 목격한 장소였다.

한눈에 봐도 범상치 않은 마법진을 보던 나는 얼른 목걸이를 꺼내 들었다. 손을 호호 불어 엄지로 구슬을 쓸어내렸다.

'……제발 주문이 완성될 때까지 아무도 오지 않기를.'

긴장된 손이 몇 번 구슬을 놓쳤지만, 천천히 되잡고 마법을 발동시켰다.

반짝.

자그만 빛이 반짝이는가 싶더니 치마가 부풀어 올랐다. 바람에 머리카락이 펄럭였다.

'좋아. 이대로 빛이 커지기만 하면 돼……!'

그렇게 빛이 점차 틈을 늘리고 있을 때였다.

콱.

나는 황당한 눈으로 사그라지는 빛을 응시했다.

"거기 누구요?"

탁.

낯선 지팡이가 바닥을 쳤다. 막 발밑으로 생성되던 마법이 멈췄다. 아니, 빛으로 그려지던 마법진의 선이 바닥에 꽂힌 지팡이에 막혀 나아가지 못했다.

'저 사람은?'

나는 지팡이를 꽂은 남자를 쳐다봤다.

'처음 보는 얼굴? 아니다. 본 적 있어. 베이커였나?'

처음 이 저택에 도착했을 때 봤던 얼굴이었다.

"허어……. 이런. 아니. 아가씨, 어째서 이런 시도를……. 아니, 아니. 통할 거라 생각했소?"

남자 또한 나를 알아봤는지 곤란한 빛을 띠었다. 그 탓인지 마법은 완전히 취소되지 않았다. 바람이 그가 입은 로브를 마구 흩트려 놓았다. 그는 또한 복잡한 눈치였는데, 어찌할 줄 모르는 것 같았다.

"여기서 마법을 쓰면 내게 바로 알람이 온단 말이요. 허 참. 동쪽 창고도 아니고. 어째서 여기서……."

하지만 노련한 손 아래에서 구슬이 일으킨 빛이 빠르게 희미해지고 있었다.

'속았단 얘긴가? 아니. 선택한 건 나였지.'

입술을 꾹 깨물었다. 지끈 두통이 일었지만 시선은 앞을 향했다. 포기한 건 아니다. 아직은 일렀다. 침착한 눈으로 베이커란 마법사를 훑었다.

"이미 주인님, 아니, 대공님께도 연락이 갔을 거요."

"그런가요?"

"북쪽 창고가 아주 멀긴 하지만 아마 꽁지에 불붙은 기세로 달려올 겁니다. 아가씨가 할 수 있는 일은 없소만."

전체적으로 호리호리한 몸, 마법사 로브로 보이는 망토. 살짝 피로해 보이는 얼굴.

언니에게 들은 적 있다. 마법사는 대체로 체력이 허약한 이들이라고. 극소수를 제외하면 그랬고……. 탄시즈 정도나 이 극소수에 해당했지.

"얌전히 거기 있어 주겠습니까?"

여유로운 경고 조에 나는 미소를 지우며 끄덕였다. 남자가 고개를 갸웃했다.

"대체 뭐가 부족해서 도망을 간단 말이요?"

혼잣말 같기도 질문 같기도 했다. 헛웃음이 튀어나왔다.

'……리녹이 부족하기는. 차라리 부족했다면 좋았을까요?'

대답할 시간은 없었다. 이 순간에도 시간은 시시각각 흐르고 있었으니까. 흡, 숨을 들이마셨다. 그러고는 손을 들어 올렸다.

"윽, 웬 먼지가, 이봐, 아가씨! 아가씨!"

발에 채이는 흙을 있는 힘껏 박찬 덕에 먼지가 피어올랐다. 이건 임시방편이다. 나는 등을 돌려 재빨리 발을 굴렀다.

"그러니까 에이미 언니 말 들어. 마법사를 보면. 눈에 흙을 던지고……. 냅다 뛰어!"

내 예상은 맞았다.

"무조건 눈을 가리고 도망가."

'고마워 언니.'

저 사람은 마법사였지만 체력은 형편없었다. 당황해서 마법을 쓰지 못한 걸 수도 있고. 나는 뜀박질에는 얼추 자신이 있었다. 도피 생활로 길러진 건 이런 것밖에 없었으니까.

'동쪽 창고로 가자. 아니, 가야 해. 거기는…… 여기서 오른쪽.'

머릿속으로 재빨리 지도를 되짚고 아는 길을 떠올렸다. 시간이 없었다. 리녹이 나타나지 않은 걸 보면 북쪽 창고에서 뛰어오는 시간이 있는 것 같다. 기회가 없지는 않은 셈이다.

건물 외곽을 뛰던 나는 한곳에서 멈춰 섰다. 문이 열린 테라스가 보였다.

'여기서부터는 실내로 움직이자.'

주변을 힐끗 쳐다봤다. 멀리서 쫓는 소리가 들렸지만 거리가 있는 듯하다. 쫓아오는 이들은 내가 외곽으로 뛰어갔다 믿을 것이다.

'이들의 허를 찌르는 게 낫겠지.'

끙끙대며 어렵지 않게 조금 높은 테라스를 넘어간 나는 유리문으로 다가갔다.

'내 방과 비슷한 구조네. 여기로 들어가서 복도로 나가면 되겠다.'

문고리를 잡아 돌릴 때였다.

쾅.

문이 저절로 닫혔다.

……아니, 누군가 밀어 억지로 닫았다고 하는 게 맞을 것이다. 어깨 뒤가 오싹했다. 나를 덮친 커다란 그림자, 마른침이 저절로 꿀꺽 넘어갔다. 숨이 쉬어지질 않았다.

"……에이미."

문을 닫은 채, 양팔로 나를 가둔 리녹의 말이 내려앉았다. 등 뒤로 서늘함을 가져다주는 목소리가.

주먹을 꽉 쥔 나는 천천히 고개를 돌렸다. 제대로 채우지 않은 셔츠로 살갗이 그대로 보였다. 목이 흠뻑 젖어 있다. 땀으로 흠뻑 젖은 그의 턱 끝에서 땀이 뚝 흘러내렸다.

거친 숨. 그럼에도 눈빛은 창살을 찢어낸 짐승처럼 살아 있었다.

마침내 시선을 마주한 나는 그를 만나고 처음으로, 가쁘게 숨을 쉬는 그를 만날 수 있었다.

"에이미, 왜…… 너는. 나를 바라보지 않나?"

뚝. 뚝뚝.

그에게서 땀방울이 떨어졌다. 주룩 흘러내려 턱 끝에 맺힌 순간 심장이 쿵 내려앉았다.

어째서인지, 떨어지는 땀방울이 눈물처럼 보였다.

숨을 몰아쉬는 그가 낯설었다. 내가 기억하는 그는 좀처럼 가쁜 숨을 쉬어본 적이 없는 사람이었다. 아니, 없었다.

나와 함께 살던 적 깜깜한 밤의 숲을 두 바퀴나 돌고서야 기껏 땀 몇 방울 흘리던 사람이었다. 심지어 등 뒤에 나를 업고도. 그렇기에 지금 숨을 가쁘게 내쉬는 모습은 너무나 낯설었다.

순간이지만 상황도 잊고 쳐다볼 만큼.

'이제 어떡해야 하는 거지?'

여러 상황을 가정했다. 실패할 확률도 가정했지만, 상상 속 실패한 내 모습은 직접 겪는 것과 판이하게 달랐다.

아니, 나는 이렇게 절박하게 쫓아올 리녹을 가정하지 못한 것이다. 실패하면 분노할 거라고 생각했지만……. 그의 표정은 단순히 분노라고만 할 수는 없었다.

그의 손바닥은 뜨거웠다. 그대로 내 손목을 석쇠처럼 달굴 것 같다는 착각이 들 정도로. 나를 부르지 않았건만 "에이미."라고 부르는 소리가 절로 들리는 것 같았다.

고개를 들고 싶지 않았다. 그럼에도 시선을 들어 올려야 했다. 갈고리처럼 채인 손목을 빼내기 위해서라도.

이윽고, 뚫어버릴 듯 쳐다보는 시선과 마주했다. 오싹했다. 꼭 잡아먹을 것처럼 시선은 활활 타고 있는데, 잡힌 손목은 전혀 아프지 않았다.

아무 말도 할 수 없었다. 마치 이 분노의 순간에도 조절이 가능한 한줄기 이성을 유지한 이 모습이. 금방이라도 나를 집어삼킬 것 같아서. 내 입술은 떨어질 줄을 몰랐다. 아니, 무슨 말을 하면 좋을지 몰랐다.

리녹의 머리가 기울어졌다. 여전히 가쁘게 숨을 내쉬는 채로 묵직한 음성을 토했다.

"세 번은 싫다고, 말했다."

그의 세 번이 무엇을 말하는지 모를 리 없었다.

"이것도 허락을, 받아야 했나?"

그가 무슨 허락을 말하는지 알 수 없었다.

"제발, 도망가지 말아 달라고."

그의 목소리는 조급증이 인 환자처럼 갈급했다.

바람이 불었다. 그러나 이것은 이마를 적신 땀을 식히지 못했다. 식은땀이 나고 있었으니까.

"내가 잘못했다."

심장이 쿵쿵 뛰었다.

이 남자가 내게 무엇을 잘못했다는 걸까. 내가 해야 할 말인데.

아니다. 우리 둘 중에 누구에게 잘못이 있지.

"그런…… 식으로 너를 데려와서는 안 된다는 것을 알았다. 알고 있었다."

리녹의 목소리는 흩어질 것처럼 낮고 작았다. 그러나 나를 붙잡은 손은 풀어질 줄 몰랐다.

"그럼 왜 그리하셨나요?"

"하지만 그날도 너는 나를 피해 숲을 빠져나갔지. 최소한의 대화조차 거절한 채."

그건……. 내게는 당연한 일이었다. 나는 당신을 다시 마주할 일이 있으리라곤 상상도 못 했으니까. 그저 피해야 한다고만 생각했다.

아무 말도 하지 않았다.

리녹의 그림자에 잠긴 나는 리녹의 표정을 볼 수 없었다.

"너를 데려와 사냥감처럼 발목을 묶고 가둬뒀다면 좋았을까?"

……뭐?

지금 무슨 살벌한 소리를 하는 거냐고 말을 해야 할 텐데, 입이 떨어지질 않았다. 주춤 뒤로 물러났지만 물러날 곳은 없었다. 뒤는 리녹의 몸이고 앞은 유리문이었다.

겁을 집어먹은 내 표정이 보였을까? 그가 문을 짚었던 손을 들어 올렸다. 마치 내 뺨에 닿을 것같이 가까운 곳에서 멈췄다. 표정이 잘은 보이지 않았지만 그의 입술이 움직이는 것은 어렴풋이 보였다. 미약한 움직임이 마치 슬픈 것처럼 느껴졌다.

"그랬다면 너는, 나를 미워했겠지. 평생을 가도 용서하지 못할 만큼."

날숨이 섞인 목소리가 꼭 가시같이 나를 쿡쿡 찌르는 것 같았다.

"내가 그리해야 했을까?"

"……그러셨다면 정말로 미워했을지도 몰라요."

"그랬겠지. 꼭 그게 아니라도—."

그는 찬 미소를 지었다. 조소 같기도 한숨 같기도 한 미소를.

"방법을 알아도 하지 못할 짓도 있더군. 에이미."

순간이지만 감금을 말하는 리녹의 눈은 진심이었다. 그것만은 알아볼 수 있었다. 안다. 그는 못한 것이 아니라 하지 않은 거란 것도. 물론 이것이 내가 그에게 고마워할 일은 아니다.

도망이 100퍼센트 성공할 거라고는 생각하지 않았다. 나를 도와주겠다는 로테를 완전히 믿을 수 없었고' 어떤 변수가 있을지 확신 못하는 상황. 확률은 높아 봐야 반반. 다시 붙잡힌다면 그가 더한 처사를 내릴지도 모른다 생각도 했다. 그럼에도 나는 이곳을 나가야 했다.

"그래서 이제는 저를 감금하실 건가요?"

내게 약아빠진 사람이 되어라 말을 하면서도 그런 사람이 되지 못했던 언니와 다르게 나는 필요하다면 할 수 있었다. 이미 약아빠진 행동으로 여기까지 왔으니까 고수할 생각이었다.

감금. 그것은 리녹의 부친이 그의 모친에게 한 짓이었다. 감금보다는 유폐라는 말에 가깝겠지만.

리녹이 같은 일을 할 수 있을 리 없다. 그는 분명 냉혹하고 광기 어린 대공이었으나 제 아버지를 끔찍이 여기며 닮을까 혐오스러워 했으니까. 제 아버지가 범했던 죄는 엄격하다 싶을 정도로 엄준하게 처분했던 것만 봐도 알 수 있었다.

리녹의 고개가 천천히 거꾸러졌다. 손목에 살짝 힘이 들어갔던 걸로 봐서 내 말을 똑똑히 알아들었을 것이다.

나는 그의 정수리를 바라보며 느리게 생각했다.

'……아. 이번에도 어린 리녹은 볼 수 없나 봐. 작별 인사도 못 하겠구나.'

이 상황에서 엉뚱한 생각을 했다. 아니, 이딴 엉뚱한 생각이라도 해야 했다.

"하. 감금."

리녹이 숨을 뱉었다.

"그리하고 싶은 마음이 이 대륙을 메울 만큼 크더라도."

그가 천천히 고개를 들어 올렸다.

"내가 그리할 수 있을 리 없지 않나!"

마침내 달빛에 얼굴이 선연히 드러났다. 그리고 나는 눈을 동그랗게 떴다.

"모든 게 가능해도, 네 미움은 받지 않고 싶으니까."

툭.

턱 끝으로 떨어지는 눈물이 믿기지 않아서. 그의 머리가 내 어깨로 파고들 때까지 아무것도 하지 못했다.

'……운다고? 리녹이?'

혼란에 사로잡혀 입을 벌릴 동안에도 어깨가 젖어 들어갔다.

"에이미, 너는 나를 바라보고 있으면서. 왜."

"……."

"나를 모르나?"

심장이 쿵 떨어지는 것 같았다. 그러나 나는 어째서 심장이 내려앉았는지. 심장 소리가 둥둥 북소리인가 싶을 만치 귀에서 들리는지. 명확한 이유를 마주 볼 수 없었다.

놀람인지 황당함인지 그렇지 않으면 혼란인지. 몸이 절로 움츠러

들었다.

"에이미…… 네 허락을 받고, 네가 좋아하는 것을 하고."

눈물로 젖은 남자의 얼굴은 차라리 보지 말아야 했다.

"설사 그것이 하늘에 뜬 달이라도. 원하는 모든 걸 네게 주고 싶다."

달빛이 맺혀 황홀할 정도로 아찔함을 자아낸 얼굴에 시선을 사로잡혀, 떼어내지 못할 거였으니까.

"그렇게…… 곁에 있어 줄 수는 없나?"

나는 헛웃음을 지었다.

줄곧 많은 것을 보면서 생각하지 않으려 했다. 하나를 생각하면 그 뒤로 와르르 쏟아질 것을 예상했기에 수도꼭지를 걸어 잠근 것이나 다름없었다. 시작은 어쩌면 리녹이 나의 손을 붙들고 이 저택으로 이동했을 때부터인지도 몰랐다.

"대공님, 저는 말이에요."

목이 메었으나 이는 눈물이 맺혀서는 아니었다. 그저 목구멍이 꽉 졸린 것처럼 튀어 나가지 않았을 뿐.

"아무것도."

네가 울 줄이야. 눈을 질끈 감아도 눈꺼풀에서 아른거릴 만큼 강렬한 기억이었다.

"……아무것도 모르고 싶어요."

"무엇을 말인가."

리녹은 지금 말하고 싶은 바를 알지 못한다. 이해하지 못할지도 모른다.

"무엇이든지요."

"……."

"그랬어요."

그냥 모르는 척 웃고, 바보처럼 모른 체하고 눈감고 귀를 막으면 보이지도 들리지도 않을 것처럼 굴고 싶었다. 그러면 될 줄 알았는데. 그렇지 않음을 알았다. 아무리 도망가려 해도 마침내 진실로 붙잡혔다는 기분이 들었다.

언니는 항상 스스로에 무심한 나를 걱정했다. 그래. 나는 가끔 내 일에 대해서는 눈치가 없다. 하지만 나는 바보가 아니다.

"이건 전부 한 분의 것이랍니다."

분명 처음에는 몰랐다. 반신반의했다.

"말도 마십쇼. 대공님이 전 제국을 뒤져서 재배할 줄 아는 정원사를 데려왔습니다."

외면하려 했다.

곳곳에서 드러나는 것들을.

"너와 내겐 한 침대가 더, 익숙하지 않나?"

……모두 알고 있었다. 상식적으로 약혼자가 있는데 다른 여자랑 한 침대에 자려는 사람이 어딨어.

다른 이라면 몰라도 내가 아는 남자 주인공, 당신은 그렇지 않았다. 우직할 정도로 지고지순하지만 집착에 가까운 사랑을 했던 사람.

"각하께서 한번 울어보셨으면 좋겠다는 하극상적인 생각도 드는군요. 너무 지독한 병은, 차라리 끊어내는 것이 옳으니까요."

퍼즐을 맞추고 싶지 않아도 조각들은 억지로 손에 쥐어졌다.

"이제 저 밭은 없어져도 되니까."

힌트는 알고 싶지 않을 정도로 많았다. 많아서, 외면하지도 못했다. 나는 눈치채고도 알지 못한 척하고 싶었다. 알고 싶지 않았다.

"예. 대장님은…… 퍼레이드로 꼭 찾고 싶었던 것이 있었습니다. 그것이 무엇일 것 같습니까? 그게 대장님껜 아주 오랫동안 변하지 않았던 것이었거든요."

시원스러운 웃음과 함께 쿡 박히던 한마디들.

"대공님은 같다고요?"

"네. 변하지 않으셨어요. 긴 시간 동안, 단 한시도요."

끝까지 외면할 수 있었다면 얼마나 좋았을까. 내가 그리 뻔뻔하지 못하다는 것을 알았다.

마침내 나는 알았으니까.

"네게 닿고 싶다."

"어떻게 하면, 닿을 수 있지?"

완성된 퍼즐을 앞두고 웃지도 울지도 못했다.

"내가 얻은 그 모든 것 안에 네가 없는데, 무슨 소용이지?"

이걸 어떻게 몰라?

그냥 모른 척하고 싶었던 거지. 약아 빠지게.

'언니, 미안해. 나는 그런 사람이 정말 못 되려나 봐.'

헛웃음을 지으며 나는 천천히 입술을 열었다.

"대공님, 대공님은 누군가와 약혼식을 하기 위해 준비 중이었죠?"

"……."

"그게 누구였나요?"

리녹은 대답 대신 손을 들어 올렸다. 그에게 쥐여 있던 손이 이내 그의 품 젖은 그의 뺨에 닿았다.

"너다."

속눈썹 끝에 눈물이 맺혀 있었다. 다시 아롱진 달빛이 아릴 정도로 아름다운 남자였다.

"……."

"너야, 에이미."

……역시나.

세레나와 리녹이 어떤 관계인지는 모른다. 하지만 알고 있다. 두 사람이 결혼식을 올리는 게 아니란 것은. 그저, 그렇게 믿고 싶었던 거지. 그리고 저 시선의 의미도 이미 알고 있었다.

눈을 내리깐 리녹이 나를 응시했다. 여전히 맺힌 눈물이 낯설어서 적응되지 않았다. 그대로 멈춘 채 아무것도 하지 못했다.

그러나 그것도 잠시, 머뭇거리던 나는 천천히 손가락을 움직였다. 짐승이 흘리는 눈물은 닦아내는 데에도 용기가 필요했다.

곧 손끝에 물이 묻었다.

"왜……. 저였나요?"

나는 머뭇머뭇 물었다. 내게는 중요한 열쇠였다. 꼬인 실타래가 내 탓이라면 풀어내는 것도 내가 해야 했다.

"왜 굳이 저였는지, 저는 묻고 싶어요."

"결과에 이유가 필요한가?"

"대공님은 제가 아니어도 될 이유가 아주 많은 분이에요."

발갛게 물든 시선이 나를 담았다. 리녹은 고개를 숙여 손끝에 맺힌 눈물을 입속으로 집어넣었다. 혀가 움직이는 느낌에 나도 모르게 윽, 약한 신음을 뱉었다.

"네가 내 이름을 지어줬다. 기억을 잃고 아무것도 모르는 내게."

잠시 입술을 꾹 다물었던 나는 다시 입을 열었다.

"겨우 그거 때문에?"

일부러 리녹이 그리 느낄 자극적인 단어를 선택했다.

"……뭐?"

"아뇨. 아뇨. 대공님의 이유를 폄훼하려 하는 것이 아니에요. 다만 상황의 특수함을 얘기하고 싶었을 따름이에요."

이미 일어난 일은 돌이킬 수 없다. 그러나 나는 리녹에게 알려 주고 싶었다.

"그 말은 제가 아니었더라도, 대공님은 이름을 지어준 누구라도 좋았던 것이 아닐까요?"

"에이미."

"대공님을 무시하려 하는 것이 아니에요. 대공님의 이유가 그렇다면, 제 말도 맞는 거잖아요!"

말하고 싶었다.

내 언니가 했을 역할을 대신한 거였다고. 당신이 이렇게 열렬히 앓았을 사람은 언니였고. 그게 일그러진 것이라고.

"이상해요. 그저 이름을 지어준 것이 뭐 그리 대단한 것이라고 그러세요? 저는 분명 대공님을 정성껏 돌봤지만 제 언니도 함께 돌봤어요. 아시잖아요? 얼마나 신경 써 주셨는지!"

"왜 네 언니가 아닌 너냐고 묻는 건가?"

하, 어느새 짙푸른 빛을 품은 리녹이 날카롭게 눈을 빛냈다. 내 말이 하나하나 자극적이었을 테니 당연한 일이었다.

솔직히 말해 눈앞의 진실에 혹하지 않았던 건 아니다. 눈이 번쩍 뜨일 미남이 나를 좋아한다니. 게다가 3년이 흘러도 잊지 못했단다.

얼마나 설렐 상황인가. 그러나 그저 넙죽 받아먹기엔 리녹은 단순한 의미 이상의 내게 큰 영향을 끼쳤으며 의미가 깊은 사람이었다.

죽었을 언니를 살려주며 운명을 바꾼 사람. 고마움을 다 갚지 못할 사람, 그래서 행복하기를 바랐다.

단순히 세레나와의 행복을 바라는 것뿐이 아니다. 앞으로 탄시즈가 던질 시련을 생각하면 그의 마법이 어서 풀려야 했다. 마법을 풀지 못한 것이 곧 그의 생명과 직결되었다.

그가 마지막 위기를 벗어난 것은, 사랑을 깨달은 세레나가 위대한 마법을 깨우쳐 그의 고대 마법을 풀어주었기 때문이다. 사랑은 필수였다. 그러니 은혜를 원수로 갚을 수는 없지 않나.

말을 잇지 못하고 그를 바라보고 있자, 곧 이를 악문 리녹이 느릿하게 입을 열었다.

"그러고 보니 내게 어린 나는 어디 있냐고 물었지."

무슨 생각을 한 것인지. 조금 전까지 차갑지만 고요하던 눈에 해일이 이는 것처럼 느껴졌다.

"이제 와 이런 저주스러운 마법에 걸린 내가 질리기라도 했나?"

"네?"

무슨 소리를 하는 거야. 나는 얼른 고개를 저었다.

"그런 게 아니에요. 그때 저는!"

"이것만은 어떻게 할 수 없다, 에이미. 나는 내 몸이 싫다. 나도 이 딴 몸이 저주스럽지만!"

"……."

내 손을 놓은 리녹이 내 양어깨를 붙잡고 그대로 상체를 숙였다.

"……이걸로 너를 놓아주고 싶지는 않다."

그 어느 때보다 거친 날숨이 목과 뒷덜미를 덮혔다.

"네 말대로다. 그럴지도 모르지. 또 다른 누군가가 내게 이름을 지어주었다면, 너처럼 나를 바라봐 주며 곁에 있어 주었다면……. 그 사람을 지금과 같은 눈으로 보았을지."

낮지만 절박하게 음성이 이어졌다.

"……녹스."

그저 머리만 기댔을 뿐인데, 이 커다란 몸이 내게 안긴 듯한 기분이 들었다.

"그럼에도 너였다."

어찌하면 좋을지 알 수 없었다.

"내가 만난 것은 너였단 말이다. 손을 내밀어 준 너를 잡으면 안 되나?"

심장이 쿵쿵 뛰었다. 짓눌리듯 꽉 압박감이 느껴졌다. 지금 내 심장을 꾹 누르는 가시는 죄책감이었다. 이 상황을 너무 가볍게 생각했다는 것에 대한.

안 보면 잊을 줄 알았다. 도망가면 질릴 줄 알았다. 아니라 말하면 포기할 줄 알았다. 그러나 도주로가 막힌 나는 막다른 길에 갇힌 토끼처럼 숨이 턱 막혔다.

"그저 손을 내밀어준 것으로 구원받았는데."

리녹의 손이 어깨를 문질렀다. 놓지 않을 듯이.

"네가 그날 손을 내밀어준 것으로는 안 되나."

입이 바싹 말랐다. 목구멍이 좁혀지는 기분에 침조차 잘 넘어가지 않았다. 시선을 마주한 순간 벼락같은 깨달음이 속을 파고들었다.

그제야 깨달았다.

……나는 이 남자의 집착을 너무 가볍게 알았다는 걸.

그는 천천히 고개를 들어 올렸다. 달빛에 성마른 시선이 드러났다. 그가 다시 손을 붙잡았을 때, 전과는 다른 기분을 느꼈다. 저 밑으로 콱 붙잡혀 이끌려가는 듯한 갈고리에 걸린 기분.

"어떡해야 너는, 곁에 머물러 주나?"

아주 간절하게.

"왜 나는 안 되나……?"

웅웅 귓전을 파고들던 목소리가 웃음을 틔웠다.

"고작 그 정도라 했나?"

어느 때 보다 깊고 집요한 시선이 나를 뚫듯이 사로잡았다.

"에이미."

그가 내 손끝에 입술을 짓누르며 찬 미소를 지었다.

"네게는 고작 그 정도가."

웃음을 터트린 그는 곧 내 손목에 얼굴을 묻었다. 야릇한 입맞춤 뒤로 뜨거운 체온이 혈관까지 파고드는 느낌이었다. 물러설 곳은 없었다.

곧 리녹이 파묻은 채 눈을 감았다.

"내게는 세상이었다."

숨을 크게 참았다. 쉴 수 있을 리 없었다. 나는 외면했던 진실을 마주했다. 하지만 ……내 각오는 그 정도로는 부족했던 거다.

전생의 나는 청소를 좋아하지 않았다. 때로 쌓아두고 쌓아두다가 뚜껑을 열었을 때 생각지도 못한 것을 마주하곤 했다. 지금의 기분이 이러했다. 피하고 피해 왔던 것을 드디어 마주했지만 생각한 것 이상으로 깊었다.

다시 말하지만 나라고 나를 좋아해 주는 미남이 싫을 리 없다. 그러나 그 미남이 로미오라면?

로미오와 줄리엣은 세트라 봐도 좋을 명사였다. 그 로미오가 다른 누군가를 좋아하는 것은 상상도 못 할 일이었다.

……이미 일어나 버렸지만.

비극을 일으킨 것 같은 죄책감을 어찌하면 좋을까. 그것이 내 탓처럼 느껴졌다. 거듭 불륜이니 부적절한 관계라니 하는 건 괜히 한 말이 아니었다.

무엇보다 리녹을 이대로 두는 건 단순히 줄리엣의 남자를 데려오는 것 외에도 큰 문제가 있었다. 말했듯 앞으로 있을 일에 리녹은 마법을 꼭 풀어야 했으니까.

더구나…….

"이제 와서 이런 저주스러운 마법에 걸린 내가 질리기라도 했나?"

그에게는 깊은 구멍이 있었다.

"그런 게 아니에요. 그때 저는!"

"이것만은 어떻게 할 수 없다. 에이미. 나는 내 몸이 싫다. 나도 이딴 몸이 저주스럽지만!"

저주스러운 마법.

이 남자는 저주를 풀고 싶어 한다. 이것만은 변함없다. 그리고 저주를 풀기 위해서는 세레나와 그녀의 사랑이 필요하다. 그러니 내가 해줄 수 있는 건 아무것도 없다.

아니. 내가 해줄 수 있는 건 당신이 나에게서 되도록 빨리 정을 떨어트리게 하는 것이겠지.

……이건 첫사랑이 죽지 않아서 앞으로 나아갈 기회를 막은 내 탓일까? 그래. 이건 살아난 대가다. 내 탓인 거다. 엎질러진 파도를 닦아내는 것도, 미래를 바꿔 버린 책임을 지는 것도.

다만 이 순간에도 한 가지는 확신할 수 있다. 나는 가장 처음 리녹의 앞에서 자취를 감출 때와 같이 지금도 그 마음은 변하지 않았다는 것.

"대공님, 저는 3년 전 맨 처음 대공님과 헤어질 때와 같은 마음을 지금도 잃지 않았어요."

나는 당신이 행복하기를 바랐다.

"대공님은 행복하셨으면 좋겠어요."

이건 언니 또한 마찬가지겠지. 끝내 그를 괘씸하게 여겼으면서도 가끔 얘기를 꺼냈던 것처럼.

"……행복이라 했나."

리녹의 시선이 내게로 옮겨왔다. 조심스럽게 리녹의 뺨에 손을 가져다 대자 그는 내 손을 겹쳐 붙잡았다.

"그건 네가 곁에 있는 것과 같은 의미다."

그는 조금 전의 격한 표정과는 다르게 조금 잠잠했으나, 여전히 시선 속에는 풍랑이 일고 있었다.

짐승이 잠시 몸을 낮춘 것처럼 그 또한 나를 관찰하고 있다는 것이 느껴졌다. 언제 피할지 모를 나를 붙잡기 위해.

나는 쓰게 웃었다.

"대공님, 저는 대답을 드리기 전에 드리고 싶은 말이 있어요."

언제까지고 도망만 칠 수는 없다.

단순히 그에게서 벗어나고 싶은 게 아니다. 나는 정말로, 그가 살기를 바랐다.

"저희 숲속 외딴집에서 책을 발견했던 거 기억하세요?"

"기억한다."

"사실 그때 우연히 외딴집에서 오래된 고서를 발견했어요. 거기에는…… 대공님이 걸린 마법과 비슷한 고대 마법에 대한 이야기가 있었어요. 저는 해결 방법을 알아냈다는 얘기예요."

경계의 산속에도 은거 마법사가 많이 기거하니 근거 없는 얘기는 아니었다.

"그래서?"

"지금부터 제 말을 묻지도 따지지도 말고 들어줘요."

침을 삼켰다.

"대공님은, 저주를 풀기 위해서 대마법사와 함께해야 해요."

리녹이 나를 들여다봤다.

"아주아주 뛰어난 마법사에게 해주 주문을 만들게 하는 거라고 하더라구요."

"……."

"발견했을 때, 저는 대공님의 근처에 이미 훌륭한 마법사님이 있으리라 생각했어요. 실제로 있잖아요?"

나는 웃었다.

"영웅 세레나 님요."

이렇게 말하는 게 맞는 걸까? 그렇다고 내가 원작 속에서 태어났다고 솔직하게 말할 수는 없었다. 그는 이렇게 보여도 이성적이었다. 이 상황에서 허무맹랑한 말을 믿을 리 없었다.

"세상은 말하던데. 대공님과 또 다른 영웅 세레나 님은 연인 사이이고."

"아니다."

"황실로 돌아가면 황제의 허락을 받아 혼인할 거라고."

"아니라 하지 않았나!"

그는 말투는 강할지언정 절대 소리를 높이지 않았다. 또한 나를 강제하지도 않았다. 그럼에도 나는 꼼짝할 수 없었다.

나는 사실 덤덤해 보여도 절박했다. 당신을 살리기 위해서라면 뭐든 다 해보고 싶은 마음이었다.

내 선택이 당신의 미래를 만든다. 어떻게든 당신이 마법을 풀어 오래 살기를 바란다.

"제발, 에이미. 내 말을 왜 들어주지 않지? 지금 그녀가 무슨 상관인가? 이해할 수 없다."

"……"

"아니, 듣고 싶지 않다."

나는 어떻게든 내가 아는 미래를 전하려 했지만 대화 시도는 번번이 무산되었다.

그는 더는 내 말을 들을 생각이 없어 보였다. 아니, 어떤 말을 하더라도 듣지 않을 기색이 역력했다. 입술을 깨물었다.

갈급한 건 나 또한 마찬가지였다.

나 이렇게 접근하면 안 되겠구나. 결국 나는 방법을 바꾸기로 했다. 나는 천천히 손을 들어 올렸다. 그러고는 그가 붙잡은 손등 위로 손을 겹쳤다.

"어디 안 갈 테니까 이것 좀 놓아줘요. 뒤로 좀 물러나고요. 어두우니까 하나도 안 보여."

그가 절레절레 도리질 쳤다. 이렇게나 덩치가 큰데 가끔 끄덕이거나 저어 보일 때 왜 낮의 작은 소년이 겹쳐 보이는지.

'……진짜 짐승이 따로 없네.'

긴장감이 빠지며, 나는 참았던 숨을 내쉬었다.

당장은 도망갈 생각이 없는데요.

"대공님의 뜻은 알겠어요."

리녹이 쥔 손에 땀이 났다.

'이 방법이 통할까?'

긴장감이 가셨다고는 해도 여전히 늦출 수는 없었다.

나는 똑바로 그를 마주했다. 그러고는 머금었던 말을 꺼냈다.

"그렇지만 저는…… 한쪽이 강제하는 관계는 싫어요."

날 잡고 있던 리녹의 손이 움찔 떨렸다. 또박또박 이어나간 말의
의미를 리녹이 몰랐을 리 없다.

"그건 옳지 않아요." 하고 덧붙였더니 그가 깊은 시선으로 나를
내려다봤다.

눈빛으로 사람도 꼬시겠네.

"물론 대공님은 저를 놓아주실 생각이 없으시겠죠?"

잠시 머뭇거리던 리녹이 느리게 끄덕였다.

"네가 나를 싫어해도."

"아. 싫진 않으니까 그런 표정 하지 마세요."

"……싫지 않다고?"

"……그렇다고 가까이 오진 마시구요."

깜짝 놀란다고요. 선생님.

나는 고개를 저으며 걸음을 살짝 뒤로 물렀다.

"네. 거기요. 거기서 들어주세요."

"……멀다."

"안 멀어요. 한 걸음이잖아요?"

그가 날 여기서 놓아주지 않는 거야 예상했던 반응이기에 실망하

진 않았다. 가만히 잡아 오는 손도 그대로 두었다.

"대공님 생각은 알겠어요. 그러니 저랑 내기해요."

그는 갑작스러운 소리에 미간을 살짝 찌푸렸다. 의아한 듯했다. 찡그려도 잘생긴 얼굴이었다.

"내기라 했나?"

그는 어째서 지금 순간에 내기란 말이 나왔는지 이해하지 못한 얼굴이었다.

"네. 제게도 기회를 주셔야지요, 대공님."

"기회?"

살짝 고개를 기울이는 그를 바라보며 나는 살포시 미소를 머금었다. 여유로운 척해도 속은 끙끙 앓고 있었다. 하지만, 속마음만은 결연했다.

"아니, 제가 기회를 드리는 거겠네요."

그를 자극하듯 엄지로 그의 손등을 쓸어보았다. 아. 놀라라. 반응이 너무 빨라서 내가 더 놀랐다.

······왜 살짝 만졌을 뿐인데 바로 입으로 가져가지? 유아기세요?

"······듣고 있다."

그를 슬그머니 올려다본 나는 말을 이었다. 일단 말부터 하자.

"제가 사랑에 빠질 수 있게 해주세요."

나마저도 감정에 취해 모든 것을 잊을 수 있게 적셔 주었으면 좋겠다. 바람에 그쳐야 할 일이지만. 사실 리녹이 나를 바라보는 마음이 단순히 구원에 대한 동경인지 정인지 사랑인지 모르겠지만. 일단은 뭉뚱그려 표현했다.

"······이해하지 못했다."

"저를 대공님께 푹 빠지게 해주세요. 더는 도망가지 못할 만큼. 감정은 쌍방적인 거잖아요?"

물론 이건 말도 안 되는 제안이기도 했다. 만약 내가 아무것도 모르는 평민 여자애였다면 아이고 감사합니다, 대공님. 저와 백년해로하시지요. 웬 떡이야! 하고 빨리 합방부터 했을지도 모를 일이다.

……사람은 욕망에 충실하는 삶이 최고라던데, 왜 나는 거리가 먼건지.

"내가 제대로 알아들은 거라면, 너를 유혹하라는 건가?"

나는 흠칫 놀랐다.

엄마야. 그 말을 왜 얼굴을 가까이 들이대며 하시나요. 심장 떨어지게. 정말 요망한 얼굴이었다.

"네, 네에……. 그, 어, 같은 말이겠네요……. 그러니 저를 빠지게 해주세요. 아주 푹 빠져서 헤어 나오지 못 하게끔요."

조금 당황했지만 생각한 바를 마구 꺼내놓았다. 눈을 가늘게 좁히던 리녹이 툭 입을 열었다.

"조건은?"

……이거 반쯤 넘어온 거지?

"제……. 제 입에서 고백이나, 사랑한다는 말이 나오면 대공님이 이기신 거예요. 제가 대공님께 빠졌다는 증거를 보여야 하니까요."

와. 나 정말 양아치네. 내가 생각해도 정말 어이없는 조건이었다. 어처구니가 없어서 웃음이 나올 정도로.

리녹이 세레나와 있어야 할 이유를 스무 가지쯤 댈 수 있는데, 그런 내가 절대 저런 말을 할 리가 없잖아? 더구나 이건 리녹의 생명을 위해서라도 해야 하는 일이고.

아무튼 절대 이뤄질 리 없는 조건이었다. 만약이라는 가정도 할 수 없는. 하지만 이 순간엔 그런 얼굴을 숨겨야 했다.

"전 사실 이런 추적을 몇 번이고 반복하고 싶지 않아요. 대공님께서도 한 번에 마무리 짓고 싶지 않으신가요?"

"……."

그가 물끄러미 나를 쳐다보는 동안 등 뒤가 오싹했다. 나는 최대한 식은땀을 숨기며 태연한 척 리녹의 시선을 받아냈다.

"기한은 한 달."

침을 삼킨 나는 마지막으로 품고 있던 말을 내려놓았다.

"*대장님께서 벌이신 일 때문에 한 달 뒤에야 이곳에 오실 수 있지 않으십니까.*"

이건, 세레나가 오기까지 걸리는 시간이었다. 달리 말해, 나는 무조건 이 시간 안에 마무리 지어야 했다.

"진다면."

"저를 이 대공령에서 놓아 주세요."

"……대공령에서 말인가."

리녹이 표정을 굳혔다. 나는 그의 눈치를 보면서도 당당히 고개를 끄덕였다.

"네. 대공님이 제가 푹 빠지게 해주셨으면 좋겠어요."

나는 작게 웃었다.

"절 꼬실 기회를 드리는 거예요."

……너 내 깔 해라도 아니고.

평생 해볼 거라 생각도 못 해본 말인데. 나는 속으로 민망함과 흑역사 수치를 꾹 참아내며 입을 끌어 올렸다.

리녹은 무슨 생각을 하는지 모를 깊은 눈이었다. 자색 홍채 속에서 푸른 달빛이 파도처럼 일렁거렸다. 얼마나 지났을까, 리녹이 느리게 답을 내렸다.

"······좋다."

나는 조금 얼떨떨한 눈으로 리녹을 응시했다.

내가 제안했지만, 이 말도 안 되는 조건을 받아들일 줄은 몰랐는데?

"그렇다면 반대로 에이미, 너는 이 기간 동안 저택에 머무를 건가?"

"네? 네? 아······. 그럴게요."

"오늘처럼 벗어나는 일 없이."

"그것도 약조할게요."

난 얼른 끄덕였다. 그의 눈으로 만족스러운 빛이 스친 것 같았다.

"좋아. 그렇다면 나는 이 기간 동안 너를 유혹하라는 얘기겠군."

유혹이란 단어에서 왜인지 숨이 꼴깍 넘어갔다. 이렇게 야릇하게 들릴 일인가. 어쩐지 그가 너무 쉽사리 받아들였단 생각을 했지만 얼른 고개를 끄덕였다.

"약속은 지키실 건가요?"

"물론이다."

리녹이 그윽한 시선으로 나를 바라보는가 싶더니 곧 느릿하게 덧붙였다.

"의심스럽나?"

"아. 아니, 아니에요."

"······원한다면 너를 담은 이 마음과 대공의 이름을 걸고 맹세하지."

전자는 몰라도 후자는 믿을 수 있었다. 리녹의 마음을 가벼이 여기는 게 아니라 대공가는 마법과 관련된 가문답게 이름을 건 맹세에는 제약을 받게 된다.

반드시 지켜야 한다는 제약을.

……여기까지가 내가 생각한 시나리오였지만. 시나리오라기보다는 이렇게 되면 좋지 않을까 생각한 거였는데.

"……일종의 계약을 했으니, 계약서와 도장이 필요하겠군."

"네? 종이랑 도장이 지금……."

"없지."

리녹이 손을 들어 올렸다. 그의 손가락이 나를 붙잡고 그가 붙잡은 내 엄지가 리녹의 입술을 쓸었다.

"……도장을 대신할 만한 것은 있군."

……선생님, 그거 설마 입도장은 아니겠지요?

"아, 안 돼요!"

당연하겠지만 나는 거세게 도리질 쳤다. 안 될 말이다.

리녹을 빠져나가려 머리를 쓴 건데 입도장을 찍자니요. 무슨 호랑이 피해 사자 부락에 들어가는 소리야.

하지만 리녹의 시선을 완전히 외면할 수도 없던 나는 끙 숨을 흘리다가 고개를 들었다.

"그런 도장은 안 돼요. 대신 이걸로 해요."

"어쩌자는 건지, 물어도 되겠나?"

나는 입술을 축이며 시선을 옮겼다. 그러고는 팔을 펼쳤다.

"아, 아니, 아, 아, 안기시라구요."

입보다는 차라리 이게 낫지.

……포옹이야 동료들 사이에서도 쉽게 하는 것 아니겠어. 잠자코 되뇌었지만 민망한 건 매한가지였다.

내가 오늘 참 별소리를 다 하는구나. 눈을 질끈 감았는데, 시간이
지나도 팔이 허전했다.

'왜 안 오지?'

설마 혼자 착각해 설레발이라도 쳤나 싶어 눈을 뜨려 하던 때였다.

와락.

눈을 뜨자 나는 커다란 어깨에 푹 파묻혀 있었다.

"음, 대공님……."

"리녹."

"……대공님."

"……넌 여전히, 고집이 정말 세다."

"누가 할 소리를요."

망설이다가 천천히 손을 옮겼다.

리녹의 등을 토닥이는 손은 어색하기만 했다.

"……잘 부탁드려요? 말을 하면서도 이상하지만."

"……그래."

그가 길게 숨을 내쉬었다. 어쩐지 내 어깨 한쪽이 파르르 떨리는
기분이었지만 나는 기꺼이 모른 척하기로 했다.

……이 떨림은 내 것이 아니었으니까.

안겨진 나는 리녹의 표정을 보지 못했다. 그는 지금 어떤 기분일
까. 그도 이게 말도 안 되는 내기란 걸 알지도 모른다. 그래서 차라
리 체념하고 포기를 준비하는 거면 좋겠는데.

어쩌다 이렇게 된 걸까.

그저 약간의 쓸쓸함과 미안함이 공존했다.

△

리녹은 가만히 눈을 감았다.

팔 안으로 충만하게 느껴지는 체온이 더없이 만족스러웠다.

떨림은 그래, 기쁠 때도 나올 수 있는 거로구나.

눈을 내리깐 리녹은 천천히 입꼬리를 끌어 올렸다.

드디어, 잡았다.

△

리녹과 에이미가 헤어진 시간은 새벽녘이 다 되어서였다.

날이 밝기까지 채 두 시간도 남지 않은 시간이었다. 리녹은 자신
의 집무실에 가만히 앉아 있었다. 앞섶이 마구 파헤쳐진 차림은 에
이미가 사라진 것을 깨닫고 달려나간 차림 그대로였다.

리녹은 느릿하게 턱을 괬다. 그의 책상 앞에는 먼저 모인 수하들
이 조용히 서 있었다.

"음, 그래서 내기를 하셨단 말입니까?"

먼저 입을 떼어낸 것은 마법사인 베이커였다. 그는 보통 특유의
능글능글한 성격으로 말문의 포문을 여는 역할을 했다.

"……그래."

리녹의 짧은 대답에 세 수하가 각기 생각에 잠겼다. 베이커는 개
중에서도 반쯤은 진지하게 생각에 잠겼다.

'오늘 그 아가씨가 탈출한 것만으로도 엄청 놀랐구만.'

갑자기 내기라니.

리녹은 내기의 조건에 대해서 자세히는 말을 하지 않았지만, 얼추 설명한 것으로 형태가 짐작이 갔다. 무슨 이딴 내기가 다 있냐부터, 감히 대공에게 이런 내기를 거는 간 큰 아가씨는 또 뭐며. 어째서 이런 내기를 시작했냐는 등 수많은 의문이 들었지만, 그보다 가장 큰 것은 따로 있었다.

'내기라며. 주인님이 지면 어떻게 되는 거냐 이거?'

베이커는 지난 3년간 미친 사람처럼 굴던 자신의 주인을 기억했다. 갑자기 무슨 약을 먹고 저러냐는 생각밖에 들지 않았지만, 이제는 알았다. 그 '아가씨'가 원인이었단 걸 말이다.

"제 말이 맞지 않습니까! 예?"

우습게도 헛소리만 일삼는다 생각했던 그레이가 정확히 알고 있던 거였다. 그 그레이는 지금 그의 옆에서 함께 끙끙대고 있었지만.

슬그머니 눈치를 보는 걸로 봐서는 그레이도 베이커와 비슷한 생각을 하고 있으리라. 하지만 그나 그레이나 용기 내서 리녹에게 물을 뚝심은 없었다.

'아이고. 말했다가 괜히 덤터기나 쓰겠지. 안 봐도 뻔한 매직 애로 우구만.'

능글거리는 편인 베이커였지만 주인의 심기를 거스르고 살아남을 자신은 없었다. 그리고 이런 역할을 맡는 이가 수하 셋 중 대체로 정해져 있었다.

"외람되지만, 각하께서 지기라도 하시면 어떡할까요?"

혀끝에 얼음을 매어둔 것처럼 지극히 사무적이고 정중한 음성은 로테의 것이었다.

'아오, 저 상대를 가리지 않는 겁도 없는 주둥아리.'

아울러 베이커가 예상한 대로 저 질문은 로테의 것이었다.

"물론 각하께서 진다는 가정은 날지 못하는 독수리처럼 말도 안 되긴 합니다만, 가끔은 세상에 말도 안 되는 일 또한 일어나는 법이라 여쭙습니다."

로테는 이 차갑고 서늘한 분위기에도 아랑곳하지 않고 혀를 움직였다.

"각하께서 지시한다면 밖에서만 잠기는 방을 준비하면 될까요?"

헉. 숨을 삼킨 베이커가 얼른 끼어들었다.

"아이고. 감금이라니. 납치에 이어서 범죄 시리즈입니까? 너는 할 말 못 할 말 구분도 못 하냐!"

"그러는 너는 왜 반말입니까?"

"저……. 그건 저도 반대인데요. 에이미 씨, 아니, 아가씨를 가둬 두는 게 말이 됩니까? 가뜩이나 아가씨께 미안하단 말입니다."

"원조 납치범 그레이 경은 그렇게 생각하시는군요?"

"아, 그만하십쇼. 그놈의 납치범!"

슬그머니 손을 들었던 그레이가 귀가 처진 강아지처럼 울상을 지었다.

"그리고 말입니다. 각하께서 허락하실 리도 없…… 고……?"

"내 말이 그 말이야! 우리가 대공가 일원이지, 깡패 집단이냐?"

기겁하는 베이커와 그레이를 번갈아 보던 로테가 나지막하게 입을 끌어 올렸다.

"이제까지의 상태가 감금과 뭐가 다른지요?"

"……."

"아. 각하, 저는 각하를 납치범이라고는 하지 않았습니다."

"……그냥 때려라, 때려."

로테는 상대를 가리지 않고 독설을 일삼았고 이는 애정해 마지않는 그의 각하에게도 마찬가지였다. 기사들 사이에서는 사실로 마구 때린다고 하여 폭력자로 불리는 듯했지만.

'저놈도 참 미친놈이야. 각하 앞에서는 저러고서는 쯧쯧. 뒤에서 각하 욕하는 인간이 있으면 물불 안 가리는 놈이면서.'

베이커가 절레절레 고개를 저었다.

"아무튼 간에 각하 여러 방도를 생각하는 것은 전투 및 전쟁의 기본 아니겠습니까. 내기 또한 마찬가지겠지요."

리녹이 천천히 시선을 들어 올렸다.

"만약 각하께 불리하다면 저희는 어찌하면 되겠습니까?"

역시나 그들의 주인은 로테의 질문에 반응했다.

하나 들었음에도 잠시 동안 침묵이 고요하게 흘렀다.

얼마나 지났을까, 이내 리녹의 모양 좋은 입술이 맞물림을 떼어냈다.

"생각할 필요는 없다."

그들의 주군은 절대 한 번을 웃는 법이 없는 사람이었다. 그렇게 알고 있다가 돌연 에이미를 바라보며 변하는 표정을 보며 얼마나 놀랐던가.

베이커가 잠시 딴생각을 하는 동안 리녹이 툭, 손을 내려놓았다.

"내기의 조건은 말했을 텐데."

"예. 아가씨가 이기시면 대공령에서 벗어나게 해주신다면서요?"

리녹이 무심히 입을 열었다.

"모든 곳을 대공령으로 만들면 에이미가 발 디딜 곳이 결국 대공령밖에 없겠지."

숨 막히는 침묵이 흘렀다. 베이커는 생각지도 못한 발상의 전환에 입을 떡하니 벌렸다.

리녹은 대공이었다. 거슬러 올라가면 황실의 피를 이어받았으며, 현재는 북부의 철벽이었다. 그 자체로도 강력한 영향력을 미치는 영웅. 그럼에도 리녹은 지금까지 그를 견제하는 황실에게 아무런 반응을 보이지 않았다. 심지어 3년 전에는 거의 살해당할 위기를 거쳤는데도 말이다.

그러나 영지를 늘린다는 것은 황실의 심기를 거스를 수 있었다. 가뜩이나 영향력과 인기가 산을 찌르는 그가 자리를 넓히다니. 황실 입장에서 어쩌면 반역의 소지까지 운운할지 모를 문제였다.

지금 저게 무슨 소리인지 몰라서 하는 말……은 절대 아닐 거고.

'저건 분명 진심이다. 진심이야.'

하기야 그들의 주군은 절대 허투루 말을 하는 법이 없는 인물이었다. 진실로 뜻을 알아차린 베이커의 등 뒤로 식은땀이 흘렀다.

아이고야, 그 아가씨…….

'거, 그 아가씨는 몰랐겠지?'

당연하다. 조건을 정할 때 저기까지나 생각했겠나. 이것은 에이미에게 있어 정말 상상도 못 한 결과일 것이다.

……열심히 생각했을 이 내기는, 처음부터 부도 수표였다는 것을.

베이커는 리녹의 축객령에 물러나면서 참았던 숨을 뱉었다. 그러고는 고개를 절레절레 저었다.

'와. 내 주군이지만 정말 또라이야.'

베이커는 진심으로 에이미의 무운을 빌었다.

한편으로 베이커는, 아마 그 아가씨라면 어떻게든 일을 일으키지 않을까 했다.

'그 아가씨도 보기보다 심상치가 않던데 말이지.'

이 저택에서 탈출을 시도할 줄은 정말 꿈에도 몰랐다.

'이거야 원.'

베이커는 방관자의 시선을 슬쩍 숨기며, 앞으로의 일을 가늠했다.

'시끄러워지겠구먼.'

MY SISTER PICKED UP THE MALE LEAD

진실은 언제나 얇은 껍데기 아래 있더라

VII

7

진실은 언제나 얇은 껍데기 아래 있더라

대공가의 아침은 여느 귀족 저택과 다르지 않게 바쁘지 않고 분주하다. 눈을 비비며 떴을 때는 이미 해가 하늘 위로 솟은 뒤였다. 줄곧 숲과 산에 살았던 나는 이른 아침에 일어나는 버릇이 있었다. 이른 아침 공기에 길들여진 나였지만 전날을 거의 꼬박 새운 여파 때문인지 오전 늦게야 기상했다는 거다.

"일어나셨어요? 좋은 아침이에요, 아가씨!"

눈을 뜨고 얼마 지나지 않아, 로잘린이 밝은 미소로 반겨주었다. 그녀는 나더러 지금쯤 일어나지 않을까 싶었다며 따뜻한 수건과 따뜻한 차를 건넸다.

"으음. 로잘린도 좋은 아침이에요. 좀 늦은 아침이긴 하지만요."

"네. 대공저는 언제나 아침부터 분주하니까요."

대공저가 아침부터 다망하다는 걸 알려준 이는 로잘린이었다. 이 언니는 수다스러웠고, 그 수다는 대체로 듣기 나쁘지 않았다. 무엇보다 귀여우니까. 귀여운 건 언제나 옳지.

"그나저나 놀랐어요. 아침에 아가씨 방이 바뀌었다는 얘기를 듣고서요."

로잘린이 다람쥐처럼 동그랗고 까만 동공을 깜빡였다. 나는 헛웃음을 들이켜며 슬쩍 시선을 피했다.

"하하하. 어쩌다 보니요. 아, 이전 방이 불편하던 건 아니었어요."

어젯밤 리녹과 헤어진 시간은 새벽이었다. 내 방으로 돌아가기는 어려울 거라며 리녹이 내게 새로 방을 내어줬고, 그게 리녹이랑 테라스에서 실랑이를 벌였던 방이었다.

바로 이 방 말이지.

"어젯밤에 대공님이랑 있다가 그만."

"네? 대공님과요?"

눈을 크게 뜨는 로잘린을 바라보며 아차 싶었다.

"어머, 어머, 세상에."

"아니, 아니, 아니. 로잘린 그, 그게 아니구요."

언니, 언니가 상상하는 그런 게 아닙니다. 정말이에요.

"대공님과 밤을……. 밤을……."

"아니, 그게 아니고. 그러니까 밤을 보낸 건 맞는데……. 아무튼 그건 아니에요. 정말! 정말로요!"

로잘린이 머뭇머뭇 입술을 오물거리며 입맛을 다셨다.

"아. 그럼……. 혹시 실례되지 않는다면."

"네?"

"어떤 일을 하신 건지 여쭤봐도 될까요? 대, 대답 안 해주셔도 괜찮아요. 정말로요! 어제 파티에 대공님께서 끝내 나타나지 않으셔서."

이렇게 변명해 봐야 더 의심스러울 것 같다고 생각하는 찰나에 로잘린의 말은 도리어 반가웠다.

화색을 띠었던 나는 그러나 이내 그대로 멈칫했다.

로잘린에게는 이곳에 머물 거라 말해뒀지? 이제 와서 사실 전 늘 탈출할 생각이었고요. 어제 도망치려다가 붙잡혔어요, 해봐야 껄끄러워질 것만 같았다. 결국 입 밖으로 나온 것은 우물쭈물한 조각난 말들이었다.

"음, 어……. 별거 안 했어요. 생일을 축하드리고."

"네, 네!"

"그렇게 이야기를 좀 하다가 음, 숨이 좀 차고?"

이게 뭔 말이야. 도망갔다는 얘기를 대체할 만한 말이 뭐가 있지? 평소 같으면 태연하게 생각이 났을 단어도 일단 한번 당황하니 생각나지 않았다. 처음부터 꺼내지 않았으면 되었을 텐데.

"수, 숨이 찼다고요?"

"……네?"

"세상에……! 어머나 세상에! 그럼……. 아니, 아무것도 아니에요! 세상에……."

아니, 언니, 무슨 상상을 하신 겁니까? 꼭 "어머나 세상에!"를 외칠 것 같은 이 언니의 머릿속에서 어떤 상상의 나래가 펼쳐진 것인지 모르지만 무엇이든 간에 무조건 아닐 거라 확신할 수 있었다.

"로잘린, 무슨 생각을 하셨을지 알 순 없지만, 뭐든 아니에요. 무조건 아니에요."

"아……. 네! 비밀 꼭 지킬게요!"

……아니라니까 이 사람아.

"그, 그러니까 아가씨. 숨이, 입술이라는 것이죠……!"

"예?"

"걱정 마세요, 아가씨. 저는 정말정말 입이 무거워요. 제 평생 먹은 마들렌을 걸고 약속드릴게요."

나는 얼이 빠진 얼굴로 그녀를 바라보다가, 루머가 생성되는 것을 실시간으로 목격하는 기분에 혀를 찼다.

……아니, 언니의 마들렌은 100개를 주셔도 관심 없는데요.

하지만 헤헤 웃는 로잘린은 귀여웠다. 그래. 귀여운 건 죄가 없다. 귀여우면 무죄. 뺨을 긁적이던 나는 마침 로잘린에게 이실직고하기로 하고, 솔직하게 말했다.

"네에? 아가씨께서 약혼의 주인공이신 줄 모르셨다고요? 정말요?"

그녀는 놀란 토끼 같은 눈을 숨기지 않았다.

"저, 전 당연히 아시는 줄 알았어요. 어떡해……. 죄, 죄송해요."

"괜찮아요. 로잘린도 모르셨잖아요?"

어쩔 줄 몰라 하는 로잘린에게 나는 괜찮다고 어제 전부 전해 들어서 알게 되었다고 알려 주었다.

"앗, 그렇다면, 남아계신다는 건 마, 마음을 정하신 건가요?"

음, 글쎄요. 내 마음은 이미 처음부터 정해져 있었는데.

그러나 진솔히 말할 수는 없기에 웃음으로 살짝 넘겼다. 그러고는 흘끗 로잘린을 곁눈질했다. 그나저나 참 이상하다. 아니, 로잘린을 포함한 저택 사람들의 태도가 묘하다고 할지.

보통 대공가의 대공이 무려 평민이랑 약혼하려 한다면, 거기다 얼굴 한번 못 본 사람과의 약혼을 준비하는데 미간 한번 찌푸릴 법도 한데 말이지.

내가 드라마를 너무 많이 본 건가. 전생의 막장 스토리에 길들여진 건가. 아니, 이것도 근거는 있었다. 원작에서 리녹이 세레나와 혼인을 결심했을 때 그들은 가장 처음 신분의 차라는 장애물과 시선을 뛰어넘어야 했다.

세레나가 귀족이라고 하기에도 어려운 한미한 가문의 영애란 것이 문제였지. 물론 세레나는 뛰어난 마법사였고 영웅이었지만 막 토벌에서 돌아왔을 때 그녀는 작위가 없던 상태였으니까.

아무리 소설이라지만 그렇게 뛰어난 주인공 언니를 뭐 이딴 식으로 취급하나 싶었지. 이런 걸 보면 계급제란 새삼 더럽고 치사한 것 같긴 한데.

아무튼 간에 원작에서 이런 지난한 시련이 있던 걸로 봐서는 계급에 따라 차별을 두는 시선이 분명히 있었다. 그러니 저택 사람들의 반응이 특이하다고 하는 편이 맞겠지. 결론을 내려도 어리둥절한 건 여전했지만.

"아무튼 새삼스럽지만 다시 한번 잘 부탁해요. 이미 잘 부탁드린다고 말씀드린 것 같지만요."

"아, 앗 아니에요! 저, 저야말로."

로잘린이 파드득 고개를 저었다.

"아가씨를 모실 수 있어서 기쁜걸요!"

뺨을 살짝 물들인 로잘린은 기뻐 보였다. 곧 그녀는 반짝거리는 눈으로 나를 응시했다.

"……저 사실, 미처 말씀드리지 못했지만요. 이미 들었거든요."

"들으셨다니요?"

그러자 로잘린은 수줍다는 듯이 살짝 시선을 내렸다.

"그, 식…… 당에서 있었던 일이요. 부집사님이 총집사님과 얘기

나누시는 걸 들었거든요. 아 물론 일부러 엿들은 것은 아녜요! 전부 듣지는 못했지만요."

급히 불안해졌다.

"대체 무슨 얘기를 하셨는데요?"

"아, 아가씨께서 대, 대공님의…… 옷을 벗으라고……. 꺄악."

……예?

이것이야말로 진정한 루머였다. 아니, 루머라고. 악성 댓글 못지않은 소문이라고.

"아, 아니에요. 정말 아니에요."

아니라는 소릴 열세 번쯤 한 것 같지만 이것도 부족했다.

"크흠흠, 정말, 정말 아니니까……."

"네! 걱정 마세요. 비밀 지킬게요."

아니. 언니 그렇게 결연한 표정으로 보지 마시고. 진짜 아닌데.

나는 고구마를 먹다 체해 눈앞이 노래진 사람처럼 황망하게 그녀를 바라봤다.

"사실 비밀인데, 저와 함께 있던 아루도 들었지만, 저희 아무한테도 말을 하지 않았어요."

……그 말이 왜 꼭 저택 사람 대부분은 알고 있다는 말로 들릴까.

"저도 아주 친한 루스나에게만 부집사님이 아주 흐뭇한 광경을 봤다고만 얘기했답니다! 비밀이니까요!"

"……네. 지켜주셔서, 감사해요."

"아니에요. 당연한걸요."

나는 그 말로 5초 전 입이 무겁다고 말한 로잘린을 믿을 수 없어졌다. 언니, 너무 가볍잖아요?

하지만 로잘린과의 대화는 거기서 끝이었다. 더 부정해 봐야 로잘린이 믿는 눈치는 아니고 내 탈출 스토리를 풀어놓을 수도 없으니 말이다.

"날씨 엄청 좋네."

늦잠을 잔 터라 오늘은 응접실에서 식사하고 복도로 나왔을 때 하늘은 무척이나 맑았다.

'겨울 하늘이라 그런지 구름이 거의 없네.'

오늘은 도서관에 한번 가볼 생각이었다. 그때 로잘린이 안내해 주었던 도서관. 처음부터 목표 삼았다기보다는 할 일이 없어서 즉흥적으로 내린 결정이었다. 사실 어젯밤 탈출이 성공하든 실패하든 그다음을 생각하지 않았으니까.

그래서 더 성공하길 바랐는데. 어찌 보면 이게 더 잘된 일인 것 같기도 하고. ……한 달만 버티면 되는 거잖아?

"나쁘지 않은데."

어차피 내 입에서 그 말은 절대 나올 수 없었다. 만에 하나, 정말 만에 하나, 그를 너무너무 좋아하게 되더라도 말 못 할 터인데. 지금이야 말해 무엇하겠어.

나는 흘끗 옆을 곁눈질했다.

"할 말 있으십니까?"

내 옆에서 걷는 이는 다름 아닌 로테였다. 식사를 마치고 도서관을 간다는 내게 길을 안내해 주겠다고 나선 참이었다.

길은 전부 기억하는데 말이지.

"아뇨. 뭐 아주 없지는 않네요."

나는 뺨을 톡톡 두드리다가 그냥 얼굴을 들어 올렸다.

"이제 와 묻는 건데, 왜 약혼녀가 있다고 거짓말했어요?"

"거짓을 말한 것은 아닙니다."

"아……. 네. 어쨌든 제가 오해하도록 두셨죠?"

"예. 맞습니다."

로테가 걸음을 멈췄다.

"사과를 원하십니까?"

……사과하려는 얼굴로는 안 보이는데요.

"얌전히 해주실 것 같지 않으신데요?"

"그럴 리가 있겠습니까."

그는 잠시 머뭇거리다가, 이내 표정을 가다듬고 말했다.

"사과는 드릴 수 있으나, 옳은 일을 했다 생각합니다."

그러니까 이게 로테가 할 수 있는 최대한의 사과인가 보다. 하기야 평생 리녹에게만 고개 숙였을 사람이었다. 그의 고개가 꺾어지기 바라진 않는다. 무엇보다 내가 선택을 잘못한 탓에 실패했으니.

"뭐. 그래요."

"예?"

"그 정도로 넘어가자구요."

의외의 말이었는지 로테가 잠시 눈을 깜빡였다. 아, 이렇게 보니 조금 순해 보이네. 평소에는 표정이 정중하다 못해 날이 서 있었지?

"그런데 거짓말은 왜 하셨어요? 정말?"

"거짓말이."

"네. 아니라 치고요. 아무튼요."

반듯하게 자세를 세운 로테가 서늘하게 입을 열었다.

"제게는 대공님께 걸맞은 대공비를 만들어야 하는 의무가 있었을 뿐입니다."

그러면서 나를 보는 게 앞으로 내가 프로듀싱 할 사람인가, 하고 쳐다보는 시선 같다.

······아직 아니거든. 앞으로도 할 생각이 없는데.

로테에게 말을 할 기회는 주어지지 않았다. 안내하겠다며 성큼 앞서가 버린 탓이다. 무어라 하려던 나는 곧 꾹 웃음을 참았다. 로테의 귀가 왜인지 옅은 분홍색으로 물들어 있었기 때문이다.

흐음, 거짓말한 걸 인정하기는 어려웠다, 이건가.

"그나저나, 저 안내는 필요 없는데요. 길 알아요."

"안내의 목적뿐 아니라 호위의 목적도 있으니 함께하게 해주시겠습니까?"

"호위요?"

로테의 실력을 의심하는 건 아니다. 여기 사람들은 다들 한 가닥했으니. 그런데 왜 나를 호위씩이나 하는 건지 궁금한데요. 눈을 가늘게 좁혔다.

"저를 믿지 못하는 건가요?"

"예?"

"대공님이 저를 믿지 못해서 로테 씨를 제게 붙인 거냐고 물었어요."

로테는 고개를 갸웃했다.

"······아무것도 못 들으셨습니까?"

"듣다니요?"

"각하께 말입니다."

로테가 의아한 표정을 지었다. 그런 그의 반응에 나는 어젯밤을 되새겼지만.

196

"너를 유혹하라는 건가?"

······낯 뜨거운 리녹의 언행 말고는 생각나지 않는데.

"아가씨의 호위는 꼭 필요한 일입니다."

"어째서요?"

"일단은 첫째로 방범 벨 역할을 하는 마석 때문입니다. 잠시 경계 단계를 낮춰놓았지만, 조만간 올려야 할 상황인지라 그렇습니다."

아, 그 초인종, 충분히 납득할 이유였다. 내가 일부러 건드리지는 않겠지만 실수할 수도 있으니까.

"아울러 이미 각하께 한번 들으셨을 것으로 압니다만. 대공저는 심심하면 반갑지 않은 불청객이 찾아오는 곳이지요. 골치 아픈 일이지만 예방이 되질 않아서 곤란한 일입니다."

한 번에 알아들었다. 불청객, 리녹을 노리는 밤손님이 자주 있단 얘기였다.

"식사 중에 괴한이 침입할 수도 있다."

그러고 보니 처음 식당에서 말한 적 있었지.

······그거 그냥 하는 말이 아니었어?

"저, 로테 씨가 솔직하게 말씀해 주셔서 저도 솔직하게 말씀드리는 건데요."

"예. 말씀하십시오."

"······아니, 제가 신경 쓰였다면 대공님께서 왜 직접 나서지 않으셨나요?"

로테를 바라보며 나는 말을 이었다.

"으음, 그냥 대공님은 누군가에게 절 맡기시느니 직접 하셨을 것 같아서요."

로테는 내키지 않아 하는 것 같은데. 그가 곧 해답을 내어놓았다.

"확실히 각하께서 그리 명하셨을 수도 있을 것 같습니다."

"그런데 왜……."

"지금 그러실 수 없는 상황이니까요."

그럴 수 없는 상황? 실마리가 잡힐 듯 잡히지 않는다는 기분에 눈을 막 찌푸릴 때였다.

"오늘 아가씨께서 쓰신 방에 대해 안 측근들은 모두 놀랐을 겁니다."

무슨 말이냐고 막 물을 때였다.

다다다닥! 우리는 복도 끝을 걷고 있었는데, 대리석으로 만들어진 복도는 유달리 울림이 컸다. 끝에서부터 숨 가쁘게 달려오는 작은 발소리, 나도 모르게 고개를 돌렸다.

그러고는 눈을 동그랗게 떴다. 아니, 숨이 콱 막혔다.

"……아."

천천히 아래를 내려다보면 내 허리를 꽉 쥔 조그만 손이 보였다. 내 허리에 얼굴을 파묻었던 소년이 천천히 고개를 들었다.

"……에이미."

어린 리녹이었다.

"왜…… 나 버렸어?"

들이마신 들숨이 턱하니 목에 가로막혀 들어가지 않는 기분이었다. 호흡이 원만하지 못했다.

"대공님……."

그리 불렀다가 나는 입술을 꾹 깨물었다. 동시에 어린 리녹이 고개를 들어 올렸다. 숨이 막힌다. 나는 긴장했다. 밤의 리녹을 만났을 때와 같이 아슬아슬한 긴장은 아니었다.

그저, 내 잘못을 마주 보기 어려웠을 따름이다.

"에이미."

"응."

복도를 스친 바람에 새카만 머리칼이 나부꼈다. 물기 어린 눈동자. 귀공자 같다 느꼈던 새하얀 피부. 3년이 지났건만 아이는 아직도 아이 그대로였다, 변화 없이.

"에이미, 이제 나…… 안 불러줘?"

나를 붙잡은 조그만 손이 파르르 떨렸다. 나는 어찌할 줄 몰랐다.

"녹스."

울먹. 나를 바라보던 리녹의 얼굴 울먹임이 커졌기 때문이었다. 그래. 너를 대공님이라 부르면 안 될 것 같았어. 지은 잘못이 있던 나는 작게 숨을 쉬며 살짝 웃었다.

"오랜만이야. 잘 지냈어?"

기왕 나쁜 사람이 된 이상 나는 나쁜 사람인 채로 어린 리녹에게 인사를 건넸다. 무려 3년 만의 인사를.

"……."

리녹은 한 달의 15일을 주기로 낮에 어린아이가 된다.

……주기가 다가왔구나. 그제야 로테가 말했던 그럴 수 없는 사정이란 게 이해됐다. 실로 오랜만에 만난 어린 리녹은 아무 말도 하지 않았다. 그저 나를 바라보며 울먹일 뿐.

보석 같은 눈동자에 대롱대롱 매달린 눈물이 뚝 떨어질 것 같다. 뺨을 긁적이던 나는 천천히 손을 뻗었다. 살짝 뺨에 닿자 리녹이 기다렸다는 듯 내 손에 뺨을 비볐다. 마치 갓 태어난 강아지 같다. 엄청 부드러워. 상황도 잊고 감탄하던 나는 곧 눈꼬리에 매달린 눈물을 닦아냈다.

그동안에도 어린 리녹은 나를 물끄러미 응시하고 있었는데, 그 시선을 바라볼수록 양심에 콕콕 찔렸다. 아니, 버린 것도 아닌데 왜 꼭 잃어버린 고양이를 다시 조우한 것 같은 기분인 걸까. 괜스레 입을 꾹 다물었다.

"······에이미."

"응."

어린 리녹의 목소리는 작고 여렸다. 그 점이 늘 안쓰러웠는데, 3년이 지나도 이 목소리는 변함없었다. 내 옷자락을 쥐고 있던 손가락이 꼼지락 움직였다. 이내 내 손끝에 조금 뜨거운 손가락이 닿았다.

"에이미······. 왜, 히끕. 나······ 버렸어?"

무엇보다 나는 너를 버리지 않았다고, 네가 행복하기를 바랐던 거라고 말해주고 싶었으나, 지금의 리녹에게는 소용없는 말일 터였다.

"나······ 쓸모없어? 없어졌어?"

"그런 말 말랬잖아."

······아니, 옆 동네 어른 리녹은 못 보던 사이 야릇함을 키워 왔더니만 이쪽은 아파트를 부수고 싶은 씹덕성을 키워 왔나 보다. 이렇게 내 심장을 조져 놓으려는 음모인가.

"미안해."

밤의 리녹이라면 모를까, 어린아이인 리녹은 아무것도 몰랐을 거다. 모른 채로 강제로 의지하고 있던 이들을 잃은 거겠지. 변명하지 않기로 했다. 내 잘못이었으며 변명해서도 안 될 일이니까.

나는 빠르지 않게 무릎을 접었다. 그러고는 어린 리녹과 시선을 맞췄다.

"미안해, 녹스. 하지만 너를 버린 것은 아니야."

"……그럼 왜."

아이가 울먹였다.

"나, 두고 갔어?"

"녹스에게는 돌아갈 집이 있었으니까."

그가 내 손을 꾸욱 쥐었다.

"녹스를 데리러 온 사람이 있었잖아."

나는 내 손을 쥔 리녹의 손을 떼어내고 내 손으로 덮었다.

"널 데리러 온 사람들은 너를 아주 아끼고 좋아하는 사람들이었어, 녹스."

나를 찾아왔던 이는 너를 애타게 그리워하고 찾던 이들이었다.

아이라서 그런지 체온이 뜨거웠다.

"그래서 나는 안심하고 널 맡길 수 있었던 거야."

정말이다. 그를 데리러 온 이들이 내가 알던 이들이 아니었다면 나는 절대로 리녹을 넘기지 않았을 거다. 가령 탄시즈의 수하 같은 이들에게는 절대.

"데리러 온 사람이 그레이 씨가 아니었다면, 널 구하기 위해 목숨까지 걸던 사람들이 아니었다면 난 녹스를 데리고 아주 멀리멀리 도망갔을 거야."

"도망……?"

"응. 그럼 나랑은 산에서 살았겠다."

리녹이 나를 물끄러미 보는 것이 느껴졌다.

"산에서 살면?"

"매일매일 수프도 먹고 약초도 먹고 녹스가 튼튼해지도록 노력했겠지?"

정확히는 산 밑 도망자 마을에서 이렇게 살았겠지만.

그러나 나는 이런 일이 오지 않을 거란 걸 알고 있었고, 한 번쯤 상상해 봤지만 그저 상상으로 그쳤던 일이기도 했다.

"하지만 녹스에게 인사조차 남기지 못한 건 내 잘못이야. 미안해. 정말 미안. 미안해."

어린 리녹이 내 손을 더 꼬옥 쥐었다. 그러고는 내 손을 끌어안았다. 나는 그대로 손목까지 내어주었다. 그가 안심하도록.

"용서하지 않아도 괜찮아. 사실 나는 녹스가 멋진 대공님이 돼서 안심했거든. 그런데 왜인지 오랫동안 생각이 나더라."

"에이미에게?"

"응. 나한테. 지금의 녹스가."

오랫동안 가슴에 남았다. 물론 그때는 어린 리녹에게 인사할 시간조차 기회조차 주어지지 않았지만 내 탓도 리녹의 탓도 아니었다 해도 사과하고 싶었다.

늘 꿈자리가 사나웠었지. ……꿈속에서 어찌나 서럽게 울던지. 넌 내 꿈속에 나와서 지금처럼 엉엉 울었고, 난 어찌할 바를 몰랐으니까. 이런 면에서만큼은 내기해서 잘되었다는 생각이 아주 잠시 들 정도로.

"에이미."

나를 올려다보던 자그만 얼굴이 입술을 달싹였다.

"그럼, 에이미……. 이젠 안 가?"

"으응……. 그건."

숨을 살짝 삼켰다. 나를 꼭 쥐어오는 체온에 그렇다고 말해주고 싶지만……. 아이의 눈을 보는 순간 거짓은 말하고 싶지 않아졌다.

이번에야말로 진실을 말해야겠지? 같은 불상사는 없도록.

"최소 한 달은, 여기 있을 거야. 반드시."

"한 달?"

안심하는가 싶던 리녹의 눈동자가 흔들렸다. 그런데 뭐랄까, 그저 흔들리는가 싶던 아이의 표정이 조금 달라 보였다.

"에이미. 한 달이 뭐야?"

"한 달? 그러니까 30일……. 이 아니라. 너 시간에 대해서는 잘 알지 않았어? 아니, 아니었나."

아닌데. 나는 리녹에게 대부분의 상식을 가르쳤고, 이게 아니더라도 이 영특한 아이는 시간 정도는 셀 줄 알았다.

"……모르겠어."

도도도. 다가온 아이가 내 허리춤에 푹 얼굴을 묻었다. 몇 번 비비적거리더니 슬그머니 고개를 들었다.

"기억 안 나."

"아니, 안 날 리가……."

"알려 주면…… 안 돼?"

아니, 잠깐만, 잠깐만요. 선생님. 이건 반칙이잖아. 이 순간 리녹이 우주의 법칙을 알려달라고 해도 알려줄 수 있을 것 같았다. 별을 따서라도 말이지.

"에이미?"

어린 리녹이 눈을 크게 깜짝였다.

"아. 아! 응. 물론이지. 근데 녹스 일단 가르쳐 주려면 책이 필요하겠다. 같이 도서관 갈래?"

"……응."

아이가 얼른 고개를 끄덕였다. 그러더니 발그레한 얼굴로 손을 잡았다.

"이제 가지 마."

잠깐, 이렇게 훅 들어오기 있는 거야? 아이의 시선에 웃지도 울지도 못한 얼굴을 한 나는 슬그머니 시선을 옮겼다. 낮의 리녹이 이런 얼굴을 한 적이 있었나? 너무 귀여운데.

"그건……."

"잠시 실례하겠습니다."

아이가 무어라 하려는 찰나 누군가 불쑥 끼어들었다.

"무례를 범하게 되어 대단히 죄송한 마음입니다만, 잠시 괜찮으시겠습니까?"

"아? 네. 네네."

나와 리녹 사이에 끼어든 로테는 슬쩍 어린 리녹을 바라보더니 눈썹을 슬쩍 들어 올렸다.

"어린 각하에 대해서는 이미 아시리라 생각합니다."

"아, 네 그렇죠? 아무래도 같이 살았으니까."

"저희 완벽하고 우아한 각하와 살았다라……."

"아니! 저희 언니까지요."

"저는 별다른 말을 하지 않았습니다."

……방금 댁 눈으로 욕했는데요.

"……살았다고 한 것을 살았다고 했을 뿐인걸요."

"죄송합니다. 아무튼 각하께서 기억을 되찾으신 것은 이미 아시는 걸로 압니다. 어린 각하께서도 기억을 되찾으셨습니다."

"아, 그래요?"

나는 새삼스러운 눈으로 아이를 바라봤다. 사실 리녹이 대공이란 사실은 익히 알고 있었지만, 어린아이인 상태에서는 그다지 와닿지 않았던 탓이다.

책 속에서 저주가 풀리기 전까지 세레나와 낮의 어린 리녹의 합이 꽤 좋았던 걸로 기억한다. 둘 다 순하고 보들보들한 느낌의 일명 순두부 같은 커플이었지.

발그레한 아이의 뺨을 보고 있자니 새삼 잘 어울린다는 생각이 들었다. 두부라거나 토끼 같은 거?

"물론 각하는 어려지셔도 세련되고 완벽하십니다만."

"……팔불출."

"예?"

"아니. 아니요. 아무것도."

그러나 되묻는 로테의 얼굴은 못 들었다는 얼굴이 아니었다. 너무 크게 말을 했나 싶어 난처하게 웃음을 흘릴 때였다.

포옥. 따뜻한 체온이 허리에 감겼다. 고개를 내리자 잠시 로테의 뒤로 밀려났던 리녹이 내 허리를 붙잡고 로테를 응시하고 있었다.

"녹스?"

"……."

아니, 쏘아본다는 것에 가깝겠지만……. 갓 태어나 발톱을 내민 고양이처럼 귀엽기만 했다. 낮의 리녹과 로테를 번갈아 보던 나는 곧 웃음을 꾹 참으며 손을 들어 올렸다.

"혹시 녹스, 내가 곤란해하는 것 같아서 지켜주는 거야?"

"……끄덕.

아이의 머리칼은 순면같이 보드랍고 폭신했다. 어쩜, 3년이 지나도 이런 모습은 변함이 없을까. 심장에 무리가 올 지경인데.

반면 로테는 만연에 충격받은 기색이 역력했다.

"가…… 각하?"

유달리 당황스러운 얼굴이라 나도 덩달아 당황했는데, 곧 로테는 주먹을 말아 쥐고 입으로 가져다 댔다. 큼큼 정중한 헛기침이 튀어 나왔다.

"……외람되지만 어린 각하께서 이렇게 나오시는 건 처음 봅니다."

저 눈은 네가 우리 애를 꼬셔다 피시방에 데려갔냐는 학부모의 눈 같은데. 졸지에 불량한 친구가 된 것 같은 기분에 얼떨떨한 눈으로 그를 응시했다.

"음, 괜찮으세요?"

충격으로 살짝 이성이 나간 사람의 표정인데. 어린 리녹이 내게 이럴 줄 몰랐다는 얼굴이다. 마치 내가 제일 팬인 줄 알았는데 팬 사인회에서 나 말고 다른 팬에게도 잘해준다는 사실을 깨달은 것 같은데.

……이렇게나 표현이 구체적인 건 다 언니 때문이다. 어린 리녹이 나한테만 올 때마다 언니가 저런 서러운 얼굴을 했으니.

이해는 했다.

"……괜찮, 아니, 괜찮다 말씀드릴 일도 아닙니다."

그런 것치고는 충격을 많이 받으신 것 같은데요.

하지만 나는 모른 척 끄덕였다.

"그런가요? 아무튼 간에 절 왜 부르셨나요?"

"아……. 예. 지금 말씀드리고자 했습니다."

잠시 뜸을 들이는가 싶던 로테가 이어 말했다.

"각하께서는 지금 급히 드셔야 할 약이 있습니다. 속히 방으로 돌아가셔야 합니다."

"약이요?"

약. 생각나는 것이 있었다. 아니, 까맣게 잊고 있었다. 이렇게 3년 뒤의 리녹을 만날 줄은 몰랐으니 말이다.

'세레나가 만든 약이 있었지?'

첫사랑이 죽고 책 속 리녹, 그중에서 낮의 어린 리녹은 꼬박꼬박 약을 챙겨 먹었다. 기억을 되찾은 뒤에 말이다. 이 약은 세레나가 만든 것이었는데, 이것의 역할은 리녹의 몸에 걸린 고대 마법이 더욱 강해지지 않기 위해 막는 것이었다. 그가 강해질수록 고대 마법이 가진 거대한 마력에 삼켜질 수 있기 때문이었다.

실제로 이베르크 대공가 사람 중 그런 사례도 있었다고 하니 근거 없는 얘기는 아니었다. 그 약, 세레나와 처음 만나고 얼마 지나지 않아 받은 걸로 아는데 지금도 먹고 있구나.

"약이 준비된 곳이 각하의 집무실인데……."

"녹스가 가질 않는다는 거군요?"

"예. 아침에 전해 들으시는 순간부터 아가씨를 뵙고자 하신 데다, 복도 끝에서 아가씨를 본 순간 바로 달려가셨습니다."

아침부터 달려오지 못한 이유는 내가 아직 잠들어 있다는 것을 들어서라고 로테가 알려 주었다.

얘기를 듣던 나는 차츰 표정을 흐렸다. 괜스레 마음이 짠했다. 그럼 내가 깨어날까 봐 오지도 못하고 기다렸던 거야? 어쩜 아이는 마음속 버튼을 꾹 누르는지, 리녹이 이 버튼을 누를 때마다 바닷물과 같은 짠 내음이 날 것 같은 기분이었다.

앞으로 한 달 동안, 아니, 보름간 어린 리녹에게 잘해주자. 내가 할 수 있는 한 최선을 다하기로 결심했다. 그러지 않고야 이 응어리가 풀리지 않을 것 같으니 말이다. 어쩌겠나, 3년 전 정이 든 건 언니뿐만은 아니었는걸.

"시간 내에 가셔야 합니다."

정중하고도 단정한 한마디에 나는 리녹을 쳐다봤다. 리녹이 도리도리 고개를 저었다.

꼬옥. 그러고는 내게 안겼다. 나는 난감한 얼굴로 고개를 들었다.

"음, 로테 씨."

"약은 제때, 제 시각에 드셔야 합니다. 그렇기에 약이지요."

거. 씨알도 안 먹힐 소리 말라는 얼굴이네.

"녹스, 그렇다는데, 약 먹고 오겠어? 나 어디 안 가고 여기 있을게."

도리도리.

"……에이미랑 같이 있으면 안 돼?"

"음, 그럼 약을 먹는 데 같이 있으면…….."

"약이 있는 방은 결계가 쳐져 있습니다. 정해진 사람만 들어올 수 있지요. 이걸 보수할 저택의 마법사가 잠시 밖으로 외출한 참입니다."

로테는 슬쩍 리녹을 보더니 마법사가 돌아오면 결계를 수정하겠다고 말했다. 음, 그러니까 지금 당장은 들어갈 수 없다는 건데.

그러나 낮의 리녹은 완강했다. 이 상황에서 내가 누구 편을 들지는 자명했다.

"으으음, 로테 씨, 저택의 마법사분은 언제쯤 오시나요?"

"약 한 시간 뒤입니다."

"그럼 안 가면 안 되나요? 아니, 아주 안 가겠다가 아니라 조금 뒤에 가면 안 되겠냐는 말이에요."

사실 아이의 이런 모습을 몇 번 본 적 있다. 주로 빨래하러 갈 때 따라오거나 자기 전에 책을 들고 따라오거나. 이럴 때에는 아무리 떨어트리려 해도 떨어지지 않을 때였다.

은근히 고집이 세다니까. 낮이나 밤이나.

"보시다시피 대공님이 가실 것 같지 않으신데요."

"……그렇긴 하군요."

어린 리녹을 복잡한 표정으로 바라보던 로테가 나에게로 시선을 옮겼다. 미묘한 시선이었다.

"괜찮으시겠습니까?"

"네? 뭘 말인가요?"

고개를 갸웃했다. 뭘 말하는 거지?

"당장 약을 드시지 않으셔서 일어나는 일은 책임질 수 없습니다. 아니, 수습할 수 없다 할 수 있겠지요."

……왜 겁을 주고 그러세요.

이상했다. 분명 세레나의 약은 혹시나 있을지 모를 리녹의 폭주를 막는 것이다. 이건 한 시간쯤, 아니, 하루쯤 안 먹는다고 갑자기 일어날 일은 아니었다. 어디까지나 예방이었으니까.

더구나 나는 리녹이 폭주하게 되는 조건과 계기를 알고 있었다. 모로 보나 지금은 아닌데?

로테를 빤히 바라보던 나는 곧 그의 눈에 어린 불만을 읽었다. 저건 아무래도 리녹이 나를 따르는 것에 대한 질투 어린 불만인 것 같았다. 그럴 만하기도 했고. 뭐 그런 것이라면야. 나는 한결 말끔한 얼굴로 끄덕였다. 그러고는 어린 리녹을 향했다.

"녹스, 약은 꼭 먹기야."

"······에이미는?"

"나도 같이 있을게. 이따 마법사님이 오셔서 나도 같이 들어가면 그땐 꼭 먹는 거야?"

"응."

이거 참 누가 키운 건지 모를 정도로 참 잘생겼네. 내가 키운 건 아니지만 뿌듯한 얼굴로 리녹의 어깨를 두드렸다. 그러고는 반쯤 장난기가 생겨 슬쩍 입을 열었다.

"누나 믿지?"

내가 잘못한 만큼 약은 확실히 먹여줄게. 물론 정확히는 누나는 아니지만 지금은 어리니까.

"믿어. 에이미만."

리녹이 순진할 정도로 커다란 눈을 깜빡이며 고개를 움직였다.

······로테가 상처받은 눈을 하는데. 그는 마치 "자식새끼 키워봐야······."라고 말할 것 같은 학부모의 눈을 하고 있었다.

크흠, 나 헛기침을 하며 시선을 흘렸다. 그러고는 다시 고개를 돌려 목소리를 낮췄다.

"누나가 너 하나 책임지지 못하겠니."

"책임?"

"응, 그냥 이 말이 한번 해보고 싶었어."

로망이었거든.

"······."

옆통수가 따갑다는 느낌에 곁눈질하니 로테가 쳐다보고 있었다. 대체 완벽하신 각하께 무슨 헛소리를 지껄이냐는 얼굴 같은데······.

나는 하하 헛웃음을 머금으며 얼른 어린 리녹에게 집중했다.

"녹스, 나 도서관에 갈 건데, 같이 갈까? 마법사님이 오실 때까지 책을 읽자. 전처럼 읽어줘도 좋고."

그렇게 말하다 말고 문득 이곳은 그날의 외딴집이 아니지 싶었다.

"아. 저택의 도서관에서는 떠들면 안 되려나. 아무래도 시끄럽겠지?"

그 순간이었다. 나는 눈을 동그랗게 떴다. 어느새 내 소맷자락을 붙잡은 어린 리녹이 나를 잡아당기고 있었다. 아이의 시선이 나를 비껴 잠시 옆을 향하는 것 같았다. 옆에 뭐가 있지? 나도 모르게 따라 돌리니 그곳엔 로테 말고는 없었다.

로테가 눈을 가늘게 좁혔다.

"……각하의 개인 서재이든 저택의 서재이든 크게 말씀을 하시는 것을 말씀하시는 거라면 신경 쓰지 않으셔도 되실 듯합니다."

"그런가요? 그래도 도서관인데?"

"시끄럽게 노래를 부르셔도 상관없을 것으로 생각됩니다."

……설마 노래를 부르겠습니까.

로테가 곱게 이런 말을 할 인물은 아닌데. 짧게 본 것뿐이지만 나는 이미 그를 얼추 파악했다. 득달같이 안 됩니다, 하면서 완벽하신 각하와 붙어 있을 일이라니 안 될 말이지, 하는 시선을 보내도 이해할 수 있었는데. 이상하네.

그러나 생각은 곧 잊었다. 리녹이 나를 잡아당겼기 때문이었다.

"상관없어, 에이미는."

"아, 음, 그래. 괜찮으려나."

끄덕. 아이가 얼른 끄덕이곤 조심스럽게 나를 올려다봤다.

"……책, 읽어주면 안 돼?"

……돼. 돼. 완전 돼. 안 될 리가 있겠니. 이런 45도 얼짱 각도는 심장 훼손 방지법으로 금지시켜야 하는 것이 아닐까.

문득 어린 리녹의 시야에서 그를 보고 싶었다. 어떤 기분일까. 지금이 일곱 살 정도였나? 누나가 12년 전에는 일곱 살이었는데 친구 할까? 아니, 사실 떡국 아니, 아니. 생일 케이트를 딱 일곱 살까지만 먹었어. 친구 가능하겠니. 사실도 아니고 별말도 안 되는 생각에 잠긴 나는 곧 고개를 저었다.

"읽어줄게. 오랜만에 같이 책 읽겠다. 그렇지?"

"……응!"

사실 3년 전 외딴집에 있었을 때는 이렇게까지 리녹을 귀엽다 여기지 못했다. 마음에 제동을 걸었다. 언젠가 헤어질 사이니까. 지금도 그때와 다르지 않은 상황이었지만 왠지 그때처럼 거리를 두고만 싶지는 않았다.

'한바탕 우는 걸 봐서인가. 괜히 마음이 쓰리네.'

아직도 눈가가 발간 아이를 보며 아랫입술을 꾹꾹 눌렀다.

밤의 리녹은 3년 전보다 커졌다. 하지만 낮의 리녹은 3년 전과 거의 다르지 않은 모습이었다. 아이러니하게도 이 모습이 저주와 같은 마법에 걸린 리녹을 증명하는 것 같았다.

낮의 리녹은 밤을, 밤의 리녹은 낮을 잃는다. 이건 어떤 기분일까, 어떤 기분이었을까.

"도서관으로 안내해 드리겠습니다."

물론 묻지 못할 질문이었기에 삼켜졌다. 얌전히 안내를 맡은 로테의 뒤를 따랐다. 사실 안내는 딱히 필요 없었지만 로테의 표정을 봐서는 막으면 안 될 것 같았다.

"여기입니다. 이미 와보신 적 있으신 곳으로 알고 있습니다."

"아, 맞아요."

로잘린이 안내해 주었던 서재에 다시 도착했다. 여전히 커다란 문이 나와 어린 리녹을 반겼는데, 문을 살짝 열자 그가 기다렸다는 듯이 도도도 들어갔다.

공간이 넓어서인가, 저렇게 달음박질하는 것도 보는구나. 마치 걸음마 하는 아기를 보듯 흐뭇하게 바라보는 동안 낮은 기침 소리가 들렸다.

"로테 씨?"

돌아보자 말아 쥔 손을 입으로 가져다 댄 로테와 시선이 마주쳤다. 어쩐지 그는 할 말이 있는 기색이었다.

"……이곳은 각하께서 직접 만들라 명한 개인 서재로 각별히 관리되는 공간입니다."

"네."

"따라서 접근할 수 있는 이들이 정해져 있다는 것과 같은 뜻이지요. 일단 그 소수의 사용인들도 이곳으로 오지 못하게 조치를 취해 놓겠습니다."

나는 로테가 말하고자 하는 의미를 알아차렸다.

"녹스, 아니, 대공님의 지금 '상태'가 드러나면 안 되는 건가요?"

"극비는 아닙니다. 저택의 소수는 아는 사실이며 이들은 거의 믿을 만한 이들이지요. 드러나서 안 되는 것은 저택 이들이 아니라 바깥의 귀찮고 하잘것없는 귀족 나리들 정도겠군요."

마지막은 비꼬는 게 분명한 어투였다.

"그렇다면 왜……."

로테의 정중하고도 서늘한 시선이 나를 응시했다. 안경알이 오늘도 그를 차갑게 냉각하는 것처럼 보였다.

"아가씨께서는 그날 제가 드린 선택지 중에서 정원을 고르셨습니다. 왜 정원을 고르셨습니까?"

엉뚱한 질문에 당황했지만 나는 천천히 입을 열었다.

"그 순간에 가장 가깝고, 또 제가 가진 마법 도구를 사용할 수 있으리라 생각했으니까요."

"예. 그렇게 보였을 겁니다. 아가씨께서는 정원의 마법진을 통해 이곳에 오셨으니."

그렇기에 마법이 통할 거라 생각하시는 것이 당연했다, 뭐 이런 걸 얘기하고 싶은 거로는 보이지 않는데.

"결국 아가씨께서는 실패하셨지요. 보이는 것이 전부는 아닙니다."

나는 미간을 가느다랗게 좁혔다. 로테가 무슨 얘기를 하고 싶은 건지 이해하지 못했다.

"저 상태의 각하께서는 어떤 업무도 보지 못하십니다."

"아이니까요?"

"단순하게 생각하면 그렇습니다만 꼭 그 이유만은 아닙니다."

"대체, 무슨 말을 하고 싶으신 거죠?"

"원래 각하께서는 이 시기, 그러니까 마법이 발현되었을 때는 정해진 방 안에서 낮 동안 종일 나오지 않으십니다. 왜인지 이유는 모릅니다. 스스로를 가두셨지요."

나는 거기까지는 몰랐다. 리녹의 지난 삶을 얼추 알지만 그건 어디까지나 책을 통해서 본 것뿐이었다.

"아이일 때도 스스로 나오려 하지 않는다고요?"

"예. 그런 데다…… 그 무엇에도 관심을 가지지 못하셨지요."

3년 전까지는 말입니다. 이후로는 조금 달라지셨지만, 하고 로테가 덧붙였다.

"그럴 리가, 숲에서는 호기심이 많았는데……."

겁을 잘 먹곤 해서 그렇지 리녹은 호기심이 살아 있었고 가르쳐주는 것을 뭐든 스펀지처럼 흡수했다. 나는 할 말 많은 낯으로 로테를 쳐다봤다.

그러나 로테는 할 일을 다했다는 듯 후련한 기색이었다.

"그럼 저는 잠시 자리를 비우겠습니다. 저택의 마법사가 돌아올 쯤에 맞춰 돌아오겠습니다."

"어디 가시나요?"

"아가씨께서 물으실 줄은 몰랐습니다만, 답변 드리자면 손님을 맞이하러 갑니다. 정확히는 불쾌한 객이겠군요."

불청객? 그리 말하며 나를 보는 로테의 눈은 탐탁지 않아 보였다. ……어째 나를 보면서 눈을 좁히는 게 마치 '너처럼요.' 하는 시선 같은데?

무어라 하려 하던 때였다.

"에이미, 안 와?"

바로 그때 리녹이 문을 잡고 고개를 빼꼼 내밀었다.

"그럼 이만 가보겠습니다."

그사이 정말로 대화를 마쳤다는 듯 뒤로 물러난 로테가 꾸벅 머리를 숙였다. 의문이 어린 내 시선을 가볍게 넘기는 것 같았다.

"손님이 보채시면 곤란하니 말입니다."

손님이라니, 언제는 불청객이라면서? 로테는 마지막에 살짝 성가신 표정을 지우지 못하며 등을 돌렸다. 로테가 멀어졌지만 그가 남긴 언어들은 쿡쿡 박혀 있었다.

"에이미?"

"응. 들어갈게."

끼이익. 문이 닫혔다. 서재 안쪽은 지난번에 봤던 것과 그대로였다. 하기야 로잘린과 온 지 며칠 안 됐으니 변할 게 있을까 싶지만.

단지 이 저택의 주인인 리녹과 함께 그가 주인인 서재에 있으려니 기분이 묘했다. 볕을 등진 리녹의 머리 위로 찬란한 오전의 햇살이 쏟아지고 있었다.

그의 머리칼은 마치 별도 뜨지 않은 밤처럼 새까맸지만 모순적으로 까만 폭포수처럼 윤기 어린 것이기도 해서 이 순간 볕을 눈부시게 반사했다.

'꼭 후광이 튀어나오는 것 같네. 외모만 보면 튀어나올 만하지만.'

그럼에도 살짝 기묘하고 어색하게 느껴지는 건 역시, 밤의 리녹이 몇 뼘쯤 클 동안 아이는 제자리걸음이기 때문일 거다. 나조차 커버렸는데, 넌 전혀 변한 게 없어서.

"녹스, 어떤 책이 읽고 싶어?"

하지만 나는 티를 내는 대신에 꼭꼭 숨겨두고 리녹에게 물었다. 아이는 망설이다가 나를 올려다봤다.

"에이미도, 보고 싶은 책 있어?"

"음, 글쎄. 난 책은 다 좋아하니까."

나는 그런 리녹을 바라보며 방싯 웃었다.

"녹스랑 같이 읽는 것도 좋아했어."

리녹을 가르치던 날을 떠올렸다. 처음엔 언니가 떠맡겨서 가르쳤던 것이지만 주의 깊게 집중하는 눈망울은 나중에 가서는 나도 함께 즐기도록 만들었다.

"그럼…… 에이미가 보고 싶은 책."

"내가 보고 싶은 책 봤으면 좋겠어?"

끄덕. 아이의 고개가 움직였다.

"그래. 그럼 일단 서재를 한번 돌아볼까? 지난번에 전부 구경 못 했거든. 궁금하기도 하고."

"응."

로잘린과 왔던 때에는 의도치 않게 『백작 투툴루』 시리즈를 발견한 데다 이어서 창밖에서 눈에 익은 약초를 발견한지라…… 제대로 구경을 못 했었지.

서재는 굉장히 넓었다. 그때도 생각했던 거지만. 새삼 신기했다.

"지난번에 왔을 때는 약초학 서적 구경을 했어. 관련 책이 정말 많더라? 덕분에 행복했어."

"에이미는…… 약초가 좋아?"

"응? 응. 아무래도. 그렇지? 약초가 좋아. 평생 보고 자란 게 이거니까."

언니와 다르게 검에 재능이 없던 나는 집 안에 있는 시간이 길었다. 자연히 집에서 하는 일에 관심을 쏟았다. 집안일과 야생 허브 및 약초 가꾸기, 텃밭도 잘 가꾸는 편이지.

"그럼 나는?"

나는 멈칫했다.

"으응?"

"……나는?"

······아니 세상에. 깜빡이도 안 켜고 들어오시나. 나는 벌어지는 입을 힘주어 닫으려 애썼다.

"으음, 그, 녹스를 좋아하느냐······ 말이지?"

끄덕.

잘못 들은 게 아니라는 듯 아이의 머리칼이 한들한들 움직였다. 내가 대답이 없자 어린 리녹의 얼굴이 흐려졌다.

"······나, 별로야?"

빛을 반사해 연한 자색 빛을 띤 눈동자는 커다래서 울지 않아도 물기가 어린 것처럼 보였다.

"어? 아니. 아니. 그런 건 아니야."

"싫어?"

"그건 더욱 아니고. 그럴 리가 없잖아."

"그럼."

그 말과 동시에 자그만 손이 조심스럽게 내 손끝을 잡았다.

"좋······아?"

······아무래도 대공님 속의 깜빡이가 고장 난 게 틀림없다. 아울러 브레이크도 고장 난 게 틀림없어. 그러지 않고서야.

나는 복잡함 반, 난감함 반인 얼굴로 리녹을 눈에 담았다.

"그, 음, 어, 그래."

"······."

"좋지! 좋고. 음 좋아! 울지 말고."

울먹이는 그를 얼른 달랬다. 달랜 지 몇 분이나 됐다고 또 울릴 순 없다. 어쩐지 아이가 3년 전보다 좀 더 적극적인 느낌인데.

3년 전의 소년은 무척이나 조심스럽고 늘 눈치를 봤다, 안쓰러울 만큼. 지금도 그렇게 안 하는 건 아니지만 그때보다 더 행동을 많이 보이는 것 같달까.

아니. 적극적인 건 밤도 마찬가지였나.

"녹스가 울면 마음이 콕콕 쑤셔. 여기 이 부근 즈음이 아주 콕콕."

"아파?"

"응. 아파. 그러니까, 울지 마."

나는 손을 들어 올리고는 조심스럽게 리녹의 머리를 쓰다듬고 떼어냈다.

그나저나 대공님 머리를 마구 쓰다듬어도 되는 걸까.

손을 오므리다 말고 슬그머니 눈을 살폈다.

"음, 녹스, 그런데 있잖아."

"……응."

"이제 기억이 모두 떠오른 거야?"

로테는 조금 전 리녹이 기억을 모두 떠올렸다고 말했다. 새삼 그걸 되새겨 줬다는 건…….

밤뿐 아니라 낮의 리녹도 뭔가를 떠올렸다는 거다.

"응. 생각나."

"녹스가 누구인지?"

"……응."

리녹이 손을 꼼지락 움직였다.

"나는…… 저기서 태어났어."

손가락으로 창문을 가리키는 리녹은 조금 우울해 보였다. 리녹의 손끝에는 아주 큰 탑이 있었다. 저택 부지 안에 있는 높고 거대한 탑, 저것이 어떤 탑인지 모를 리가 없던 나는 입을 꾹 다물었다. 어린 리녹이 모든 기억을 떠올렸다면 절대 좋은 기억은 아닐 거다.

"응. 그렇구나. 녹스가 태어난 곳을 봐서 기쁘다."

아이의 손가락을 잡아 가만히 내린 나는 그대로 웃었다. 다행히 리녹은 탑 대신 나를 눈에 담았다.

그러고는 가만히 고개를 기울였다.

"에이미는 왜 내 이름을 부르지 않아?"

나는 잠시 멈칫했다. 정말로 되찾은 게 맞구나.

"대공님이라 불러야 할까?"

"아니. 이름."

이제 이 애는 자신이 누구인지 이름마저 잊고 길을 잃은 아이가 아니었다.

"이름 불러주면…… 안 돼?"

나는 애타게 붙잡은 손을 바라보다가 슬그머니 시선을 옮겼다.

뻔히 이름을 되찾은 사람에게 녹스라고, 내가 지어준 이름을 부른 건 당연했다. 이 상황을 적어도 잊지 않아야 하니까.

대공님이라 부른 것까지는 괜찮지만 내가 그의 이름을 직접 부르면 선을 넘게 된다. 내가 아무리 귀족 사회에 무지하다 해도 귀족의 이름을 함부로 부르면 안 되는 건 안다.

"녹스는 안 돼?"

"왜?"

"세상에 너를 이렇게 부를 사람은 단 한 사람일 테니까."

대공의 이름을 함부로 부를 수는 없으니까. 내가 그리 부를수록 우릴 보는 의심의 시선은 점점 확신이 될 거고. 그건 곤란하니까.

"물론 우리 언니도 있지만 지금 여기에 없으니까. 한 사람이다. 그렇지?"

"……."

나를 올려다보는 시선에 양심이 콕콕 쑤셔졌지만 미소를 지우지는 않았다. 갈수록 훌륭한 사기꾼이 되는 느낌이야.

곧이어 리녹이 발그레 뺨을 붉혔다.

"에이미가 좋으면 나도 좋아."

……양심을 두들겨 맞는 기분인데. 내 양심 남아 있나요. 살아 있니?

애써 미소를 지어 보이고는 우리는 다시 서재 탐구에 열을 올렸다. 아니, 여기에 집중해야 할 것 같았다. 그러나 억지로 집중하던 기분은 곧 진짜 집중으로 이어졌다. 워낙에 다양한 책이 있던 탓이었다.

"여기는 무슨 코너지?"

"역사. 전설."

"앗! 그러네. 저기 쓰여 있구나."

자신의 서재라서 그런지 리녹은 서재 구석구석을 잘 알고 있었다. 어려운 글자도 척척 읽는 아이를 보며 나는 뿌듯함을 느꼈다. 내가 키운 건 아닌데 다 큰 자식을 보는 기분이네. 장하다 내 새끼 해야 할 것 같아.

"에이미는 역사 좋아해?"

"음, 싫진 않아. 이야기를 좋아하거든."

전생에서부터 이야기는 참 좋아했다. 그 덕에 네 이야기도 아는 거지만.

"에이미는…… 여기가 마음에 들어?"

"응? 아. 응. 좋지. 난 책이 많은 공간은 어디든 좋아."

"그럼 에이미는 책도 좋고, 나도 좋아?"

"어? 어어, 그, 그렇지?"

"그럼 줄까?"

네? 나는 걸음을 멈췄다.

"전부 가져가도 돼."

반짝반짝하게 웃고 있는데, 왜 순간 눈 한구석이 어둡다고 생각했을까.

"나도."

⋯⋯널 데려가라고요?

난 헛기침을 토해냈다.

데려가라니, 할 수만 있으면 낮의 리녹만 업어다가 잘해주고 싶은 마음만 굴뚝같지만. 밤의 리녹과 한 세트인걸.

물론 밤의 리녹이 싫다는 것은 아니지만 지금처럼 이렇게 작은 소년과 커다란 몸의 대공 모습은 확실히 차이가 있다.

밤의 리녹이 소설이나 드라마의 악당에게 있을 법한 검은 안개나 기운 같은 위험함을 풀풀 풍긴다면, 어린 리녹은 아무것도 칠하지 않은 순백의 도화지처럼 무해한 느낌이었다.

그러니 낮의 리녹에게 자꾸 마음을 놓게 되는 것도 어쩔 수 없는 일이다. 똑같이 깜빡이를 켜지 않고 들어와도 이쪽은 언제 훅 들어왔지 싶은 기분이었다. 밤 쪽은 외양부터가 나도 모르게 경계를 하게 되니까.

"음, 으음. 녹스. 제안은 고마워."

입술을 축인 나는 시선이 흔들리지 않으려 애썼다. 그러고는 웃으며 얼버무렸다.

"한번 생각해 볼게. 우리 집은 음, 어. 좁으니까. 기억하지?"

언니랑 녹스랑 셋이 살기도 좁았잖아, 그렇게 말하자 리녹이 고개를 끄덕였다. 다행히 녹스는 더는 말하지 않았다.

'근데, 조금 전 리녹……'

아주 잠시, 조금 전에 보았던 기묘한 것을 돌이켜보았지만. 곧 금세 잊었다. 잘못 본 거겠지.

리녹과 계속해서 책을 구경하기로 했다. 사실 책이 굉장히 많아서 하나하나 살펴보다간 한나절이 전부 갈 것 같았다.

"근데, 역사 한 서가에만 책이 정말 많다."

"전부 모았어."

"전부? 녹스가 모은 거야?"

끄덕. 리녹이 끄덕였다.

"나랑 내가……"

말을 하던 리녹이 말끝을 흐렸다. 나는 리녹이 하려던 말을 알아챘다. 밤의 리녹?

"저, 혹시 녹스는 밤의 기억이 있어?"

도리도리. 나를 물끄러미 보던 아이가 고개를 저었다. 아, 여전히 밤을 기억하지 못하는구나. 그럼 밤의 리녹은 낮을 기억할까?

나는 고개를 돌려 책장을 바라봤다. 하지만 급하게 책장 언저리를 짚어서였을까. 와르르. 책 하나가 꺼내지다 말고 바닥으로 떨어졌다.

"아. 미안해! 귀한 책인데."

전생과 달리 이곳에서 책은 비싼 값에 거래되는 물건이었다.

도리도리.

어린 리녹이 거세게 도리질 쳤다. 나는 머쓱한 마음에 다시 사과하고는 책을 주워 들었다.

"어⋯⋯?"

책을 제자리에 꽂아두려 했던 나는 그대로 멈칫했다.

"늑대?"

책 표지에 거대한 늑대가 그려져 있었다. 단순히 그림이 아니라 꼭 살아 있는 것처럼 일렁거렸다.

묘한 느낌이 들었다.

새하얀 털을 가진 늑대는 거대한 덩치와 푸른색, 황금색 눈을 각각 한쪽씩 가지고 있었는데, 늑대의 뒤로는 거대한 숲이 있었다.

게다가 이거, 고대어잖아? 나는 밑에 있는 단어를 천천히 읽었다.

"『펜릴』."

"펜릴."

나와 거의 동시에 제목을 읽은 리녹이 눈을 깜빡이며 다시 입을 열었다.

"『펜릴과 이베르크』."

"그게 이 책 제목이지?"

"응."

펜릴이라면 들어본 적 있는데.

금으로 덧칠했다고 해도 믿을 정도로 반짝반짝한 책을 훑었다. 안쪽 종이는 낡은 느낌이 있는데, 표지는 이상하게도 새것 같았다. 낡은 책 위에 표지만 새로 덧씌운 것처럼.

"읽어봐도 돼?"

리녹의 허락하에 천천히 책을 펼쳤다. 의외로 얇은 책 안에는 글자가 거의 없고 그림이 함께 있었다.

이거, 마치 동화책 같은걸.

「이것은, 기묘하고 아름다웠던 '어떤 일'에 관한 고찰이다.」

동화 내용은 아주 짧았다. 까만색으로 칠해진, 뒷모습으로만 등장하는 사람이 숲에서 거대한 늑대를 만나는 내용이었다.

나중에 사람의 뒤로 거대한 저택이 보이는 걸 봐서는 이 사람이 리녹의 선조쯤 되는 것 같다.

하기야 제목부터가 이베르크, 대공가 이름이 들어가 있었으니까.

"초대 대공님께서 펜릴과 처음 마주했을 때가 눈 오는 겨울이었다고 해요. 아시다시피 펜릴은 마법을 쓰는 늑대고 그 늑대에게서 강대한 마력을 건네받으셨대요."

순간 로잘린의 말이 스쳐 갔다. 이게 바로 그날 봤던 동상의 늑대인가? 이베르크 대공가가 강력한 힘을 얻기 시작한 것이 바로 이 초대 대공으로부터였다고 했지.

"녹스, 이거 그냥 동화가 아니지? 설화나 전설이라거나."

끄덕.

하기야. 동화나 민담 같은 이야기라면 굳이 역사 서재에 섞여 있지 않겠지. 이 책장에는 『학자 룸멜의 서대륙사』 따위가 꽂혀 있으니 말이다.

"그럼 진짜 있던 일이구나. 신기하다. 이렇게 커다란 늑대가 있다는 게."

나는 씩 웃고는 어깨를 으쓱였다.

"물론…… 마법을 쓴다는 게 제일 신기하긴 하지만."

이 세계에 20년 가까이 살았지만 여전히 익숙하지 않았다.

나도 마법 비슷한 걸 쓰긴 하지만 아직도 신기한 기분을 느끼곤 했다.

"에이미는, 마법이 낯설어? 늑대랑?"

"아니. 아니아니. 음, 낯설기보다는 나랑 조금 먼 얘기라 생각했었어. ……한때는?"

책 속 남자 주인공을 만나기 전에는 말이다. 그리고 얼마 전까지도 너를 보내고 내 인생에 버라이어티한 일은 없을 거라 생각했는데.

"*이베르크령에는 지금도 전설이 돌아요. 푸른 눈이 내리는 겨울에는 펜릴이 다시 이곳을 방문한다고요.*"

입술을 쭉 늘인 나는 슬며시 입을 열었다.

"그러고 보니 로잘린이 푸른 눈이 내리면 저 늑대가 다시 찾아온다던데, 푸른 눈이 뭐야?"

"푸른색 눈."

"아, 색이 푸른색인 거야? 이것도 신기하네."

여기도 눈도 평범하게 하얀색 같은데, 마법으로 가능한 일인가.

"뭔가 낭만적이다."

"낭만?"

"응. 여기 책에 보니까 초대 대공이랑 늑대는 서로 목숨을 한 번씩 살려준 사이래."

나는 책을 톡 두드렸다.

"친구인데, 다시 만나러 오는 거잖아. 이제 한쪽은 이 세상에 없는데도."

이야기 속에서 초대 대공은 어린 펜릴을 구해주었고, 대공이 적들로 위험해 처했을 때 성체가 된 채로 나타나 그를 구했다고 한다. 마력도 그때 받았고.

이때 대공은 대공가에 하나밖에 없던 보물을 주었다고 한다.

"이런 낭만적인 관계 좋아."

"관계……."

"응, 관계. 서로 하나뿐인 유일한 것을 주고받는 거잖아."

내가 이 책을 좋아했던 것도 이 때문이었지. 리녹이 맹목적이고 유일하게 누군가를 따르고 사랑하는 모습이 멋지다고 생각했다.

"유일한 거."

"응."

어쩐 일인지 생각에 잠긴 것처럼 한곳을 빤히 바라보던 아이가 눈을 깜빡였다.

"에이미, 늑대가 더 보고 싶은 거야?"

"으응? 늑대? 아, 펜릴 말이야?"

나는 책과 리녹을 번갈아 보다 이내 고개를 주억였다.

"음, 더 있다면 궁금하긴 해."

책 표지의 늑대가 마치 살아 있는 것처럼 생생한 데다 너무 예쁘게 그려져서인지 궁금하긴 했다. 무엇보다 책 내용이 워낙 짧아서 감칠맛이 느껴진다고 할지. 예고편에 홀린 기분이었다.

"펜릴에 관한 내용은…… 여기에 없어. 이게 다야."

"아, 정말?"

"응."

열심히 고개를 위아래로 가볍게 움직인 리녹이 손가락을 겹쳤다. 그러고는 꼬물꼬물 움직였다.

"다른 서재에 있는데……."

"다른 서재? 아, 혹시 아까 로테가 여긴 녹스의 개인 서재라 말했으니까. 거긴 저택 도서관이야?"

리녹의 머리가 한 번 더 움직였다. 그러고는 그쪽이 여기보다 더 크고 펜릴에 관한 얘기가 많다고도 전했다.

막상 이동한다니 조금 저어되는 마음이었지만 이내 리녹의 얼굴을 바라보며 나는 푸홋 웃음을 터트렸다. 마치 외딴집에서 오늘 메뉴가 뭐냐고 물어보던 때처럼 잔뜩 기대 어린 눈빛으로 나를 올려다보고 있기 때문이었다.

그리고 나는 그때도 지금도 저 눈빛을 이기지 못했다.

"그래, 가자."

그렇게 리녹의 손을 잡고 문을 나서려 할 때였다. 문 앞에서 돌연 어린 리녹이 발을 멈췄다.

"녹스?"

의아하게 그를 바라보니, 리녹은 문을 꿰뚫듯 응시하고 있었다. 곧 그가 미간을 살짝 찌푸렸다.

"……누군가 오고 있어."

온다고? 이리로?

대답 대신 문을 바라보던 나는 살금살금 걸어가 살며시 귀를 댔다.

……발소리는 없는데?

다시 리녹을 쳐다보면 그는 찌푸린 얼굴로 온데간데없이 고개를 절레절레 저었다.

잘못 들은 건가 보네. 하긴 예민한 상태라면 그럴 수도 있지. 나도 언니가 없을 때 홀로 외딴집에서 바람 소리를 걸음 소리로 착각하곤 했다.

그래도 혹시 몰라 문을 연 나는 고개만 내밀어 밖을 확인했다. 아무도 없었다.

이어 곧 고요한 복도에 내 발소리와 리녹의 자박자박 자그만 발소리가 울렸다. 그러고 보니 저택이 전반적으로 고요하단 말이지.

리녹의 탄신일 파티를 생각하면 이곳에 결코 적은 숫자가 있던 것은 아니었다. 저택이 그 이상으로, 너무 넓어서인가?

"음. 크긴 크지."

리녹의 시선이 느껴졌다.

"아. 아무것도 아니야. 그냥 일하는 분들이 영 보이지 않는다고 느껴져서."

"낮에는, 잘 움직이지 않아."

"아. 그렇구나."

리녹이 말한 낮에는, 앞에 어린아이로 있는 낮이란 말이 숨어 있는 것 같았다.

'그럼 누굴 마주치지 않고 도서관까지 가려나?'

숄을 만지작거리던 나는 괜히 숨을 들이마셨다. 여차하면 숄로 리녹의 머리를 가릴까 싶었는데, 잘됐다 싶었다.

"이렇게 복도가 큰데 둘만 있으니까 기분이 이상하다."

"이상해?"

"응. 묘해."

날 응시하는 리녹의 시선을 받아내며 방싯 웃었다.

살랑살랑. 흔들리는 머리칼을 보며 그러고 보니 낮의 리녹은 몇 살쯤일까 생각했다. 그땐 기억이 없었으니 몰랐겠지만 이제 자신이 대공인 걸 알았으니, 자신의 나이도 알까?

리녹이 어린아이가 되는 건 어려지는 것과 같다고 했다. 그러니까

만약 일곱 살이면 일곱 살일 때 기억 그대로를 가지고 있는 거라고.

"신기하단 말을 여러 번 하는 것 같은데, 신기하기도 해."

어린 리녹이 호기심을 띄운 것 같았다. 호수에 비친 상처럼 그대로 드러내는 리녹을 보자니 웃음이 나왔다.

"숲속에서는 항상 내가 가르쳐 주고, 녹스가 끄덕였잖아. 이제는 녹스가 가르쳐 주고 내가 끄덕이니까."

"신기해?"

"응. 변했구나 싶어서."

그 순간 리녹이 멈칫했다. 순간이지만 커다란 눈동자가 흔들린 것도 같았다.

"에이미는…… 변하면."

바닥을 한번 내려다본 시선이 천천히 나를 향해 올라왔다.

"변하면 싫어?"

눈을 마주한 나는 고개를 저었다.

"싫지 않아."

그리고는 상체를 숙여 좀 더 가까이서 아이를 마주했다.

"정말 싫지 않아. 사람이 성장하는 건 당연한 거잖아."

순간 변하지 않았던 누군가를 떠올리다 고개를 절레절레 저었다.

"나 봐봐."

나는 조심스럽게 아이의 뺨을 감싸 쥐었다.

"키도 크고, 음 머리도 길어졌지? 조금은 달라졌을 거야."

"……응."

"그래도 나 싫지 않지?"

끄덕.

"변해도 괜찮아?"

옷자락을 붙든 아이는 추운 날 성냥을 파는 소녀처럼 간절하고 절박해 보였다. 이유를 알 순 없었지만 단호하게 머리를 끄덕여 주었다.

"응. 물론이지. 녹스는 내가 변하면 싫어하려고 했어?"

도리도리. 거센 도리질에 웃음을 터트릴 때였다.

"좋아."

……아니, 이렇게 적극적으로 대답할 것까지는.

내가 좁힌 거리보다 더 가까이 다가온 리녹을 바라보며 웃음을 흘렸다. 아이 특유의 뽀얀 피부와 순진한 눈이 그대로 보였다.

"그래. 그럼 됐지. 어서 가자."

다시 리녹의 손을 잡고 끌어당기자 자박자박 딛는 걸음이 쫓아왔다. 여기가 눈 속이라면 아이를 닮은 자그만 발자국이 찍혔을까.

상당히 귀여웠을 거라 생각하며 걸음을 놀렸다.

"도서관은 바로 아래층이랬지? 그런데 낮에 이렇게 고요하잖아. 저택에 손님은 안 와?"

리녹이 독보적으로 영향력을 가진 터라 타 귀족과 교류를 거의 하지 않는 편이긴 해도 아주 안 하지는 않을 것 같은데. 책 속에 리녹의 친구랍시고 몇몇 귀족이 등장하긴 했으니까. 결국 황태자 쪽에 붙고 리녹을 전부 배신했지만.

"손님은 거의 안 와."

자그만 아이의 목소리가 근엄한 복도를 울렸다. 그리 말하고는 리녹은 잠시 복도 끝 어딘가를 빤히 쳐다봤다. 순간이지만 리녹의 자색 눈동자가 더욱 짙은 빛을 띤 것처럼 느껴졌다.

"아주 가끔 말고는."

△

이베르크 대공저.

이곳은 누군가에게는 영웅의 저택이었고, 누군가에게는 공포의 대
상이었으며, 대다수의 이들에게 공통적으로 '겨울의 성'이라 불렸다.

"젠장, 감히 이런 식으로 나온다 이거지!"

이 거대한 저택의 어느 복도를 걷고 있는 중년 사내의 이름은 그
로드 어 리폴텐트. 리폴텐트 백작이었다. 그로드는 제 두툼한 배를
쓰다듬으며 허공을 향해 쉭쉭 콧김을 내뿜었다. 그가 화를 뿜는 이
유는 오늘 이곳에서 만나고자 했던 대공 리녹 이베르크를 만나지 못
해서였다.

"각하께서는 현재 어느 분도 만나실 계획이 없으십니다."

"내가 누구인 줄 알고 이러는 거지? 건방지게."

"누구시든 이 저택에서는 각하의 명이 절대적입니다만, 혹 제가
눈앞에서 황제 폐하를 알아보지 못한 것인지요?"

심지어 그는 대공의 심복이자 보좌인 롯테르트에게 가로막혀 푸
대접을 받기까지 했다.

'허, 뭐 그리 비싼 얼굴이라고!'

그러나 바락바락 우기는 그의 성정과 지위를 이겨내지 못했는지,
그 심복은 그를 들여보내 주었다.

"그럼 어디 한번 찾아보십시오."

무려, 대공을 직접 찾으라면서 말이다.

그로드는 눈을 살짝 찌푸렸다.

'어째 막는 것치고는 순순하게 보내준 느낌이었지.'

이것이 찝찝했으나, 그로드는 곧 코웃음을 쳤다. 분명 고아하며 근엄한 본인의 위압을 견디지 못해 못 이기는 척 길을 내주었던 것이리라. 그렇게 그로드는 어쩐지 웃는 것 같았던 심복의 얼굴을 지워냈다.

'내 직접 찾아서 이 건방을 모두 고해주리라!'

쿵쿵. 유달리 살집 많은 몸을 지탱한 다리가 복도를 마구 디뎠다. 다행히도 그는 이 저택의 구조를 대략적이나마 알았고, 대공이 낮에 주로 어느 곳에서 시간을 보내는지도 알았다.

"분명 낮에는 도서관에 있을 걸세."

대공을 누구보다 잘 아는 황태자 탄시즈가 그에게 슬쩍 흘려주었으니 말이다. 그로드는 지금쯤 당혹해하고 있을 심복의 얼굴을 떠올리며 쿵쿵 걸어갔다.

이윽고 그는 멀지 않은 곳에서 웬 낯선 여성과 마주쳤다. 척 봐도 고급스런 옷을 걸쳤지만, 행동은 그다지 우아하거나 맵시 있지 않았다. 그로드는 웃을 듯 말 듯 제 턱을 문질렀다.

'이 저택에 낯선 여인이라?'

△

나는 불현듯 마주한 낯선 사내의 등장에 눈을 깜빡였다.

분명 계단을 내려갈 때만 해도 복도는 고요했다. 그런데 아래층으로 막 내려왔을 무렵, 반대쪽 끝에서 쿵쿵쿵 소리가 들리더니 저 남자가 등장한 것이다.

나는 눈을 끔뻑이며 사내를 바라봤다. 중년으로 보이는 나이에 상당히 살집이 많았는데, 키는 그리 크지 않다 보니 살짝 오뚝이 같은 형상이었다.

……오뚝이라니, 내가 생각하고도 웃기네.

웃음을 터트리지 않기 위해 입술을 꾹 물었다.

"실례하겠습니다, 영애."

중년 사내가 쿵쿵 이쪽으로 걸어왔다. 나는 이미 어린 리녹을 내게 뒤로 숨긴 뒤였다. 왜인지 나에게만 시선을 고정한지라 아직 리녹을 발견하지 못한 눈치였다.

손을 등 뒤로한 나는 재빨리 숄을 벗어 자연스럽게 뒤에 숨어 있는 리녹의 머리 위에 올렸다. 대충 이러면 보이지는 않겠지. 바로 들킬 염려는 없겠지만, 보여서 좋을 일도 없다. 눈과 머리색이 같으니 말이다.

"이런, 제가 무례하게 제 소개를 하지 않았군요. 저는 북서쪽 리폴텐트의 주인 그로드 어 리폴텐트 백작입니다."

제법 모양 좋게 고개를 숙이는 리폴텐트 백작을 보니 귀족은 귀족이구나 싶었다. 물론 기우뚱하는 모습은 여전히 오뚝이 같긴 했지만.

"외람되지만, 영애께서는?"

오뚝이 아저씨가 나를 바라보는 것을 느꼈는데, 식은땀이 흐를 것 같았다.

"에이미. 성은 없는 평민입니다."

그 순간 오뚝이 아저씨의 미간이 꿈틀했다. 등 뒤로 손을 겹치고 있는 어린 리녹의 손을 꾹 잡았다.

"그런데, 뒤에 있는 소년은?"

"……제, 제. 동생입니다. 같은 평민이에요."

침을 꼴깍 삼키며 말을 이었다. 고개 숙여 인사해야 했을 것 같은데, 그랬다간 리녹이 고스란히 드러날 것 같아 그러지 못했다.

……왜 복도에 아무도 없는 거야. 보통 타 귀족이 저택을 방문하면 안내인을 하나쯤 붙여주지 않나?

"하, 평민?"

생각하는 동시에 오뚝이 아저씨가 참았던 성을 드러냈다.

"감히 평민이 내 앞에서 뻣뻣하게 고개를 세우고 쳐다봤단 말이냐?"

내 이럴 줄 알았지. 나는 낭패한 기분을 숨기지 못하며 얼른 고개를 까딱였다. 당연하겠지만 남자의 분은 이걸로 풀리지 않았다. 사실 도망자에 가까운 내 신분상, 저 오뚝이 아저씨를 존중해도 그만 무시해도 그만이지만. 난 일단 이곳에 손님으로 머무는 입장이다. 신경 쓰지 않을 수는 없었다.

"이봐, 평민 주제에 어째서 대공저에 있는 거지?"

얌전히 입을 뗐다.

"……대공께 은혜를 입어 아주 잠시 대공저에 머물 수 있는 영광을 입었습니다."

"은혜? 영광?"

그 순간 사내의 눈이 노골적으로 나를 훑는 것이 느껴졌다.

"그런 옷을 입고 말이지."

동시에 기분이 확 불쾌해졌다. 단순한 관찰이 아닌 기저에 비웃음과 조롱이 깔린 말, 아울러 음습한 의도가 베인 눈. 모르지만은 않는 시선이었다.

"주제에 감히 쳐다도 보지 못할 고급 옷을 걸치고 있는 평민 여자라."

산 밑 마을에서 용병들을 치료하다 보면 아주 가끔 이런 일이 있었다. 젊은 여자가 치료사이다 보니 일단 희롱부터 하고 노골적으로 무시하며 깔아 내리려는 의도성 짙은 말들. 그런 인간들의 다리 사이를 아낌없이 차주었지만 지금은 그럴 수도 없었다.

"약혼자를 두고 다른 여자를 두는 건 남자라면 으레 할 수 있는 일이지."

……어째, 저택 사람들은 저 오뚝이 아저씨가 하고 있는 오해를 왜 안 하나, 좀 해 주지.

픽. 사내의 두툼한 입술이 크게 쫙 벌어졌다. 그다지 보기 좋은 풍경은 아니었지만 비웃음만은 고스란히 전해졌다.

"이거 내가 몰랐던 대공 각하의 모습을 알았네. 어떡한다."

사내는 웃음소리를 숨기지 않았다.

"아주 남자답구만. 하하하."

오뚝이 아저씨를 빼면 동의하지 않을 것 같은 '남자다움의 기준'을 새로 정립한 리폴텐트 백작이 성큼 앞으로 다가왔다.

"이봐. 고개 들어봐."

그 순간이었다. 얼굴 위로 그림자가 지는 느낌에 눈을 살짝 찡그릴 때였다.

"허, 이거 제법 반반하잖아?"

두툼한 손에 쥐여 억지로 턱이 들려지는 기분은 상당히 불편하고 불쾌했다. 움찔. 내 손에 잡힌 리녹의 손이 떨렸다. 나는 괜찮다는 듯이 그의 손을 꼭 쥐었다 놓았다.

"반반한 낯짝을 믿고 분에 넘치는 옷을 걸치니 내게 뻔뻔하게 무례히 군 것이겠지."

"……이 옷은 과분하게도 대공께서 순수한 의도로 선물해 주신 겁니다."

그 더러운 시선 속 망상에 담긴 그대로가 아니라요.

걸레가 얼굴에 떨어져도 이렇게 기분 나쁘진 않겠다 싶었다.

"하, 도도하기까지? 뭐. 그래. 나쁘지 않겠구나. 각하께서 며칠 가지고 놀기에는."

가지고 놀기는커녕 제발 진지함 두 스푼만 버리고 좀 놓아줬으면 좋겠는데요.

억지로 들려 있으니 슬슬 목이 아파 왔다. 그와 동시에 살집이 두둑한 얼굴이 내려왔다. 뻣뻣한 수염 결이 그대로 보였다.

"어떠냐, 대공이 널 질려 버리면 라폴텐트에 오는 것은. 대공가 정보와 함께 온다면 더 값을 쳐주마."

"아……."

"뭐라고?"

라폴텐트 백작이 인상을 쓰며 날숨을 뱉을 때였다.

"고개 숙여, 녹스!"

있는 힘껏 다리에 힘을 준 나는 그대로 내질렀다.

펙.

"지랄도 염병이라 했는데요."

"억!"

이미 녹스를 잡아당긴 나는 허리를 숙여 옆으로 피했다.

"늦었으면 곱게 잠이나 주무시란 얘기죠. 이렇게."

키가 작고 거대한 몸집이 그대로 앞으로 쓰러졌다.

"으악, 아아아! 의원, 마법사! 마법사를 불러와! 으아아악!"

바닥에 데굴데굴 구르는 백작은 몸을 공처럼 웅크리고 허벅지 사이를 움켜잡고 있었다.

"저희 언니가 삼 보 이상 다가오면 일단 두들겨 패고."

눈을 가늘게 좁혔다.

"붙잡히면 다리 사이를 조지라고 해서요."

……저질러 버렸네.

못할 짓이라고는 생각하지 않았으나 조금 난감한 기분이 들었다. 하지만 나는 아무도 없는 복도와 아직도 구르고 있는 백작을 보다 슬그머니 발을 들어 올렸다.

"그러게, 왜 입을 막 놀리고 그러세요. 그러라고 뚫린 구멍이 아니랬는데."

들어 올린 발 그대로 가랑이 사이를 쥐고 있는 손을 내려쳤다.

"으아악! 너 이 계집!"

"어머, 입이 거기인 줄 알았어요."

그렇지만 기능은 별다를 것 없는 것 같다. 그렇죠?

"기왕 시작했다면 어설프게 끝내는 게 아니야."

응 언니.

"확실히, 조져야지."

물론이지.

나는 언제나 언니의 확고한 수제자였다. 일단 당장은 회복이 불가할 것 같은 백작에게서 눈을 떼어내며 리녹에게로 고개를 돌렸다.

사실 뭣하면 여기 있는 방범 벨이나 하나 찾아서 울려 버리고 리녹을 데리고 튀어버릴까 싶기도 했다. 마수와 저 오뚝이 놈만 남기고 말이지.

"괜찮아? 갑자기 잡아당겨서 놀랐지?"

"……에이미."

아직 내 숄을 머리에 뒤집어쓰고 있어 리녹의 얼굴은 보이지 않고 그저 고개를 아래로 숙이고 있다는 것만 알았다.

그나저나 이제 어떡하지. 일단 지나가는 사람이 없는 데다 눈에 보이는 게 없어서 저지르기는 했는데, 후의 일이 염려되기는 했다. 저 사람은 귀족이고 나는 평민인데. 밖에서 만났다면 냅다 한 대 치고 어디로든 도망갔을 테지만 그건 불가능했다.

뒷감당하기는 해야 할 텐데. 으음, 혼자 턱을 잡은 나는 슬쩍 어린 리녹의 정수리를 바라봤다. 그래도 조금은 도와주지 않으려나. 저 리폴텐트인지 디폴텐트인지 하는 영지에 끌려가지는 않는 정도로만.

어쩐지 리녹은 데굴데굴 뒹구는 남자를 오래 보는 것 같았다. 왜 그러지? 조금 이상한 느낌에 그의 정수리로 손을 뻗는 순간이었다.

"녹스?"

내 몸 뒤에 있던 리녹이 완전히 몸을 드러냈다. 그러고는 천천히 고개를 들었다.

"에이미."

막 대답하려던 나는 흠칫했다.

"……녹, 녹스?"

나를 바라보는 아이의 눈이 깊었다. 평소에 연보라색에 가깝던 눈동자는 짙은 자주색에 가까웠다.

"이 사람, 나쁜 사람이야?"

"……어? 어어. 그, 그렇지?"

그렇긴 한데 왜 묻느냐고 되물으려던 순간이었다.

부웅. 눈을 크게 떴다. 흔들리는 땅에 깜짝 놀란 나는 얼른 고개를 들었다. 천장에 매달린 작은 샹들리에가 마구 흔들리고 있었다.

조명뿐이 아니었다. 복도에 장식된 꽃병이 마구 떠오르고 그림이 둥둥 뜬 채로 허공을 헤맸다. 꽃병에서 새어 나온 물이 마치 무중력 우주 상태처럼 둥둥 떠 있는 것을 본 나는 입을 벌렸다.

몸이 아릿했다. 꼭 거대한 기운이 있다면 지금 리녹에게서 용암처럼 터져 나오고 있는 것 같았다.

"녹스? 녹스!"

거대한 바람이 불었다. 녹스는 대답이 없었다. 이 바람이 절대 자연적으로 생성된 것이 아님을 알았다. 창문은 꽉꽉 닫혀 있었으니까.

……내 말이 들리지 않는 건가?

허공에 떠 있던 꽃이 이내 보이지 않는 발톱에 할퀴어진 것처럼 형태가 일그러졌다. 팔랑팔랑, 꽃잎이 허공을 맴돌았다. 아이의 주변을 떠도는 꽃잎은 마치 그를 이 세상의 존재가 아닌 것처럼 아름답게 보이게 했지만, 풍경에 정신을 둘 때가 아니었다.

아이가 한걸음 발을 내디뎠다. 바닥을 뒹구는 남자가 있는 방향이었다. 순간 나는 말려야겠다는 생각이 들었다. 이성적인 판단은 아니었다. 내게 있는 감이 저건 말려야 한다고 경종을 울리고 있었다.

'어른 리녹을 불러와야 할까?'

3년 전 숲에서 경험으로 보아, 내가 사용하는 마법은 낮에 밤의 리녹을 잠시 불러낼 수 있었다.

'백작이 기절하지 않았어.'

하지만 여전히 저 백작이 버젓이 눈을 뜨고 이쪽을 보고 있었다. 좋은 판단이 아닌 듯했다. 일단 여기서 말려야 할 것 같았다.

"녹스! 녹스, 왜 그래? 녹스! 나 좀 봐. 녹스!"

아이의 손을 잡은 나는 바로 입술을 깨물었다.

'무슨 힘이!'

의아할 정도로 거센 힘에 내가 끌어 당겨지고 있었다. 힘주어 버텨 봐도 이끌려 함께 억지로 걸을 정도로 힘이 강했다.

"으윽, 녹스, 아니, 리녹!"

멈칫. 이끌려가던 내가 소리를 높인 순간 어린 리녹의 몸이 멈춰섰다. 이어서 나를 올려다보는 아이의 눈동자가 보였다. 자색 눈동자 안으로 거센 폭풍이 휘몰아치는 것 같았다.

"에이미?"

"그래. 내 이름 에이미야. 리녹! 이러지 마 응? 위험하단 말이야."

나를 볼 때만은 늘 명확한 어떤 감정을 드러내는 아이였지만 지금은 어째서인지 좀처럼 볼 수 없는 멍한 표정이었다.

"어째서."

"응? 뭐, 뭐라고?"

"어째서야, 에이미?"

나를 바라본 아이가 고개를 갸웃했다.

"나쁜 사람이잖아."

그 순간 허벅지 사이를 잡고 뒹굴던 디폴텐트 백작의 몸이 허공으로 떠올랐다.

"……아버지는 나쁜 사람은 죽어야 한다고 했는데."

그 눈만큼은 순진하리만치 맑았다. 마치 평생 목줄에 죄인 개가 목줄을 풀려고 하는 손을 이상하게 보는 것처럼. 순진함으로 가득한 눈이었다. 벌을 주는 게 당연하지 않으냐는 듯이.

나는 당황하지 않고 고개를 저었다.

"무슨 말을 하고 싶은 건지 알았어. 녹스, 그렇지만 아니야. 녹스의 손을 더럽히지 마."

지금 어린 리녹의 나이를 정확하게 알 수는 없지만 나는 리녹의 과거를 알고 있다. 그의 어린 시절은 대부분 학대와 폭력과 일그러진 정의와 타락한 도덕 따위로 색칠된 까만 도화지와 같았다.

어린아이라 한들 제대로 된 기준과 옳고 그름을 배웠을 리 없었다. 나를 향한 순진함에 참지 않고 응징하려는 잔혹함도. 그를 학대한 그의 아버지가 남긴 잔재였다.

나는 아이의 손을 잡은 채 도리질 쳤다.

"그러지 마."

늘 아이가 내게 했던 행동이었다. 리녹은 지금 나를 보며 어떤 생각을 했을까.

"화났어?"

깜빡이던 그의 눈이 곧 울상을 지었다. 그가 입술을 꾹 깨물었다. 어째서인지 그의 몸이 파들파들 떨렸다.

"에이미가, 싫어하는 행동은 하고 싶지 않아."

역시 책 속처럼 그의 기준은 어딘가 일그러져 있었지만 지금은 그것을 지적할 때가 아니었다. 괜찮아. 화나지 않았어. 끄덕이며 리녹을 향해 팔을 뻗을 때였다.

"크헉! 윽!"

바닥으로 떨어진 리폴텐트 백작이 온몸을 뒤틀며 비명을 토해냈다. 단순히 허벅지 사이를 차인 거나 바닥으로 떨어진 고통으로 인한 것은 아닌 것 같았다. 어깨를 마구 뒤틀고 주먹을 쥐던 백작은 그대로 몸을 공처럼 옹그렸다.

"뭐야?"

뭔지는 몰라도 심상치 않다는 생각에 리녹의 손을 잡은 나는 주춤 뒤로 물러나려 했다. 그 순간 엎드렸던 백작이 고개를 휙 들어 올렸다. 그와 눈동자를 마주친 나는 나도 모르게 눈을 동그랗게 떴다.

……조금 전엔 분명 갈색이었던 그의 눈이 새까만 색이었다. 수염이 숭숭 난 얼굴을 들이대서 똑똑히 기억했다. 뭐야. 왜 갑자기 색이 바뀐 건데?

하지만 생각할 겨를이 없었다. 이상한 기분이 드는 순간 나는 리녹을 붙잡고 얼른 뒤로 몸을 빼냈다.

쾅!

한 번씩 언니가 이런 것이 검을 쓰는 사람의 살기라며 보여준 적이 있었다. 이게 아니더라도 산 밑 마을에 살 때 퇴역기사 아저씨의 말이 스쳤다.

"진짜 살기란 건 검을 못 쓰는 사람도 느끼거든. 목 뒤가 오싹한 기분이지."

목 뒤로 소름이 오소소 돋았다.

"……이베르크, 대공……."

바닥에 검을 메다꽂은 백작이 상체를 들어 올렸다. 그는 조금 전까지 뒤뚱뒤뚱 걷던 사람처럼 보이지 않았다. 무엇보다 단단한 대리석에 검을 꽂는 일은 평범한 남자에게도 쉽지 않은 일로, 운동과 거리가 먼 저 남자에게 결코 가능한 일은 아닐 것이다.

심지어 조금 전 달려오던 속도는 겨우 피했다 싶을 정도로 민첩했다. 게다가 힘까지……. 오만한 표정마저 지워지고 날것의 신음을 토하는 백작은 아주 다른 사람이 된 것 같았다.

'……대체 단검은 어디서 나온 거지?'

날이 상한 검을 버리고 새 검을 품에서 꺼내는 것이 보였다. 그렇게 단검을 거꾸로 쥔 백작이 다시 달려올 때였다.

부웅.

쾅!

허공에 떠오른 백작의 몸이 키만큼 들어 올려진 것도 모자라 그대로 벽에 처박혔다.

"콜록. 콜록콜록!"

순간 피어오른 돌가루와 먼지바람에 기침을 토해낸 나는 백작을 확인했다. 쓰러진 백작은 꼼짝도 하지 않았다. 그런 그의 주변으로 그의 덩치의 두세 배쯤 되는 구멍이 파여 있었다.

움푹 들어간 벽과 균열을 바라보며 침을 꿀꺽 삼켰다.

"리녹?"

상황이 어떻게 돌아가는 것인지 모를 일이었지만 가장 중요한 것은 리녹의 상태였다.

"에, 에이미……."

"리녹? 왜 그래, 왜 그래 리녹!"

백작을 그대로 날려 버린 리녹은 어째서인지 몸을 달달 떨었다. 마치 오한이 든 환자처럼 떨리는 아이의 몸에 깜짝 놀라 얼른 붙들었다.

……생각하고 싶지 않지만, 이건.

조금 전에는 당황해서 미처 알아차리지 못했지만 이건 내가 알고 있던 것이었다. 이건 바로 성인의 몸일 때 나타났어야 할 '폭주'의

전조 증상이었다.

어째서 성인의 몸일 때 나타났어야 할 일이 아이일 때 나타난 거지? 리녹이 아이일 때는 일어나지 않은 일이며, 일어나지 않아야 할 일이다. ……이건 책 속에서도 없던 일인데.

대공가에 내려오는 저주.

몸속에 거대한 마력을 품고, 이 때문에 낮과 밤이 바뀌는 저주를 앓는다. 그리고 그의 이 저주는 위험한 '폭주'를 동반했다. 몸속의 마력을 통제하지 못해서 끙끙 앓으며 마력이 제멋대로 주변을 파괴하는 일로, 분명 책 속에서는 세레나가 있을 때 그것도 마지막 탄시즈와 결전쯤에야 나타난 것인데……

벌써부터 벽이 진동하고 있었다. 아니나 다를까, 멀쩡하던 기둥에 균열이 일어나고 땅이 흔들렸다. 알고 있던 그대로였다.

"녹스, 리녹! 리녹! 정신 차려 봐, 리녹!"

리녹을 흔들어봤지만 아이는 정신을 차릴 줄 몰랐다.

바로 그때 쓰러진 줄 알았던 백작 쪽에서 묘한 소리가 들렸다.

"이베르크…… 공…… 죽여……."

검게 물든 눈동자가 이쪽을 응시한다고 생각한 순간, 백작의 손이 기묘하게 움직였다. 쉭. 날아오는 단검을 보며 늦었다고 생각하던 그때였다.

챙. 바로 앞에서 떨어지는 단검을 바라본 나는 입을 벌렸다. 아이의 손을 잡은 채로 천천히 고개를 들었다.

"괜찮으십니까?"

묵직한 목소리였지만 밤의 리녹과는 다른 목소리였다. 먼지 사이에서 진한 고동색 머리칼이 가장 먼저 보였다. 진한 남색 눈동자도 함께. 마치 군인처럼 단단한 얼굴은 언젠가 리녹 옆에서 한번 본 적 있던 낯이었다. 대공가 기사단이었다.

"각하! 이런, 베이커!"

뒤이어 달려온 로테가 언제 나타난 것인지 모를 모습으로 백작의 등을 밟았다. 그런 로테의 외침을 누군가 받았다.

"알고 있어! 그놈 꽉 잡고 있으쇼!"

멀지 않은 곳에서 펄럭이는 망토가 보였다. 낯설지 않은 로브, 마법사 로브를 걸친 베이커가 입을 크게 열어 무어라 중얼거리는 것 같았다.

파앗. 발밑으로 거대한 마법진이 떠올랐다. 동시에 저택이 무너질 것 같았던 진동이 멎었다.

"하아……"

대체 이게 무슨 일이야. 한숨을 쉬는데, 로테가 다가왔다.

"외람되지만, 대체 왜 여기 계십니까?"

"……놀라지 않았냐고 묻는 것이 먼저 아닐까요?"

로테가 태연한 얼굴로 그렇습니까, 하고 고개를 숙였다.

"이런. 세상에. 많이 놀라셨습니까."

……엎드려 절을 받으라 하지 그러세요.

나는 고개를 절레절레 젓고는 흘끗 아이를 살폈다. 조금 전까지 덜덜 떨리던 녹스의 몸의 떨림이 멈추고 표정은 이전보다 평온해 보였다.

"그러게, 후회하실지도 모른다고 하지 않았습니까."

이 난장 속에서도 표정 하나 바꾸지 않은 로테가 말했다. 후회? 이어 조금 전 일이 스쳤다.

"당장 약을 드시지 않으셔서 일어나는 일은 책임질 수 없습니다. 아니, 수습할 수 없다 할 수 있겠지요."

이게 그 말이었어?

나는 기가 막힌 얼굴로 그를 응시했다.

"……이걸 예상했단 말이에요? 아니, 이건 그렇다 쳐요. 지금 그 위대하고 우아한 각하께서."

"우아하고 완벽하신 각하입니다."

"……아 예. 아무튼 그 어쩌고 각하께서! 위험에 처했는데 태연하게 말이 나와요?"

내 호칭이 마음에 들지 않았는지 로테가 미간을 살짝 찌푸렸지만, 그는 이내 고개를 갸웃했다. 왜 그러냐는 듯이.

"실례지만 습격을 말씀하십니까?"

"그럼 뭘 말하겠어요?"

그의 눈동자가 살짝 돌아갔다.

"그러니까 저 음, 귀족 평균 체격을 웃도는 남성 귀족의 습격을 말씀하신 것인지요."

"……당연하죠."

그럼 무슨 일을 말하겠냐고, 시선을 담아 쳐다보니 로테가 평온한 표정으로 살짝 끄덕였다.

"놀라신 것은 이해하나, 염려하시지는 않으셔도 될 듯합니다."

그러고는 안연하게 입을 뗐다.

"흔한 일이니 말입니다."

네? 나는 눈을 크게 깜빡였다. 한편으로는 어쩐지 조금은 이상하다고 여겼다. 책 속에서 그렇게나 리녹이 아니면 죽고 못 사는 일명

'리녹 최애 덕후'인 로테가 이 상황에서 너무 침착했다.

갑작스럽게 일어난 일이었다면 그 또한 놀라거나 당황하는 것이 맞았다. 그렇지만 조금 전 여기 나타난 것이나 지금 나를 바라보는 모습이나 로테는 놀란 것과는 거리가 멀었다.

물론 놀라기는 했겠지만, 그 놀람과 황당함은 내가 여기 있어서였던 걸로 보였다. 오히려 그의 행동을 생각해 보자면, 차분하게 백작의 등을 밟아버리지 않았던가.

로테에 이어 자연스럽게 바닥에 쓰러진 백작을 생각했다. 갑자기 사람이 변한 것처럼 어마어마한 힘과 민첩한 움직임을 보였던 백작을 떠올리니 괜히 찝찝해졌다.

분명 리녹이 내게 말한 적 있기는 했다.

"식사 중에 괴한이 침입할 수도 있다."

리녹은 그날, 위험하지 않은 곳은 없다고 말했다. 그날은 그저 식당에 있기 위해 그저 하는 말이라고 생각했지만⋯⋯.

일단 아닌 건 알겠다. 근데, 그 습격하는 불청객이 진짜 버젓이 손님처럼 하고 전혀 검을 다루지 않을 것 같은 생김새로 온다는 말은 안 했잖아.

아니, 아니아니. 그들이ㅡ. '그동안 이런 피습이 있었고요, 각하께서는 325번째 암살을 이렇게 피하셨습니다.', '그래 저 설명대로다, 에이미.' 이렇게 말할 리는 없지만.

얼굴을 짚었던 나는 손을 떼어내고 머리를 들어 올렸다.

"저기."

시선을 올리자 여전히 로테가 나를 내려다보고 있었다.

"지금 제가 혼란스러운데요, 몇 가지 질문쯤은 드려도 되는 거겠죠?"

"예. 말씀하십시오. 기밀이 아닌 한, 모두 답변 드리겠습니다."

……그 말은 기밀이면 입도 벙긋 안 하겠다는 소리 아닌가. 나는 한숨을 쉬는 대신 말문을 열었다.

"지금 묻고 싶은 게 많긴 한데, 일단 추려 보자면요……. 일단 저 남자, 아니 남성 귀족분 말인데요."

"귀족 놈이라 하셔도 됩니다."

"……예?"

황당한 얼굴로 로테를 바라본 나는 얼른 표정을 수습했다.

……나도 그렇게 생각은 하는데, 댁이 그렇게 말씀하면 어떡하나요.

"예……. 귀족 노, 아니. 아무튼 저 아저씨 말인데. 처음엔 분명 그냥 평범한 사람 같았거든요?"

그랬다. 내게 말을 걸 때만 해도 검을 다룰 수 있다거나 운동한 흔적이 보이지 않는 몸이었다.

'게다가 내가 발로 차는 것 하나 피하지 못했지 않았냐고.'

적어도 이런 건 숨길 수 없는 게 분명했다.

"분명 움직임이 둔했는데, 어느 순간 다른 사람 같았어요. 제가 검에 관해 잘 아는 건 아니지만…… 단검을 대리석 바닥에 꽂는 일이 쉬운 일은 아닌 걸 알아요."

"예. 말씀하신 대로입니다. 적어도 평범한, 아니, 꽤 숙련된 검사의 힘 정도는 필요한 일이지요."

"네. 그런 데다가 음, 속도가…… 후. 이런 말 하기 조금 그런데, 저 체구에서 나올 수 없는 움직임이었거든요."

"그것도 제대로 보신 걸 겁니다."

아니. 뭐가 맞다고만 하네.

좀처럼 말을 잇지 않는 로테를 바라보며 나는 미간을 살짝 찌푸렸다. 내 표정을 알아챈 듯 로테가 입술을 움직였다.

"언짢으셨다면 죄송합니다. 일단 정확한 이야기를 들은 뒤에 설명드리려 했습니다."

"그래서, 충분히 얘기가 된 것 같나요?"

"네."

그는 순순히 고개를 끄덕였다.

"마법적 각인을 아십니까?"

"각인이요?"

"예. 몸 어딘가에 표시를 해두는 것을 각인이라 하는데, 이 각인은 각각 하나에서 두세 가지의 마법을 품고 있습니다."

바로 그때, 낮고 탁한― 심하게 말하자면 돼지 멱을 따는 듯한 비명 소리가 들렸다. 돌아보니 기절한 줄 알았던 백작이 소리치고 있었다. 무어라 하는 것 같았지만 고통에 찬 신음과 섞여 알아들을 수는 없었다.

"……그러니까 저 사람 몸에 그 각인이란 게 있단 말인가요?"

"예. 아마도 그럴 겁니다. 그런데 저런 모습을 보시고도 놀라지 않으시는군요. 조금 놀랐습니다."

나는 헛웃음을 지었다. 댁은 전혀 놀란 표정이 아닌 표정으로 말을 하고 있는 것 같은데요.

"전에 살던 곳에서 치료사 일을 했어요. 다친 사람이나 피를 보는 건 익숙해요."

"그렇습니까? 아무튼 설명을 계속 드리자면 마법적 각인은 주로 등과 목, 손등에 새기는 것이 일반적입니다."

로테가 자신의 등과 손, 목을 가리켜 보았다.

"여기서 등과 목, 특히 목 뒤는 강제적으로 새겨진 경우가 크지요."

그러고서 흘깃 눈길을 돌리는 로테를 따라가자 백작의 뒷목을 살펴보는 기사가 보였다.

"있습니다."

기사의 낮은 목소리에 로테가 고개를 주억거렸다.

"보통 각하를 습격하는 이들에게 새겨진 각인의 마법으로는 세뇌마법과 최면 마법이 있습니다. 전자는 각하를 보는 순간 혹은 어떤 키워드로 공격을 시도하게 하는 것이고ㅡ."

로테가 허공을 향해 주먹을 내밀었다, 누군가를 찌르듯이.

"후자의 최면 마법은 아가씨께서 본 사람처럼 평범한 사람도 능숙한 검사 혹은 마법사처럼 움직일 수 있게 하지요. 그러나 이 마법은 사용 후 신경이 마비되고 근육이 파열되므로 권장되는 마법이 아닙니다."

"애초에 쓸 수 없는 힘을 한계치까지 쓰게 했으니까요?"

"그렇습니다. 역시 영민하신 분이시군요."

로테의 눈에 살짝 이채가 스쳤다.

그리 어려울 것도 없는 얘기였다. 내가 아는 밤의 숲속의 약초 중에도 그런 것이 있었으니까.

"지금까지 여러 시도가 있었습니다. 하녀와 하인으로 변장한 것은 물론, 대공가 기사를 기절시키고 변형 마법을 쓴 경우에다가……. 지금처럼 손님을 가장한 이들이 온 것도 처음은 아닙니다."

그리 말하고는 로테는 가볍게 한숨을 쉬었다.

"이런 이유로 이 저택에서는 흔한 일이라 말씀드린 것입니다."

"……그래서 반갑지 않은 손님이라 한 거군요? 불청객이라고요."

"예."

한숨 뒤로 그의 눈동자는 제자리를 찾았다. 여전히 서린 느낌이 남았지만 정중한 눈 그대로.

"사실 도서관으로 끌어들여서 처리하려고 했습니다만."

"왜 도서관이었나요?"

도서관은 다투거나 누군가를 처리하는데 적합한 장소가 아니었다.

"각하께서 도서관에서 시간을 보내는 것이 '밖으로' 알려진 사실이니 말입니다."

그 대답에 나는 이마를 살짝 찌푸렸다.

"그동안 제게는 어떤 사정도 말씀해 주지 않으셨고 말이죠."

"거기에 대해서 불쾌하셨다면 죄송하다 말씀드리겠습니다. 다만 그리 말할 이유를 느끼지 못했습니다."

"못하다니요?"

나는 하마터면 칼 맞을 뻔했는데 그런 말이 나오냐는 뜻을 고스란히 드러냈다. 그러나 로테의 얼굴은 뜻밖에도 평안했다.

"그거야 아가씨께서는 이 저택에서 가장 안전한 위치에 계셨으니까요."

"안전한 위치?"

"예. 이 저택에서 각하의 곁만큼 안전한 곳이 또 있으리라 생각하십니까?"

나는 그의 뻔뻔한 얼굴에 혀를 찼다. 그는 이런 나를 스쳐, 내 품에 안겨 눈을 감고 있는 리녹을 보는 것도 같았다.

"각하와 아가씨께서 이곳에 계신 것에 놀란 것이 첫 번째였으나,

그보다 각하께서 이리 쉽게 이 상태가 되실 줄은 몰랐군요."

"이 상태라면요?"

"보신 그대로입니다."

로테는 더 설명을 잇는 대신 내게 손을 뻗었다. 이게 무슨 의미인가 싶어 콧잔등을 찡그리니 로테가 "각하 말입니다." 하고 말했다.

"각하께서는 제가, 아니, 셰드 경이 드실 겁니다. 아가씨께서 드시기엔 무거우시지 않겠습니까."

"응? 제가 안아도 되는데요?"

"우아하고 완벽하신 각하께서 다치시기라도 한다면 큰일이지 않겠습니까."

앵무새인가. 그는 같은 말을 반복했다. 무어라 항의하려던 나는 내 팔을 바라보며, 들다가 떨어트리거나 생채기라도 나면 사생결단을 내겠다는 로테의 시선에 얌전히 포기했다.

……덕후와 최애로 싸우는 건 하면 안 될 짓이라 했다.

결국 백작은 베이커가 허공에 둥둥 띄워서 데려가고 수습을 마친 낯선 기사가 아이를 안아 들었다.

"어디로 가는 건가요?"

"방입니다. 각하께서 약을 드셔야 하니까요. 설명은 걸어가면서 계속 드리겠습니다."

로테는 여기 오기 전 베이커가 리녹의 방에 걸린 결계를 손봤다며, 이 때문에 이 층으로 오는 것이 늦었다고 덧붙였다.

"가면서 이어 말씀드리자면, 조금 전 아가씨께서 보신 상태가 궁금하실 겁니다."

"네, 맞아요."

땅이 흔들리고 벽에 균열이 가며 오한이 온 환자처럼 떨던 어린 리녹, 모든 것이 생생했다. 그리고 내가 아는 것과 같은 증상이라는 것이 놀라웠다.

"증상에 관해 말씀드리기 위해서는 먼저 각하의 상태에 대해 아셔야 합니다."

"어떤 상태이신데요?"

"낮과 밤의 모습이 달라지는 각하의 모습은 사실…… 각하의 몸에 내재된 거대한 마력으로부터 비롯된 일입니다."

이미 아는 사실이었다. 하지만 모르는 척 눈을 깜빡이며 끄덕였다.

"거대한 마력은 몸에도 부담이 됩니다. 물론 완벽하신 각하께서는 강인한 신체를 가지고 계시기에 문제가 없지만 말입니다."

"아…… 네."

깨알 자랑은 빼놓지 않고 들어가네. 나는 괜스레 리녹을 안고 가는 낯선 기사를 바라봤다. 잠시 눈이 마주쳤지만 이내 시선은 스쳐 지나갔다. 기사가 살짝 찌푸린 것도 같았지만 잘못 본 거려니 하고 로테에게 집중했다. 낯선 사람이랑 걷는 게 불편한가 보지.

"밤의 각하, 다시 말해 원 나이의 각하께서는 거대한 마력을 문제없이 정제한 형태로 품고 계시는 것이 가능합니다. 하지만 낮의 어린 몸을 하신 각하께서는 아니시지요."

"……몸이 어려진 만큼 부담이 된다는 건가요?"

"맞습니다. 낮의 각하께서는 불안정한 상태로 물을 가득 채운 유리컵과 같습니다. 컵 속의 물이 언제 범람할지 모르고, 범람했을 때의 상태를 '폭주'라 부릅니다."

여기까지는 내가 아는 사실과 얼추 일치했다. 정확히는 일부분이 말이다.

"다행스럽게도 낮의 각하께서 감정이 격해지실 때만 아니라면 이런 상태는 일어나지 않습니다. 그리고 여기에 더욱 큰 도움을 준 것이, 세레나 님, 아니, 어느 유능하신 마법사님의 약이었습니다."

"약이요……."

나는 침을 꿀꺽 삼켰다.

세레나의 이름이 자연스럽게 나오는구나. 세레나의 약이 폭주를 막는 역할을 하는 건 맞았다. 아니, 정확히는 마력이 더 커지는 것을 방지하는 거라 했다.

이상했다. 여기서 폭주라는 것도 만에 하나 일어날 일이었지, 지금 시점과는 관련 없는 일이었다. 책 속 리녹이 후에 폭주하게 되는 것도 억지로 마력을 늘리게 하려는 '계기'가 생기면서였다. 내가 아는 것과 미묘하게 다른 내용을 들으며 잠시 이상한 기분을 느꼈다. 자세하게 서술되지 않아서 몰랐던 걸까?

"어린 리, 아니, 대공님께서 폭주하실 일이 있었단 얘기인가요?"

"예. 그렇습니다. 정확히는 폭주 전조 상태가 여러 차례 나타나셨지요. 조금 전 보신 것처럼 말입니다."

역시나 어린 리녹 쪽이 몇 번 폭주 위험을 겪었다는 건 금시초문이었다.

"……감정이 격할 일이 있었을 리가."

더구나 감정이 격해진다니. 기억하는 한낮의 리녹 쪽은 언제나 온순했다. 무엇보다 숲속 집에서는 이런 상태를 보인 적도 없고. 물론 초반에 언니를 볼 때 제법 사납긴 했지만, 그것도 길지 않았다.

"저와 살 때는 이런 일이 없었는데요……."

"마법은 기억에 의존하며 의지에 영향을 받습니다. 각하께서는 기억을 잃으셨지요."

"네. 그런데요?"

"요컨대 '마법을 쓸 수 있다.'는 사실을 잊었기에 마력 또한 반응하지 않은 것이라 보시면 됩니다."

그가 자신의 관자놀이를 톡톡 두드렸다.

"각하께서 쓰시는 마법은 정확히 마법보다는 마력으로 물리적인 타격을 주는 것에 가깝지만 말입니다."

그렇게 말하고는 로테는 슬쩍 내 쪽을 살폈다.

"……어쩌면 그곳에서는 격해지실 일이 없던 것일지도 모르지요."

그는 어디까지나 추측이라며 고개를 돌려 버렸다. 왠지 시선에 살짝 불만이 담겨 있던 것도 같았다. ……감히 우리 각하와 그곳에서 평화롭게 살았단 말이냐, 질투 난다 이건가?

"일단 무슨 말씀이신지는 이해했어요. 앞으로 계속 이런 상태를 유지한다는 거죠? 어린 대공님. 혼란스럽긴 하지만……."

아니, 잠깐만.

"아니, 그런데 이렇게 위험할 줄 알았으면 약을 미리 먹고 오시면 좋았지 않았나요?"

그렇게 중요한 약이면 날 만나기 전에 먹고 오지. 이런 내 시선에 로테가 나를 빤히 내려다봤다.

"……그럴 수 있다면 얼마나 좋겠습니까만."

가늘게 좁혀지는 그의 눈에 나도 모르게 움찔했다.

"혹시 측근 사이에서 알음알음 퍼진 각하의 별칭이 무엇인지 아십니까?"

"네? 아니요……."

내가 알 수 있을 리가 있나. 입을 삐뚤게 끌어 올리는 동안 로테가 한곳에서 멈춰 섰다. 눈앞의 문을 보며 도착했다는 것을 알았다.

"미친개, 또라이, 앞이 안 보이는 미친 짐승……. 아. 심한 것들은 입에 올릴 수 없으니 간단히 망나니라 해두겠습니다."

……이미 그 심한 것들 댁이 다 꺼낸 것 같은데요.

"어린 각하께서는 어리시지만 명석하시며 어휘 사용도 탁월하시고 머리도 좋으십니다."

나도 익히 아는 사실에 고개를 끄덕였다. 3년 전에도 가르치는 걸 아주 빠르게 익혔지. 조금 전에 보니 고대어도 읽을 줄 알았고.

"하지만 아주 기본적인 서류 처리 하나조차도 하지 못하십니다. 분명 글을 읽고 쓰실 줄 아심에도 불구하고 말이지요. 그렇기에 낮의 모든 집무는 미뤄지고 밤으로 이어집니다."

나를 흘끗 본 로테가 느긋한 시선과 함께 이어 말했다.

"지금까지 낮의 각하께서는 낮 동안 긴 잠만 주무셨습니다. 측근들 또한 비교적 반기는 일이었지요."

"네? 어째서요?"

끼익, 문이 열리고 모두가 들어간 뒤 로테가 문을 닫았다. 그 순간 곤하게 눈을 감고 있던 리녹이 천천히 눈을 떴다.

"……에이미?"

마침 리녹을 안고 있는 낯선 기사님 바로 뒤에 있어 나는 아이가 보이지만 그는 내가 보이지 않을 위치였다.

자다 깨도 귀엽다니. 고개를 홰홰 돌리는 아이를 흐뭇하게 바라보며 입을 열려던 그때였다.

"에이미 어딨어?"

쿵. 발밑이 살짝 흔들렸다. 뭐야 방금? 눈을 동그랗게 뜬 내가 위를 올려다보는 순간 날카로운 소리가 들렸다. 책상 위에 있던 고급스러워 보이는 꽃병이 깨진 채 떨어지고, 책상 아래로 물이 뚝뚝 떨어졌다.

"어딨냐고."

순진하지만 말간 눈을 한 아이가 눈을 깜빡였다. 나는 얼어붙은 벙어리가 되어 로테를 멍하니 응시했다. 마침 나를 태연히 바라보고 있던 로테가 태연하게 입술을 뗐다.

"보셨지요?"

그가 명쾌히 말했다.

"외람되지만 망나니는 이쪽이셨습니다."

……댁 최애를 그렇게 말해도 되는 거야?

"실례지만……."

눈을 깜빡인 나는 어색하게 입을 떼어냈다. 일단 이 이루 말할 수 없는 상황을 타파해야겠다.

"각하를 아끼시는 것 아니셨나요?"

존경한다며. 책 속의 모습 또한 그렇지만 이 저택에 도착해서도 빠짐없이 리녹을 찬양하던 열혈 팬심을 목도한 나는 묻지 않을 수가 없었다.

"……그리 보였습니까?"

로테는 뜻밖에도 나를 바라보며 눈을 깜빡였다. 마치 누군가에게 의외의 사실을 들키기라도 한 양.

"아닌가요? 제게 늘 완벽하며 아름다운 각하."

"우아하고 완벽하신 각하이십니다."

"……네 어쨌든요. 우아하고 완벽한데."

"아름답기도 하시긴 합니다. 틀린 말은 아니지요."

"……."

……설마 들키지 않았다고 생각한 건 아니겠지. 그 모습으로?

"네. 아무튼 나뭇잎으로 강을 건넜을 것 같은 그 각하, 아니, 공작님을 존경한다고 말씀해 주셨는데 아닌가요? 제가 잘못 들은 것인지."

"그건 아닙니다."

로테가 고개를 가로저었다. 헛기침한 그는 본래의 정중한 얼굴로 돌아갔다.

"저는 뼛속 깊이 각하께 충심을 바친 이로서 존경하지 않을 수가 있을까 싶습니다. 존경합니다만."

로테가 꼭 그런데 말입니다, 하고 덧붙여야 할 것 같은 얼굴로 나를 응시했다.

"사실을 숨길 수는 없지 않겠습니까."

그의 얼굴에는 한 점 거리낌조차 없었다.

"사실요?"

"아가씨께서 보신 그대로의 이 모습 말씀입니다."

나는 어느새 내 팔 옆에 꼬옥 붙어 있는 어린 리녹을 바라보며 눈을 살짝 찌푸렸다.

"그러니까 조금 전 로테 씨께서 말씀하신 어린 대공님이 망나니라는……."

"죄송합니다. 못 들었습니다."

"네? 아……. 네. 목소리가 작았나요? 그러니까 어린 대공님이 저택의 망나."

"죄송합니다. 대단히 실례이나 잘 들리지 않습니다."

"······."

고개를 든 나는 어처구니없다는 눈으로 로테를 쳐다봤다. 부릅뜬 한 쌍의 눈이 마치 한 쌍의 얼음송곳 같았다.

허. 뭐야. 이건 또.

"외람된 말씀이나 제 귀에 큰 문제가 있는 듯합니다."

"아아. 예······."

"죄송한 말씀임을 잘 알고 있습니다만 다시 한번 말씀해 주실 수 있겠습니까?"

까도 내가 까겠다, 이건가. 순간 울컥했다. 뭐 이런 도라이바 같은 사람이 다 있어?

"예. 안 들리신다니, 네······. 그래요. 그러니까 어린 대공님께서는 평소에······ 음. 다소 막되거나 혹은 거친······ 행동을 마력으로써 보여 주신다고요."

이제 됐냐, 혹은 비꼼을 반쯤 담아 로테를 쳐다보자, 그가 담백하게 끄덕였다.

"예. 제가 그리 말씀드렸던 것 같군요."

"······."

뻣뻣함에 뻔뻔함도 이 정도면 빗자루와 비교해도 손쓸 데가 없겠다. 꾹꾹, 무언가 손을 잡아당기는 느낌에 고개를 돌렸다. 리녹이었다.

"녹스? 왜 그래?"

어이없음에 말을 잃은 나를 끌어낸 사람은 다름 아닌 어린 리녹이었다. 아래로 내린 시선에 리녹이 가득 담겼다.

"에이미?"

"응. 듣고 있어."

어쩐지 나를 바라본 아이의 눈동자가 흔들린 것처럼 보였다. 이어 살짝 시선을 흘리는 모습이 꼭 그가 눈치를 보는 것처럼 느껴졌다.

"……이상해?"

나는 아이가 하고 싶은 말을 바로 알아들었다.

"에이미가 변해도, 괜찮다고 말해주어서. 그래서……."

절박하게 내 소맷자락을 잡은 조그만 손에 눈길이 갔다. 하얗도록 힘을 준 손이 안쓰러워졌다. 나는 손을 살짝 힘주어 뒤로 빼냈다. 그러자 어린 리녹이 움찔했다.

"무서워?"

"어, 어어?"

이상하지. 살짝 머리를 들어 올린 나는 바닥에 흩어진 도자기 가루들을 흘끗 훔쳐봤다. 범상치 않은 힘을 보았음에도 이 순간 작은 떨림에 집중하고 마는 것은. 꼭 울 것 같이 나를 응시하는 간절함 때문인 것 같다.

"녹스, 놔줘."

아이의 조그만 머리가 붕붕 돌아갔다.

"안 놔주면……."

놓지 않은 손, 조금 전보다 더 불안이 담긴 시선이 내게로 향했다. 순간 아이가 다시 마력을 일으키는 걸까 생각했지만, 아니었다.

"나, 미워할 거야?"

나는 쓴웃음을 지었다. 그러고는 천천히 무릎을 굽혔다. 네가 그런 얼굴을 하는데 어떻게 미워할 수가 있을까.

아이와 눈높이가 맞았다고 느꼈을 때 그대로 조그만 손을 잡아당겼다. 품 안에 들어온 체온은 뜨겁고 따뜻했다. 3년 전과 다를 바 없이 여전히 높은 체온은 그가 이 시간에 머물러 있음을 알려 주었다.

언니와 어느 날 문득 이런 얘기를 한 적 있다. 때는 2년 전 리녹으로부터 벗어난 지 약 1년 되던 날이었다.

"에이미, 있잖니. 어쩐지 말이야……. 우리는 그 애에게 좀 더 잘해 주어야 했던 건 아닌가…… 싶을 때가 있어. 이상하지?"

그건 어쩌면 보이지 않는 원작의 힘이었을까? 언니는 실없이 웃으며 한 번이라도 그 애를 꼬옥 안아줘 볼 걸 그랬다고 속살거렸다.

언니는 이름 대신 '그 애'라 말했지만, 언니가 말하는 그 애가 어린 리녹이었음을 모를 리가 없었다.

"그냥. 이유? 아유. 그런 것 없이 말이야. 그런 생각이 들어."

내가 언니 역할을 대신하면서 언니는 원작에서처럼 유대감을 쌓을 기회가 없었다. 그러니 이건 비어버리고, 바뀐 원작의 구멍이었을까? 아니, 언니의 선함이었으리라 생각한다. 내가 언니의 역할을 대신했을지언정 언니의 곧고 바름과 선함은 원작과 다르지 않아서.

"모든 아이는 보호받아야 마땅해. 에이미."

"밤의 리녹은 그렇지 않았잖아."

"맞아. 근데 밤에도 미성년자였다며? 뭐 이걸 따지는 것도 우습긴 해. 여전히 괘씸한 인간이지만. 그래도…… 낮에는 정말로 아무것도 모르던 아이였던 거잖니."

아주 작은 아기 동물과 상처 입은 어미 짐승을 그대로 두고 보지 못했던 언니. 나의 언니는 약한 것들의 냄새를 기가 막히게 잘 맡던 사람이어서.

깜깜한 밤을 무서워하던 어린 나를 많은 것으로부터 지켜주던 사람이었다. 그렇기에 어린 리녹을 특히 아끼던 언니는 본능적으로 알아챘던 걸지도 모른다.

나는 언니처럼 본성이 하얗도록 선한 사람은 아니지만 그럼에도 지난 시간 조금은 아쉽고 안타깝기는 했다. 원작을 생각해 밀어내기만 하지 말고 한 번쯤 언니가 내게 하듯 꼭 안아줄 걸 그랬다고.

"좋으면 이렇게 안아주는 거야, 녹스!"

언니와 내가 포옹할 때, 부러워하듯이 빤히 바라보던 시선은 내 착각이 아니었구나 싶었으니까.

나는 고개를 바로 했다. 시선을 마주하자, 아이의 떨림이 잦아들었다.

"무섭지도 않고 이상하지도 않아."

부드럽게 입술을 끌어 올린 나는 눈을 휘었다.

"녹스가 무서울 리 없잖아. 이렇게나 익숙한데."

나를 바라보는 그렁그렁한 눈도.

"놔달라고 한 건…… 녹스가 너무 꼭 쥐고 있어서였어."

"꼭 쥐어……?"

"응. 이거 봐."

나는 어린아이의 손을 뒤집었다.

"이거 봐. 힘줘서 빨개졌지? 아프지도 않았어? 네 손이 아프면 안 되잖아."

때로 행동은 많은 말을 대신한다. 흔들림이 사라진 눈동자가 나를 향했다. 언니는 녹스가 기쁨과 슬픔을 알기를 바랐고 나는 아픈 걸 아프다고 말하는 사람이 되길 바랐다. 3년이 지난 지금 그것이 어찌

되었을지는 모르지만 이건 분명했다. 조금은 달라졌다는 것을.

"응. 아팠어."

아이가 천천히 시인했다.

"맞아. 아픈 건 싫잖아. 난 녹스가 아픈 것이 싫어."

"에, 에이미가 싫으면……."

"응."

우물우물 작게 벌어진 아이의 입이 움직였다.

"나도 싫어."

끄덕. 조그맣게 움직이는 작은 머리를 보다가 시선을 살짝 굴렸다. 어느새 다가온 낯선 기사님 손에 들린 병이 보였다.

"녹스, 이제 약 먹자. 약속했잖아. 같이 가면 먹기로."

"응."

잠시 기사님의 놀란 눈이 내게 닿는 듯했지만 곧 어린 리녹을 향했다.

"각하, 여기 있습니다."

로테가 기사에게 병을 받아 리녹에게 정중하게 건넸다. 병에는 금빛으로 물든 액체가 찰랑이고 있었다.

신기하게도 기사님이나 로테를 바라보는 아이의 얼굴은 차갑다고 할지, 아니, 뚱한 표정처럼 보였다.

"……."

병을 든 어린 리녹은 잠시 눈을 찡그리는 것 같았다. 아이에게서는 많이 보지 못했던 탐탁지 않은 표정이었다.

아이는 병을 기울여 입술에 머금었다. 꼴깍꼴깍. 자그만 소리가 방을 메웠다. 곧 방 밑으로 이상한 글씨가 보였다. 자세히 보니, 내가 리녹과 이곳에 처음 왔을 때 정원 바닥에서 본 마법진 형태와 비슷했다. 잘은 모르겠지만 마법임은 분명했다.

곧 아이를 스치고 지난 금빛 바람이 사라졌다.

"에이미, 써……."

"써?"

못마땅한 표정이 이것 때문이었나 보다. 주머니를 뒤적여 봤지만, 사탕 같은 것이 있을 리 없었다. 내 옷도 아니었으니.

난감하다 싶던 때에 로테가 내게 무언갈 건넸다. 반짝이는 포장지를 본 순간 얼른 받아서 리녹에게 내밀었다.

사탕? 내 손에 들린 것을 본 아이가 입술을 벌리고, 거부감 없이 사탕을 입안에 쏙 집어넣었다.

준비성 좋네. 아니 익숙한 일인가? 태연한 로테를 곁눈질한 나는 뺨을 긁적였다. 약을 먹이긴 했는데, 이제 뭘 하면 좋을지 알지 못했던 터였다.

"에이미."

그런 내게 아이가 먼저 말을 틔웠다.

"나…… 도서관 가고 싶어."

"도서관?"

"응. 에이미에게 책."

"아. 혹시 펜릴? 조금 전에 본 거?"

아이가 끄덕였다. 도서관에 가던 길이기는 했었지. 중간에 나타난 그 오뚝이 아저씨의 존재감이 너무 큰 데다 엄청 놀라는 바람에 까맣게 잊고 있었지만.

"늑대, 책…… 알아……."

"응. 나도 녹스가 보여 주면 좋아."

리녹이 가고 싶어 하면 나도 좋은데 말이지.

나는 문 앞에 선 이를 바라봤다. 우리가 나가려면 일단 저 기사님이 비켜줘야 할 것 같은데.

약을 먹은 뒤에 아이의 상태를 알지 못하니, 일단 이 상황을 제일 잘 알 것 같은 로테에게 물어야 할 듯싶었다. 시선을 올려 로테를 보며 막 입을 떼어내려 할 때였다.

"에이미……."

털썩. 아이의 무릎이 힘없이 꺾였다. 쓰러지는 몸을 받아 넘어지지는 않았지만 난 깜짝 놀란 낯으로 리녹을 쳐다봤다. 뭐야. 이게 어떻게 된 거야?

"녹스? 녹스?"

"……으응."

아이의 무게는 그렇게 무겁지 않아 내가 지탱할 수 있는 정도였다. 그러나 아이의 눈은 점차 가물가물하더니 이내 꼭 감겼다.

색색. 평화롭게 숨을 내쉬는 아이를 보며 입을 벌렸다.

"잠드신 겁니다."

여태 조용히 있던 로테가 설명을 덧붙였다. 고개를 돌리자 기사님이 마침 방을 나가는 것이 보였다. 로테가 명한 것인 듯 나가기 직전 나와 로테를 향해 살짝 고개를 숙여 보였다.

문이 닫히고 방 안에는 잠든 아이와 나, 로테만 남았다. 로테는 일단 설명하는 대신 이쪽으로 몸을 굽혔다.

"실례하겠습니다."

"아, 잠깐. 잠시만요."

나는 아이를 들어 올리려는 로테를 저지했다.

"제가 들게요."

"예?"

"보시다시피. 여기."

나는 내 옷자락을 꼬옥 쥔 아이의 손을 보여 주었다.

"억지로 떼어내면 깨어날 것 같아서요. 일단 잠든 걸 봐서는 억지로 깨면 좋지 않을 것 같은데."

"……그건 그렇습니다."

로테는 억지로 수긍하긴 했으나 '네가 감히 우리 완벽하신 각하를 안아 올린다고?' 하는 못마땅한 기색이 가득했다. 결국, 나는 절대 떨어뜨리지 않겠다고 세 번은 다짐한 후에야 자리에서 일어났다.

……지독한 인간.

"생각 외로 가볍게 옮기시는군요. 조금 놀랐습니다."

"산, 아니, 시골에서 살다 보면 그래요. 돼지도 옮기는걸."

"……돼지 말씀이십니까?"

슬쩍 눈썹을 끌어 올린 로테가 내 팔을 쳐다보는 것 같았다. 나는 어깨를 한번 으쓱였다.

"거기다 만약에 제가 비틀거리거나 대공님을 떨어뜨리기라도 하면…… 로테 씨가 절대 그냥 있지 않으셨을 거잖아요?"

"그렇습니다."

……아니라고는 안 하네. 무섭게.

"있어서는 안 될 일이지만 말이지요."

"……네에."

있었다가는 가만두지 않겠다는 말로 들리는데요.

아무튼, 로테의 안내에 따라 소파에 눕힌 리녹을 쳐다봤다.

"여기 눕히면 될까요?"

아이의 손이 나를 붙잡고 있던지라 자연스럽게 그에게 무릎베개를 해주고 있었다.

"잠드셨으니까요. 침실까지는 조금 걸립니다. 게다가 지금은……이곳이 더 편하실 겁니다."

로테의 시선이 향한 곳을 바라보니 리녹이 보였다. 정확히는 몸을 둥글게 말아 아기처럼 잠에 빠진 리녹이.

"폭주 상태 직전까지 가신 뒤에는 기력이 부족해진 상태가 되십니다."

"그럼 약은……."

"앞서 말씀드렸지만 각하께서 드신 것은 마력을 강제로 진정시키는 약입니다."

로테는 리녹에게 시선을 떼어내지 않으며 말을 이었다.

"특히나 폭주 상태 직전까지 가신 상태에서 이 약을 드시면 강제로 진정상태, 즉 잠에 빠지시게 됩니다."

"그렇군요."

그럼 지친 데다가 약 때문에 잠이 든 거구나. 그런 것치고는 잠든 그의 표정이 평화로워 보여서 다행이라 생각했다.

로테처럼 리녹을 바라보다 문득 되물었다.

"이런 일이 자주 있었나요?"

"거의 없었다고 한다면 믿으시겠습니까?"

어느새 로테는 주홍빛이 뚝뚝 떨어지는 창문 앞에 서 있었다. 커튼을 치려던 생각이었던지 그의 단단한 손에 커튼이 쥐어 있었다.

"거의 없었다고 하기에는, 오늘 너무나 침착하셨던걸요."

"암살 시도를 말씀하시는 거라면 익숙한 일이긴 합니다. 그리고 오늘과 같은 폭주 직전의 각하는……."

그가 잠시 말을 끊고 나를 바라봤다.

"혹시 아십니까? 정말로 큰 재앙을 맞아본 이들일수록 큰 경각심을 가지게 된다는 것을."

"큰 경각심을 가질 일이 있었다는 건가요?"

"정확히는 3번 정도겠군요."

"3번?"

"예. 가장 큰 경우엔 서쪽 연무장이 사라졌습니다."

나는 조금 전 아이의 화와 함께 벽에 균열이 가고 모든 물건이 허공으로 떠오르던 순간을 떠올렸다. 책 속 폭주하던 그의 묘사와 일치하는 부분이 많았다. 단지 청년이냐, 아이냐의 차이였지만.

어느새 로테는 나를 알 수 없는 시선으로 응시하고 있었다.

"세 번. 3년간 단 세 번이었지만, 저희가 만반의 준비를 하게 되는 데에는 충분했습니다."

그러고는 그는 입을 꾹 다물었다가 절레절레 고개를 저었다. 더는 말을 하고 싶지 않은 사람처럼.

"아가씨께서는 어찌하고 싶으신 건가요?"

"네?"

로테는 냉정하지만 고요한 시선에 나를 담은 채 고개를 기울였다, 마치 가늠하듯이.

"대공가의 안주인이 되실 겁니까?"

허. 이 집안사람들은 깜빡이를 안 켜는 게 버릇인가? 생각지도 못하게 훅 들어온 직구에 정신을 차리지 못하던 나는 얼른 고개를 저었다.

"아니, 얘기가 이상한 곳으로 튀는 것 같아요. 대체 무슨 근거로."

"부집사가 제게 아가씨께서 각하의 벗은 몸을 보셨다고 전해 주더군요."

"……."

아니, 그 말에는 수많은 어폐가 있는데요. 리녹과 나의 일을 어디까지 다 아는지는 몰라도. 아니라고 말을 하려던 순간 로테가 빨랐다.

"각하께서는 혼전 순결주의자이십니다."

"농담이죠?"

"예, 농입니다."

……무슨 농을 이런 살벌한 얼굴로 해?

"하지만 각하께서는 이것만은 분명하신 분입니다. 한 번에 많은 것을 하지는 않는 분이라는 것. 아니, 오직 하나만을 보시지요."

"……."

그가 잠시 말을 끊더니 나를 지그시 응시했다, 무언가를 참듯이.

"아가씨께서는 각하가 성에 안 차십니까?"

"아니, 그런 말은 안……."

"각하께서 뭐가 모자라십니까."

순간 나는 마치 드라마 속 재벌가 아들과 만나던 신데렐라 주인공이 된 기분이었다. 어어. 이거, 까딱하면 물 싸대기를 맞을 것 같은데.

이글이글 타오르는 것 같은 로테의 시선에 침을 꿀꺽 삼켰다.

"각하께서는 매우 잘생기셨습니다."

"네."

"매우."

그건 나도 알죠. 일단 긍정했다.

"그건 저도 알아요."

"모르시는 것 같습니다."

"모를 리가 있어요?"

얼굴을 볼 때마다 눈이 부시다 못해 멀어버릴 것 같은데? 잘생겼다, 잘생겼다 매번 말하기 입 아파서 그렇지, 리녹은 표현할 길을 찾기 어려울 정도로 아름다운 사람이었다.

"저, 여태까지 대공님보다 잘생긴 사람은 본 적이 없어요."

"그건 당연한 일이라 생각됩니다."

"……네."

자신하는 저 남자 모습에 난 조금 시무룩해졌다. 만약 리녹이 연예인이고 팬이었다면 저 로테라는 팬의 텃새에 못 이겨 탈덕했을 것 같다. 그러시겠죠. 암요. 그의 틀린 말은 아니긴 하지만 끄덕이는 로테를 보자니 조금 어이없기도 했다.

"모쪼록 의견이 일치한다는 사실은 알아주세요."

"알겠습니다."

하지만, 로테의 정중한 얼굴은 수수께끼가 풀리지 않은 사람처럼 의문이 어려 있었다.

"재력과 정치력 권력 또한 엄청나십니다."

"네. 그렇죠."

"두뇌 능력도 뛰어나시고 현명하십니다."

"그럴 것 같아요."

"몸도 좋으십니다. 이미 보셨겠지만."

"그건 그⋯⋯. 아니, 잠깐만요."

하마터면 순순히 수긍할 뻔했네. 나는 이제는 결코 곱지 않은 시선으로 로테를 향했다.

"대체, 하고 싶으신 말이 뭔가요?"

그러자 로테가 관찰하는 것을 멈추고 전보다 진지하게 응해왔다.

"어린 각하는 그 누구의 말도 귀담아듣지 않으십니다."

잠시 리녹을 담던 그의 서늘한 시선이 오롯이 나를 향했다.

"사실 저 나이일 때 모습 그대로이시지요. 저 모습이실 때의 시절을 생각하면 당연한 일이기도 합니다. 그때의 각하께서는 언제나 쇠사슬에 묶여 매질을 당하시거나⋯⋯. 굶으셨을 테니까요."

담담한 음성이나 그의 표정은 전혀 덤덤하지 못했다.

"아가씨께서는 이제 유일하게 어린 각하를 움직이실 수 있는 분이십니다."

그는 "처음엔 반신반의했지만요." 하며 태연히 말을 이었으나, 결코 달갑잖은 눈빛이었다. 분해 보이기도 했다.

"어, 혹시 화가 나셨나요?"

"그렇지 않습니다. ⋯⋯이전까지 각하께서 가장 좋아하던 사람은 저였는데, 하는 생각을 했을 뿐이지요."

⋯⋯그게 화가 났다는 소리 아닌가요?

무어라 대꾸하기도 뭐한 상황이라 목을 살짝 긁었다.

"실례가 될지도 모르나, 사실 그대로 나열하겠습니다."

그사이 잠시 숨을 내쉬던 로테가 돌연 말을 이었다.

"보통 정략결혼에 익숙한 귀족 자제들께서는 이런 기회를 놓치지 않을 겁니다. 부족할 것 없는 이베르크 대공가, 영웅의 이름 하나로 설명이 필요 없는 대공의 구애라면 말입니다."

"저는 작위 하나 없는 평민인걸요."

"예. 더구나 물질적인 욕심이 없으시지요. 만약 있으셨다면 3년 전에 이미 이곳에 오셨을 테니까요. 보상을 받기 위해서라도."

"말씀하신 것처럼 제가 그런 사람이 아니란 것을 잘 알고 계시네요."

리녹을 데려온 것은 언니였을뿐더러, 설령 그를 데려온 게 나였더라도 그를 입혀주고 먹여준 데에 대한 대가를 받진 않았을 거다.

"그러니 저는 의문이 생길 수밖에 없습니다."

나직한 말이 귀에 달라붙었다.

"아가씨께서는 어째서 일 년 가까이 돌보았던 사람을 그대로 두고 떠나셨으며, 각하의 탄신일에도 벗어나려 하셨습니까?"

로테는 왜 그렇게 기를 쓰고 도망가려 했느냐고 묻고 있었다.

"아가씨께서 인정하신 대로, 각하께선 모난 것은 하나 없으신 훌륭한 분이십니다."

리녹의 마음을 알면서 모른 척 받아줄 생각은 없느냐고 함께 물은 걸까.

"아니면 저주와 같은 마법 때문입니까?"

"아뇨. 그건 아니에요."

어째서인지 로테는 리녹과 같은 얘기를 한다. 충성스러운 주종관계라 생각도 비슷한 걸까. 리녹의 마법은 내게 아무 생각도 일으키지 않는데, 이와 달리 리녹과 주변인들에게는 아닌 모양이다.

하기야 원작에서도 이 비밀을 최대한 숨기기 위해 리녹은 마법이 없는 낮에만 활동했고 위험한 곳에 마물을 토벌하러 갈 때도 측근 기사단과 다녀야 했다. 그가 영웅이란 이름을 얻기까지는 이런 장애를 감수했어야 했다.

불편은 때로 불쾌를 야기한다.

"그것만은 절대 아니에요. 제 모든 걸고 맹세해요."

정중하지만 서늘한 로테의 태도에 맞춰 나 또한 담담하게 답했다.

"그럼 어째서 벗어나려 하셨습니까?"

"음......"

당연히 리녹의 마법 때문이다. 그가 바라고 바라마지않는 마법의 해주. 그건 이 세상에서 오직 유일하게 세레나만이 할 수 있다. 드래곤이 나타나도 풀지 못하리라던 마법을 풀어내는 뛰어난 대마법사. 이 점이 주인공 세레나의 유일성을 돋보이게 만들었지. 하지만 이를 로테에게 털어놓을 수 있을 리 없다. 털어놓아도 믿을 수 있을지도 의문이고.

"만약 제가 이유를 말씀드린다면 로테 씨는 대공님께 말씀하실 거죠?"

리녹은 세레나를 사랑하지 않는다. 하지만 그렇다고 세레나만이 마법을 풀어줄 수 있단 사실이 바뀌지는 않았다.

책 속 세레나는 쉽게 사람을 옆에 두지 않는 성격이었다. 어린 시절 마탑에서 상처를 받은 일로 곁에 사람을 잘 두지 않았다. 그렇기에 리녹의 자리가 더욱 빛이 났던 거지만.

사람을 잘 곁에 두지 않던 세레나가 리녹과 함께 퍼레이드를 다녔다. 이는 적어도 세레나에게 리녹은 의미 있는 이라는 소리다. 마탑에서 세레나는 감정에 있어서만큼은 쉽게 질투하는 솔직한 사람이었다.

"죄송한 말씀이나, 말을 드리지 않을 수는 없습니다."

"네. 아무래도 그렇죠. 음⋯⋯. 로테 씨는 탄신일에 저를 도와주셨기도 하고 솔직히 말씀드리고 싶긴 하거든요."

"원하신다면 말씀드리는 날을 늦출 수는 있습니다."

"네?"

뜻밖의 말에 고개를 돌렸다.

"아가씨께서는 각하께 꽤나 중요한 사람이 되셨습니다. 그런 분의 사정이나 이유를 알아두는 것도 제 역할이리라 생각합니다."

로테가 제 가슴을 짚었다.

"그러니 원하신다면 오늘 들은 얘기를 한 달 뒤에 각하께 말씀드리면 어떻습니까?"

나는 눈을 끔뻑였다. 한 달 뒤. 세레나가 대공저에 오는 날이자, 나와 리녹의 내기가 끝나는 날이다.

"⋯⋯좋아요."

어째서인지 깊은 뜻은 알 수 없지만 나는 로테의 생각지 못한 태도에 만족하기로 했다. 고개를 내려 곤히 잠든 아이를 바라본 나는 살짝 숨을 내쉬었다.

"음, 어떻게 얘기할까. 로테 씨, 만약 대공님의 마법을 풀 수 있다면⋯⋯. 이건 대공님께 아주아주 중요한 일이겠죠?"

"당연한 일입니다."

그는 살짝 미간을 찌푸리면서도 끄덕였다.

"제게도 그런⋯⋯ 그 비슷한 소임이 있어요."

"꼭 해야 하실 일이 있다는 말씀입니까? 어떤 일인지 여쭤도 되는지요."

"음, 정확하게는 말씀드릴 수 없어요. 하지만 이를테면요, 이런 느낌이에요. 제 심장에 폭탄, 아니, 나쁜 주문이 걸려 있어요. 발동하면 심장이 멈추는 주문이.”

나는 가슴을 가리키며 말했다.

“이 주문은 태어날 때 새겨졌지만, 언제 발동할지는 몰라요. 아무것도 하지 않고 있을 수는 없겠죠? 그러니 제 심장을 위해서 저는 노력해야 한다는 거죠.”

“밤의 숲에 거주하고 있으시던 것이나, 각하를 급히 떠나려 했던 것도 이와 관련된 일입니까?”

“네. 저는 직접 움직여서 할 일이 있거든요.”

사실 이건 리녹의 얘기다. 태어나면서부터 얻게 된 폭탄 같은 마법과 떼어내기 위한 끊임없는 고뇌.

“당장 움직여도 모자랄 일이라는 거죠.”

“그럼에도 각하께 기회를 드린 거란 말씀이신지요?”

“그렇게는 말하지 않았어요.”

헛웃음을 지은 나는 이내 심장 부근을 콕콕 두드렸다.

“어쨌거나 제 심장으로 빗댈 만큼 중요한 일이 있다는 거죠. 목숨이 달렸어요.”

원작에서 예정된 ‘폭주’. 리녹이 마법을 풀지 않고 그 폭주를 맞이하면 목숨을 잃을지도 몰랐다. 세레나가 마법을 빨리 풀지 않았다면 당신 죽었을지도 모른다고, 직접 표현했으니까.

나름 가볍게 말하려 했지만 진지한 표정만은 잘 전달된 모양이었다.

“……알겠습니다.”

“어?”

놀란 듯 로테를 쳐다보자, 그가 왜 그러냐는 듯 눈썹을 움직였다.

"아…… 아뇨. 쉽게 수긍하신다 싶어서요."

"거짓을 말씀하셨습니까?"

"아뇨. 그건 아니지만요."

잠자코 침묵하던 로테는 문득 시선을 들어 올렸다. 안경알이 빛을 반사했다.

"각하의 존함이 아닌 이름을 부르는 것은 또한 여기 머무르지 않으시겠다는 뜻입니까?"

"……."

"알겠습니다."

내 표정에서 무엇을 본 건지 로테는 그렇습니까, 되묻고는 뒤로 물러났다. 조금 전까지 집요하게 잠든 리녹을 보던 시선은 온데간데 없었다.

"저는 잠시 자리를 비우겠습니다."

"네?"

나는 놀라서 반문했다. 그러나 로테는 아랑곳없이 태연한 낯빛이었다.

"원래 낮에는 제가 대리로 정리하나, 모종의 일로 미뤄진지라 실례지만 업무를 해야 할 듯합니다."

나는 얼떨떨하게 고개를 주억였다. 뭐야. 끝이라고? 이대로 납득한 거야? 정말? 리녹과 관련된 일이라면 세계 끝까지라도 쫓아가서 끝을 보는 인물일 텐데. 괜히 덕후, 내지는 광팬이라 불린 게 아니다. 지금까지의 로테의 태도를 생각하면 너무 쉽게 물러나서 찝찝함이 들 정도였다.

"조금 뒤에 뵙겠습니다."

하나 무어라 하기도 전에 로테가 물러가 버렸다. 달칵. 닫힌 문을 바라보며 참았던 한숨을 내쉬었다. 일이 너무 다닥다닥 한 번에 터져서 생각할 새도 없었네. 뺨을 긁적이던 나는 슬그머니 리녹에게 손을 내려놓았다.

'부드럽네.'

아이의 머리칼은 3년 전과 다름없이 솜털처럼 폭신하고 보드라웠다.

"넌 왜 이리 겪은 게 많아? 힘들게……."

나도 모르게 안타까움을 담아 중얼거렸다.

"그때의 각하께서는 언제나 쇠사슬에 묶여 매질을 당하시거나……. 굶으셨을 테니까요"

모르진 않았는데, 직접 듣는 건 또 다르구나. 나는 눈을 감았다.

"네가 안쓰럽고, 안타까워 난."

그래서 더욱 네가 마법을 푸는 데에 집요하게 구는 건지도 모르겠어. 아니었다면 이 좋은 곳에서 귀여운 소년과 멋진 대공님이랑 한 번 살아봄직도 한데. 괜히 실없는 생각을 하며 피시식 웃었다.

살짝 눈을 뜨면, 노란빛으로 물든 태양이 발끝에서 머물렀고, 커튼의 그림자가 가지처럼 흔들거리고 있었다. 온도가 따뜻한 데다 소파가 아늑했기 때문일까. 눈을 비볐다. 그러나 비벼도 눈이 스르륵 감겼다. 그리고 보니 요 며칠 신경 쓸 일이 많기는 많았다. 편안히 잠들 수 없긴 했지. 그러니.

'조금만……'

한낮, 3시쯤 되었을까. 그렇게 붙잡을 새도 없이 나는 때아닌 잠에 잠겨 들었다.

'리녹이 깰 때까지는 괜찮겠지?'

태양이 세상을 주홍빛으로 물들였다. 석양이 뉘엿뉘엿 서산으로 넘어가기를 준비 중이었다.

곧 해가 지겠다 싶을 무렵, 리녹은 부스스 눈을 떴다.

"기침하셨습니까, 각하."

아이가 자신의 눈을 비비적 비볐다. 곧 선명한 자색 눈동자가 드러나고, 그 속에 빈틈없이 곧추선 수하가 담겼다.

대답하는 대신 창문을 한번 바라본 아이는 다시 고개를 돌렸다. 그는 하늘을 가늠하고, 자신의 시간이 얼마 남지 않았음을 알았다.

"5시 20분. 곧 해가 질 시각입니다."

로테가 눈치를 채고는 정중하게 전달했다. 필요로 하기 전에 먼저 준비하는 것이 그의 일이었으니 말이다.

아이의 눈이 데구루루 굴러 로테를 바라봤다. 깨끗하게 닦아놓은 보석처럼 반짝이는 눈동자였다. 그 안으로 석양이 일렁거렸다.

"못마땅한 얼굴이십니다."

"……."

"낮잠을 주무신 것이 싫으십니까?"

아이의 표정 없는 낯이 창문 너머를 집요하게 향했지만 로테는 아랑곳하지 않았다. 어떤 반응도 하지 않는 어린 주인은 익숙했던 탓이다.

'과거를 생각하면 당연한 일이지.'

리녹의 저주와 같은 마법이 발현한 것은 그가 그의 아버지를 죽인

뒤였다. 고로 주인의 낮의 모습은 오래전 어렸던 그의 모습 그대로
를 반영한다. 그러니 저런 모습일 수밖에.

오히려 놀라운 것은…… 저 아가씨 앞에서의 모습일 터였다. 그만
큼 어린 주인은 지난 시간 동안 대공저에서는 감정의 터럭을 좀처럼
보이지 않았다. 사라졌나 싶을 정도로.

다만, 때때로 한 가지 분노만은 선명하게 드러냈다. 하지만 중요
한 것은 여기 있지 않다.

"명하신 대로 아가씨께서 직접 목도하시기 전까지 아무것도 알려
드리지 않았습니다."

어린 주인은 로테에게 에이미가 직접 목격할 때까지, 그가 마력을
다루거나 감정에 따라 폭주할 수도 있다는 사실을 함구하게 했다.
물론 로테는 충실히 따랐다.

'아가씨가 저택에 있다는 걸 알고 바로 내린 명이 이런 것일 줄은
몰랐지만.'

로테는 주인이 아이 모습이든 청년 모습이든 그의 명은 한 점 불
복 없이 충실히 따랐다. 비단 로테뿐만 아니라 모든 대공저 수하가
그러하였다.

이후 로테의 보고에도 줄곧 침묵을 유지하던 어린 리녹이 문득 천
천히 입술을 열었다.

"헤트롯테."

낮의 어린 리녹과 밤의 리녹의 차이가 있다면 바로 낮의 어린 주
인만이 그를 정식 이름으로 부른다는 점이었다.

"……에이미가 싫다고 하지 않았어."

표정 없이 입술만 열어 보인 아이는 새하얀 도자기 인형처럼 보이

기도 했다. 이 세상의 것이 아닌 듯 황홀하면서도 사랑스러운 낯임
에도 변화가 없으니 당연했다.

그러나 곧 아이의 얼굴에 낯빛이 돌았다.

"에이미가 이상하다고 말하지 않았어."

몇 년 전 어린 리녹은 에이미가 사라진 상황에 적응하지 못하고
'폭주' 직전까지 간 일이 있었다. 그게 첫 번째였다. 그 당시 서쪽 연
무장을 사라지게 만든 그 일은 몇몇 사용인의 공포를 이끌어 내기도
했는데, 어린 리녹에게는 이것이 인상적으로 다가왔던 듯했다.

"······헤트롯테, 에이미도 나를 저렇게 볼까?"

아이가 표정 없이 중얼거렸지만, 그때 로테는 충격을 받은 사람에
게서 표정이 사라질 수도 있음을 알았다.

'하녀들이 비명을 지른 것처럼 그 아가씨도 그리 보리라 생각하신
것 같았지.'

석양에 물든 아이의 얼굴이 석양의 주홍빛처럼 발그레 물들었다.
그 변화를 목도한 로테는 놀람을 드러내지 않으려 애썼다.

"······기쁘시다니 저 또한 기쁜 일입니다."

로테가 정중히 아뢰었다.

"아울러 명하신 대로 각하의 폭주 직전까지 간 날에 자세히 어떤
일이 있는지에 대해서는 함구하였습니다."

로테는 갑자기 마무리를 짓는 자신을 보며 의아해하던 에이미의
얼굴이 스쳤다.

"자세히 알면, 싫어할지도 몰라."

그는 제 주인이 3년 전 숲속에서 어떤 시간을 보냈는지 알지 못했
다. 그러나 하나만은 분명했다. 에이미가 아는 주인의 모습과 원래

주인의 모습에는 약간의 괴리가 있다는 걸.

"*거슬려서 죽였습니다. 왜 죽이면 안 됩니까?*"

지금 어린 주인은 멀쩡한 새를 죽이고도 왜 안 되는 것인지 모르던 때와 같은 나이니 말이다.

"아가씨의 어떤 점이 좋으신 겁니까?"

아이가 갸웃했다. 무구한 얼굴은 그대로 기울어졌다.

"좋아하는데 왜 이유가 있어야 해?"

로테는 잠시, 기억을 되찾은 주인이 그럼에도 전과는 조금은 달라졌다는 것을 떠올렸다. 좋아한다는 것이 어떤 것인지, 그의 주인은 알지 못하던 사람이었다.

"헤트롯테."

맑고 청아한 목소리가 로테를 담았다. 그리 부르며 아이는 시선을 내렸다.

"나는 못된 아이가 되면 안 돼."

못된 아이라, 아이다운 말이었으나 이는 그가 원래 저택에서 하던 그대로의 모습을 말할 터였다.

"왜입니까?"

리녹은 너무나도 영리했다. 어린 나이에 홀로 지식을 깨우치고 아무도 지어주지 않던 제 이름을 홀로 지을 만큼.

"그럼 나를 보고 웃어주지 않을지도 몰라."

그리 말한 아이는 슬그머니 고개를 숙여 에이미에 팔에 기대어 눈을 감았다. 수줍게 달아오른 뺨은 주인을 다시 만난 강아지처럼 기쁨을 드러냈다.

'나쁜 짓은 안 돼.'

그러니, 에이미의 앞에서는 '아버지'에게 배운 것들을 자제하는 편이 좋을 것이다.

'그러니까, 나쁜 것들은 뒤에서 물리쳐 줄게, 에이미.'

아이는 결심했다.

"헤트롯테, 다음엔 침입자를……."

"뒤에서 처리하면 되겠습니까?"

"응. 안 보이게."

아이가 방긋 웃었다. 그리고―.

"확실하게."

"예. 알겠습니다."

MY SISTER PICKED UP THE MALE LEAD

늑대의 매듭

VIII

8

늑대의 매듭

낮이 완전히 기울었다.

아이의 몸에서 밝은 빛이 터져 나오는가 싶더니, 얼굴이 있던 자리에 커다란 손이 올라왔다. 로테가 슬쩍 창문을 응시하자, 태양은 서산으로 완벽히 넘어가 보이지 않게 된 후였다. 어느새 소파에는 팔다리가 길쭉해진 커다란 청년이 앉아 있었다. 밤의 리녹이었다.

"밤인가."

리녹이 표정 없이 읊조렸다. 얼굴을 쓸어내리는 리녹에게서는 밤에 군림하는 짐승과 같이 위험한 분위기가 풍겼다.

"예, 각하. 각하께서 원 나이로 돌아오시는 시간이시지요."

리녹에게 걸린 마법은 이베르크라는 이름에서 오는 것이다. 그러므로 이베르크 영지에서는 보다 철저히 시간이 지켜졌다.

지금처럼 말이다.

"……길었군."

리녹의 낮은 중얼거림에 로테는 눈을 살짝 찡그렸다. 보일 듯 말

듯 한 안경알 속 표정은 의아함이었다. 리녹은 그런 로테를 한번 보고는 바로 알아챘다.

"신기하다는 표정이군."

"아, 관리가 되지 않았습니까?"

로테가 고개를 꾸벅 숙였다. 흠잡을 데 없는 인사였다.

"죄송합니다. 한 번도 그런 말씀을 하지 않으셨으니 말입니다."

로테는 드러내지 않았으나 살짝 놀란 상태였다. 리녹은 저주에 가까운 마법에 대해서 어떤 불만도 보인 적이 없었으니 말이다.

물론 처음부터 이런 것은 아니다. 고대 마법이 발현되었던 날, 리녹은 사라진 낮에 대해서 끔찍하게 화를 내었다. 대공이면서도 이베르크란 이름을 좋아하지 않는 리녹이었다. 이름과 가문에 전승된 끔찍한 마법을 좋아할 수 있을 리 없었다. 하물며 그것이 차라리 저주가 나을 만큼 치명적인 마법이라면 더욱.

리녹이 살아온, 아니, 버텨온 나날은 결코 녹록지 않았다. 황실에 의해 강제로 마물이 득실거리는 곳에 보내져 마물을 베어 넘기기 시작했을 때부터, 마침내 어마어마한 위명을 손에 넣을 때까지도. 특히나 사촌이자 황태자인 탄시즈는 지금까지도 호시탐탐 기회를 노리고 있었다.

리녹은 인내하는 자였다. 냉정했고 냉혹했으며, 모든 것에 이성적인 사람이란 얘기다. 처음에 분노했던 고대 마법에도 얼마 가지 않아 적응했으며, 수단과 방법을 가리지 않고 마법을 풀거나 완화할 방법을 강구하면서도 절대 겉으로 티를 내지 않던 이였다.

그런 사람이 이렇게 고대 마법에 대해 아쉬운 소리를 한 것은 실로 드문 일이었다. 로테로서는 놀랄 수밖에.

곧 로테가 목을 가다듬었다.

"오늘 어린 각하와 아가씨께서 처음 마주하셨습니다."

"그렇겠지."

그 부분은 리녹으로서도 익히 예상하던 바였다.

"놀랐습니다. 사실, 각하께서도 낮의 각하께서 어떠한 일을 행하셨는지 익히 아실 겁니다."

밤의 리녹은 거대한 마력을 컨트롤 할 줄 알았으나, 낮의 어린 리녹은 달랐다. 어린 리녹은 이 마력을 감당할 수 없어 신경질적이고 본능에 가까운 행동을 하곤 했다.

"낮의 각하께서는 현재의 각하와 다르게 전혀, 누구도, 감히 앞을 막아서 말릴 수 없다는 점도 말입니다."

이런 점은 밤의 리녹 또한 아는 점이었고.

"그런데?"

"그런데 그분께서는 다르시더군요."

그분이라 말하는 로테의 시선은 곤히 잠든 에이미를 향했기에 리녹 또한 곧바로 알아들었다.

"덕분에 셰드 경과 저는 놀람을 감출 수가 없었습니다."

그 상황을 떠올려보던 로테가 턱을 만졌다.

"아, 베이커 씨는 수습하는 동안에도 턱이 빠져라 입을 벌리셨는데, 멍청한 표정이 볼만했습니다."

로테는 그리 말하며 오늘 에이미와 낮의 그에게 있었던 모든 일을 간략하게 말했다. 침입자 얘기에서는 리녹 또한 간략히 끄덕였다. 이 저택 이들에겐 익숙한 일이었다.

"이 밖에 각하의 현 상태에 대해서는 간소하게 말씀드린 참입니다. 아직 알려 드리지 않은 것이 있다면……."

"서쪽의 연무장."

"예. 삼 년 전에 어린 각하께서 반파하신 곳입니다. 그것과 관련된 얘기와 그리고."

"세레나 히아신스."

리녹의 지독히 낮은 음성에 로테가 잠시 움찔했다. 심기가 불편한 기색을 재빠르게 알아챈 탓이다.

"예. 그분에 대한 얘기도 아직 하지 않았군요."

리녹의 몸속에 내재된 거대한 마력은 시간이 지날수록 차차 커진다. 이는 '폭주'의 위험 또한 기하급수적으로 커진다는 얘기였다. 현재 리녹이 쉽사리 이 증상을 겪지 않는 데에는 세레나 히아신스가 만든 약 덕분이었다.

세레나 히아신스. 한미한 남작가의 딸로 마법적 재능이 뛰어나 여섯 살 나이로 첩실로 팔려갈 뻔했던 곤궁들을 벗어난 이였다. 대마법사에 근접했다 알려진 뛰어난 마법사.

그 이름을 입에 담은 리녹의 표정은 기묘했다. 리녹의 얼굴에 시시각각 스치는 편린들, 이를 한 발짝 먼저 알아챈 로테가 살짝 말을 돌렸다.

"각하, 외람되지만 아가씨는 이대로 여기서 재우면 되겠습니까?"

현재 에이미는 소파에 기댄 그대로 곤히 잠들어 있었는데, 어느새 리녹에게 그대로 기대어 있는 상태였다.

리녹은 마치 솜을 보듬듯 조심스러운 눈으로 그녀의 팔을 끌어안았다. 차마 제대로 붙잡지 못한 손가락은 마치 이 순간이 곧 사라질 것처럼 위태롭게 보이게 했다.

"자리가 불편하실 듯합니다."

그 순간 리녹의 눈동자에 빛이 일었다. 로테의 말은 뜻을 알 수 없는 리녹의 표정을 벗겨내고 그 위에 선명한 한기를 덧씌웠다.

"네가 신경 쓸 일은 아닐 텐데."

리녹의 눈에 품은 것은 짐승의 것인가 싶을 만치 날것에 가까웠다. 새파란 경고가 목 뒤를 찌릿하게 만들 정도로.

로테는 보이지 않게 혀를 차고 싶었다. 마치 잘 키운 자식을 어디서 나타났는지 모를 놈팡이가 홀랑 데려가면 이런 기분일까. 로테는 표정에 어떤 것도 드러내지 않으며 입을 뗐다.

"각하의 모든 말씀은 옳습니다. 다만, 이 저택에 머무는 객의 안위를 책임지는 총집사로서 예의상 여쭤본 말이었습니다."

로테가 그의 심기를 거스르지 않기 위해 정중히 고개를 숙였다.

"아시다시피, 각하께서 최고의 대우로도 모자랄 만큼 잘 대우하란 명을 주시지 않았습니까?"

로테의 말은 지당했다. 그에게 이런 명을 내린 이는 리녹이었으니 말이다. 더구나 로테가 개인적인 사감을 모두 숨기고 일에만 전념하도록 명을 내릴 수 있는 사람 역시 리녹 하나뿐이기도 했다.

"그리고 아가씨 머리카락 끝자락이라도 구경하겠다며, 망아지같이 날뛰는 기사단 작자들을 막아낸 사람이 누구겠습니까, 각하."

"……."

잠시 조용한 침묵이 흘렀다. 리녹의 살벌한 눈동자에는 오래 모신 로테마저 숨을 잠시 참게 하는 위압이 있었다.

"……베이커를 불러."

"알아주셔서 감사합니다, 각하."

칼침 대신 일침이라도 나오지 않을까 했더니.

로테는 그제야 잠시 참았던 숨을 토했다.

그러곤 품에서 자그만 보석을 꺼내 몇 번 두드렸고, 보석에서는 곧 찬란한 빛이 튀어나왔다. 어두웠던 방 안을 메우는 빛에 리녹의 손이 에이미의 눈을 가렸다. 그 모습에 로테는 보이지 않게 고개를 저었다. 역시, 그냥 애도 아니고 아끼던 자식을 **빼앗긴** 기분이다.

그러나 감상은 길지 않았는데, 바닥에 뚝 떨어진 이가 허리를 싸매며 신음을 흘렸기 때문이었다.

"아이고……. 이게 뭐야. 망할. 총집사! 보름 저녁에는 부르지 말라 하지 않았소!"

졸지에 책을 읽다 불려 나온 베이커가 제 허리를 마구 쓸어내렸다. 호출, 소환 마법이 걸린 보석은 불시에 그를 부르는 것이기에, 당연하겠지만 준비할 시간 따위는 없었다.

"어떡합니까? 아주, 너무, 매우. 급한 일이 있어서. 미안합니다."

"……전혀 미안하지 않은 얼굴로 그런 말은 집어치우쇼."

베이커가 이를 아득 갈았다. '그래, 얼마나 급한 일이기에 불렀나 한번 보자.'라는 마음으로 고개를 들었을 때였다.

"주, 주인님?"

리녹과 정면으로 시선이 마주친 베이커가 얼어붙었다. 그러나 아주 잠시였다. 베이커는 곧 특유의 능글능글한 성격답게 주변을 확인했다. 리녹에게 기대 잠든 에이미까지도.

그가 고개를 기울였다.

"아니, 좋은 시간 보내고 계셨습니까?"

그 말에 리녹이 눈을 살짝 찌푸렸다. 베이커는 순간 그가 실수라도 했나 싶었다. 베이커가 꿀꺽 침을 삼키는 동안 리녹은 느릿하게 머리를 움직였다.

"어때 보이지?"

비스듬하게 기울인 몸은 에이미가 더욱 편히 기댈 수 있게 움직인 것처럼도 보였다.

"예?"

"어때 보이냐고 물었다."

"아, 아! 아가씨와 주인님 말입니까?"

수하들은 리녹이 같은 말을 하는 것을 좋아하지 않음을 익히 잘 알았다. 눈치 빠른 베이커가 얼른 손을 들어 올렸다.

지금 리녹과 에이미의 모습이라, 솔직히 꾸며 말할 것도 없이 사이가 좋아 보였다.

"몹시도 사이가 좋아 보이는뎁쇼."

베이커는 꾸밈없이 말했다. 누구든 제 몸에 손 하나 대지 못 하게 하는 결벽에 가까운 주인이 몸을 내어준 데다가 저 아가씨는 몹시도 편히 색색 잠들지 않았던가. 특히나 에이미는 업어 가도 모르겠다 싶었다. 말소리에 깨지 않는 것이 신기할 정도였다.

"원래 그 뭐냐. 사람이 사람을 믿을 때는 먹을 것을 내주거나 그 앞에서 편히 잠들 때라 하지 않습니까."

이는 목숨이 경각에 매달린 기사 혹은 마법사라거나, 늘 암투에 신경을 기울이는 사교계 귀족들의 이야기였지만, 지적하는 사람은 없었다.

"그런 의미에서 아가씨는…… 매우 편히 잠드셨네요. 게다가 각하랑 아주 잘 어울립니다. 옷차림도 세트네요."

이 또한 사정을 아는 하녀장이 몰래 손을 쓴 것이었으나 베이커가 알 리도 없었다.

"……그런가?"

"암요. 우연히 옷차림이 비슷할 수 있다니. 저택에 옷이 몇 갭니까. 더구나 주인님께서 여성 옷을 얼마나 사재끼셨습니까."

"그건 그렇지."

"예. 암요. 암요. 안 그렇소, 총집사?"

"예. 돈지랄도 그런 돈지랄이 없었지요."

"돈지랄?"

"베이커가 이리 말하고 싶었던 모양입니다."

"허? 내가 언제! 미쳤소?"

베이커가 파드득 몸을 떨었다. 그러고는 얼른 고개를 휙 돌려 리녹만을 응시했다.

"큼흠흠. 어쨌거나! 아가씨께서는 편히 잠들다 못해 깊이 잠든 것 같습니다. 전쟁 통의 병사들이 전쟁이 끝나고서야 잠이 들듯, 안심하신 것이지 않겠습니까."

베이커의 말은 크게 틀리지는 않았다. 분명 에이미는 어린 리녹이 자신에게 해코지할 거라고는 생각도 못 할테니까. 다만 주체가 밤의 리녹이라면 그녀도 생각이 달랐겠지만.

"그나저나 이렇게 보니까 아가씨의 색이랑 주인님의 색이 잘 어울리긴 하군요."

베이커가 뺨을 긁적이면서 하는 말에 로테는 눈을 찌푸렸다. 로테에게는 베이커의 생각이 훤히 들여다보였고 한심하게 여겨졌다.

설마하니 로테의 그 멋지고 완벽하신 각하가 저런 성의 없고 속

보이는 말에 좋아할 리가.

"……그런가?"

……있었다.

로테의 평정심이 깨지고, 그는 어처구니없는 얼굴을 했다. 그사이 베이커가 열심히 끄덕였다.

"마법사는 거짓말을 거의 하지 않는 족속이지요."

마법 몇 방이면 우위가 갈리는데 뭐 하러 자기를 속이겠냐며 베이커가 신이 나서 말했다. 하지만 로테는 그런 것치고 베이커가 리녹이 무서워 말을 몇 번이고 바꾸는 것을 본 적 있었으나 굳이 말을 덧붙이지 않았다.

"그런가."

리녹이 고개를 돌리고 손등으로 제 뺨을 살짝 가렸다. 표정 없이 그러한 모습은 한 폭의 그림 같았다. 눈썹과 미간에 서린 냉혹함도 턱에 어린 날카로움도 그대로다. 다만 로테는 이를 바로 알아챘다.

부끄러워한다고? 그의 각하께서 말이다. 아니, 저 짐승 같은 덩치로 가당키나 한가. 로테는 살아생전 처음 겪는 일에 혼란을 느꼈다.

바로 그때, 리녹이 자리에서 일어났다.

"어디로 가시겠습니까, 각하?"

로테가 혼란을 가라앉히는 시간은 눈 깜빡이는 것보다 빨랐다.

"방으로 간다."

리녹이 눈짓하자, 베이커가 재빠르게 나섰다. 리녹이 그에게 신호를 보내는 데에는 그의 마법이 필요하다는 뜻이었으니까.

그런데 겨우 방으로 가는데 어찌 마법이 필요하단 말인가? 베이커뿐 아니라 로테 또한 의문이었다.

"저, 그런데, 각하. 마법을 쓰시는 것은."

그 의문은 리녹이 해결해주었다.

"걷는 동안 에이미가 깰지도 모른다."

수하 사이로 침묵이 내려앉았다. 베이커는 얌전히 마법진을 그렸다. 그래. 한 층만 내려가면 되지만 마력 낭비 좀 하면 어떤가. 돈지랄도 하시는 주인인데. 어쩐지 토를 달아서는 안 될 듯했다.

"곤히 잠들었으니."

역시 몇 번을 들어도 익숙해지지 않는 주인의 부드러운 목소리였으니 말이다.

마법진이 완성되기 직전 로테가 리녹에게 다가섰다.

"각하, 짧게 드릴 말씀이 있습니다."

듣고 있다는 듯, 리녹의 시선이 로테를 향했다.

"아가씨께서 이곳을 떠나시려 하는 이유."

"······이유가 있다?"

"예. 아가씨 심장에 문제가 있으신 모양이더군요."

로테가 자신의 심장을 가리켰다.

"······혹은 '심장에 문제가 있다'를 예로 드시더군요."

"심장?"

"예. 생명을 뜻하는 듯합니다."

리녹의 표정이 처음으로 굳었다.

"심장을 예로 들 만큼, 이에 준하는 아주 중요한 이유가 있으며, 그것도 움직여서 해야 할 일이라 하더군요. 더는 알지 못합니다."

리녹의 자색 시선이 로테를 오래도록 향했다. 발밑에서는 베이커가 그린 마법진이 일렁거렸다.

"에이미가 말을 하라 두진 않았을 터인데."

"예."

그가 고개를 까딱였다.

"그렇지만 각하께서는 납치범 아니십니까."

로테가 이 방에서 처음으로 웃었다. 눈과 입이 함께.

"그렇다면 수하인 저는 협잡꾼 정도는 되어야지요."

로테는 자신이 한 일이 나쁜 짓이라는 자각 정도는 있었다. 로테의 정중한 시선이 무례하지 않을 정도로만 에이미를 향했다.

그는 자신이 에이미의 말을 전혀 다르게 곡해했음을 모른 채 그녀를 관찰했다. 로테에게는 에이미가 그저 그런 나이대의 아가씨로만 보이지 않았다. 오늘 에이미와 많은 대화를 하며 묘하게도 그녀에게 뭔가가 있다는 기분이 들었다. 이는 그보다 감이 더욱 좋은 리녹이 잘 알리라.

로테는 완연히 저녁으로 물든 하늘을 바라보며 나가보겠다 말했다. 문이 닫히는 것과 함께 리녹의 시선은 에이미를 응시했다. 리녹은 가만히 생각했다. 무엇이 이 작은 머리 안에 있을까.

그러고 보니…… 처음부터 언니와 단둘이서 깊고 깊은 밤의 숲에 살던 에이미였다. 리녹의 눈에 자색 빛이 파도처럼 움직였다. 과연 젊고 어린 자매가 둘이서만 숲에서 살 이유란 무엇일까?

△

눈을 떴을 때, 깜깜한 하늘이 나를 반겼다.

'이렇게나 오래 잤나?'

누운 채로 눈을 비볐다. 그러고 보니 피곤하긴 했지. 신경 쓸 일은 많고 잠은 깊게 들지 못한 나날이었다. 어린 리녹을 보며 안심한 마음에 잠들었던 기억이 마지막이었는데…….

'잠깐.'

나는 얼굴을 확 들었다.

'왜 베개 위지? 분명 소파에서 잠들었는데?'

그렇게 고개를 들었을 때, 나는 비로소 방 안에 홀로 있지 않음을 알았다. 처음 보는 커다란 침대 옆, 문 옆으로 커다란 실루엣이 서 있었다. 리녹이었다. 나는 그와 눈을 마주친 순간 침을 꼴깍 삼켰다.

"에이미."

그 또한 나를 물끄러미 바라보는 것 같았다. 고개 숙여 나를 부르던 리녹이 한걸음, 두 걸음, 차차 가까워졌다. 그의 부름에 화답하듯 입을 열려다 나는 그대로 멈춰 버렸다. 리녹의 하얗고 탄탄한 몸이 그대로 보였다. 달빛이 번진 몸은 기억하는 것보다 훨씬 크고 탄탄했다.

"아니, 아니, 아니. 자, 잠깐. 왜 벗는 건데요?"

내 물음에 리녹이 그대로 자리에 섰다. 그러고는 나를 응시했다. 툭. 바닥으로 그의 셔츠가 떨어졌다. 새하얗고 완벽한 몸이 달빛에 번졌다.

"유혹하라고 하지 않았나."

나는 그대로 얼어붙었다.

"넌 내 몸을 좋아하니까."

……유혹이 이런 유혹이었어?

나는 가까스로 입을 뗐다.

"지금 무슨…… 저를 쓰……."

레기로 만드시나요. 여과 없이 튀어 나가려던 혀를 막았다. 일단 진정하자. 아니, 진정할 상황은 아니지만 침착하자.

이불을 꾹 잡았다. 눈앞에 별이 튀어 나갈 것 같았으나 흩어진 침착 조각들을 착착 그러모았다. 일단 리녹은 상체만 벗었을 뿐 아래까지 벗을 생각은 없어 보였다. 셔츠만 떨어트린 채 다가오려 하던 게 증거다. 아쉬운…… 것은 아니고. 아니 진짜 벗었다면 더욱 문제였겠지만.

나는 숨을 정돈했다.

"대공님은 저를 이상한 사람으로 보고 계세요."

"이상한 사람?"

"대공님 몸만 보고 좋아하는 것 같잖아요."

그가 고개를 기울였다.

"아닌가?"

……아니, 몸도 좋아하기는 한데. 그건 그만큼 선생님 몸이 좋아서, 가 아니라. 나는 얼른 고개를 저었다.

"당연하죠."

멈춰 섰던 리녹이 천천히 다가왔다. 그는 침대 끝에 걸터앉았다. 침대가 높은 편이건만 다리가 어찌나 긴지 한참이 남았다.

"방금 네 말에는 어폐가 있는데."

"어폐요? 어떤 어폐요?"

일단 그와 가까워진 것만으로 손안에 긴장감이 흘렀다. 일단은 눈에 해로웠다. 아주 많이.

"일단 넌 내 모습을 마음에 들어 하기는 했지. 낮이든 밤이든."

"……."

그건 그랬다. 책 속 묘사처럼 흠잡을 데 없는 외모에 감탄하기도 했고, 이를 리녹에게 전한 적도 있었으니까.

"그리고 넌 날 좋아하지 않아. 그렇지 않나?"

몸만 보고 좋아하는 것 같다는 말에 이렇게나 많은 뜻이 담겨 있는 줄은 나도 처음 알았다. 할 수 있는 말이 없어 열었던 입술을 닫았다. 지금 와서 언니가 리녹을 아꼈던 것처럼 나도 그러했다고 말한들 도움이 되지 않을 것 같으니까.

"일단 옷 입어요."

"……."

"어서."

리녹은 움직이지 않았다. 대신 알 수 없는 표정으로 나를 바라봤다. 나는 마주 보는 대신 자리에서 일어났다. 바닥에 떨어진 셔츠를 주운 나는 그대로 들고 리녹에게 다가갔다.

리녹은 어깨로 셔츠를 덮어주는 나를 물끄러미 바라보고 있었다. 조금은 황당한 표정이 섞여 있는 것 같았다.

"……내게 옷을 입혀준 건 네가 처음이군."

"그놈의 처음."

"뭐?"

"……아무 말도 안 했어요."

그놈의 처음.

이제 처음이란 단어만 들어도 숨을 참게 된단 말입니다.

나는 미간을 살짝 찌푸렸다. 차마 팔을 끼워줄 수는 없어서 어깨에만 살짝 덮어줬는데. ……어쩐 이쪽이 더 위험한 느낌이다. 왜, 그런 말이 있던데. 아주 생짜로 전부 보여 주는 것보다 보일 듯 말 듯 은밀한 쪽이 더 자극적일 때가 있다고.

"빨리 입어요. 얼른."

조금 전에도 말했지만, 리녹의 몸은 내가 보았던 때보다 더욱 크고 단단하며 탄탄해져 있었다. 그 짧은 새에 얼마나 봤겠느냐마는. 어쨌든 봐버렸다 이거지.

……눈이 가는 걸 어떡해. 이건 본능이다. 본능. 그렇게 열심히 중얼거렸다. 눈이 안 가게 하려 했으나 자꾸 가는 것도 문제다. 하는 수 없이 손을 들어 눈을 가리려고 할 때였다.

눈과 손 사이로 커다란 손이 끼어들었다. 그 손은 차마 나를 붙잡지는 못했지만 내 시야를 빼앗기에는 충분했다.

"……마음에 들지 않나?"

"네?"

리녹이 눈을 살짝 내리깔았다. 그의 상체가 살짝 기울어지고, 옷을 덮어주기 위해 내가 다가간 거리보다 가까워졌다. 그는 그대로 고개만 돌려 나를 향했다.

"몸을 정돈했다."

정돈했다니? 의미가 쉬이 짐작 가지 않아 눈썹을 팔자로 만들던 순간이었다.

"몸을 가꿨다는 얘기다."

"……예?"

가까워지는 거리도 신경 쓰지 않을 정도로 가벼운 충격이 머리로 떨어졌다. 몸을 가꿨다니. 여전히 말 그대로 이해되지 않았다.

"그러니까……. 근육을 키웠다는 말인가요?"

이두, 삼두를 만들고, 윗몸일으키기로 왕(王) 자를 만들고? 쉬이 상상 가지 않는 모습이다.

"아니다."

리녹은 고개를 저었다.

"네가 좋아하니까."

리녹의 손이 시트 위에 내려놓은 내 손 주변을 배회했다.

"흉터를 만들지 않으려 했다."

그는 담담히 말했다. 그 말에 나는 아, 하고 감탄사를 토했다. 린네에게 지나가는 말로 들은 적 있다. 이곳에서 미의 기준은 피부가 하얗고, 상처 없이 깨끗한 몸이라고. 가십지를 즐겨 읽는 린네의 말이니 맞을 것이다. 그게 남성에게도 해당하는 말이었구나 생각했지만.

그런데 리녹처럼 전쟁을 오가고 마물을 잡는 사람이 몸에 상처가 없을 수 있나? 고개를 갸웃했다.

"아니……. 대공님처럼 좋은 몸이시면 흉터 정도야."

이걸로도 땡큐 아닌가? 혹시 전장에서 누가 뭐라고 하기라도 했나 싶었다.

"누가 뭐라고 그래요?"

"그레이가 그러더군. 여성은 깨끗한 몸을 좋아한다고."

"대공님, 그 말요."

나는 깔끔하게 일렀다.

"무시하세요."

음, 기분이지만 그 깨끗함이 그 깨끗함이 아닌 것 같은데.

그레이와는 사실 잠깐 만난 사이였지만 그는 쓸데없는 말을 많이 하곤 했다. 9할 이상이 엉뚱한 말이라 해도 무방하지.

"아닌가?"

"……또 무슨 말을 하던가요?"

"여성은 몸이 크고 좋은 이를 선호한다고도 하더군."

그건 틀린 말이 아니긴 한데.

곰곰이 고민에 잠긴 내게 리녹이 물었다.

"너는 어떻지?"

"네?"

"네게 몸 좋은 남자가 나타난다면."

"저야 고…… 큼."

말하다 말고 난 얼른 입을 턱 가로막았다. 지나치게 진심이 담기면 곤란한 일이었다. 그러나 이미 늦은 뒤였다.

"마음에 드나?"

리녹이 나를 깊이 들여다보고 있었으니까.

"으음, 어, 그게."

아니. 내가 마음에 들어 해서 어쩔 건데. 당연하겠지만 복잡한 마음이 들었다. 어쨌거나 리녹의 몸에서 멀어지는 게 먼저였다.

"에이미."

"네?"

"붙잡아도 되겠나?"

"……제 대답도 아시겠죠?"

나는 살짝 붙잡힌 손을 바라봤다. 늘 느끼는 거지만 리녹은 나를 힘주어 잡지 않았다. 마치 잡으면 터질 듯 불면 날아갈 듯.

"잡고 나서 물어보는 것 아니라고 알려 드렸잖아요."

"그럼 어떡하면 될까."

"대공님?"

그의 손끝은 차가웠다. 리녹이 손끝으로 손바닥을 살살 문질렀다. 군은살로 간지러운 끄트머리에 기분이 이상했다.

"붙잡고 묻지 않으면, 너는 언제나 저만치 멀어지는데. 그리고 사라지는데."

"……."

"아니, 한 달이란 시간이라도. 감사해야 할 일인가."

그는 그리 말하고 손을 놓았다. 나는 그대로 어깨에 걸친 셔츠를 꿰입는 리녹을 바라봤다. 입술을 깨물었다가 한걸음 거리를 좁혔다.

"그런데요, 대공님. 여긴 어딘가요?"

"그거 아나, 에이미? 나를 아는 이들은 대부분 대공 전하, 혹은 대공 각하라 부르곤 한다."

"어…… 그래요?"

그가 살짝 고개만 숙여 다시 속삭였다.

"혹은 주인님이라 부른다."

"그렇게 불러 달라고 말씀하신 거예요?"

"말하면 해주려고?"

"설마요."

저기, 저 중 하나로 부르라고 한다면 절대 마지막 호칭은 못 부르겠는데요. 나는 끄덕였다.

"호칭 정리부터 해달라는 말씀이시죠?"

"그렇지 않다."

"그럼요?"

"네가 나를 부르는 말이."

그가 느리게 눈을 깜빡였다.

"내게 있어 처음으로 불리는 말이라는 것이지."

"……거짓말이죠?"

"어떨 것 같나."

거짓말이었으면 좋겠는데요. 떠올린 말을 토로하는 대신 시선을 흘렸다.

"그렇군요. 알아들었어요, 대공 각하."

"그 호칭은 안 된다."

"왜인가요?"

"로테가 나를 그리 부르니까. 같아선 곤란해."

"……그럼 대공 전하?"

"그것도 안 되겠군. 그리 부르는 자가 기 수백은 되니."

"……왜 안 되는데요?"

"싫으니까."

내 표정이 기묘해졌다. 만약 이것이 질투라고 할 수 있다면, 굉장히 신종 종류의 질투를 본 기분이다.

"누군가 너와 같이 부르면, 기분이 좋지 않을 것 같다."

나는 끄덕였다.

"네. 대공 각하."

"……고집이 세군."

내 고집도 고집이지만 리녹의 고집도 만만찮은 것 같긴 하다. 나로서는 3년이 지난 지금 그와 마주 보고 있을 거란 생각은 전혀 못 했으니까.

"그래서 여긴 어디인가요, 각하."

"내 침실이다."

"아, 네. 대공님 침실…… 예?"

깜짝 놀라 반문하는 내게 리녹은 내 손끝을 잡아 살짝 힘을 주었다가 놓았다.

"제가 왜 대공님, 아니 각하 침실에 있나요?"

"왜라니. 우리 내기가 그런 것이지 않던가?"

리녹이 눈을 깔며 나를 향했다. 일어난 그를 마주한 순간, 등이 절로 긴장되었다.

"넌 내게 너를 유혹하라 일렀고, 나는 유혹하는 역할이지."

시선을 피했지만, 아직 단추를 채우지 않아 리녹의 상체가 고스란히 보였다. 달빛에 녹아든 그의 몸은 마치 조각처럼 완벽했다. 내 손끝을 간질이던 그가 천천히 자신의 손을 들어 올렸다. 절로 내 손 또한 함께 들렸다.

"너는, 어떡하면 내게 넘어와 줄 텐가?"

단지 그의 상체가 기울여진 것만으로 우리 사이가 훨씬 가까워졌다.

"그, 그거야……. 각하가 하시기 나름…… 아닐까요?"

달빛이 녹아드는 상체를 보고 있노라면 눈을 질끈 감고 싶어졌다. 그러나 바로 앞의 눈동자가 나를 꽉 묶어놓은 듯 눈조차 움직일 수 없었다. 조용히 굴러가는 그의 눈동자가 꼭 보라색 보석 같았다.

"사실 흉터가 없지는 않다."

"네, 네, 네에?"

"피하고 피해 봤지만…… 안 되던 때도 있더군. 다친 것은 마물의 왕을 벨 때였다. 바로…… 여기."

"자, 자, 잠깐만! 손은, 손은 놓으시고요!"

선생님, 저는 그 널찍한 가슴에 손대고 싶지 않습니다. 선생님!

그러나 깜짝 놀라 힘주기도 전에 손끝으로 뭉툭한 부분이 느껴졌다. 등 뒤로 오싹 소름이 돋았다.

"여기. 그리고 여기지."

그의 손끝과 달리 살갖은 조금 뜨겁다 싶게 따뜻했다. 온몸이 달아오르는 기분이었다. 머릿속의 종이 땡그랑땡그랑 울렸다.

"또 하나는 허리에 있는 것 같군."

"아, 알았어요. 알았으니까, 각하."

"리녹."

"대공님! 대공님!"

다행스럽게도 그는 손을 떼어내 주었다. 나는 그가 의도한 바를 깨닫고 씨근덕거리며 살짝 노려보았다.

"……후. 후하. 제가 왜 대공님 침실에 있는지 알지 못하지만, 잠든 저를 직접 데려다주신 거죠?"

"그렇다."

잠들기 전에 마지막으로 본 것은 로테였다. 하긴 나를 탐탁지 않아 하는 로테가 나를 옮겼을 리는 없었다.

"그럴 것 같다 생각했어요. 일단 저 옮겨주신 건 감사드리고……. 전 이만 방으로 돌아갈게요."

"어디로 말인가?"

"……제 방으로요?"

"여기가 네 방이지 않나."

나는 찡그린 채로 고개를 갸웃했다.

"여긴 대공님 침실이라 말씀하셨잖아요?"

"네 침실이기도 하다, 에이미."

"아⋯⋯."

⋯⋯같이 방 쓰자는 말을 신박하게 하시네요.

"싫은가?"

믿을 수 없지만 리녹이 내 손을 잡은 채로 고개를 숙였다. 시선이 기울어진 모습이 어쩐지 처지고 침울한 모습이라 믿기지 않았다. 냉정하던 모습은 어디 가고 웬 커다란 짐승이 눈앞에 있었으니까.

"시, 싫고 말고를 떠나서 잠은 따로 자야죠."

"밖은 위험하다."

그는 고개를 숙여 나를 마주한 그대로 말했다. 한없이 진중한 얼굴이었다.

"로테에게서 오늘 일을 전해 들었다."

"습격 말인가요?"

"이곳은 이러한 일이 심심찮게 일어난다. 너를 홀로 두었다가 다칠 위험이 있다."

확실히 그가 말한 대로였다. 처음 식당에서 침입자가 있단 얘기를 들었을 때는 그저 흘려들었지만, 실제로 보았더니 아니란 말이 나오지 않았다.

그의 말을 되새기던 나는 문득 이상한 점을 느끼고 고개를 들었다. 잠시만.

"대공님, 혹시 낮의 일을 기억하지 못하세요?"

로테에게 들었다니. 나는 당연히 리녹이 낮의 일을 기억해서 말하는 것이라 생각했다.

"그렇다. 너와 있을 때와 다르지 않은 점이 있다면 그 점이겠군."

이상했다. 이즈음에는 리녹이 낮의 자신이 하는 일들을 기억하는 시점인데? 이 또한 원작이 틀어져서 일어난 일일까. 본래는 원작에서 세레나로 인해 낮도 기억하게 되었으니.

일단 이는 나중에 고민하기로 하고 고개를 살짝 저었다.

"안전하기 때문에 대공님과 침실을 같이 쓴다고요?"

"그렇다."

이제 와서 대체 이 위험천만한 저택에 왜 나를 데려왔느냐는 말은 나오지 않았다. 이미 일어난 일이고. 앞으로 한 달을 도모하는 쪽이 나으니까. 이건 언니의 영향이다. 언니는 항상 직면한 위기부터 마주하라고 했다.

"꼭 대공님과 침실을 쓰지 않아도 안전한 방법은 있을 것 같은데요."

혹시나 싶어서 말해봤다. 리녹이 움찔한 것도 같았다. 나는 놓치지 않았다.

"있죠?"

"……."

"있잖아요."

"……네 방과 테라스에 대공가 기사단으로 가득 채우는 쪽이 될 텐데. 네가 괜찮다면 그리하지."

전혀 동의하지 못한 표정으로 리녹이 말했다.

다시 말해 밖으로 오가는 통로에 감시자 겸 보호자로 가득 채운다는 건가? 상상해 보자 그리 유쾌한 광경은 아니었다. 더구나 대공가 기사단이라 하면……. 그레이와 마찬가지로 조연 인물들이 많다.

나는 한숨을 살짝 쉬었다. 원작에 나오는 이들과 더는 엮여선 곤란하다. 이미 엮여서 이 곤란을 치르고 있지 않은가.

"알았어요. 알았으니, 불쌍한 얼굴은 그만하세요."

"불쌍한 얼굴?"

"지금 그 얼굴이요."

리녹이 자신의 뺨을 만졌다.

"……어울리지 않았나?"

"아뇨. 너무 어울려서 탈이에요."

사실 리녹과 같은 미모라면 어울리지 않는 것을 찾기가 어려울 거다. 아마 혐오하거나 질색하는 얼굴도 거짓말처럼 어울릴 것 같은데. '미남 이즈 뭔들'이라고, 저 얼굴에는 뭐든 옳으니까 말이다.

나는 다른 손으로 리녹의 손을 슬쩍 떼어내고 뒤로 물러났다. 그런데 나를 따라 상체를 세운 리녹이 같이 다가왔다. 물러난 만큼 채우니 거리가 좀처럼 멀어지지 않았다.

"왜, 왜, 다가오세요?"

"그거야, 같은 방을 쓰지 않나."

리녹이 모르겠다는 표정으로 낯을 돌렸다.

"아니, 그건 그런데요. 그게 이렇게 가까울 필요는……."

나는 마침내 멈춰 섰다. 무릎 뒤로 부드러운 시트가 느껴졌다. 침이 절로 꼴딱 넘어간다.

"……가까우면 안 되나?"

뒤는 침대였으며 앞은 리녹의 몸이었다. 심지어 단추도 아직 채채우지 못한 반라.

"그 밤 이후 온종일 너를 보기만 기다렸는데."

파들파들 떨리는 손을 꽉 쥔 나는 그대로 들어 올렸다. 내 손이 향한 곳은 그의 단추였다. 리녹은 아래에서부터 단추를 채우려 낑낑대는 나를 물끄러미 보는 것 같았다.

"에이미."

"……드, 듣고 있어요."

"우리 사이에는 정해야 할 규칙이 필요할 것 같군."

그리고 그의 손에 내 손이 덥석 쥐였다. 리녹이 상체를 숙여 들어
올려진 손을 얼굴로 가져갔다. 그는 그대로 내 손목에 입술을 가져
다 댔다. 푹신한 듯 딱지가 느껴지는 거친 입술, 그가 눈만 들어 나
를 응시했다.

마치 사냥감을 발견했으나 아직은 길들여진 짐승처럼.

"유혹은, 어디까지 허용되지?"

"……네?"

더듬고 싶지 않았다. 떨고 싶지도 않았다. 그러나 참아 봐도 말을
더듬고, 손끝이 파들거리며 떨리는 것이 그에게 고스란히 전해졌을
것이다.

상황이 그랬다. 이런 상황에서 숨을 삼키지 않을 사람이 어디 있
을까. 낭떠러지에 선 듯 아슬아슬하며 위태로운 감각이 등줄기에 매
달렸다. 번지점프와 비슷하면서도 다른 긴장감이 날숨에 섞인다.

도통 적응되지 않았다. 리녹은 책 속과 같으면서 또 달랐다. 나는
조금 전 침울해하거나 혹은 엉뚱한 소리를 하는 리녹을 알지 못했으
나 때때로 로테와 대화할 때 차가워지는 눈빛을 알았다. 리녹의 수
하들이 섬기는 리녹은 내가 아는 모습 그대로였다. 그리고 나를 숲
에서 저택으로 데려가던 모습 또한.

익히 알던 모습에 섞인 생소한 모습은 꼭 튼튼한 돌다리 사이에
새로 섞인 돌 같았다. 나는 이걸 밟아도 될지 확신할 수 없었다.

'……침묵이 어색해.'

이런 긴장감 또한 마찬가지였다. 사실 나는 당신과 이런 줄다리기를 하는 사람이 아닌데. 어디까지가 괜찮고 어디까지 단호하게 선을 그을지 자신할 수 없었다.

그랬다. 나는 이미 쓰여진 책은 이토록 쉽게 바꿔냈으면서 알지 못하는 일에는 발 들이기 힘들어했다. 이래서 나는 당신이 행복해질 때까지 보고 싶지 않았던 것인데. 나는 내기를 말하면서 고민하고 수어 번 생각했었다.

"에이미."

"……똑똑히 들었어요."

"들었다면."

리녹이 살짝 입술을 움직였다. 그의 날숨이 핏줄을 스쳤다.

"어디까지가 좋을지, 말해 주지 않겠나."

이어 손목의 여린 살로 아랫입술이 고스란히 느껴졌다.

"생각, 생각 중이니까. 가만히…… 웃."

"에이미."

그의 혀가 움직이고 하얀 이가 보일 때마다 그가 나를 깨물 것 같은 착각이 일 정도였다.

"이건 어떤가."

곧 그의 혀가 살살 구르며 아래로 향했다. 손끝에서 그의 입술이 살짝 멈췄다.

"이건?"

멈춘 그대로 입술만 연 그가 아프지 않게 내 손끝을 깨물었다. 뭉툭한 자극에 나는 입술을 꾹 깨물었다.

"뭐, 뭐 하시는…… 거예요. 그만!"

"네게 예시를 주지 않았나."

"……읏, 예시?"

리녹의 숨결이 손가락과 손가락을 덥히자, 참을 수 없는 간지러움이 느껴졌다. 사실 나는 3년 전 리녹과 함께하며 내가 간지러움에 얼마나 약한지 느낀 바가 있었는데, 이 순간 잊고 있던 사실을 고스란히 되새겼다.

"어디서부터, 어디까지."

"……."

"유혹이란 너를 온전히 내게 빠지게 하는 과정이고, 결과이지 않나?"

"그건, 그런데. 그…… 래서요?"

"너는 이미 내 외양을 마음에 들어 한 기억이 있으니, 그 기억을 살려 유혹하는 것이 옳지 않겠나."

나는 환생하기 전 이미 삶을 살아본 적 있다. 리녹을 만났던 날 어린 나이였더라도 마음만은 어리지 않았다는 얘기. 그렇기에 가끔은 그에게 부끄러움 없이 솔직한 감탄을 토해낸 적 있었다.

그것을 리녹은 어떻게 받아들인 걸까.

"사람을 좋아하는 데에는 외양이 전부만은 아니에요."

"그렇겠지. 하지만 에이미, 너를 좋아하기 전이나 좋아하고 난 후나. 내게는 네가 제일 아름다운 사람이었다면."

"……."

너무 뜬금없는 고백이라는 생각이 들었다. 그의 고백이 뜬금없다는 것이 아니라 그에게서 나온 표현들이.

"저는 그 정도로 아름답지 않아요."

나를 비하하고자 하는 것은 아니고, 나에게도 자기애 정도는 있지만 동시에 객관적인 눈도 존재한다. 우리 언니가 얼마나 예쁜데. 남주의 첫사랑이란 타이틀 안에는 어마어마한 미모도 포함되어 있었지. 거기다 세레나는 어떤가. 하지만 이미 세레나를 만난 리녹에게 통할 말은 아닐 것 같았다.

나는 가만히 고개를 저었다.

다시 생각해 보세요, 선생님. 그거 콩깍지야.

"콩깍지라고 아세요?"

"모른다. 알아야 하나?"

"그런 것 아니지만요."

"말을 잘할 줄 아는 재주는 없다."

리녹은 하지만 하고 덤덤하게 바닥을 내려다보던 나와 눈을 마주쳤다.

"너는 지금도 내 세상에서 제일 아름답다, 에이미."

입이 저절로 벌어졌다. 그의 말은 늘 투박했다. 투박함 속에 콱콱 들이찬 직구가 사람을 얼얼하게 때렸지.

이 깜빡이 없는 사람 같으니.

아주 잠깐 위험하다 생각했다. 나른하고 낮은 음성으로 쏟아지는 말은 자칫 정신을 놓겠다 싶을 정도로 달큼하게 쏟아졌으니까.

손끝을 입에 물던 리녹에게서 내 손가락이 언제 빠졌는지 모를 일이었다. 적어도 그럴 정도로 그의 얼굴에 혼을 뺐다는 거겠다. 하지만 나를 오롯이 응시하는 리녹의 얼굴은 그만한 파급력이 있었다.

채우지 못한 단추 아래로 드러난 탄탄한 가슴팍과 골이 팬 가슴, 도드라진 어깨와 흐트러진 머리칼. 그리고 그 아래 나른하게 뜨인 눈까지. 와, 이거 자칫하면 넋 빼놓고 입술도 내어주겠다.

뭐, 사실 리녹의 얼굴에 반쯤 시선을 빼앗기기도 했다. 정신을 차린 지금에도.

"대공님은, 말을 잘 못하신다고 했지만, 아닌 것 같아요. 사람 정신을 빼놓는 재주가 있으세요."

"……그런가."

"네. 아주 많이요. 사실 지금도 가까이 오지 않으셨으면 웃."

맨살에 손이 스치는 바람에 말이 끊겼다. 그만큼 리녹이 가까워진 탓이다. 동시에 그의 얼굴 또한 크게 보이기 시작했다.

"기분 좋은 얘기군."

"……기분 좋으라 한 말이 아니……."

"그래도. 좋아."

"……."

나는 그대로 리녹의 얼굴을 막았다. 정확히는 숨결이 느껴지는 그의 입술을 손바닥으로 가렸다. 리녹은 내 손에도 눈을 느릿하게 움직일 뿐이었다.

"……입술은 안 돼요."

그는 모르겠다는 듯 고개를 기울였다.

"그게…… 네가 정해주는 범위이고, 선인가?"

달빛이 묻어난 그의 시선이 나를 가늠하듯 가만히 담았다. 그가 말을 할 때마다 날숨이 손바닥에 닿았다. 침이 바싹 말랐다. 아니, 목이 말랐다.

"……그냥 제게 아예 손을 대지 않으시는 건 어때요?"

"그건 안 된다."

리녹이 딱 잘라 말했다. 예상했지만 더욱 단호한 답변이었다.

"허락을 받아 움직이는 것도 안 되나?"

"허락과 동시에 움직이는 건 허락이라고 안 하는데요. 보통."

"······나를 말려 죽일 생각인가?"

리녹이 가벼이 한숨을 쉬더니 자신의 입을 막은 내 손을 살살 떼어냈다.

"에이미, 잊었나. 나는 굳이 이런 내기를 하지 않아도 될 입장이다."

"지금 내기를 취소하면요?"

"너를 내내 쫓아 구애하겠지. 더는 네 모습이 내 눈에 보이지 않는 건 견딜 수 없으니."

보통 그런 걸 스토커라 부르던데요. 남자 주인공이 범죄자가 되도록 그냥 두지 않을 거지만, 엄연한 사실이므로 정정해 주었다. 물론 무서웠으므로 속으로만.

사실 도망에는 자신 있다. 이번만 해도 내가 마을로 내려가지 않았다면 리녹과 만날 일은 없었을 테니까. 하지만 이대로 그만둬서, 리녹이 정말 나만 쫓아다닌다면? 그렇게 되면 리녹의 마법이 풀릴 일은 영영 요원하다. 적어도 내가 계획한 것은 이게 아니니까.

"그렇죠. 이미 납치범이시니까."

"······그래. 나는 나쁜 사람이군. 이미."

"그······ 렇죠?"

"이미 늦은 거군······. 그런 건가."

"아니. 그렇다고 시무룩하지는 마시고요."

아니, 근데 요상하긴 했다. 리녹이 내게 구애하는 입장인데, 왜 내가 쩔쩔매고 있는 거지?

우습게도 결국 나는 리녹과 이런저런 내기 조건을 걸고 말았다.
이 우습지도 않은 유혹의 범위 조건이란 것을 말이다.

"살면서 이렇게 이상한 내기는 처음이자 마지막일 거예요."

"마지막이어야 하지."

"네?"

리녹은 더는 말하지 않았다. 대신 얼굴이 가까운 그 상태에서 손
만 들어 올려 내 손에 입을 맞췄다.

"조건은 반드시 지키겠다."

……어찌저찌 입술을 지켰는데, 말이지. 앞으로 괜찮은 걸까.

나는 리녹이 보거나 말거나 아랑곳하지 않고 얼굴을 비볐다. 리녹
이 내 손을 붙잡아 왜 그러냐고 물을 때까지.

선생님 때문에 심란해서 이럽니다. 우리 언니는 내가 이러고 다닐
줄 상상도 못 할 텐데요.

어쩐지 이제 성인의 나이도 훌쩍 넘겼건만 언니의 발랑 까졌다는
말이 귀에 맴도는 것 같다.

"너는 유혹에 동의했지."

웃을 듯 말 듯 리녹의 입술이 움직였다.

"그러니 나는 최선을 다해야겠지."

"……."

"한 달 동안."

사실 등 뒤로 사이렌이 웽웽 울어대고 있었다. 나는 경고를 못 본
체했다.

내가 할 수 있는 것은 리녹의 단추를 꽁꽁 여미게 하고, 베개를 사
이에 둔 상태에서 오지 않는 잠을 억지로 이루는 것밖에. 아니, 이마

저도 겹쳐 오는 리녹의 손과 목소리로 불가능했다. 결국 나는 아침 해를 보고야 말았다.

불안한데, 앞으로도 이렇게 된다는 얘기야?

△

"……에이미?"

다음날 낮이었다.

나는 무거운 눈꺼풀을 손으로 비비며 고개를 들었다.

"응. 녹스."

눈앞에는 제 몸만 한 커다란 책을 손에 든 리녹이 있었다. 당연하겠지만 낮의 시간이었기에 어린 모습이었다. 아이는 이상하다는 듯 고개를 기울였다.

"에이미 꾸벅꾸벅 졸아."

조그만 손이 소파와 나를 한 번씩 가리켰다.

"잠 와? 피곤해?"

"아, 응. 아주 조금? 잠을 못 잤더니."

어느새 리녹이 책을 그대로 든 채 가까이 다가왔다. 아이의 순진하리만치 큰 눈망울이 앞에서 깜빡였다.

"왜 잠 못 잤어?"

오늘도 반짝반짝하네. 새하얀 얼굴을 물끄러미 보다가 툭 뱉었다.

"그냥…… 누가 괴롭혀서?"

멍하니 말하다가 아차 싶었다.

"……누가?"

아이의 목소리가 살짝 어두워진 것 같았지만 고개를 돌리니 리녹의 표정은 순진한 그대로였다. 그저 궁금하다는 얼굴이었다.

"누가 에이미 괴롭혔어?"

⋯⋯너요.

"아냐, 아냐아냐."

사실대로 말하기도 뭐해서 나는 말을 돌렸다. 아니, 너의 큰 버전이 자꾸 셔츠를 벗으려 해서 말리느라 곤란했다고 할 수는 없잖아. 어린아이의 몸인데 말이다.

⋯⋯정서에 좋지 않아.

"그냥 꿈에서 누가 쫓아오는 꿈 꿨어. 자꾸 괴롭히더라구."

꿈 얘기로 슬쩍 얘기를 돌린 나는 그대로 뺨을 긁적였다. 그러고는 책으로 손을 뻗을 때였다.

"⋯⋯꿈은 내가 도와줄 수 없는데."

"응?"

내 손 위로 자그만 손이 겹쳐졌다. 앙증맞은 손가락이 내 새끼손가락을 꼬옥 쥐었다.

"그래도 도와줄래."

"도와줘? 아, 내 꿈속에서?"

끄덕.

아이의 자그만 끄덕임에 나는 웃음을 흘렸다. 일단 자식은 키워본 적 없으니 모르겠고, 쪼끄만 동생이 있으면 이런 기분일까?

"그러니까⋯⋯ 에이미 꿈속에 들여보내 주면 안 돼?"

꿈. 그 순간 무언가 머릿속을 스쳐 지나갔다.

「당신이 '조정자'라도 이 꿈에 손 대는 건 용서하지 않을 겁니다.」

탄시즈와의 만남이었다. 거울을 통해서 우연히 보았을 때, 이런 말을 했었지. 자신의 꿈이라고. 그 거울은 치워진 지 오래였다. 그럼에도 꿈이라 하니 문득 떠올랐다.

「글쎄요.」

그의 눈이 나를 담았던 생생한 순간이.

「대공이 데려가서인가.」

아니면, 하고 속삭이던 음성과 뜻 모를 것으로 일렁이는 금색 눈동자와 함께 스쳤었다.

「첫눈에 반해서?」

……다시 볼 일은 없겠지? 양팔을 꾹 붙잡는데. 뺨으로 시선이 느껴졌다. 돌아보니 어린 리녹이 눈을 깜빡이고 있었다. 아, 리녹이 내게 물었지.

"아. 내 꿈에 말이지."

내 꿈에 들어오고 싶다니. 이걸 어떻게 거절할까. 안 돼도 방법을 알아 와서 되게 만들어야 할 것 같은데.

"응. 방법을 모르지만 어떻게든 해볼게."

"어떻게?"

"글쎄……."

곰곰이 고민하던 나는 주먹 쥔 손으로 의자 손잡이를 톡톡 쳤다.

"음, 내가 매번 녹스 생각을 하면 꿈속에 한번은 나오지 않을까?"

원래 간절히 바라는 것이 꿈에도 나온다고 하잖아. 나는 아이를 실망시키지 않기 위해 최선을 다했다. 그러다가 쳐다보는 시선을 깨닫고 씩 웃었다.

"……정말?"

"응? 응응. 앞으로 그래 볼까."

눈을 깜빡이던 아이의 뺨이 순식간에 봄꽃처럼 물들었다. 빤히 쳐다보자 그는 고개를 살짝 돌렸지만 나를 붙든 손은 그대로였다.

……끄덕.

"……많이 생각해 주면 안 돼?"

……어엿한 대공님을 역으로 납치하면 나는 감방에서 얼마나 살게 될까? 잠시 진지하게 고민을 할 정도로 사랑스러웠다. 물론 어린 리녹은 3년 전 언니와 함께 살던 집에서도 귀엽고 사랑스러웠다.

그러나 그때는 책 속 남자 주인공에게 정을 주지 않아야 했던 생각이 컸기에 지금처럼 마음 그대로 느낄 새가 없었다. 결론은 모든 편견과 생각을 깨부술 만큼 어린 리녹이 사랑스럽다는 것이지만.

어린 리녹은 이곳에서 조금 더 편안해 보였다. 기억도 되찾고, 본래 집이어서겠지? 수줍어하는 얼굴로 강아지처럼 뺨을 물들이는 소년을 보니 괜스럽게 기분 좋아졌다.

"열심히 생각해 볼게."

"밥 먹을 때도?"

"응."

"잘 때도?"

"응."

"책…… 읽을 때도?"

"응? 응? 아."

나는 들고 있던 책을 내려다봤다. 책 읽을 때라면 지금을 말하는 건가? 고개를 끄덕였다.

"응. 그럴게."

그렇게 말하고는 이상하게 웃음이 터져서 미소를 덧붙이고는 어린 리녹의 손을 붙잡았다.

어린 리녹의 얼굴을 보면 밤의 리녹의 얼굴이 절로 떠올랐지만, 신기하게도 조금은 다른 분위기였다. 하기야, 새끼 강아지와 커다란 짐승은 차이가 있는 법이니까. 그래서 어린 리녹을 조금 더 편하게 느끼는지도.

"녹스만 생각하다가 머리가 펑 터져 버리겠다."

장난스럽게 붙일 때였다. 눈앞으로 불쑥 실루엣 하나가 나타나더니, 그림자가 나와 리녹의 사이를 가로막았다.

"로테 씨?"

로테가 못마땅한 표정을 지었다.

"각하를 꼬시지 말아 주시겠습니까?"

"예?"

"어린 각하는 안 됩니다. 정말 어린 분이신 거 모릅니까?"

입을 살짝 벌렸던 나는 얼른 눈을 깜빡였다.

아니, 사람을 바보로 아나.

"제가 언제요?"

그러나 로테는 긴말 하지 않고 자리를 비켜서더니 고개를 바로 들었다. 언제 그랬냐는 듯이 정중하고 냉정한 얼굴이었다.

"아가씨, 오늘은 저택의 다른 이를 소개해 드릴까 하는데 어떠십니까?"

"방금 그런 소리를 하셔놓고 물으면 어떤 대답을 해야 할까요?"

"안내해 드리겠습니다."

이 사람이 진짜. 무어라 하려던 나는 나를 붙잡은 어린 리녹을 보고는 고개를 저었다. ……그래. 팬심이 무서운 거지. 덕후는 건드리는 게 아니랬어.

"저희 어디로 가는데요?"

로테는 순순히 따라나서는 나를 의외라는 듯 바라봤지만 그뿐이었다.

"오늘 소개해 드릴 이는 저택에서 중요한 역할을 맡은 사람입니다."

누구기에 그러는 걸까. 중요한 사람이라면 내가 알 가능성이 높았다. 책 속 인물이거나.

"에이미."

"응? 아. 그래. 손잡자. 손."

수줍게 우물거리는 리녹의 손을 잡고 얼마 걷지 않아 도착했다. 리녹의 개인 서재에서 멀지 않은 공간이었다.

"이곳입니다."

"뭐 누르시려는 건가요?"

"호출 마법입니다. 소개해 드릴 사람의 방에는 방범과 방음 마법이 걸려 있어 노크 소리를 듣지 못합니다."

"그렇군요."

닫혀 있는 문 앞에서 로테는 푸른 보석을 누르려고 했는데, 마치 초인종 같은 모양새에 신기해서 쳐다볼 때였다. 그가 누르기 전에 나를 봤다. 왜인지 그는 짓궂은 시선이었다. 속된 말로 엿 되어봐라 싶은? ……흠. 너무 갔나.

"한번 눌러 보겠습니까?"

"제가요?"

그리 말하면서도 나는 순순하게 끄덕였다. 그렇게 손을 가져다 대고 보석을 꾹 누르는 순간이었다.

"사실 그건 마력을 가진 이들만 누를 수 있어, 아닐 시엔 그냥 보석……."

문이 벌컥 열렸다.

"……입니다만."

"뭐야? 누군가 했더니. 총집사. 맥이야? 거기다 아이고, 주인님?"

문이 열리고 나타난 이는 익히 자주 보았던 저택의 마법사 베이커였다.

"아가씨까지?"

그러나 베이커가 무어라 하든 간에 로테의 시선은 내게로 꽂혀 있었다. 좀처럼 표정을 흐리지 않던 로테가 처음 보는 표정으로 입을 열었다.

"……마법사셨습니까?"

……예?

마법사라……. 나는 마법사가 아니다. 하지만 치료 마법을 구사할 줄 안다. 즉, 세 가지 이하의 마법을 할 줄 아는 사람을 이르는 말, 준마법사이긴 했다.

나는 로테에게 이 사실을 털어놓아도 될지 고민했다.

"……대공님이 아무 말도 하지 않으셨나요?"

"들은 바는 딱히 없습니다. 제가 알아야 할 일이 있습니까?"

"아뇨. 아니에요."

그레이, 혹은 리녹 둘 중의 한 사람도 내가 행한 일을 말하지 않은 모양이었다. 그렇다면 내가 먼저 드러낼 필요는 없겠지.

"아무것도 아니에요. 마법사냐고 물으셨는데, 전혀 아니에요."

마법사가 황제인 나라답게 이 나라 마법의 기준은 꽤 엄격하다고 들었다.

"뭐야. 이거 무슨 일인데? 이보쇼. 총집사 양반. 나한테도 설명을 해야 알 거 아니요."

베이커가 불쑥 끼어들었다. 그는 낮에 보니 나이가 있는 것치고 썩 나쁘지 않은 외양이었다. 안경 하나만 씌워놓으면 딱 연구에 지친 잘생긴 학자 상이다.

베이커는 로테에게 간단한 설명을 들었다. 내가 초인종을 눌렀다고. 아니, 그러니까 그게 왜?

"오 세상에? 마법사라 물은 것도 이해하네."

지금까지 심드렁하던 베이커의 눈에 이채가 돌았다.

"오호라, 저 벨. 심술을 좀 들여 만든 것이라 누르는데 보통 마력이 드는 것이 아닐 텐데. 멀쩡하단 말이요? 마력을 다룰 줄 아시오? 마법을 배운 적은?"

네. 아니요. 아니요.

대답했지만 다시 질문이 떨어졌다. 전부 마법과 관련된 질문이다. 정신없는 질문 공세에 한걸음 물러나려 할 때 리녹이 내 앞으로 나섰다.

"에이미, 괴롭히지 마."

자그만 뒤통수를 보며 한숨 돌린 나는 그를 내려다봤다.

"아니, 아니, 주인님. 제가 뭘 어찌했다고……."

그런데 베이커의 반응이 조금 희한했다.

"……."

"잘못, 잘못했습니다! 잘못했소! 그러니 저 연구실은 안 됩니다. 예?"

아이의 뒤통수만 보느라 잘은 모르겠으나 그의 얼굴을 보며 쩔쩔
매고 있었던 것이다. 흐음, 리녹이 노려보기라도 했나?

"녹스, 괜찮아."

리녹이 도도도 뒤로 물러나 내 손을 잡았다. 베이커가 눈이 휘둥
그레졌다.

"허 참, 이미 보기도 하고. 듣기도 했지만……. 이건. 허."

그가 중얼거렸다. 이어 모두가 베이커의 방으로 들어갔다.

들어간 지 얼마 되지 않아, 로테는 일이 있다며 곧장 돌아갔다. 그
렇게 방에는 나와 나만 바라보는 리녹과 베이커만 남았다.

"흐음. 정식으로 소개하겠소. 저택의 마법사 베이커라오. 편히 베
이커라 부르면 될 거요."

"아시겠지만 에이미예요. 잘 부탁드려요."

무엇을 잘 부탁할 일은 없겠지만 예의상 덧붙였다.

"뭐. 그, 번번이 편한 상황에서 보지 않았으니 말이요."

"하하. 그건 그래요."

"불편해하진 말아 주겠소? 개인적으로 멋진 아가씨라 생각하니.
또한 멋진 도망이었고. 아. 이건 주인님께는 비밀이요."

……지금 그 주인이 옆에 앉아 있는데요? 밤의 리녹에게 들키고
싶지 않은 건가.

"베이커."

"예?"

왜인지 어린 리녹이 눈을 뾰족하게 새우더니 베이커를 쳐다봤다.

"에이미한테 멋지다고 하지 마."

"으응?"

리녹이 휙 고개를 돌려 나를 향했다.

"……에이미는 멋지고 대단해."

어……. 고마워? 나는 그렇게 중얼거리고는 눈을 깜빡였다.

"멋지고, 대단하고, 완벽하고 또…… 훌륭하고……."

어쩐지 로테의 장황한 위대하고 완벽하신 각하 어쩌고가 스쳐 지나갔지만……. 모른 척했다.

"으응. 나도 녹스의 칭찬이 더 좋아."

"……정말?"

"응."

얼른 손을 들어 아이의 부드러운 머리칼을 헤집었다. 그런 나와 리녹을 바라보며 난감히 웃던 베이커는 큼큼, 헛기침을 했다.

"그나저나, 얘기로 다시 돌아가자면. 정말 마법을 배운 적 없소?"

"배운 적이 전혀 없어요. 왜 물으시는 건가요?"

나는 고개를 저었다. 그렇게 말하고는 얼른 덧붙였다.

"말 편히 하셔도 돼요."

로테와 달리 나이가 조금 있는 이가 하오체를 쓰는 것이 불편하게 느껴졌다. 베이커는 흔쾌히 받아들였다.

"음, 첫 번째로는 아가씨가 누른 저 보석, 정확히는 마법구체 말인데. 저건 말했듯이 마력이 있는 사람이 눌렀을 때만 반응하지."

"그건 들었어요. 그러니까 제가 그 보석을 눌러서 말이죠?"

그나저나 보석은 괜히 누른 것 같다. 어쩐지 로테의 표정이 영 얄밉더라니. 골려주려고 그런 거였나?

"그리고 두 번째. 아가씨는 마법을 배운다는 게 어떤 것이라 생각하나?"

"네? 음, 손에서 불이 나타나고, 번개를 치게 하고……. 이런 일을 해내는 것 아닌가요?"

"기적, 좋은 말이지. 다들 환상을 갖곤 하는데, 사실 마법을 배운다는 건 그런 게 아니야."

"그럼요?"

"정확히는 마력을 다루는 방법을 배우는 거지."

"어떻게 움직이냐를요?"

베이커가 가벼이 끄덕였다.

"그래. 그래서 보통 배우지 않고는 불가능한데 아가씨는 가능했던 거야. 마력을 움직이고, 운용하는 것이."

나는 나도 모르게 어린 리녹을 쳐다봤다. 낮의 빛을 받아 자색 눈동자가 반질반질했다.

"마법은 마력을 움직이는 것이 먼저야. 이 이후로는 귀찮고 조금은 짜증 나고 이상하고 재수 없는 계산식들뿐이지."

"그러니까 마력을 움직이고 계산식을 할 줄 아는 사람이 마법사라는 건가요?"

"그래. 뭐든 바라기만 이루어지는 힘이라 아는데들 말이지. 그런 건 고리짝 시절에 사라진 '고대 마법'이나 가능한 일이야."

바라기만 이루어지는 힘. 그 말에 슬그머니 시선을 아래로 향했다. 시선이 닿은 곳은 다름 아닌 내 손등이었다. 지금도 리녹을 바꾸고 싶다 생각하면 손등에서 기묘한 문양이 튀어나올 것이었다.

"그러니 들어보게. 아가씨에게는 마법의 재능이 있어. 아주 기적 같고, 주요한 재능이지!"

벌떡 일어난 그가 내 어깨를 붙잡았다. 아니, 붙잡으려 했다.

"베이커."

내게 다가오던 손이 딱 멈췄다.

"만지지 마."

"아. 아하하. 만지려 한 게 아니고 먼지가 있었습니다, 그려."

베이커는 아이의 날 선 시선을 받고 능글맞게 하하, 웃으며 슬며시 손을 내렸다.

"제게 마법 재능이요?"

"그래. 깨닫지 못한 마력이 있다는 걸세. 거기다 움직일 줄 아는 재능까지 갖추고 있어. 탁월해!"

그건 아마도 어쩌다 내 손등에 스며든 것 같은 기묘한 주문 때문이 아닐까. 숲속 외딴집에서 발견한 책에서는 정보를 찾지 못했지.

혹시 리녹의 저택에는 손등의 마법과 관련된 단서가 있을까?

"……해서, 관심 없는가?"

"네?"

"관심 없냐고 했네. 천금을 줘도 오지 않을 기회. 다시 오는 기회가 아니야. 아가씨는 '좋다' 한마디만 하면 되네."

어쩐지 약장수 같은 말인데. 생각하느라 앞선 말을 듣지 못한 나는 고개를 갸웃했다.

"죄송한데, '좋다'라고만 하면 어떻게 되는데요?"

"축하하네!"

"네?"

"방금 내 하나밖에 없는 제자가 되었네."

무슨 말이야 이게?

내 표정을 알아챈 듯 베이커가 넉살 좋게 입을 열었다.

"좋다라고만 하면 내 하나뿐인 제자가 된다고 하지 않았나. 그리고 아가씨는 좋다라고 말했지. 방금."

……이 아저씨가 정말 약을 파네?

나는 능글능글하게 웃고 있는 베이커를 바라봤다.

"감사하지만 사양할게요."

"다시 생각해 보게. 남들은 없어서 가지지 못하는 기회야, 아가씨."

가만 보니 웃는 게 꼭 너구리 같네. 그리 생각한 나는 멈칫했다.

……가만 너구리도 갯과 아냐? 갯과 맞다. 전생에서 아는 동생이 알뜰 상식이라며 지껄이곤 했으니까.

"저 그런 거 안 해요."

이 저택에는 진짜 갯과뿐인가. 나는 사뭇 진지한 표정으로 다시 그를 응시했다. 이쯤 되면 이곳 기사단들의 면면들이 궁금해질 지경이다.

"그러지 말고 좋은 기회야. 아가씨. 잘 생각해 보게."

"안 사요. 몰라요. 씨형이에요."

"응? 무어라 했나?"

"안 한다고 간곡하게 말씀드렸죠."

가뜩이나 이 저택을 떠날 궁리를 하고 있는 나다. 그런데 여기서 또 다른 관계를 만들다니 말도 안 되는 일이다.

"왜 안 하겠다고 하는 건가? 나이가 들수록 마력 길을 트는 것이 어려워서 힘들다는 게 정설인데. 지금 아가씨는 기적과도 같은 재능이 있대도?"

그는 내 어깨를 두드리지 못하니 책상을 세지 않게 툭툭 두드렸다.

"물론 이런 재능이 더 빨리 나타났다면 어릴 적부터 마탑에 들어가 길러줘야 하지만."

마탑이란 소리에 세레나가 떠올랐다. 그녀는 어릴 적부터 마법적 재능이 발견되어 마탑으로 보내졌었다. 그곳에서 찬란한 재능을 꽃 피운 천재라는 설정이었지. 다시 생각해도 멋진 주인공이었다.

동시에 조금 불편해졌다. 미안해요. 주인공 언니, 금방 자리 비워 줄게. 이 꼬인 타래가 원래대로 돌아갈 방법도 찾았다고.

……생각대로 될 때지만.

"아니, 그런데 왜 제게 뛰어난 재능이 있을 거라고 생각하세요?"

귀족 생리는 잘 모르지만 이런 대저택, 그것도 대공저의 마법사 제자라면 나름 치열한 자리일 거다. 초인종 보석이야 우연히 작동이 된 걸 수도 있는 거 아닌가? 단순히 그거 하나 보고 제안하기엔 이상 하고 수상했다.

"단순히 보석 때문이라기에는 이상한 것 같아요. 실수로 눌러졌 을 수도 있는 거고."

"실수라니."

베이커가 웃는 그대로 어깨를 으쓱였다.

"아가씨 눈앞의 내가 그렇게 실력 없는 마법사는 아닌데 말일세."

"아뇨, 폄훼하려는 것은 아니에요. 음 그러니까……."

나는 눈을 살짝 찌푸렸다.

"산양도 절벽에서 미끄러지곤 한다?"

"네. 그런 셈이죠."

원숭이가 나무에서 떨어지기도 하는 것처럼. 흐음, 소리를 낸 베 이커가 밋밋한 턱을 문질렀다.

"뭐. 아가씨 입장에서 그렇게 생각할 만도 하지. 이해는 하네."

그런데 말이지, 하고 베이커가 말끝을 늘어트렸다.

"그런데 솔직히 말하자면 이것 때문만은 아니긴 하네, 아가씨. 내가 들은 것이 있거든."

들은 것?

"아가씨 방범 보석을 잘못 다뤄서 마수를 소환한 적이 있다지?"

"네."

"저택 하녀가 보석을 잘못 들고 와서 상급 마수를 본 적도 있고. 그때 아가씨가 놀라운 장기를 보였다는 말이 있어서 말일세."

"놀라운 장기요?"

아마 로잘린이 소환하고, 리녹의 밭을 망쳐 놓은 그 마수를 말하는 것 같은데.

"밭을 담당하던 와이엇이 말하더군. 분명 아가씨가 순간이지만 날카로운 꼬리를 막은 것 같다고."

나는 입을 꾹 다물었다. 긍정도 부정도 아니었다. 하지만 나 스스로도 이상하게 여기던 점은 있었으니까. 그때 분명 꼼짝없이 꼬리를 맞을 뻔했는데……. 날카로운 소리와 함께 무언가 날 막아준 것 같았다. 하지만 굳이 꺼내지는 않았다.

"그리고 이건 주인님……. 그러니까 밤 쪽의 주인께 전해 들은 이야긴데 말이야."

나도 모르게 어린 리녹을 응시했다. 쳐다본다고 한들 아이가 기억할 리도 없는 일인데 말이다. 나를 보고 왜 그러냐는 듯 고개를 듯 어린 리녹이 내 팔에 고개를 비볐다.

"아가씨에게 마법 도구가 있지?"

"……네?"

"정확히는 순간이동을 하도록 만들어주는 도구."

"……."

"허, 시선에 뺨이 따끔하군그래."

흠칫했다. 베이커의 말은 끝나지 않았다.

"단도직입적으로 아가씨는 그 도구를 사용한 적이 있어. 그렇지?"

나는 아무 말도 하지 못했다. 정곡을 찔려서이기도 했지만. 그는 이제는 날카로워진 내 눈을 유들하게 받아냈다.

"그렇게 보지 말게. 이 저택에서 그런 마법이 통하지 않게 마법진을 만들어둔 것이 누구라고 생각하나?"

"제가 쓴 걸 눈치채셨다는 건가요?"

"그래. 모든 마법 반응은 내게 느껴지니까 말일세."

나는 그가 하고자 하는 말을 깨닫고 입을 꾹 다물었다.

"이런 식으로 저택에서는 일체 쓰지 못하게 했지."

머리를 긁적인 베이커가 분위기를 환기하듯 머리를 이리저리 돌렸다.

"그래서 주군의 적들은 번거롭게 사람에게 몹쓸 마법을 거는 것이고."

"사람에게 걸린 마법은 무효로 만들지 못하니까요?"

"그러하네. 사람에게 쓰인 마법은 소용없으니 말일세. 이거 참……. 능력 부족이라 할지."

그냥 하는 말인 듯 던지는 말투였으나, 그 말에는 나마저 느낄 수 있는 가시가 돋아 있었다.

"……그래서 제가 그런 마법 도구를 사용하는 것과 재능은 무슨 관계가 있나요?"

어차피 드러났겠다, 나는 시원하게 인정하고는 말했다. 무슨 말을 하든 듣지 않을 생각이긴 했다. 그런데 웬일인지 베이커는 내 말에 기묘한 표정을 지었다.

"모르는 건가? 마법 도구를 사용했다면, 아가씨에게도 마력의 재능이 있다는 걸세."

"네? 그건 억지……."

"순간이동 마법을 담은 도구는 처음부터 마력을 오래 담아놓지도 못해."

베이커가 진지한 낯으로 읊조렸다.

"그런 도구가 아예 없다고요?"

"보통은. 워낙 복잡한 마법이라 새겨 넣는 것만으로도 힘들기 때문이지."

그가 거짓을 말하는 것으로는 보이지 않았다.

"없을 리가 없어요."

"물론 가끔 귀족들이 쓰는 것 중에는 비상시 탈출용으로 만들어지는 것이 있긴 한데……. 사용한다고 해도 일회용이지. 짐작인데, 아가씨의 것은 일회용이 아니지?"

"……."

"적어도 3년 전에 한 번. 얼마 전에 한 번……. 이렇게만 해도 두 번이군."

나는 그제야 너구리처럼 능글능글하게 웃고 있던 이 마법사가 비로소 리녹의 수하라는 것을 새삼 느낄 수 있었다. 리녹, 아니, 책 속 대공의 수하 중에는 그와 비슷한 계산적이고, 이성적인 모습을 가진 이들이 많다고 하였다.

"아. 이렇게 말했지만 아가씨를 겁주려는 의도는 전혀 없네. 그랬다가는……."

베이커가 걸음을 멈췄다. 어느새 리녹이 소파 앞에 서 있었다, 베이커가 올 길을 막듯이.

"……이렇게 저지당하는 거로 모자라 응징도 있다는 걸 아주 잘 아니 말이지."

"베이커."

"아, 저 아직 아무것도 안 했습니다?"

리녹이 말간 얼굴로 고개를 갸웃했다. 베이커가 얼른 다시 입을 열었다.

"앞으로도! 앞으로도 말입니다! 어휴. 똑똑하셔라."

무엇이 무서웠는지, 어린 리녹에게 꼼짝 못하는 느낌이었다. 항복하듯이 손바닥을 든 베이커가 얼른 흔들어 보였다. 그러고는 나를 시선에 담았다.

"주인께는 살짝이지만 들어서 대충 어떤 관계인지 알고 있네."

여기서 '주인'이란 밤의 리녹 쪽을 말하겠지.

"배워서 나쁜 것은 없을 걸세. 장담하지."

망설이던 나는 천천히 입을 열었다.

"왜 이렇게까지 하는 건가요?"

"아가씨를 붙잡아볼까. 내 나름대로 애를 쓰는 거지."

기울어진 그의 고개가 나름 멋스러운 웃음을 드러냈다.

"그리고 학문적인 욕심이기도 하지. 나는 주인의 편이지만 조금은 중립이기도 하거든. 나를 붙잡아 나쁜 일은 없을 걸세."

학자다운 웃음이었다.

"마법을 배우면 뭐가 좋은데요?"

"글쎄. 곧바로 그럴싸한 마법은 쓸 수 없을 걸세."

이에 나는 실망감을 느꼈다. 조금, 아주 조금이지만 나도 대단한 마법사가 될 수 있는 건가 생각했었으니까. 아니, 무슨 생각을 하는 거야. 내가 배운다고 세레나처럼 될 리가 없는데.

베이커는 탁자 위에 있던 조그만 보석을 들어 올렸다.

"대신 마력을 느끼는 감각이 생길 거야. 이를테면 이 보석을 들었을 때 보석에 마력이 있는지, 없는지 그 정도는 알 수 있을 테니. 어설픈 마석 감정 정도는 할 수 있을 걸세. 밥 빌어먹기 편한 직업이지."

그는 그렇게 말하고는 보석을 내려놓은 채 처음처럼 퍽 능글맞게 미소를 지었다. 초췌한 얼굴에 그럴싸한 곡선이 그려졌다.

"한번 생각해 보게."

나는 알겠다는 듯이 고개를 끄덕였지만 마음은 이미 기운 상태였다. 조금 전 베이커는 보석으로 예시를 드러냈지만 글쎄. 나는 다른 걸 떠올렸다.

"아가씨께서 처음에 나타나신 정원과 동쪽 창고 근처입니다."

그날. 도망가던 날에 정원은 꽝이었으니 동쪽 창고가 정답일 거다. 지금이라도 동쪽 창고로 가면 되는데 그 창고에 마력이 있는지 없는지를 알 수가 없잖아? 물론 당장 이곳을 떠나려는 건 아니지만 만약을 생각하는 것이다.

마력이 있는지 없는지를 알 수 있다. 이것은 곧 이 저택에 마력이 없는 곳을 알 수 있다는 거다. 마력이 없다면 요컨대 마법진의 효력이 없다고 치고 구슬을 쓸 수 있을지도 모른다. 그 수준까지 얼마나 걸릴지 모르지만 손해 보는 일은 아니다.

"제안 감사드려요."

어째서 내게 제안한 건지 모를 일이지만, 나는 끝내 수긍할 수밖에 없는 제안이리라 생각했다.

△

베이커의 방을 나선 나는 곰곰이 고민에 잠긴 상태였다.

복도로 내리쬔 태양에는 차차 진한 주홍빛이 섞여 들어오고 있다. 늦은 오후인가 보다. 자박자박 나를 따르는 발길이 느껴졌다.

"우리 오늘 늑대에 관한 책을 보기로 했는데. 못 봤네."

아쉽다는 듯 콧잔등을 찡그리자, 아이는 고개를 저었다. 잔잔히 부는 바람에 아이의 머리칼이 한들한들 흔들렸다.

"에이미."

아무 생각 없이 응, 하고 대꾸했을 때였다.

"에이미는 날 떠날 거지?"

그대로 흠칫했다. 무어라 말을 하는 대신 고개를 돌리니 말간 눈이 그곳에 있었다.

"마력을 연습하면 마력이 없는 곳이 보일 테니까. 그곳에서 순간이동을 쓰면…… 되니까?"

생각했던 그대로를 들켰다는 생각에 아무것도 떠올리지 못했다. 평소라면 아니라고 태연하게 한마디라도 해볼 텐데, 갑작스럽고 정확했다.

"……그 장소를 찾으면 날 떠날 거야?"

흔들리는 바람 속에서 아이의 눈동자만이 꼿꼿했다.

"떠나도 돼."

……뭐?

잘못 들은 게 아니란 것은 아이의 표정을 보면 알 수 있었다. 금방이라도 울 것처럼 울먹이고 있었으니까.

"그 대신 날 데려가면 안 돼?"

사실 또박또박 말하는 아이의 모습은 익숙지 않았다. 늘 작디작은 목소리를 웅얼거리거나 낯선 일에 놀라 내 뒤로 숨곤 했으니까.

어린 리녹은 첫 재회 했던 날과 같은 말을 한 번 더 하고 있다. 어찌 반응하면 좋을지 알 수 없었다. 늘 꿈속에서 보곤 하던 아이의 눈물이 마음에 걸렸던 나지만 그렇다고 데려갈 수는 없었다.

"에이미."

"응."

"대답……. 안 들을래."

"……정말?"

끄덕. 아이의 고개가 느릿하게 움직였다. 그러고는 도도도, 걸어온 어린 리녹이 옷자락을 붙잡았다.

"조금만. 조금만 더 생각하고 말해 주면 안 돼?"

"응……. 그렇게."

웃었지만 실상 웃은 것이 아닌 얼굴로, 아이의 얼굴에는 그렇게밖에 답할 수밖에 없었다. 아이를 키워본 적이 없지만 새삼 언니가 나를 키우기 어려웠겠다는 생각이 들었다. 나는 어린 리녹처럼 얌전하지도, 말을 잘 듣지도, 고집을 꺾지도 않았으니까.

새삼 너의 기묘한 어른스러움이 슬펐다.

"녹스."

"응."

쪼그려 앉은 나는 아이의 손을 잡고 진심을 담아 입술을 열었다.

"이것만은 약속할게. 나는 네 곁에 있는 동안 최선을 다할 거야."

네가 잃었던 것이 무엇일까. 정확히는 알지 못하지만. 아플 땐 아프다고 말하는 것을 알려준 날처럼 아는 족족 채워 넣도록.

"……응."

리녹이 꼼지락 움직였다. 떨어질 듯 큰 눈이 데굴데굴 구르다가 조심스럽게 위를 향했다. 마치 배고픈 강아지처럼 낑낑거리는 소리가 들리는 것 같았다.

"……나, 안아주면 안 돼?"

"그래."

나는 망설이지 않았다. 아이의 몸은 여전히 체온이 높고 따뜻했다. 밤의 리녹의 손이 차가운 것이 이해되지 않을 만큼.

"약속 도장은 이렇게 찍을까?"

아무 말도 하지 않았는데 불안해하는 소년의 감정들이 내가 남긴 잔재였다.

"나, 베이커 씨한테 앞으로 마법 배울 건데."

"……응."

"같이할까? 녹스가 나 어디 가나 지켜보고. 나는 녹스랑 같이하고."

"……."

……끄덕. 아이의 고개가 파닥파닥 움직였다.

아이를 품에 안은 채 다짐했다. 이번에 떠나게 된다면 이번만큼은 작별인사를 남기자고.

△

베이커에게 제자가 되어 보란 제안을 받은 뒤로 3일이 흐른 밤이었다. 나는 베이커에게 마법을 배우기로 했고, 다음날 바로 수업에 들어갔다. 이에 대해 로테는 "그 능글능글한 치가 답지 않게 잘도 그런 말을 했습니까." 하고 놀라는 모습을 보였다.

쉬운 사람은 아니었나 보다.

"아니, 주인께서도 함께 배우시겠다고요?"

베이커는 함께 나타난 리녹을 바라보며 어쩐지 허탈함을 감추지 못한 기색이었다.

"뭐. 좋습니다. 아니, 그런데 신기하긴 하군요. 그렇게 졸졸 쫓아다니며 배워 달라 간청했을 때는 매몰차게 내치시더니⋯⋯."

베이커의 수업은 기초 중의 기초부터 시작했다. 복잡한 학문이긴 한 듯 간략한 이론을 배우는 데만 꼬박 하루가 걸릴 정도였다.

그 와중에 리녹이 범상치 않다는 걸 여기서 다시 한번 알았다. 분명 같이 배우는데 어느새 뚝딱 전부 외우고 있었으니⋯⋯.

"가르쳐 줄까?"

반짝반짝하는 눈빛에 복잡함을 숨기느라 애먹었다.

남자 주인공의 명석함과 귀여움을 이렇게 보고 싶지는 않은데 말이지⋯⋯.

어느덧 눈앞에는 커다란 리녹이 있었다. 차가운 듯 궁금해하는 얼굴을 보고 있으니 몰랑몰랑한 아이의 잔상이 사라졌다.

"무슨 생각을 하지?"

다 큰 짐승 같은 그에게서는 좀처럼 아이의 포근함이 보이지 않았다.

"무슨 생각이라……."

당신 생각요.

"대공님 생각요?"

굳이 어린 쪽 생각이라고는 덧붙이지 않았다. 리녹은 뜻밖이라는 듯 눈을 깜빡이다가 살짝 고개를 숙였다. 잔 떨림이 느껴지는 몸이나, 흔들리는 머리카락이 어쩐지 기분이 좋아 보였다.

"에이미, 마법을 배운다고 들었는데."

"아. 들으셨어요?"

이제 들은 것이라면 전해 듣는 속도가 조금 늦지 않나?

"전해 들은 지 이틀 정도가 된 것 같군. 말할 생각을 잊고 있었다."

"……지난 이틀간요?"

지난 이틀을 떠올린 나는 사색 반, 질림 반의 표정을 숨김없이 보였다. 그도 그럴 것이 리녹은.

"왜, 왜 이러세요? 잠 안 주무세요?"

"어디서부터 가능하며, 어디까지가 안 되는지. 닿아도 되는 범위를 한번 알아봐도 되겠나?"

"그걸 굳이 직접……. 잠깐만요!"

덤벼들었다. 말 그대로 내게 덤벼들었다. 닿아도 되는 범위가 어디까지인지 집요하게 알아보는 시간이었다.

"……읏, 잠은요?"

"조금 더 뒤는 어떤가?"

"이, 이 자세로요? 거, 거기 숨 내쉬지 마세요!"

겪어본 내가 범위를 한정하고 또 한정했으나, 생각 외로 리녹은 실망한 기색조차 보이지 않았다. 그저 닿는 것으로도 좋다는 듯.

내게는 그리 유쾌한 시간은 아니었다. 강제 불면의 시간이었지.

리녹의 스킨십은 결코 과하지 않았다. 손목이나 팔뚝, 발목에서 그치곤 했으니까. 문제는 그렇게 닿은 채로 은밀한 상상을 불어넣는 거다. ……사람 잠 못 자게 말이다.

겨우 일주일도 안 됐는데, 말라 죽지는 않을까 생각할 정도라니. 절레절레 고개를 저었다. 이런 미남을 앞두고. 수청을 강제로 강요당하는 춘향이도 아니고.

"참 빨리 물어주시네요. 말씀하신 것처럼 배운 지 이제 이틀째예요."

"그런가."

나지막한 목소리가 지척에서 들린다는 것으로도 몸이 절로 긴장되는 기분이었다. 이를 아는지 모르는지 옴짝달싹할 수도 없게 만들어 벗어날 수도 없었다.

"네게 마법적 재능이 있는 줄은 몰랐군. 마법은 어떤가."

"아직은 이론에 기초뿐…… 이라. 아니. 그, 그 말을 이렇게 불편한 자세에서 해야 하나요?"

그에게서 듣기 좋은 낮은 울림이 들려왔다. 듣기 좋은 소리에 소름이 오소소 돋을 것 같아, 눈을 감고 싶었다.

"불편한가?"

"……불편한 건 아닌데요."

현재 나는 환한 달빛 아래서 달을 조명 삼아 책을 읽고 있었다. 이곳의 달은 전생의 달보다 밝은 편이라 읽기 나쁘지는 않았다. 다만 글자를 하나도 읽을 수가 없었는데, 리녹의 탄탄한 팔이 뒤에서 안을 듯 말 듯 뻗어 테라스 탁자를 붙들고 있었기 때문이다. 숨 쉴 때마다 그의 향취가 느껴졌다.

……정신이 불편한 것도 불편한 걸로 쳐줍니까, 선생님.

그렇게 말하고 싶은 심정이었지만 애써 책에 집중했다. 문제는 얇디얇은 책이라 금세 마지막 장이었다는 거다.

"다 읽었군. 왜 다시 돌아가지?"

"한 번 더 읽어보려고요?"

"그전에 실례해도 되겠나?"

"네? 으앗. 자, 잠깐."

의자가 그대로 빙글 돌았다. 그냥 돌린 것도 아니고 의자째로 돌려져서. 얼떨떨한 사이에 시야가 휙 들었다.

아니, 어떻게 이렇게 나를 가볍게 드는 거지?

의문이 생길 지경이다. 나를 가벼이 들어 올린 리녹은 그대로 탁자 위에 나를 앉혔다. 조금 전 책을 내려놓았던 곳이었다.

"……이 자세는 어떤가?"

……도저히 책을 읽을 수 있는 자세가 아닌데요.

"이렇게는 읽기…… 힘들어요."

"그런가. 그럼 책 대신 이쪽을 봐주면 어떻겠나."

나도 모르게 찌푸렸던 걸까. 리녹의 얼굴이 기울어졌다. 달빛이 녹아든 아름다운 홍채에 내가 반사됐다. 그는 탁자 옆으로 팔을 뻗어 나를 가뒀다. 닿은 곳 하나 없이 숨이 꿀꺽 넘어간다. 미약한 바람에 그의 머리칼이 차분하게 나부낀다.

"온종일 기다린 네 얼굴인데. 이 정도는 괜찮지 않나."

"……탁자는 의자가 아니에요, 대공님."

"이렇게 앉아야 너와 눈높이가 맞더군."

그건 리녹이 지나치게 큰 탓이다. 나도 작지만은 않은데, 리녹은 이런 나와 신장 차이가 많이 나는 편이었다. 날렵하게 빠진 체구도 크고 탄탄한 데다 실루엣은 재규어같이 늘씬하기도 하고. 마차에서 봤던 기사단과 비교해도 빠진 곳이 없었다.

숨이 느껴질 만큼 가까웠으나 그는 왜인지 닿지 않았다. 닿은 곳 하나 없이 긴장감을 유발하는 것도 재주였다. 밤의 쌀쌀한 바람에 발가락이 오므라들었다.

어쩐지 오늘 그는 담백했다. ……그러니까 약 이틀간 어디가 되고 어디가 안 되는지 일일이 입술과 몸을 가져다 대며 실험한 것 치고는 말이다.

"어쩐지 오늘은 덤덤하시네요, 대공님."

리녹이 고개를 숙였다. 그대로 낮은 울림이 전해졌다. 어처구니없어서 웃는 것도 같았다. 리녹은 어느새 내 손을 붙들었다. 손 정도는 허락 없이 붙잡아도 된다고 어제 막 허락한 참이었다.

그는 손톱 끝에 입술을 맞췄다. 기사처럼 보이는데, 경건하게 느껴지지는 않았다. 아마도 시선 때문이겠지.

굶주린 듯, 아니, 갈증이 인다는 듯한 그의 시선에 나는 가만히 시선을 내렸다.

"아직 나흘째이지 않나."

"……혹시 자제하는 것이라고요?"

"그렇다면."

그는 내 손바닥에 입술을 묻었다. 간질간질하고도 축축한 숨에 이어, 혀가 느껴질 만큼 가까운 거리에 등줄기가 오싹했다.

……이게 자제하는 거라고요? 그럼 나는 자제를 우리 언니 야한 소설로 배운 겁니다. 선생님. 예?

어딜 봐도 리녹의 시선은 그리고 행동은 자제와는 거리가 멀었다.

우리 언니 저금통을 걸 수 있다.

애꿎은 생각을 하며 들숨을 그대로 넘긴 나는 살그머니 손을 빼냈다. 무엇보다 고개를 살짝만 내리면 그의 선명한 상체가 저절로 보였다. 옷을 벗는 건 절대 안 된다고 했더니 이제는 셔츠만 걸친 채 단추를 풀어제낀 채로 나타났다. 이러고서는 옷을 입은 거란다.

이게 무슨 따뜻한 프라푸치노 같은 소립니까, 선생님.

그는 피식 웃으며 고개를 비스듬히 기울였다.

"자제하지 않기를 바라나?"

"아니! 아니요. 아니요. 아주 잘하고 계세요."

반사적으로 튀어 나갔다.

"정말. 대공님 최고."

"……."

한동안 침묵이 흘렀다. 그는 엉덩이까지 슬금슬금 물러난 나를 가만히 응시했다.

"괜찮다면 다시 말해보겠나?"

……기분 좋게 다시 말해보라는 얼굴이 아니신데요, 선생님.

고장 난 로봇처럼 헛웃음을 지어 보인 나는 결국 리녹의 손에 다시 그의 앞으로 이끌려왔다. 나는 무슨 말이든 해야겠다는 생각에 낮의 이야기를 꺼냈다.

"으음, 대공님. 확실히 대공님은 똑똑하시고 명석하시더라고요."

"명석? 어떤 얘기를 하는 것인지 물어도 되겠나."

"아. 낮의 대공님이요. 함께 마법을 배운다는 얘기는 들으셨죠?"

그가 살짝 끄덕였다.

"같이 기초를 수학하는데 기억력이 어찌나 좋은지, 마법 용어를 금세 외우시더라구요. 놀랐어요."

"그런가."

"네. 그런 데다 절 배려해 준다고 가르쳐 주려 해요. 조그만 손으로 단어를 가리키면서요. 어찌나 귀여우신지. 저한테 만약 동⋯⋯."

"⋯⋯나는?"

동생이 있다면 이런 기분이었을 것 같다. 그 말이 끝까지 이어지지 못했다.

"네?"

"나는 어떠하냐고 물었다."

나는 멍하니 그를 올려다봤다. 내 몸을 덮을 듯 드리워진 그림자도, 희고 미끈한 목과 보기 좋게 벌어진 어깨도.

"⋯⋯왜 말이 없지?"

⋯⋯당신 덩치를 생각해.

마치 덩치가 산만 한 늑대가 빨리 쓰다듬어 달라 엎드린 것 같은 모습이 그의 뒤로 비쳤다.

"⋯⋯제가 말이 없는 이유는 대공님이 더 잘 아시지 않으실까요?"

"⋯⋯."

그는 더는 말을 하지 않았지만, 그 모습을 보고 있기가 편하지만은 않았다. 귀가 아래로 쳐진 강아지가 생각났으니 말이다. 차가워 보이는 외양 어디서 이런 모습이 보이는지 모를 일이다.

결국 침묵을 가르고 입을 열었다. 어떤 말이든 해야겠단 생각에 일단 혀부터 움직이고 보았다.

"대공님."

눈을 내린 그와 눈을 마주했다.

"음……. 이렇게 마법이 발동할 때요. 밤에 비로소 눈을 뜨면 어떤 기분…… 이세요?"

곰곰이 생각했지만 책 속에서도 나오지 않은 내용이었다.

"긴 잠에서 깨어난 기분이다."

될 수 있는 한 가볍게 물으려 했으나 돌아온 것은 사뭇 낮은 음성이었다.

"눈을 떴을 때. 삼 년 전부터 열흘 전까지는 네가 없었고. 지금은…… 네가 있다, 에이미."

"……."

"네가 없던 날. 그런데도 눈을 떴을 때 가장 먼저 그린 것은 너였다."

묵직하게 떨어지는 목소리에 역시 나는 아무 말도 하지 못했다. 어떤 말도 하지 않는 것이 나의 역할이었다. 그저 조금 전 장난스러운 분위기를 가라앉혀 버린 스스로를 질책하면서.

천천히 손을 뻗은 나는 그대로 그의 옷자락을 살짝 잡아 눈만 들어 올렸다. 그의 턱 끝까지 봤다가 그대로 다시 시선을 내렸다. 단추를 조심스레 하나씩 하나씩 잠갔다, 정돈하는 사람처럼.

"대공님, 있잖아요."

"듣고 있다."

"……절 안 좋아하면 안 되겠죠?"

"……."

내기의 기한은 한참 남았다. 이를 알리듯 리녹의 손끝이 내 손가락을 가져와 얽었다. 단단한 밧줄같이.

그는 손등에 입술을 묻었다.

"그게 가능했으면. 널 여기 데려오지도 않았다."

입술을 떼어낸 그가 느릿하게 상체를 기울였다. 다가오던 얼굴이 멈추고, 새파란 자색 눈동자가 눈앞에서 형형한 빛을 드러냈다.

"입 맞춰도 되겠나."

"……."

"여기에."

나는 물어뜯을 듯 묻히는 입술을 보며 아무 말도 할 수 없었다. 어디선가 읽기를, 손목 깊이 남기는 순흔이란 '욕망'이라는 뜻이었다.

△

"피로해 보이십니다."

다음날 오전. 복도를 걷는 내게 말을 건넨 사람은 로테였다. 나는 로테를 흘끗 보다가 슬쩍 고개를 주억여 보였다. 확실히 피곤하긴 했다.

"잠자리가 맞지 않으십니까?"

"……아뇨. 그냥. 대공님이 잠을 재우지 않으셔서요."

"……."

말을 하고서야 아차 싶었다.

"아니, 그게 아니라요."

어느새 로테뿐만 아니라 함께 걷던 부집사님이 허허 웃으며 나를 바라보고 있었다. 허탈함과 인자함이 섞인 얼굴로.

아니, 무슨 생각을 하시는지 알겠는데, 아닙니다. 아닙니다!

"정말 아니에요."

"······알겠습니다. 하나, 그런 말씀은 쉬이 하시지 않는 게 좋겠습니다."

로테의 정중한 권고에 나는 속으로 울며 끄덕였다. 말실수한 것은 맞으니까. 결국 끝내 오해를 풀지 못한 채 복도 중간에서 부집사님을 그대로 보내고 로테와 남은 길을 걸었다.

"오늘도 수업이 있으신 날로 전해 들었습니다."

"네, 그렇죠."

베이커가 처음에 제안한 수업 일자는 일주일에 세 번이었지만 그는 수업을 진행해 보더니 멋대로 일수를 바꿨다.

"그런데, 어디로 가시나요?"

"듣지 못하셨습니까? 각하께서 도서관에서 기다리고 계십니다."

도서관? 어쩐지 수업 시간까지 시간이 남았는데 나를 어디로 데려가는 것 같아 이상하다 싶었더니, 리녹이 시킨 것이었나 보다.

"대공님은 도서관 안쪽에 기다리고 있으신가요?"

"예 그렇습······."

"에이미!"

나는 고개를 돌렸다.

"······아닌데요?"

"······."

꼭 좋아하는 스타의 공연 시간이 변경되었다는 팬의 얼굴인데.

로테가 입술을 깨무는 모습은 꽤 재밌어 보였지만 얼른 고개를 돌렸다. 불똥 튈라.

그사이 품 안으로 자그만 인영이 느껴졌다. 어느새 품 안쪽으로 다가와 내 옷자락을 붙든 리녹이었다. 나를 올려다본 어린 리녹은 왜인지 우물쭈물한 기색이었다. 눈치를 바라보며 옷을 놓고 내 손을 붙들었다.

"……에이미, 인사해도 돼?"

"물론이지."

나는 리녹에게 인사하듯 마주 손을 흔들어주었다. 거기에 용기를 얻은 것인지 리녹이 고개를 바짝 들었다.

"에이미, 선물해도 돼?"

"선물?"

그러고 보니 아이가 힘을 주어 뒷짐을 진 손이 보였다. 뭘까? 나는 고개를 끄덕였다. 끄덕인 것과 동시에 눈앞에 자그만 꽃다발이 들이밀어졌다. 아이 손에 꽉 차는 꽃다발. 눈을 깜빡일 때였다.

"아하. 달맞이꽃이로군요."

줄곧 침묵하던 로테가 슬쩍 끼어들었다. 나는 새하얀 꽃을 바라보며 눈을 깜빡였다.

"꽃말은 '기다림', '나를 떠나지 마세요'였던 것으로 기억합니다."

투 머치한 정보와 함께 바람에 꽃잎이 살짝 흔들렸다.

"……받아 줄 수 있어?"

아이가 수줍은 얼굴로 눈을 휘었다. 꽃잎을 맞이하는 조그만 강아지처럼. 이걸 받으면 큰일 날 것 같은 느낌적인 느낌이 드는 건 왜일까. 후회할 것 같은 기분인데 그렇다고 받지 않을 수는 없었다. 기대로 반짝반짝한 저 얼굴을 외면하는 건, 차라리 악마가 되는 것이 쉬울 거라 생각될 정도였다.

내가 조심스럽게 받아들자, 아이의 뺨이 연분홍 곤지를 찍은 듯 발그레하게 붉어졌다.

"……고마워."

열이 오른 뺨은 사랑스러웠다.

"뭐야. 받은 건 나고 고마운 것도 난데 왜 녹스가 고맙다고 하는 거야."

괜스레 웃음이 났다. 나중에 후회할지언정 지금 이 꽃을 받아서 다행이라 생각이 들 만큼.

……붕붕. 어린 리녹이 고개를 거세게 저었다.

"에이미가 꽃다발이랑 있는 게 고마워."

"뭐야. 그건 꼭 내 존재 자체가 고맙다는 것 같잖아."

"응."

……진짜라고?

"진짜?"

……끄덕.

엄마야. 전생의 부모님이나 유일한 가족인 언니한테도 몇 번 받아 보지 못한 말을 듣자 괜히 귓불이 붉어지는 느낌이었다.

그러다 로테와 눈이 마주쳤는데, 황급히 표정을 수습했다. 로테가 무어라 할 것 같았는데 그는 의외로 말없이 나를 지그시 응시했다.

"각하는 왜 아가씨만 따릅니까?"

"네?"

그가 고개를 저었다.

"아무것도 아닙니다."

덧붙이는 목소리는 평소와 같았지만, 아무것도 아닌 게 아닌 것 같은데. ……세상에. 저 사람 지금 삐진 거지? 어쩐지 순간이지만, 안쓰러운 마음이 들어 무어라 건넬까 고민했다.

"에이미, 저기."

그러나 리녹이 잡아당기는 손에 이끌려 그대로 도서관으로 향했다. 얼마 전 습격이 있던 날 원래라면 나와 리녹이 함께 가기로 했던 도서관이었다. 역시나 이 거대한 저택의 도서관답게 책이 아주 많았다. 나를 의자에 억지로 앉혀놓고 사라졌던 어린 리녹이 곧 뒤뚱뒤뚱 걸어왔다.

"헉! 녹스, 이리 줘!"

과장해서 몸의 반쯤 되는 두꺼운 책을 들고 오길래 얼른 뺏어 들었다. 그러고는 도서관 안쪽 탁상 위에 펼쳤다.

"이건 뭐야?"

"펜릴 이야기."

"아. 지난번에 알려준다고 했었지?"

끄덕. 아이가 얼른 끄덕였다.

그러고 보니 어린 리녹이 마법을 부린다는 늑대에 대해서 자세히 얘기해 주기로 했었다. 늑대와 초대 대공의 이야기도.

오래된 것인지 책은 군데군데가 낡아 보였다. 아이가 펼친 책을 덮었다. 신기하게도 표지 앞쪽에는 중간이 움푹 패어 있었는데, 성인의 손가락을 넣으면 들어갈 크기였다.

꼭 지문인식기 같네. 그리 생각한 순간 리녹이 자그만 손가락을 그리로 넣었다. 그 순간이었다.

'책이?'

나는 눈을 동그랗게 뜨고 새하얀 빛을 응시했다. 아이의 손가락에서 붉은 방울이 떨어지나 싶더니, 나타난 하얀 빛이 가시고 이전과는 전혀 다른 형태의 책이 놓여 있었다.

"세상에. 이거 뭐야, 마법이야?"

"……응."

"아니, 방금 붉은 물방울은 뭐였어?"

"피."

"뭐?"

아이가 자그만 제 손을 들어 올렸다. 검지 끝에 조그만 자상이 있었다. 나는 깜짝 놀라 그 손을 잡았다. 종이에 베인 자국같이 옅었지만 아무렇지 않을 리 없었다.

"안 아파."

"그런 말 하지 않기로 했잖아."

도리도리.

"정말로 안 아파. 마법이야."

"설마 이것도 마법이야?"

"응. ……에이미, 화났어?"

"아냐. 놀란 거야."

마법으로 낸 상처라 아프지 않은 걸까? 리녹은 보라며 손가락을 보였는데, 신기하게도 잠깐 사이에 상처가 사라졌다.

"깜짝 놀랐잖아. 다음엔 꼭 말해줘, 알았지? 녹스가 아픈 건 싫어."

"응. 에이미가 싫은 건 싫어."

"고마워."

나는 그제야 안심하고는 책을 바라봤다.

"그나저나 이 책은 뭐야? 마법까지 걸려 있고."

피가 필요한 걸 봐서는 이베르크 사람들만 열 수 있고 그런 건가?

"……나만 열 수 있어."

"아. 이베르크 사람들만?"

끄덕. 고개를 움직이는 리녹을 보아 추측이 맞는 모양이다. 원작에서는 이런 내용을 읽은 적이 없기에 그저 신기했다.

책을 펼치자 놀랍게도 페이퍼 아트처럼 종이가 툭 튀어나왔다. 깜짝 카드처럼 입체적으로 튀어나온 모양은 성과 늑대의 모습이었다.

나는 밑에 쓰인 글귀를 간략하게 읽었다. 놀랍게도 이 책의 저자는 초대 대공인 것 같았다. 초대 대공의 초상화를 본 것도 그렇고 생각보다 그의 흔적을 자주 접하는 기분이었다.

한참을 읽던 나의 표정은 점점 어두워지고 이상해지다가 마침내는 기묘해졌다.

"녹스, 이 책 읽어본 적 있어?"

"……응."

"이 책 쓴 사람, 초대 대공님 맞지?"

끄덕.

"그, 초대 대공님이 마법 늑대 펜릴에게서 거대한 마력을 받은 거고."

"응."

"근데……."

나는 드디어 마지막에는 난처한 표정을 숨기지 못했다.

"그 마력이란 거, 늑대의 새끼를 키워주고 얻은 거였어?"

아니, 이걸 로잘린에게 들은 것도 같은데.

아무튼 이 책에 적힌 내용이란 핵심만 말해 이러했다.

「이건 나 데런. L. 이베르크의 기묘한 마법 늑대이자 하나뿐인 친우인 펜릴의 부탁으로부터 시작한 기록이다.

1일째. 나는 펜릴에게서 조그만 늑대를 받았다. 펜릴의 새끼였다.

그런데 미혼인 나한테 자식을 맡기다니. 이 친구, 오래 살아서 이상해진 게 아닐까?」

이건 한마디로 말해서……. 육아 일기였다.

「23일째. 아기 늑대가 드디어 나를 물었다. 손가락이 끊어질 뻔했지만 이게 어디랴. 조금 있으면 마법 늑대답게 눈도 내리게 할 것 같다. 내 새끼는 천재다. 아니, 천재가 분명하다.」

그것도 초대 대공님이 엄청난 팔불출인 것 같은데요.

세상에. 이게 뭐람.

「이 기록에는 그 누구도 알지 못했던 마법 늑대들, 개체 수가 얼마 남지 않은 펜릴들에 대해 아무도 모르는 그들의 특징과 습성을 적어놓고자 한다.

사실 내가 펜릴의 새끼를 키워주며 알게 된 것인데, 훗날 내 후손 또한 그들의 새끼를 키우게 될지 모른다.」

생각해 보자. 마법 늑대 펜릴은 초대 대공에게 육아의 대가로 거대한 마력을 주었다. 그리고 이베르크가는 펜릴과 연이 생겼고.

「내가 키운 내 새끼가 언젠가는 새끼를 낳으면 내게 오기로 했으니 말이다. 그러니 그날을 위해 이 기록을 남긴다.」

원작에서 이것이 나오지 않았던 것은 어디까지나 세레나 시점에 맞춰져 리녹과 세레나 중심으로만 보여줬기 때문일 거다.

「내가 반평생을 키운 펜릴이 다시 찾아오기로 약속한 것은 ……일 뒤다. 그러니 언젠가 미래의 후손이 다시 연을 맺길 조상으로서 바라보는 마음이다.」

나는 아득한 숫자에 잠시 고개를 갸웃했다. 단위가 커서 언제쯤인지 바로 가늠되지 않았다.

"녹스, 여기에 일수가 적혀 있는데, 이게 언제인지 알아?"

"……응."

"언제인데?"

나는 가볍게 물었다. 아이가 눈을 깜빡였다.

"3일 뒤."

……응? 아, 그래. 끄덕이던 나는 황급히 고개를 돌렸다.

"뭐? 정말? 잘못 안 것 아니고. 3일? 3일 뒤?"

끄덕. 고개를 위아래로 움직인 아이는 무슨 문제이냐는 듯 머리를 기울였다. 순진한 얼굴은 귀여웠지만, 몹시 놀란 나에겐 잠시일 뿐이었다. 대체…… 무슨 이런 대단한 일이 동네 마실 가는 날마냥 평범하게 찾아오는 건데?

그러고 보니 원작에서 이런 구절이 있기는 했다.

「아쉽네요. 한 달만 일찍 이곳에 왔다면 초대 대공님이 만났다던 기적을 볼 수 있었을 텐데.」

지금은 원작에서 세레나가 이 저택에 있지 않을 시기였다.

'본래는 황궁에 있을 시기였지?'

그저 스쳐 지나간 구절이 이런 걸 뜻하는 거였다니. 내가 저 구절을 좋아하는 것도 좋아하는 장면 바로 뒤에 나왔기 때문이었다.

이러니 원작에서 펜릴의 언급이 없지. 대단하다던 마법 늑대인데 왜 내가 모르나 했더니. 세레나 인생에서는 벗어나서였나 보다. 하기야 리녹의 거대한 마력이나 폭주도 그저 초대 대공 때문이라고만 나왔으니.

허, 정말 어처구니없긴 한데. 뜻하지 않은 진실에 놀라긴 해도……. 내가 이용할 생각은 없었다.

"녹스, 이걸 나한테 왜…… 보여준 거야?"

"에이미가 궁금해했으니까?"

순백의 도화지가 팔랑이듯 아이의 얼굴엔 순진한 기색이 일렁였다.

"……알려 주면 안 돼?"

"아니아니. 안될 건 없지. 녹스가 잘못했다고 하는 것 아니야."

애초에 내가 먼저 궁금해했던 것이었다. 어린 리녹은 성실하게 답변해준 죄밖에 없고. ……문제는 그 알려준 정보며 답변이 거의 가보 급이라는 거지.

"녹스, 이 책 혹시 가보 아니야?"

"가보?"

"가문 대대로 내려오는 보물 같은 거?"

"으응. 맞아."

아이가 동의했다. 그러고는 머릴 갸웃했다.

"갖고 싶어?"

"아니? 아니아니!"

하지만 이미 자그만 손으로 주먹을 쥐고 음, 소리를 낸 아이는 이내 책을 가리켰다.

"이거 가져도 돼."

"아니, 괜찮……."

"저거도."

"……어?"

"저거도."

"……혹시 녹스, 이 저거는 도서관이고 그 저거는 저택 말하는 거니?"

"응."

……스케일이 남다르시잖아요, 대공님.

담백한 답변에 나는 천천히 고개를 저었다. 꿀꺽, 침이 넘어갔다.

"아니야. 마음만 받을게."

마음이 소시민이거든. 난 로또 당첨도 감당하지 못했을 거다. 그러니 이 로또는 정중히 거절하기로 했다.

사실 줄곧 책을 읽으면서 뛰어난 마법사 가문이기도 한 황가가 왜 굳이 리녹을 시기하고 제거하려 드는지 이해하지 못했는데, 그들은 여기에 대한 진실을 조금이라도 알았던 게 아닐까? 단순히 마력만 받은 게 아니라 새끼를 키우기도 했단 것 말이다.

또 언젠가는 다시 인연이 생길 거라는 것도.

"녹스, 곧 마법을 배울 시간이야. 그만 갈까?"

"응."

아이가 일어나 바지를 탁탁 털었다. 처음에 책에 앉아 있던 먼지가 떨어진 모양이었다. 어쨌거나 이 세계 속에 은밀히 숨겨져 있던 이야기를 알았지만, 화자가 될 생각은 전혀 없었다.

△

"가자, 녹스."

어린 리녹은 에이미를 따라나서기 위해 발걸음을 디뎠다. 얼른 다가가 옷자락을 쥐고 싶었다. 그런데 등을 돌렸던 에이미가 돌연 몸을 휙 돌렸다.

"그러고 보니 저 책은 제자리에 놓고 가야겠다. 그렇지?"

책은 여전히 잠금 마법이 풀린 상태로 펼쳐져 있었다. 어차피 리

녹이 일정 거리 이상 떨어지면 잠금 마법이 활성화될 터였다. 아이
는 에이미의 물음에도 그리 대답해 주었다.

"으음, 원래대로 돌아간다고 해도 제자리에는 꽂아야겠네."

책 가장자리에는 먼지가 많이 붙어 있었는데, 오랫동안 꺼내지 않
았기 때문이었다.

"이대로 가져가면 옷이 먼지로 엉망이 될 것 같네. 그치?"

시종들도 도서관 바닥 정도만 쓸고 닦을 뿐 책은 함부로 건드리지
않았다.

"아, 아까 책장 뒤에 안 쓰는 천이 있는 것 같던데, 가서 가져올게.
기다려 봐!"

에이미가 얼른 다녀오겠다며 잠깐 자리를 비운 동안 어린 리녹은
무심히 펼쳐져 있는 책을 향했다.

팔랑팔랑. 누군가 손대지도 않았건만 책장이 홀로 넘어갔다. 아이
의 위치에서는 움직이지 않아도 내용이 고스란히 보였다.

「마법 늑대들의 매듭.」

아이의 얼굴은 잘 만들어진 인형처럼 단정했다. 그러나 표정 없는
낯은 생기가 없이 느껴지기도 했다.

사실 에이미는 모르는 사실이 하나 있었다. 이 책은 리녹이 허락
한 자가 아니면 열람할 수 없었다. 리녹이 곁에 있다 하더라도 그가
원하지 않으면 곁에 있는 이는 내용을 볼 수 없었다.

「늑대는 가지고 싶은 반려에게 잘해주고 무엇이든지 주려 한다.
이는 반려가 끝내는 헤어 나오지 못하는 매듭이 된다. 늑대의 매듭
은 헤어나가려 할수록 더욱 꽁꽁 묶게 한다. 나는 그래서 훗날 내 아
이들에게 이리 가르칠 예정이다.」

"녹스!"

때마침 에이미가 돌아왔다. 겨울을 지난 꽃씨가 싹을 움트는 것처럼 아이의 표정에 색이 돌아왔다.

「원하는 것이, 원하는 사람이, 혹은 반려가 생긴다면.」

천천히. 아주 천천히.

「늑대의 매듭을 지으라고.」

아이가 자그만 손으로 책을 덮었다. 동시에 도달한 에이미가 천으로 책을 들더니 이내 자리를 찾아서 꽂았다.

"그럼 갈까?"

"⋯⋯응."

늑대의 매듭, 낮과 밤의 리녹 모두가 가장 좋아하는 구절이었다. 구름과 안개는 본질은 같은데도 사뭇 분위기가 달랐다. 에이미가 그러했다. 구름 같은 포근함을 주고서 안개처럼 사라지고, 사라지려 했다. 아이는 문득, 비처럼 서러운 생각을 잠시 했다. 에이미가 지금보다 아주아주 많이 자기를 좋아해 주었으면 좋겠다고.

△

이틀이 순식간에 뚝딱 흘러갔다.

요즘 내 일상은 일정하게 흘러갔다. 낮에는 리녹과 마법을 배우고 밤에는 리녹과 한 침대를 쓰고⋯⋯.

너무 리녹으로 가득한 나날이 아닌가 싶지만 어쩔 수 없는 일이기도 했다. 한 달만 참으면 어찌 되겠지.

"오늘은 이걸 볼 걸세."

마법 스승을 자처한 베이커는 의외로 꽤 열정적이었다. 처음에는 무슨 꿍꿍이가 싶어서 의심하던 나도 인정할 정도로. 앞서 말한 적 있지만 본래 일주일에 삼 일이었던 수업이 일주일 전부로 늘어난 것도 그가 적극적인 탓이었다.

사실 이건 자업자득이긴 했는데. 수업 첫날 베이커가 가져온 마법 도구를 빠짐없이 시동시키는 내 모습을 깨닫고 후회할 때는 이미 늦은 뒤였다.

"혹시 아가씨, 이걸 한번 켜보겠나? 마법 도구이네. 아가씨에게는 놀라운 재능이 있어!"

재능은 무슨. 손등에 새겨진 뜻 모를 주문 때문에 그런 건데. 나도 몰랐던 사실인데 이 주문은 마력을 품는 역할을 했던 것 같다.

물론 나는 여전히 마력이 무엇인지도 모르고, 이론은 어렵디어려워 함께 배우는 리녹보다 외운 양이 현저히 적었다.

"이건 뭔가요?"

"눈을 내리게 하는 마법 도구일세."

"……그런 대단한 도구가 있단 말이에요?"

"아가씨가 생각하는 것만큼 대단한 것은 아닐세."

유들유들한 웃음을 띤 베이커가 도구를 손에 쥐더니 직접 시범을 보였다.

"와……."

절로 감탄사가 튀어나왔다. 방 안에 새하얀 눈이 내리고 있었다. 숲과 산에 오래 살았지만, 눈을 본 일은 한 번도 없었다. 전생이 마지막이었으니 반갑기도 했다.

"보다시피 범위가 한정되어 있네."

"그러게요? 저랑 대공님에게만 내리네요?"

"그런 도구란 거지. 사실 영 쓸모는 없네. 이제는 시중에서 볼 수조차 없는 것이지."

베이커가 본래는 국지적으로 폭설을 내리게 하기 위해 만들어진 것이었으나 너무 많은 품이 들어 중단되고 장난감 정도의 기능만 남은 것이라 설명했다.

"숙련되면 이런 것도 가능하지."

"와, 눈 색이 파란색이네요? 오, 초록색."

"분홍색도 있네."

베이커가 어깨를 으쓱하고는 도구를 내려놓았다. 색색으로 흩날리던 눈이 순식간에 사라졌다.

"어쨌든 오늘 아가씨가 사용할 것은 바로 이걸세."

그 말에 나는 고개를 갸웃했다.

"근데 왜 눈 내리는 도구로 가져오셨나요? 저 밖에 가득한 게 눈인데. 이따 내리는 걸 보면 되지 않나요?"

겨울이라 이곳에서 눈을 보기란 어렵지 않았다. 아침에 눈 뜨면 늘 하얀 세상이었으니까.

"눈…… 안 내려."

대답한 것은 줄곧 조용하던 어린 리녹이었다. 베이커가 얼른 끄덕였다.

"그러하네. 대공령에서는 신기하게도 눈은 반드시 밤에만 내리지. 무슨 영문인지는 알 수 없네. 펜릴의 장난이려니 하지."

"……밤에만 온다구요?"

그러자 문득 생각난 것이 있었다. 나도 모르게 고개를 돌렸다.

"그럼 혹시 녹스, 눈 내리는 걸 본 적이 없어?"

마법이 발현한 뒤로는 오직 낮만이 자신에 세상인 소년은 시무룩한 표정을 지었다. 하얀 뺨 위로 그윽한 속눈썹 그림자가 드리웠다.

……겨울이 잘못했네.

"……겨울 얼마면 될까?"

"으응?"

"아냐. 헛소리야."

시무룩한 네게 미안하지만 내가 겨울을 사 오면 안 될 정도로 사랑스러웠거든. 나는 여전히 시무룩한 리녹을 위해 얼른 나섰다.

"괜찮아. 녹스, 나도 한 번도 본 적 없어."

그러자 아이가 얼른 고개를 들더니 눈을 깜빡였다.

"……겨울을 사 올까?"

……너도 같이 헛소릴 하면 어떡하니.

"녹스, 겨울은 돈으로 살 수 없어."

"……으응. 그치만."

"아냐. 안 돼."

아쉬운 기색이 다분한 아이의 마음은 이해는 했다.

사실 리녹은 이 저택에서 감금당하다시피 살았고 어린 시절의 기억만을 고스란히 가진 지금 낮의 리녹은 내리는 눈을 못 봤기에 보고 싶을 수 밖에.

"저, 주인님."

베이커가 슬며시 끼어들었다.

"밖에서 내리는 눈을 보고 싶으신 겁니까?"

"응."

"눈 내려 드릴까요?"

리녹이 담담한 얼굴로 고개를 기울였다.

"못하잖아."

"……그렇게 입술로 때리시면 아픕니다요."

베이커가 반질반질한 턱을 긁적였다. 괜히 머쓱한지 로브를 걷었다가 풀어 내리는 그를 보며 호기심이 들었다.

"어렵나요?"

"아, 밖에서 눈을 내리는 것 말인가? 어렵지. 이렇게 폐쇄된 공간에서 공간을 한정 짓기는 쉽지만 뻥 뚫린 바깥은 어렵거든."

베이커가 허공에 동그라미를 그렸다. 그러고는 마법 도구를 쥐고 흔들었다.

"이 마법 도구를 쓴다고 해도 공간 설정이 필요한데, 하늘의 높이는 무한하니 말일세. 좁힌다고 해도 직접 허공에 서지 않는 이상 가늠할 수 없다는 거지."

그가 손을 허공에 치켜들었다. 그러고는 허탈해 보이는 손을 보며 미소했다.

"안타깝지만 주인께서 원하는 것처럼 온 세상에 내리게 하려면 대마법사가 와도 불가능하네."

"그렇군요."

"마법이란 게 원하는 것을 뭐든지 원하는 만큼 들어주거나 전부 능사는 아니네."

베이커의 손이 허공을 붙잡았다.

"현재의 마법은 한계를 가정하고, 머릿속에 좌표를 만들어 정확히 계산해서 마력을 쓰는, 일종의 고도의 두뇌 회전이지."

베이커는 "아가씨가 배우는 이론도 전부 여기 해당하는 것이고 말일세."라고 덧붙였다.

확실히 이론은 지나치게 고차원적이라 이해하기 어렵긴 했지.

"그럼 먼저 이 마법 도구에 걸린 주문들에 대하여 알려줄 걸세."

베이커가 이론을 우선 설명하겠다며 도구를 들었다.

"눈은 물이 어는 것이지? 작은 얼음 알갱이를 만드는 주문과 천장에 소환해 흩날리게 하는 주문이 함께 걸려 있다고 보면 되네."

주문을 하나하나 차근차근 설명하던 베이커가 다시 눈을 내리게 했다.

"도구를 사용하는 건 도구를 통해 실전을 체감해 보라는 말일세. 훗날 숙달되면 자네는 이 주문들을 기억하고 혼합해서 실내에서 도구 없이도 눈을 만들 수 있을 걸세."

"실내에서 눈을…… 말씀이죠?"

실내에서 눈을 만들 일이 얼마나 있을까요. 이런 표정을 담아 말했더니 베이커가 뺨을 긁적였다. 동의하긴 하는 모양이었다.

"배워둬서 나쁠 건 없으니 말일세. 자, 여기."

배워둬서 나쁠 건 없겠으나 그렇다고 쓸모가 있을 것 같지도 않았다. 하지만 나는 얌전히 도구를 건네받았다. 생긴 건 꼭 길쭉한 막대기나 스틱형 손전등 같았다. 전생에 하던 게임에 이런 전등을 봤던 것 같은데. 영 엉뚱한 생각을 하며 베이커가 했던 것처럼 손을 들어 올렸다.

"……허?"

베이커가 탄식을 터트렸다. 이게 뭐람. 나는 눈을 깜빡이지 않으려 애쓰다가 목을 쓸어내렸다.

눈이 내리고 있었다. 그것도 베이커가 내리던 때보다 많은 양이.
물론 베이커야 시범을 보여 주기 위해 약하게 한 것이라 말을 하긴
했지. 내가 할 수 있을 줄은 몰랐다.

"……아가씨, 이래도 본인이 천재가 아니라고 할 건가?"

"아닌 것 같은데요……?"

나는 따끔한 손등을 등에 문질렀다. 이상하게 도구를 쓸 때마다
주문이 새겨진 손등이 따끔거렸다. 그러나 다행히도 손등 위로 흰
문양이 떠오르지는 않았다.

어떤 원리인지는 모르겠지만 오래전 리녹의 상처를 치료했을 때
나 리녹을 아이에서 청년으로 바꿀 때는 떠올랐지만 그 외에는 떠오
르지 않았던 것이다.

"그런데, 저 이런 도구를 사용할 줄 아는데 왜 마력은 못 느끼는
걸까요?"

"그러게. 참 이상하단 말일세."

베이커의 눈동자에는 의문이 어려 있었다.

"보통 마법을 깨우치는 순서는 마력을 먼저 느끼고, 그다음에 마
도구를 사용할 줄 알게 된단 말일세?"

"네. 그러셨죠."

"근데 아가씨는 반대란 말일세."

마법이 담긴 도구에는 두 가지가 있었다. 처음부터 마력이 담긴
것과 담기지 않은 것. 전자는 마법사가 아닌 사람도 쓸 수 있으나 후
자는 오직 마법사만이 쓸 수 있었다. 마력을 직접 불어넣어야 했기
때문이었다.

그런데 나는 기초 중의 기초인 마력은 느끼지 못하면서 다음 단계

인 마도구는 손쉽게 사용했다. 베이커의 말로는 본능적으로 마력을 불어넣을 줄 안다는데, 무슨 뜻인지 이해하지는 못했다.

사실 나에게 가장 필요한 것은 마력이 있냐 없냐를 판단하는 능력인데. 그래야 순간이동 구슬을 쓸 만한 장소를 물색해서 정 안되면 사라질 수단으로 삼을 것 아냐.

아무튼 간에 지금 상태로는 무리다. 현재 내 상태는 좌표나 그래프는 하나도 모르면서 미분, 적분을 하고 있다는 소리다.

"아가씨는 감각을 아는 것 같다는 말이네. 이러니 아가씨를 대단하다 여기는 게 아닌가."

사실 도구를 쓰는 감각이라고 해봐야 잘 모르겠다. 순간이동 구슬 쓰던 느낌과 다르지 않게 행동했던 탓에 차이를 모르겠달지.

"순간이동 도구를 써본 적이 있어서가 아닐까요? 아. 베이커 씨."

"에헴. 스승이라 부르래도."

"그럴 수는 없어요. 제게 직접 말씀해 주셨잖아요, 저는 정식 절차를 밟는 것도 아니라고."

"……거 참. 단호한 아가씨구먼."

보통 마법사의 제자가 되는 건 몇 년 걸리는 일이라는데, 나는 야매로 배우는 것이나 다름없고 또한 저택 이들과 깊은 관계를 맺고 싶지 않은 마음이기도 했다.

"제게 언니가 있는데 언니도 도구를 쓸 줄 알거든요."

"언니는 마법사인가? 기사?"

"기사요."

"마력을 쓸 줄 아는 기사인가 보군. 그럼 당연한 걸세."

그는 숙련되고 뛰어난 기사가 마력이 드는 도구를 쓰는 건 어렵지 않다고 말을 해주었다.

"결국, 제자리걸음이네. 아가씨에겐 재능이 있고, 천재적이지."

"천재 아니라니까요."

나는 고개를 절레절레 저었다. 나를 이해하지 못하겠다는 얼굴인 베이커를 위해 나는 손을 들어 올렸다.

사용을 중지했기 때문에 방 안에 눈은 온데간데없었다.

"녹스."

나는 나를 바라보고 있던 아이에게 도구를 내밀었다.

"녹스도 해볼래?"

아이가 큰 눈을 깜빡였다.

"……에이미는 보고 싶어?"

"녹스가 사용하는 모습? 응. 보고 싶어."

도구를 쥔 아이의 손을 감싸 쥐었다가 놓았다. 아이가 작게 끄덕이더니 내가 했듯이 손을 들어 올렸다. 그리고 그저 가벼이 휙 흔들었을 뿐인데…….

"주인님! 멈추십시오!"

"녹스, 노, 녹스 멈춰!"

방 안에 폭설이 내렸다.

나는 눈이 그쳤지만 방 안 가득 쌓인 눈을 황망하게 바라봤다. 따뜻한 방 온도에 눈이 금방 녹고, 꽤 질이 좋던 소파는 금세 물에 푹 젖어 들었다.

"……이래도 제가 천재 같으세요?"

내가 조금이라도 자만하지 않는 이유가 이거다. 내가 덧셈을 할 줄 알면 뭐하나. 옆에는 월반하다 못해 수능 전국 1등이 옆에 있는데.

물론 나는 온전히 내 능력이 아니라 손등에 새겨진 주문 때문이라 생각하기 때문에 담담한 거였다. 그렇기에 리녹의 능력이 더 대단하게 보였다.

"아니라 생각하시죠?"

한참 눈을 바라보던 베이커가 난감한 웃음을 흘렸다.

"주인님은 규격 외…… 존재시지. 크흠, 인간이 아니시라고 할까."

왜 댁 주인을 인간 외 존재로 만드세요. 나는 살짝 기가 찬 표정을 지었다가 아이에게서 도구를 건네받았다.

이후로는 수업이 이어졌다.

"그건 선물일세."

수업이 끝난 뒤 옷을 정돈하는 내게 베이커가 오늘 썼던 도구를 내밀었다. 사실 실내에서 눈을 내리는 도구를 어디 쓸 수 있을까 싶었지만 성의를 무시하고 싶지는 않아 받아 들었다.

……여름에 에어컨 대용으로 쓸 수 있지 않을까?

사실 난 리녹의 마법을 보고 의기소침한 상태였다. 진정한 대마법사의 수준은 이 정도는 되어야 한다고 느꼈으니까.

"어때, 수업한 지 며칠 되지 않긴 하나 배워보니 어떤가?"

베이커가 사람 좋은 얼굴로 유들유들 웃었다.

"계속 배우고 싶지 않나?"

"이 저택에서요?"

"그렇지."

"한 달 넘어서도?"

"그렇지. 아."

베이커가 잠시 아차, 싶은 얼굴을 했으나 곧 능글맞게 입꼬리를 끌어 올렸다. 뭐 어떠냐는 듯.

……너구리가 따로 없네.

"너무 속보이시네요."

"앞과 뒤가 다른 것보다야 낫지 않은가?"

"그건…… 그렇지만요."

가벼이 대꾸하고서는 음, 하고 소리 내어 말했다.

"감상이라기엔 뭐하지만요……. 마법이라면 뭐든 할 수 있는 멋진 능력인 줄 알았는데, 생각보다…… 음……."

"복잡하고 귀찮다?"

"네. 그렇게 말할 수 있겠네요."

실제로 며칠 배우진 않았지만 배워보니 그러했다. 그리고 이질적이기도 했다. 나는 줄곧 마법사의 기준을 뭐든 뚝딱 해내는 세레나의 모습으로 생각했기 때문이었다.

"사실 본래 마법이란 진정으로 바라는 것을 이뤄주는 힘일세."

베이커가 말했다.

"흔히들 바라는 것을 모든 할 수 있게 하는 능력이라고들 하지."

"마법을요?"

"그렇네. 그러나 그건 어디까지나 아주 오래전, 지금은 고대 마법이 된 것들이나 그러하네."

"그렇군요."

"오래전에는 원하는 것을 이뤄내는 힘이었으나, 이젠 그것들은 거의 소실되었으니."

베이커가 먼 곳을 바라보는 눈으로 턱을 쓰다듬었다.

"현재를 사는 이들은 현재만의 방법을 찾지 않았겠나. 그리고 그게 이런 것이지."

베이커가 책장을 가리켰다.

"책이네요."

"그렇지."

책장 안에는 책이 수두룩했다. 그는 현대 마법의 마법진이 고도로 발달한 이유도 계산과 이론에 치중하게 되었기 때문이라고 했다.

그러고는 날 향했다.

"왜인지 모르겠지만 아가씨는 훗날 대단한 마법을 구사할 것 같단 말이지. 내 감은 잘 틀리지 않네."

그가 인자하게 웃었다.

"말씀 감사해요."

"그래. 내일 보자고. 주인께서도 조심히 가십시오."

베이커가 정중히 고개를 숙였다. 줄곧 나만 바라보던 아이가 고개만 돌려 끄덕였다.

"응."

"……헉."

"왜 그러세요?"

"아니……. 어린 주인께서 대답을 해주시다니……. 새삼 감격스러워서 말일세."

베이커는 놀람과 감격을 숨기지 못했다.

"거, 주인님. 한마디만 더 해주시면 안 됩니까?"

"싫어."

"세상에. 감사합니다."

……여기도 팬이 하나 있구나. 아닌 척하더니 베이커도 리녹 덕후

였나 보다. 물론 로테보다 심하지는 않았다.

"갈까, 녹스?"

아이가 머뭇거리면서 내 손을 잡았다. 마주 잡자, 귀가 분홍빛으로 물들었다. 이를 흐뭇하게 바라보다가 걸음을 디뎠다.

복도는 오늘도 고요했다. 로테에게 듣기로는 그날 습격 이후에 경비 체계를 수정하고, 마수가 튀어나오는 방범 벨도 더욱 강화했다고 한다. 뛰어난 기사는 기척도 능히 숨긴다고 했나? 지금은 아무도 보이지 않지만, 사실 곳곳에 지키는 눈이 있을지도 모른다는 거다.

"*어린 각하께서는 사람을 좋아하지 않으십니다.*"

"*······저택 사람인데도요?*"

"*저택 사람 또한 사람이라 생각하시니, 바깥의 사람과 별다르게 느끼지 않으실 겁니다.*"

나는 흘끔 오른쪽을 내려다봤다. 자박자박 걷는 아이의 동그란 뒤통수 위로 잔머리가 솜털처럼 흔들렸다. 묘한 기분이었다. 이렇게 순해 보이는 아이인데, 사람을 싫어한다.

물론 나는 그가 사람을 불신하고 싫어하는 이유를 잘 알고 있지만 안타까운 마음이 들 따름이었다. 언니와 나와 함께 지내며 나아졌다고 생각했는데 아니었던 모양이다.

잠시 무어라 입을 열려던 나는 그대로 멈췄다. 항상 고개를 들면 나를 바라봤던 어린 리녹이 문득 다른 것을 보고 있었기 때문이다. 아이의 시선을 따라가니 창문이 있었다. 화창한 하늘 아래로 군데군데 눈 덮인 정원이 보였다.

"녹스, 눈이 보고 싶어?"

조금 전 수업에서 아이가 했던 말을 떠올렸다. 눈 내리는 걸 보지 못했다고 했지? 실내에서 눈을 내리기까지 해봤으니 아무래도 마음에 남았겠구나.

"눈? 저기……."

"아니 쌓인 눈 말고 내리는 눈."

"……."

"눈이 내리는 것을 보고 싶어?"

자색으로 영롱한 눈동자가 아래로 내리깔렸다. 아이는 자신이 원하는 것을 말하기 어려워했다.

"……보고 싶은지 모르겠어."

"그럼, 이렇게 생각해 보자."

아이를 내 쪽으로 돌리고 그 앞에 쪼그려 앉았다.

"저 밖에 눈이 내린다고 생각해 보는 거야. 녹스는 그걸 처음 봤어."

"……."

"기분이 어떨 것 같아?"

"……모르겠어."

나는 포기하지 않고 손을 들어 올렸다. 그러고는 심장 부근을 꼬옥 쥐었다.

"여기가 콩콩 뛰거나 난로에 가까이 간 것처럼 따뜻해질까?"

자색 홍채는 가슴에 손을 올린 내 모습을 그대로 반사했다.

"……에이미를 생각할 때처럼?"

"어? 어. 어어. 그래."

잠시 당황했지만 그렇다고 하자고 동의했다. 중요한 것은 아이가 자신의 기분을 표현하는 것이니까.

리녹이 시선을 내렸다.

“응, 그런 것 같아.”

손가락을 꼼지락거리던 리녹이 눈을 들어 올렸다.

“보고 싶어?”

“…….”

끄덕.

“……보고 싶어.”

아이의 머리가 조금 전보다 더 깊이 끄덕여졌다.

“응. 그렇구나. 녹스가 알려줬으니까. 나도 말해 줄게.”

“말해 줘?”

“응. 사실은 나도 눈이 보고 싶어. 아주 펑펑 내리는 눈이.”

나는 방싯 웃고는, 아이의 보드라운 머리를 쓰다듬었다. 그러고는 아이의 조그만 귀를 톡 쳤다. 장난치듯이.

“우리 둘 다 똑같네?”

“못 봤어?”

“응. 아직 못 봤어.”

아이의 눈에 호기심이 가득 차올랐다.

“왜?”

……밤마다 네가 열심히 괴롭혀서 창문은커녕 테라스 구경도 못 해서 그래.

내가 테라스를 볼 수 있었던 날엔 눈이 내리지 않았다. 그리고 요 며칠간은 밤의 리녹으로 정신을 빼앗겨서 볼 틈도 없었고.

말하기 꺼리는 나 때문에 눈 이야기는 흐지부지되었다. 대신 다른 얘기를 하며 도란도란하게 걸었다.

이내 복도 끝에서 아이를 기다리던 로테를 발견했다.

"즐거운 시간 보내셨습니까."

리녹은 가볍게 고개를 끄덕였다. 여기에 로테가 몰래 감동 어린 눈을 했지만 금방 사라졌다. 나는 리녹을 집무실에 데려다주고, 로테와 함께 내 방으로 향했다.

"이런 일도 있네요, 어린 대공님이랑 떨어질 시간도 있고."

"오늘만큼은 굉장히 급한 일이 있어서 말입니다."

본래는 낮 내내 나와 떨어지지 않는 리녹이었지만 오늘은 급히 그가 필요한 일이 있다나. 어린아이인 상태인데 필요한 일이 있을까 싶었지만.

"굉장히 급한 일이었나 보네요."

"주요한 연락이 있었습니다."

주요한 연락이라면……. 연락할 사람이 있다는 거 아닌가?

내 표정을 알아챘는지 로테가 덧붙였다.

"각하께서 낮에는 아이가 되시는 것을 아는 분이십니다."

난 문 앞에서 멈칫했다. ……어쩐지 그 사람이 누군지 짐작을 할 수 있을 것 같았다.

"그렇군요. 누군지 살짝 궁금해지는걸요?"

"여쭤셔도 됩니다. 기밀은 아니니까요."

"세레나 님인가요?"

"예, 맞습니다."

로테가 정중하지만 가벼이 대꾸했다.

"그분은 마물 토벌도 함께하셨던 각하의 오랜 동료이시니 모든 비밀을 아십니다."

역시나 세레나였다.

"혹시…… 어린 대공님도 세레나 님을 좋아하시나요?"

왜인지 대답을 기다리는 동안 시간이 길게 느껴졌다.

"글쎄요. 거기까지는 잘 모르겠습니다."

차갑고도 단정한 로테의 표정에는 아무것도 떠오르지 않았다. 아니, 본인도 정말 모른다는 낯 같기도 했다.

"도움이 되지 못해 유감스럽습니다."

그는 예의상 그렇게 인사를 남기고 돌아갔다. 멀어지는 뒷모습을 보다 방으로 들어온 나는 그대로 숨을 내쉬었다.

저택에 들어온 지 꽤 되었지만 세레나와 리녹이 어떤 관계인지 제대로 알 기회가 없었다. 무엇이 얼마만큼 바뀌었는지 알고 싶은데. 하지만 한 달이나 이곳에 있는 이상, 기다리면 접할 기회가 있을지도 모른다.

침대로 걸어가던 나는 문득 정면을 가득 메운 테라스를 응시했다. 테라스 밖에는 흰 눈이 담긴 정원과 저 멀리 흰 산봉우리가 보였다. 한 손에는 베이커가 선물한 마법 도구가 있었지만 사용할 생각은 들지 않았다.

"……보고 싶어."

흰 풍경에 시선을 빼앗긴 건 그저 웅얼거리던 아이의 얼굴이 떠올랐기 때문이었다. 나는 그대로 테라스로 향했다. 문을 열자 찬 공기가 뺨에 다가왔다. 하지만 그렇게까지 춥지는 않았다. 이것도 저택에 걸린 마법 때문일 것이다.

나는 손을 쥐었다가 폈다. 그러고는 그대로 들어 올렸다.

"……바깥에서는 사용이 안 된다고 했지?"

흔들었지만 요지부동인 마법 도구를 난간에 내려놓았다. 그리고 이번엔 맨손을 들어 올렸다.

새파란 겨울 하늘은 구름 한 점 없이 깨끗했다. 파란 도화지에 손도장을 찍는 기분이었다. 손가락 사이에 태양이 들어왔다. 눈이 부셔서 살짝 찌푸렸다. 천천히 입술이 열렸다.

"내가 네게 보여줄 수 있다면 좋을 건데."

아무도 없는 하늘을 향해 중얼거림이 새겨졌다.

"눈 내리는 거."

실내에서 본 눈과 바깥에서 하염없이 내리는 눈은 다르다.

"세레나는 가능하겠지?"

전생에서 겨울에 눈이 펑펑 내리던 곳에 살았던 나에게는 눈감고도 상상할 수 있는 풍경이지만 낮의 리녹에게는 그렇지 않았다. 아이에게 눈은 눈 감았다가 뜨면 그 자리에 있는, 신비한 것이지 않았을까? 책은 눈이 하늘에서 내리는 것을 알려줄 수는 있어도 경험시켜줄 수는 없으니까.

보고 싶다고 말하는 어린 리녹의 표정은 천진했고 담담했다. 그러나 마치 그럴 일은 없다고 생각하듯, 수줍음 사이에서도 선명한 확신이 보였다.

나는 책 속에서도, 그리고 지금도, 만성이 되어버린 네 체념이 안타까웠다.

"……애늙은이랑은 또 다르단 말이지."

리녹의 조숙함과 조용함은 포기가 겹겹이 쌓여 만들어진 결정체였다.

베이커가 마법을 두고 말했다.

"사실 본래 마법이란 진정으로 바라는 것을 이뤄주는 힘일세. 흔히

들 바라는 것을 모든 할 수 있게 하는 능력이라고들 하지."

이제는 그럴 수 없는 힘이라고. 그건 아주 오래전의 일이라고. 사실 그런 기적이 만연했다면 그것도 문제겠다 싶었다.

그러나 나는 하늘을 향해 손을 펼쳤다. 이 순간만큼은 기적 같은 일이 일어나서 새하얀 눈이 내리는 풍경을 아이에게 보여 주고 싶었다. 정말 바라는 일인데. 기적 같은 일이 일어나지 않을까?

"눈 좀 내려라. 눈 좀."

우습게도 나는 손을 꽉 그러모아 쥐었다. 헛웃음을 지으면서도 강력하게 바랐다.

"제발. 아이가 눈을 뜨고 있을 때, 눈이 내리게 해줘. 아니면 내게……. 내릴 능력이라도 줘."

스르륵, 눈을 뜬다. 아무 일도 일어나지 않았다. 그저 내려 있던 눈의 잔재뿐.

"일어날 리가 있겠어."

그렇게 생각하며 모았던 손을 폈다. 아니, 피려고 했다. 잠깐, 이게 뭐지? 손바닥에는 못 보던 것이 놓여 있었다. 분명 손안에는 아무것도 없었는데? 어디서 나타난 거야?

"……거울?"

손바닥 사이에서 나타난 것은 딱 손바닥만 한 크기의 거울이었다. 원형 손거울. 이게 왜 나타난 거지. 거울을 이리저리 돌려보다가 그대로 손을 내릴 때였다.

"……어?"

나는 거울을 홱 뒤집었다. 거울 주변으로 보이는 무늬가 익숙했다. 박쥐 피막 날개, 날카로운 이빨……. 마치 붉은 용과 같은…….

이거 설마?

이런 거울을 본 적 있었다. 정확히는 커다란 거울로, 내가 머물렀던 방에서.

"버려야 해."

떼어내야 한다고 생각했다. 그러나 그와 동시에 거울에서 빛이 흘러나왔다. 낭패감이 온몸을 휘감았다. 그러나 때는 이미 늦었다. 눈을 뜨자 낯선 공간이 나를 반겼으니까.

거울 속 공간, 첫 번째는 낯선 정원, 두 번째는 내가 탄시즈에게서 도망간 도시의 골목이었다. 그리고 세 번째인 지금, 다시 정원이다.

첫 번째와 비슷한 정원 같은데, 구분하기 어려웠다. 멀지 않은 곳에 자그만 아이가 보였다. 둥근 등이 보여 다가가려는데, 금방 멈칫했다. 아이는 하나가 아니었다.

아이가 둘? 멈칫했던 걸음을 다시 옮기는 순간이었다.

"또 당신이군요."

뒤에서 들리는 목소리에 흠칫 놀랐다.

"다시 만났네요. 마력의 기운이 같으니 착각은 아닌 것 같고."

저벅저벅. 뒤를 돌아보니, 그가 고스란히 보였다. 탄시즈가 걸어왔다. 그리고 탄시즈의 반대 방향에서 꺄르르 웃는 아이의 맑은 웃음소리가 들렸다.

"당신은 누구죠?"

탄시즈의 몸이 점차 가까워졌다. 그는 다른 날과 다르게 더는 편한 차림이 아니었다. 정복에 가까운 제복과 그 위로 긴 로브를 걸치고 손에는 긴 지팡이까지 들고 있었다. 발걸음마다 옷자락이 우아하게 출렁 춤을 추었다.

"당신, 조정자가 아니지?"

긴 지팡이가 나를 겨누고서야 정신을 차렸다.

"본디 조정자란 나를 꿈에서 깨우러 방문하는 자."

그러나 때는 이미 늦은 뒤였다.

"누구야? 누군데, 내 꿈에 들어와 방황하는지?"

지팡이 끝이 정확히 목 앞에 멈춰 섰다. 오늘도 얼굴까지 꽁꽁 가려준 긴 망토가 이리도 고마울 수가 없었다. 나인 줄 알았다면, 탄시즈가 어떤 반응을 보일지 알 수 없었으니까.

"나는……."

"마법사인가요?"

마법사? 절로 고개를 들어 올리다가 멈칫했다. 고개를 들면 얼굴을 보일 것만 같았다.

"길이 꼬인 마법사인가. 어떤 고대 마법을 가졌죠? 의식에 파고드는 마법인가. 여기쯤 오려면 고대 마법과 관련 있는 걸 텐데."

고대 마법? 차가운 보석의 감촉이 느껴져서 아무런 말도 꺼낼 수 없었다. 고개를 내려 마주 잡은 손만 바라볼 때였다. 어라. 깜빡깜빡. 내 손이 반투명해지는 것이 보였다.

"설마 또……."

탄시즈의 목소리와 함께 앞이 울렁거리며 그대로 공간이 일그러졌다. 어지럼증에 눈을 확 감았다. 그리고 눈을 다시 떴을 때, 익숙한 풍경이 들어왔다.

"……어?"

어어? 나는 고개를 확 치켜들었다.

"뭐였지?"

분명 낯선 정원 한가운데에 있었는데, 더는 그곳이 아니었다. 나는 손을 들어 올렸다. 그러고는 턱으로 맺힌 땀방울을 닦아냈다.

그 공간에서 매번 나는 커다란 망토를 쓰고 있었고 공간에서 나오면 망토는 어디론가 사라졌다. 하지만 지금은 망토에 연연할 때가 아니었다.

"대체 왜, 이게 갑자기…… 내 손에 생겨난 거지?"

여전히 손에 이 거울이 있었으니까. 도대체 왜? 거울은 분명 리녹에게 부탁해 사라졌었다. 모르긴 몰라도 리녹은 조사를 명했을 것이다. 나는 거울을 지그시 노려봤다. 이어 시선을 손등으로 향했다. 착각이겠지? 조금 전 이동하기 직전에 손등에서 희게 드러난 문양을 본 것도 같았다.

하지만 다시 보니 아무것도 없었기에 그저 상상이 지나쳤겠거니 하고 말았다. 물론, 감은 절대 간과해서는 안 된다고 외치고 있었다.

'거울을, 리녹에게 넘겨야겠어.'

무슨 연유로 이게 내 손에 다시 들어온 건지는 모른다. 그것도 크기가 작아져서. 하지만 내가 가져서는 안 되는 물건인 것 같았다. 아니, 위험했다.

그렇게 다시 방 안으로 들어온 나는 거울을 내려놓았다. 그러다 말고 탁자 위에 있던 책을 발견했다. 어린 리녹과 도서관에 간 김에 빌려온 책이었다. 『초대 대공과 멋진 늑대』. 유치한 제목처럼 짧은 동화였다.

"후, 다른 생각. 다른 생각."

뭔가 다른 생각을 하고 싶었다. 적어도 탄시즈 생각 말고 다른 것……. 멋들어진 늑대의 그림을 보고 있으려니 문득 생각나는 것이 있었다.

"리녹이랑 보았던 초대 대공의 기록. 거기에 날짜가 적혀 있던 것 같은데."

솔직히 별 중요하지는 않은 얘기였다. 이건 탄시즈 외에 다른 생각을 해야 하는 강박에서 나온 것이기도 했다.

"3일 뒤였지?"

……이게 그저께 있던 일 아니었나? 그러나 뺨을 긁적이던 나는 이내 슬리퍼를 벗고 침대로 누워 버렸다.

나랑 상관없는 일이겠거니 하면서.

오늘 일어난 일을 그냥 잊고 싶었다.

△

"대공님. 이것 좀 조사해 주세요."

낮이 쏜살같이 지나가고, 밤은 금방 하늘을 차지했다. 그리고 내 방을 차지한 사람은 밤의 리녹이었다. 그는 내가 내민 손을 보며 느릿하게 눈을 깜박였다.

"거울인 것 같은데."

"네. 맞아요."

리녹이 내게서 거울을 가져갔다. 그의 손으로 넘어가고 나서야 후, 숨을 뱉었다.

"저택에서 찾았어요."

낮 이후로 거울에 살갗이 전혀 닿지 않게 천으로 둘둘 감싸고 그마저도 모자라 소매로 손을 감싼 채 옮겼다.

사실 저걸 버려달라고 할까 아니면 부숴달라고 할까 고민했다. 하지만 내가 버려달라고 한들 리녹은 한 번쯤 조사해 볼 것 같았다. 그리고 이것과 탄시즈와의 관계성도 알게 되겠지 싶었다.

"제가 지난번에 방에 있던 거울, 조사해 달라고 말씀드린 적 있었잖아요. 혹시 그건 어떻게 되었나요?"

"그때 거울이라면, 전달 받은 바가 없는데……. 왜 그러지?"

아. 아직도 조사 중인 건가? 그래서 리녹이 이 거울을 보고도 태연한가보다 싶었다.

"아니에요. 이것도 한번 조사해 주세요. 그, 아니다. 대공님. 거울을 보면서 뭐 느껴지시는 거 없으세요?"

내 말에 리녹은 생각해 보려는지 거울을 지그시 응시했다. 휘휘 돌려가며 관찰도 했다.

"느껴지는 것은 없는데."

"……그래요?"

"이건 황실의 물건이군."

나는 흠칫하며 리녹의 눈치를 보았다. 그러나 그는 자연스러운 얼굴이었다.

"놀랄 것 없다, 에이미. 대공저 곳곳에는 황실의 물건이 은밀하게 놓여 있으니."

"은밀하게요?"

"그래."

리녹의 설명은 이러했다.

오래전부터 황가와 이베르크가의 사이는 좋지 못했고, 황실에서는 무수히 많은 간자를 이곳에 들였다고 한다.

"전부 간자들이 숨겨놓고 간 것들이지."

그리고 간자들의 역할은 정보를 빼돌리거나 암살, 혹은 마법 도구를 놓고 오는 것이었다. 여기서 마법 도구란 이베르크가 사람에게 '저주'를 거는 물건이었다. 저주는 다양한 종류가 있었고, 이전 오뚝이 백작이 걸린 마법처럼 하나같이 악질적이었다고 한다. 거기다 쉽사리 알아볼 수 없게 가짜와 진짜를 마구 혼용해 숨기곤 했다고.

"100년 전까지는 치우기에 열심이었다고 하나 그 후론 하지 않았다고 하더군."

"어……. 태연하게 할 이야기는 아닌 것 같은데요."

나는 끙 숨을 내쉬었다.

"그런가."

황실은 아주 치밀하게 마법을 숨기곤 했다 하니, 리녹이 대번에 알아보지 못한 건가. 조사해 보면 나오지 않을까.

거울이 리녹에 손에 들어가서 다행이긴 한데, 자초지종을 듣고 나니 괜히 속이 복잡해졌다. 황실과 대공가가 이렇게 오랫동안 사이가 안 좋았긴 했구나. 거기다 오랜 악연이 이번 세대에 와서 최악에 치달았다고 했었지.

"익숙한 일이다."

"그러니까 보통은 익숙한 일이 아닌데요, 그거."

탄시즈가 나타난 거울의 비밀이 풀리자 나는 고삐가 풀린 것처럼 딴생각에 빠졌다.

'그나저나 좋은 냄새가 난단 말이지.'

여기는 내 방이었지만 리녹의 방이기도 했다. 아니, 원주인은 리녹이다. 원래 리녹의 침실이었으니까. 그래서 방 어디든 그의 묵직

늑대의 매듭

한 내음이 나지 않는 곳이 없었다.

낮의 리녹에게 베이비 파우더나 새하얀 이불 내음같이 포근하고 뽀송뽀송한 냄새가 있다면 반면에 밤의 리녹에게서는 묵직하고 사람을 홀릴 듯한 녹진한 내음이 났다. 평생 전쟁이나 마물이 가득한 곳을 전전하던 사람에게서 어찌 이런 좋은 향기가 나는지 모를 일이었다. ……이것도 남자 주인공 버프인가?

"넌 언제나 생각에 잠겨 있는 것 같다, 에이미."

"앗 깜짝이야. 언제 다가오셨어요?"

이렇게 바짝. 얼떨떨하게 그를 바라보는데, 리녹은 붙든 내 손가락에 깍지를 끼고 손목 안쪽에 입을 맞췄다.

"부탁이 있다."

"부, 부탁요?"

"나와 있을 때는, 오로지 내 생각만 해줄 수 없겠나?"

그는 나와 얽은 손을 그대로 들어 올린 채 뺨에 기대며 말했다.

"어, 음, 어……. 그건 제 마음 아닌가요?"

"맞다. 그러니 부탁하는 것이지 않겠나."

내 생각엔 이미 시야에 가득한 당신을 머리에까지 품는다면…… 기필코 사달이 날 것 같은데.

감이 꽤 좋은 편이라는 말이 목 끝까지 튀어 나오려고 했지만 슬그머니 시선을 흘렸다.

"나를 봐주지 않겠나."

"그것도……."

"네 마음인가?"

"그, 그렇죠. 그러니까 일단 이 손……."

"손은 언제든 붙잡아도 된다 말해주었다."

"아뇨. 그건 그런데."

그건 그날, 얼굴로 나를 홀려서 얻어낸 거잖아요. 선생님.

하지만 홀린 건 내 탓이니 무어라 할 생각은 없었다. 대신 시위하듯 시선을 움직이지 않았다.

"네가 싫어하는 일은 하지 않는다."

"어…… 네, 네."

그가 손을 놓았다. 문제는 손을 놓고 내 양옆을 짚어서 그의 품 안에 갇혔다는 것이다. 이제는 익숙하게 보는 자세였지만 기분은 전혀 익숙하지 않다는 거다.

그가 머리를 움직이는 것이 느껴졌다. 사락, 천이 겹치는 소리가 난다. 머리카락이 스치는 소리도. 그를 쳐다보지 않으니 다른 감각이 오히려 선명하게 느껴졌다.

"네가 날 생각하지 않아도 좋다."

"……어, 네."

"어떡하면 네가 오로지 나만 생각할지 스스로 강구하면 되니."

"강구요?"

여기서 더요? 이미 시선이고 체온이고 모조리 뺏어갈 것처럼 가까워졌는데 여기서 뭘 더 할 것이라는 건지.

정신 차리자, 에이미. 정신 차리자.

유혹을 허락한 건 나였다. 그렇게 하지 않으면 평생 쫓아다닐 기세였으니까. 잘 참아보자. 한 달만 버티면 된다.

사실 무엇을 참아야 하는지 명확히 알 수 없었지만 그게 무엇이든지 참아야 할 것 같았다. 나는 시선을 내린 채로 손을 뻗었다.

"뭘 하는 건지 물어도 되겠나?"

"음, 단추 잠그는데요?"

리녹은 오늘도 흰 셔츠에 가슴팍을 풀어 헤친 채로 나타났다. 옷 좀 벗지 말랬더니 이것도 입은 거라고 주장하는 그가 한편으로 귀엽다 생각되기도 했지만 그건 그거고. ……이건 눈에 해롭다.

탄탄한 근육에다 두툼한 가슴이 눈앞에서 아른거리는 건 사자 앞에서 사슴이 맑게 뛰노는 거랑 뭐가 다르겠나. 별생각이 다 든단 말이다. 내가 시방 한 마리 위험한 짐승이라고.

나는 단추를 열심히 채웠다. 그런데 이상하게 단추가 전부 채워질 줄 몰랐다. 눈을 조금 들어 올린 나는 그대로 입을 벌렸다.

"저, 뭐 하세요?"

"단추를 풀고 있다."

……아니, 왜 푸는 건데.

"기껏 잠가드렸는데 푸시면 어떡해요?"

"잠가 달라고 하지 않았다만."

"제 눈에 해로워요. 그러니까 잠그세요."

"눈에 해롭다는 건 어떤 뜻이지?"

리녹이 고개를 기울였다. 곁눈질로 본 얼굴로 낮의 아이 같은 무구함이 잠시 깃들었다.

"보기 싫다는 건가?"

"……뜻은 다른데, 당장 보고 싶지는 않다는 말이긴 해요."

"싫지 않다면 어째서지?"

그렇게 위태로운 모습으로 돌아다니면 눈앞이 어지럽기 때문이죠. 선생님. 제발 단추 좀 그만 풀어주실래요?

결국 나는 끝내 리녹의 단추를 채우지 못했고, 이건 내게 반항을 불러일으켰다. 나는 불퉁한 눈으로 그를 응시했다. 긴 검은 머리칼이 이마를 덮고 있었다. 그 아래 그윽한 시선은 악마가 잠시 유람 나왔나 싶을 정도로 깊었다. 가만있어도 끌어당기는 기분이었다.

"자꾸 이러실 거예요?"

"무엇을 말하는지 모르겠다."

"그런 얼굴 하시지 마시구요. 누가 그런 순진한 얼굴 하시래요?"

"……내가 순진하다고?"

리녹이 묘한 표정을 지었다. 물론 몸이나 행동은 전혀 그렇지 않은데요.

"아무튼요. 제가 단추 채워드리면 그냥 계시면 안 되나요?"

나는 조금 맑아진 정신으로 입을 열었다.

리녹은 손가락으로 내 손바닥을 살짝 쓸었다. 웃, 불식간에 신음이 튀어나올 것 같아 참았다.

"……나는 약속을 지켰다, 에이미."

그 약속이란 우리가 내기하게 되며 각각 하나씩 지키기로 한 것이었다. 내가 제시한 것은 옷을 걸치는 것이었고, 리녹이 제시한 것은 이 방에서 함께하는 것이었다. 이곳에서 스킨십은 서로 합의한 범위였고 말이다.

그런데 말이다.

이건 입은 것도 벗은 것도 아니잖아요. 선생님?

풀어 헤치긴 해도 조금 전까지 단정히 입혀져 있던 셔츠는 단추를 채우느니 마느니 실랑이를 하며 팔뚝까지 벗겨져 있었다. 리녹이 셔츠를 빼내며 내렸기 때문이었다. 안 보려다 더욱 눈 둘 곳이 없어진 나는 시선을 흐렸다.

"네 약속…… 지키셨죠. 알아요. 아는데……. 근데 대공님, 오늘만…… 단추 채우고 주무시면 안 되나요?"

이미 별 상상이 다 든 탓에 잠을 못 이룰 것 같단 말입니다. 이전날에는 그나마 '저건 그림이다, 석상이다, 정승이다.' 온갖 구절을 속으로 외우며 겨우 마인드 컨트롤을 했는데, 오늘은 힘들 것 같단 말이죠.

"……그럴 수 없다고 하면, 화낼 건가?"

리녹이 고개를 내려 나를 내려다봤다. 달빛이 잔뜩 묻어난 시선은 관능적이며 밤은 이슥하기만 했다.

……지금 눈치 보는 거야? 이 남자가?

그가 내 눈치를 보는 것 같다는 생각이 들었다가 순간 다른 것이 불쑥 치고 올라왔다.

"화 안 내요. 안 낼 거예요."

태연하게 고개를 저은 나는 그대로 이어 말했다.

"대공님이 벗으신다면 저도 벗죠. 뭐."

"뭐?"

리녹의 모양 좋은 입술이 벌어졌다.

"저도 벗겠다고요."

오늘만 편히 자보자는 생각이었는데, 그가 들어줄 것 같지 않으니. 갈 데까지 가봅시다. 선생님.

"……잘못 들은 것 같은데."

"아뇨. 대공님 청력은 정상이에요."

나는 가운 리본에 손을 가져다 댔다. 리녹과 한방을 쓴 뒤로 나는 온몸을 꽁꽁 싸매고 잠들었다. 그렇다고 많이 껴입은 건 아니고 발목까지 오는 나이트 가운을 껴입었다는 거다.

"그러면 되겠네요. 그렇죠?"

나는 그대로 리본을 풀었다.

"우리 에이미는…… 가끔 쓸데없는 승부욕이 있어. 그렇지, 린네?"

"어머 얘, 나도 그렇게 생각해."

친구였던 언니와 린네, 이 두 사람의 목소리가 스쳐 갔다.

가운은 리본만 풀어졌을 뿐 갈라지지는 않았다. 들어 올린 손을 움직일 때였다.

"에이미, 그만."

주르륵. 그의 팔을 타고 셔츠가 타고 흘러내렸다. 이제 그의 셔츠는 팔꿈치에 달랑 매달려 있었다.

그는 꽉 쥔 내 손을 놓지 않았다. 가운도 갈라지지 않았다.

"그만."

그가 고개를 숙인 채 나를 보지 않았다.

"……내가 잘못…… 했다."

그에게서 묵직하고도 열기 어린 목소리가 쥐어짜듯이 나왔다.

"뭘 잘못하셨는데요?"

"네 말을…… 듣지 않……."

리녹이 말을 잇지 못했다. 혼자 열이 올라서 가운을 벗으려던 나는 눈치를 보며 눈을 깜빡였다.

……안쪽에 원피스 입었는데. 사실 가운도 과도한 염려에 입은 거지, 벗어도 문제가 없었다. 그래서 시원한 건데…….

내 어깨를 붙잡고 얼굴을 내린 채 눈을 마주하지 못한 등을 보자니 꼭 못된 짓을 한 기분이 들었다.

"왜 제 눈을 마주하지 못하세요."

문제는 여기서 그만둘 생각 없이 짓궂은 생각이 들었다는 거다.

"제 말을 듣지 않아서? 그다음 말은요? 무어라 하시는지…… 안 들렸어요, 대공님."

대공저에 온 뒤로부터 나는 수어 번 휘둘리지 않았던가. 이 정도 돌려주는 건 아무것도 아닐 거다. 짓궂은 생각은 가실 줄 몰랐다.

리녹은 답이 없었다. 나는 눈을 깜빡이다가 손을 살짝 들어 올렸다. 움찔한 그가 얼른 내 손을 부여잡았다.

"에이미……."

"네."

"……제발."

세상에. ……지금 이 남자가 제발이라 한 거지? 그저 장난 좀 쳐보려 했던 것인데, 보지 못했던 그의 모습에 나도 점점 긴장했다. 숨소리만이 교차하며 섞였다. 나는 손을 붙잡힌 채 이러지도 못하고 눈만 살짝 굴렸다.

지금까지 리녹은 자연스럽게 내 손을 잡거나 허리를 휘감거나 손목과 손끝에 입술을 맞추기도 했다. 그렇기에 나는 그가 지극히 태연하다고 여겼다. 스킨십에도 내 옷차림에도.

그런데 겨우 얇은 가운 하나에 쩔쩔매는 그를 보고 있자니 이건 다른 의미로 자극적이었다.

침을 꿀꺽 삼켰다. 살짝 열어둔 창문으로 바람이 불었다. 달빛이 커튼 그림자에 가려져 있던 리녹을 비췄다. 줄곧 반쯤 어둠에 가려져서 보지 못했다.

"입고 자겠다. 네 말대로 하겠으니······."

리녹의 목소리가 느릿하게 터져 나왔다. 열기를 잔뜩 머금고서.

"그러지 마라······."

"······."

"네가 그리하면."

숨을 삼키는 소리가 들렸다.

"어찌하면 좋을지······ 모르겠어."

달빛이 완연한 곡선을 이루는 몸을 드러냈다. 그리고 나는 숨을 크게 삼켰다.

"어, 어······. 네······."

눈을 떼어낼 수 없었다.

"아, 아, 안 벗을게요."

탄탄한 근육으로 꽉 짜인 새하얀 살갗은 놀랍게도 잔뜩 붉어져 있었다. 등과 어깨 할 것 없이 상체 전부. 타는 듯이 붉었다.

"저······ 대공님?"

이상하게도 단것을 먹지 않았건만 그에게서 단 내음이 나는 착각이 일었다. 손이 비쭉 미끄러졌다. 실수로 툭 떨어진 손이 그의 허벅지에 부딪혔다. 움찔하는 그에 놀라 나도 모르게 그의 허벅지를 눌렀다.

그다음에 손을 더듬은 건 자칫하면 그의 가슴에 코를 박을까 봐 균형을 유지하기 위해서였다. 그러나 그는 낮은 신음을 토했다. 팽팽하게 선 등 근육이 그대로 보였다.

"어, 어······ 음."

"······에이미."

"저희 이만! 이만 갈까요?!"

지금 내가 뭔가를 만진 것 같은데.

"……에이미."

그에게서 이유 모를 애가 타는듯한 목소리가 흘러나왔다. 애끓는 목소리를 꾹 눌러 참는 느낌이었다. 귓가로 흘러든 야릇한 기분에 나도 모르게 허리가 곧게 펴졌다. 허벅지가 조여들며 등줄기가 찌릿한 느낌이었다.

내 몸 아래에는 리녹이 있다. 이를 간과한 탓에 내 허벅지와 그의 허벅지가 깊이 스쳤다. 이젠 선명한 존재감을 드러낸 무언가를 본 것 같았다.

나는 황급히 고개를 저었다. 얼굴이 화끈 타오를 것 같았다. 감촉이 생생했다. 리녹의 허벅지가 얼마나 단단한지, 어찌나 탄탄하게 당겨져 있는지. 그리고……. 수납 방향 같은 건 알고 싶지 않단 말입니다.

숨이 터져 나올 것 같았다. 금방이라도 빠져나올 것 같은 그 숨을 애써 꾹 참았다. 감이지만 그대로 뱉어내선 안 될 것 같다. 숨을 참은 얼굴에 열이 올랐다. 참으니 참은 대로 문제였다. 열기가 오르고 빨개진 채로 리녹을 보는 건 좋은 선택이 아닌 듯하다.

나는 슬그머니 리녹의 허벅지에서 손을 떼어냈다. 그러나 손끝이 바지를 스쳤는데, 그것만으로도 리녹이 움찔 떠는 것이 느껴졌다. 이내 리녹이 막 떨어지려던 손을 약하게 붙들었다. 그는 고개를 숙인 그대로 중얼거렸다.

"……그만 만지는 것이 좋겠다."

"……안 만졌는데요."

리녹의 오른손은 가운 위의 내 손을 붙잡아 벌어지지 않게 잡고 있었다. 눈을 굴렸다. 반면 왼손은 허벅지에서 막 떨어진 내 손을 아프지 않게 잡고 있다. 여전히 그는 나와 눈을 맞추지 못한 상태였다.

이 와중에 등은 왜 저리 성났는지. 힘을 주는지 미세한 움직임마저 보인다. 세상에 근육이 성났어. 새삼 리녹의 몸이 단단하고 단련된 몸이구나 느꼈다. 잔뜩 붉어진 등을 물끄러미 바라보던 나는 숨을 삼키고 입을 열었다.

"그냥 자요. 우리."

담담하게 말하려 했는데, 말끝이 조금 떨렸다. 다행히 티는 많이 나지 않았다.

"대공님."

대답 없는 리녹의 손가락을 검지로 톡 건드렸다. 저기 대공님, 대답 좀 해주세요. 침묵이 힘들어요.

"이제 아무 말 안 할 테니까. 자요, 대공님. 응?"

숨을 한번 낮게 토해낸 리녹의 머리가 살짝 흔들렸다.

"……그러지."

리녹이 "그러는 것이 좋겠어." 하고 중얼거리는 걸로 봐서는 그도 익히 통감한 모양이었다. 비정상적으로 달뜨고 묘한 이 분위기를.

물론 이 분위기가 싫다거나 나쁘다는 것은 아니지만 물에 뜨는 법을 배우기도 전에 바다에 풍덩 빠진 것처럼 갑작스럽기는 했다.

우리는 무언의 합의를 보고 침대에 나란히 누웠다. 다행스럽게도 침대는 네 명이 누워도 자리가 남을 만큼 넓었고 나는 그와 닿지 않게 누울 수 있었다.

그도 나도 말이 없는 상황에서 문득 나는 시선을 살짝 돌렸다. 달빛을 배경으로 그림으로 그린다면 참 그윽하겠다 싶은 옆모습이 보였는데, 외곽선을 따라 그려보고 싶다는 생각이 들었다.

······한 번쯤 연애를 해볼 걸 그랬나? 어째서 별안간 이런 생각이 들었는지 알 수는 없었다. 만약 내게 경험이 있었다면 좀 더 능숙하고 자연스럽게 이 상황을 해결할 수 있었을까?

전생에서 꽤 오랜 삶을 살았지만 전생이 능사는 아니었다. 사람은 각자가 다르고 또 이제는 전생의 누군가보다 에이미로서의 내가 더욱 강하니까. 경험 또한 마찬가지라 리녹을 만나기 이전에 산속 마을의 누군가를 받아주었다 한들 지금 이렇게 당황했을지도 모른다.

아니다. 남자친구가 있었다면 좀 더 단호해졌을까? 그럼 리녹은? 리녹의 반응은 어땠을까?

"무슨 생각을 그리하는지. 물어도 되겠나."

"아······."

어느새 리녹이 가까워져 있었다. 그러나 닿을 정도는 아니었다.

"음, 별건 아니고요. 만약 대공님을 다시 만난 날에요."

"날 만난 날에?"

"제게 애인이나 배우자가 있었으면 어떡하셨을까 싶어서요."

"······."

음. 배우자는 너무 갔나? 나도 모르게 고개를 돌리다가 멈칫했다.

"······있었나?"

입술을 앙다물었다. 리녹의 시선이 예사롭지 않았기 때문이었다.

"정말, 있었나?"

대답을 갈구하는 시선에 못 이겨 숨을 들이마셨다.

"아, 아뇨?"

대답하면서도 살짝 어처구니가 없었다. 내가 애인이 있었다면 당신이랑 이런 내기를 하겠냐고요.

"애인이 있었다면 대공님이랑 이런 내기 안 하죠."

조금 불퉁하게 그를 응시하자, 그가 이불 속에서 움찔하는 것이 느껴졌다. 시선을 피한 그는 얼굴을 쓸어내리더니 이내 다시 나를 향했다.

"……미안하다. 사과하고 싶군."

"네. 미안해하세요."

"질…… 투가 나서."

"……네?"

……아니 뭘 또 그걸 솔직하게 토로하세요, 선생님.

"어, 음, 네. 음. 그렇군요."

잠시 둘 다 말이 없었다. 나는 딱히 꺼낼 얘기를 찾지 못했고 리녹은 잠시 생각에 잠긴 낯이었다.

"에이미."

그러더니 리녹이 천천히 돌아누웠다.

"보통 사람은…… 어떤 방법을 써서 유혹하지?"

……그 말을 가장 유혹적인 자세를 하신 선생님이 하고 계십니다.

"그걸 저한테 물으시는 거예요?"

자세야 어찌 됐든 대답할 생각은 없었다.

"제가 알려 드리면 그건 저에게만 한정된 정답이 되는 거잖아요?"

"보통의 경우를 묻는 것인데, 안 되겠나?"

"……아니, 뭘 또 그런 표정을 하세요."

"나는, 보통이라는 경우에 익숙하지 않다. 그래서 미숙…… 한 것 같군."

……선생님이요? 이때까지 잘만 자연스럽게 다가와 놓고?

그럼 당신은 천연이냐고 묻고 싶었지만 관뒀다. 리녹이 이해하지 못할 것 같았다.

"조금이라도, 알려 주면……."

리녹이 비스듬히 누운 채 눈을 들어 올렸다.

"안 되겠나?"

덩치 큰 남자가 귀를 젖힌 짐승처럼 낮게 침울해하는 게 어울릴 리가……. 있다. 있어서 문제다. 나는 헛기침을 토했다.

"……어, 음. 보통의 경우라면야."

얼굴이 죄다. 죄야.

"저도 이거다 말은 못하지만, 보통은 이성을 꼬여내려면 좋아하는 것을 주거나 아니면 데이트 신청을 하거나. 그렇지 않을까요?"

사람을 꼬시는 데에 전문가는 아니지만 보편적으로 이러하니까.

리녹은 끄덕이더니 잠시 시선을 내렸다. 침대 위에 다시 침묵이 내려앉았다. 이제 침묵은 그만 느끼고 싶은데 말이지. 정처 없이 굴러가던 시선이 탁자에 닿았다.

"아, 그러고 보니 오늘은 낮의 대공님이랑 책을 봤어요."

나는 고개로 슬쩍 탁자를 가리켰다. 그곳엔 어린 리녹과 함께 빌려온 책 『초대 대공과 멋진 늑대』가 놓여 있었다.

"저거, 대공저 도서관에서 빌려온 건데. 제목 보셨어요?"

"……봤다."

무슨 말이든 화제를 바꾸고 싶어 꺼낸 말에 리녹은 선선히 응수해 주었다.

"늑대더군. 펜릴에 관심이 있었나?"

"네."

원래는 잘 몰랐지만.

"초대 이베르크의 얘기도 있더군."

언제 내용까지 살핀 건지. 리녹의 말에 끄덕였다.

"음, 펜릴 말고도 초대 대공님과 펜릴의 관계도 궁금했거든요. 물론 풀리긴 했지만."

"풀렸다고?"

리녹이 잘생긴 눈썹을 위로 올리며 조금 놀란 얼굴을 했다.

"어, 음 네."

"어떤 관계로 알고 있지?"

"어……. 초대 대공님이 펜릴의 새끼를 키워주지 않았던가요?"

알고 보니 찐한 육아로 이루어진 관계였지. 아직도 육아 일기가 기억에 남았다.

"맞다. 그런데……."

리녹이 말하다 말고 잠시 자신의 턱을 부여잡았다.

"그건 낮의 내가 보여준 건가?"

"네? 네."

그리 말하면서 살짝 눈치를 봤다. 그는 자신에게 걸린 마법이나 낮의 이야기를 그리 좋아하지 않는 것처럼 보였으니까.

"낮의 내가 거기까지 보여줬던가."

"어, 네, 그렇긴 한데……. 혹시 제가 보면 안 됐던 내용인가요?"

괜히 조심스러워지는데. 리녹은 아니라며 고개를 저었다.

"아니. 너를 생각하는 깊이가 지금의 나와 같다면 그럴 수 있다 생각한다.”

덧붙이는 낮은 음성에 그대로 어깨를 굳혔다.

“네가 원하는 것은 모두 주고 싶다 말하지 않았나.”

깊은 그의 눈에는 어쩐지 자그만 원망이 어린 것도 같았다.

“원하는 것인 줄 알았다면 지금의 나도 그리했을 것이다.”

“……아니, 일부러 말을 안 한 건 아니고요.”

……저도 그 일기 보기 전까지 궁금한 줄 몰랐는데요. 괜히 식은 땀이 흘렀다. 딱히 할 말이 없어 슬그머니 웃으면서 시선을 굴렸다.

안 되겠다. 다른 말 해야지.

“음, 그런데요, 대공님. 제가 그 일기를 볼 때 들은 말이 있거든요. 펜릴이 언젠가 다시 찾아온다고요.”

굳이 밤의 리녹에게 꺼내려 했던 얘기는 아니었으나 자연스럽게 흘러나왔다.

“대공님도 일기 내용 아시죠?”

“알고 있다.”

“그럼 그 펜릴이 언젠가 다시 찾아온다는 것도.”

“알고 있지.”

리녹의 목소리가 한 톤 더 낮아졌다.

“그것이 오늘이라는 것도.”

그런 그를 바라보며 눈을 깜빡인 나는 조심스럽게 입을 뗐다.

“대공님은 펜릴을…….”

“좋아하지 않지.”

리녹이 펜릴에게 좋은 감정이 있을 리 없었다. 생각해 보면 초대 대공이나 펜릴이나 그가 폭주의 위험을 안게 된 거대한 마력과 관련된 이들이었다. 원흉이 반가울 리 없었다.

"그럼 역시 가지 않으실 거죠?"

"당연히 가지 않을 거다."

리녹이 누운 채로 머리를 쓸어올렸다. 헝클어진 머리가 묘한 분위기를 자아냈지만 모른 척했다.

"만나러 가지 않으면 늑대와의 계약은 그대로 끝나."

"음, 어……. 끝나도 괜찮은 건가요?"

"상관없다. 펜릴과 계약이 종료되어도 최후의 약속이 남아 있으니."

그건 뭐냐고 묻지 않았는데도 리녹이 이어 말했다.

"펜릴은 이베르크 영지와 맞닿은 하얀 산맥에 머무르던 마법 생물이다."

그건 나도 안다. 탁장에 놓인 책에서 봤지.

"초대 이베르크는 처음 계약할 때 새끼를 안전하게 지키고 키우는 대신 마력 외에도 이 땅을 지켜주기를 바랐고, 그건 최후의 약속으로 받아들여졌지."

"음, 땅도 지켜주고 마력도 받았다면 수지가 조금 안 맞지 않아요?"

"정확하게는 육아의 대가는 마력이 맞다. 이 땅을 지키기로 한 것은 이베르크와 펜릴 둘 모두 상생하기 위함이지."

초대 이베르크 대공은 대공이란 명함에서 알 수 있는 황실의 핏줄이었다. 그러나 황실에 밉보여서 이 척박한 땅에 왔던 것이었다나. 그리고 마법사 가문인 황실은 마법 생물을 찾는 데 혈안이 되어 있었다.

"펜릴은 황실을 막기 위해 방패로 삼은 것이라 할 수 있다. 그때의 황실의 마법은 지금과 다르게 대단했었으니."

"그렇구나. 지금은 안 그런가요?"

"아무래도."

리녹이 짧게 답변했다. 그치고는 말을 대단히 많이 한 편이었는데, 목소리가 낮고 울림이 듣기 좋아 한 편의 이야기를 듣는 기분이었다.

"지금도 황실은 늑대를 노리고 있겠지. 이전보다 능력이 줄어든 지금은 더더욱."

책을 읽을 때, 리녹을 미워하는 황실을 보며 왜 굳이 리녹 개인만 괴롭히는지 궁금했다. 그만큼 황태자 탄시즈는 리녹을 싫어했고 반역죄 같은 걸 뒤집어씌워 영지를 공격할 만도 했다. 그 비슷한 얘기가 나왔는데 흐지부지되기도 했고.

"현재도 앞으로도 황실이 이 땅을 직접 노릴 일은 없을 거다. 먼 역사 속에서 펜릴이 이 땅을 지키는 것을 알아챘으니."

이제는 이해가 됐다. 이래서 황실이 마물 토벌이든, 전쟁이든 리녹을 사지로 보냈구나. 이베르크의 혈족은 리녹 한 사람이다. 즉, 리녹이 사라지면 이베르크의 이름이 사라지는 것이다. 주인이 사라진 땅은 자연히 황실의 품으로 돌아간다.

"음, 그렇군요. 복잡한 관계네요. 여러모로."

"그렇지 않다. 이베르크와 펜릴에게는 생존 문제이고 황실은 이권 문제일 뿐."

리녹은 자신의 생명에 대해 담담하게 말했다.

"늑대와의 약속은 언제든 유효하니 오늘 굳이 나갈 이유가 없다."

나가고 싶지 않은 리녹의 마음을 십분 이해했다. 책 속에서 세레나는 이날 이 자리에 없어서 늑대를 보지 못했지. 세레나가 있었다면 조금 달랐을까?

"음, 대공님 한번 건넨 마력은 다시 못 가져가는 거죠?"

"선조가 그렇다는군."

그는 이미 이전에 시도한 이가 있었다고 전했다. 그리고 실패했다고도. 나는 가만히 머리를 주억였다.

"그렇네요."

그가 가고 싶지 않다는데, 무어라 할 말은 없었다. 할 말을 건넬 처지도 아니고. 나는 의식적으로 그와 조금 떨어져 다시 고개를 정면으로 누웠다.

"이제 편히 자는 게 좋겠어요, 그렇죠?"

"……."

리녹은 답이 없었지만 그러려니 했다. 그리고 눈을 감으려는데 손끝으로 서린 살갗이 느껴졌다.

내 손가락을 가져온 리녹은 그대로 손끝에 입을 맞췄다.

"대공님?"

"손만 잡고 자겠다."

……그 말이 묘하게 들리는데. 수줍어하는 애인의 기분을 챙겨주는 이가 할 법한 말이라.

"네 손끝은 조금 거칠군."

"숲에서 살았으니까요. 부드러울 순 없죠."

"부드러워도 혹은 더 거칠어도 좋았을 거다."

"……왜요?"

"네 손이니까."

나는 이불에 얼굴을 파묻었다. 시선을 더는 받고 싶지 않았다.

"나는, 뭐든 좋다."

낮은 목소리는 이불 속으로까지 나를 쫓아왔다.

"네가 어떤 모습이든. 너였기에 좋은 거다."

……이상하게 그 시선과 말이 더 야릇하고 달콤하게 들려서 이상하다고.

"……주무세요."

아무것도 못 봤다. 난 아무것도 못 들었다. 속으로 되뇌고 눈을 감았다. 다행히도 긴긴 대화 때문인지 눈이 스르륵 감겼다.

△

밤이 얼마나 깊었을까.

리녹과 열 시쯤부터 이런저런 얘기를 주고받았으니 얼마 자지 못하고 눈을 뜬 모양이다. 눈을 뜨니 새카만 하늘이 나를 반겼다. 새벽쯤 되었으려나. 눈을 비비며 일어나던 나는 문득 고개를 들었다.

"……누구?"

귀에 익은 웃음소리를 들었기 때문이었다. 설마.

"언니?"

언니 웃음소리라니. 언니 얘기가 왜 나와. 잘못 들었겠거니 고개를 저을 때였다.

"우리 예쁜이, 이제 언니도 못 알아보는 거니?"

눈을 깜빡였다. 눈앞에서 하나로 묶인 갈색 머리칼이 흔들렸다. 녹색 눈동자, 언니가 맞았다.

……언니가 왜 여기 계세요? 나는 억지로 고개를 틀어 옆자리를

확인했다. 분명 리녹과 함께 누웠는데…… 자리는 황량했다.

"에이미?"

"언니, 기다려 봐."

나는 침착하게 뺨을 꼬집었다. 그리고 판단했다.

'이거, 꿈이구나.'

눈앞에서 언니가 방싯 웃었다. 다시 봐도 언니의 웃음이다. 뒤로 보이는 대공저 저택이 이상하게 느껴질 뿐.

"내가 언니가 그립긴 했나 봐. 대공가 저택에 있는 언니를 다 보고."

"응, 그게 무슨 소리야?"

언니가 고개를 갸웃했다. 그러나 이내 웃으며 빙그르르 등을 돌렸다.

"에이미."

언니가 고개만 돌려 나를 응시했다, 마치 따라오라는 듯이.

"어디 가?"

언니가 어울리지 않게 히죽 웃었다. 히죽이라니? 우리 언니가 언제 저렇게 웃었지?

"나 잡아봐라."

언니의 머리에 꽃이 꽂혀 있었나? 나는 진지하게 고민했다. 아무리 꿈이라지만 이건 좀 아니잖아.

그때였다. 언니를 잡아야겠다고 생각했을 뿐인데 몸이 저절로 움직였다. 언니가 테라스에서 뛰어내렸다. 그리고 나도 함께…….

"잠깐! 잠깐!"

준비할 시간은 줘야 할 거 아니야! 으아아. 내 꽉 막힌 비명과 함께 바닥에 발이 닿았다. 사뿐한 착지였다.

"아니, 뭐 이런 꿈이 다 있어."

눈앞에서 언니가 방긋 웃었다.

"미안. 그 방에서 너를 이끌어 내리려면 이런 방법밖에 없었어."

"뭐?"

그게 무슨 소리야. 미간을 찌푸린 나는 급히 입을 열었다.

"어차피 이건 꿈……."

"일까?"

언니가 내 말을 가로챘다. 언니의 얼굴이, 아니, 형상이 그대로 녹아내렸다. 상상치 못한 광경에 입술을 멍하니 벌리던 순간이었다.

"에이미!"

누군가 내 손을 잡아챘다. 돌아보니 다급한 표정의 리녹이 나를 잡아당기려 했다. 그러나 리녹의 모습은 그대로 밀려나듯 사라졌다.

"어때, 이제 꿈 아닌 것 같지?"

언니, 아니 언니의 형상을 벗어난 누군가가 연기 속에서 걸어온다. 연기가 뭉게뭉게 뒤로 사라졌다. 그리고 그 자리에는 낯선 이가 있었다.

"꿈이 아니라고?"

낯선 이, 아니, 짐승이 대답했다. 커다란 덩치와 새하얀 털 사이에서 입을 벌리며.

[아니다.]

……이게 무슨 상황이야. 그러니까 나는 평화롭게 잠들었단 말이다. 물론 잠자기 전까지 리녹과의 대화는 전혀 평화롭지 않았지만 어쨌거나 눈은 편히 감았다는 얘기다.

그런데 오밤중에 눈을 뜬 것도 모자라, 여기에 있으면 안 될 언니를 본 거로도 모자라, 언니 모습을 한 짐승이었다니. 심지어 꿈도 아니란다.

"정리하자면, 방금 본 리녹도 꿈이 아니란 거죠?"

[그렇다.]

"아니 진짜라면 나와 왜 떼어놓은 거예요?"

리녹을 찾는 거 아니었어?

커다란 짐승이 머리를 옆으로 움직였다. 사람이라면 머리를 기울이는 모양새다.

[그럴 이유가 있었기 때문이다.]

"이유요? 어떤 이유요?"

지금 눈앞에 있는 하얗고 커다란 데다 은빛을 은은하게 뿜어내는 이 짐승은 바로 그 '펜릴'일 거다.

[너와 대화를 나누고 싶었으니까.]

늑대의 목 쪽에서 낮고 굵게 울리는 소리는 리녹의 느낌과 비슷한 구석이 있었다.

"펜릴?"

[왜 그러지?]

"아뇨. 맞나 싶어서요."

······조금은 아니길 바랐는데, 그건 아닌 모양이다.

[그런가. 그럼 이야기를.]

"저기."

나는 늑대의 말에 끼어들었다.

"사람을 잘못 찾으신 것 같은데요."

난 분명 늑대가 큰 착각을 하고 있으리라 생각했다.

"저는 이베르크가 사람이 아니에요."

초대 대공 이후로 처음 만나는 건데 사람 좀 착각할 수도 있지 뭐. 깜깜한 곳에서 사람을 잘못 찾은 거 아닐까? 물론 늑대가 언니의 모습을 하고 나타났었지만 그건 살짝 모른 척하고 싶다.

[알고 있다.]

"예?"

[알고 있고, 그런데도 너를 데려온 것이라 말했다.]

늑대가 눈을 들어 올렸다. 얼핏 금빛이 비친 것도 같았다.

[너와 함께 있던 자가 아마도 이베르크의 후예겠지. 알 수 있다.]

분명 늑대인데, 정말 사람처럼 말을 하네. 꼭 무뚝뚝한 검사와 이야기를 나누는 기분이었다. 문득 늑대의 코를 한 대 때려보고 싶었다. ……늑대도 깨갱, 하고 울까?

"저를 왜 찾으셨어요?"

늑대의 서늘한 푸른 눈이 잠시 나를 향했다. 꼭 하늘에 푹 담가놓은 사파이어 같은 색이었다.

[신기했으니.]

신기해? 내 어디가? 나도 모르게 옷차림이며 머리를 보다가 아래를 향했지만 휑한 맨발만 보였다. 그러고 보니 춥지도 않네. 설마 이건 이 늑대의 영향인가?

"어딜 봐도 신기한 구석 하나 없는 여성 하나인데요?"

[선지자이지 않은가. 선지자란 나와 같은 마법 생물에게도 보기 힘든 존재이니. 만나고 싶었다고 한다면 인간 사회에서는 무례가 되는 것이냐.]

선지자? 선짓국은 아는데요. 괜히 실없는 생각을 할 정도로 상황이 이해되지 않았다. 천재에 이어서 또 무슨 호칭이야, 이건. 선지자라 부르는 늑대의 태도에서 어쩐지 "아가씨는 천재일세!" 하고 외치는 베이커가 보이는 것 같은데.

"무슨 오해를 한 건지 모르겠지만 절대 아닐 거예요. 그런 거 아니거든요."

그런데 늑대에게도 존칭을 써야 할까. 일단 저택의 크기와 거리감에 주눅이 들어 누구든 말을 높이긴 했지만. ……아니, 그럼 부를 때도 펜릴 씨라고 불러? 짐승에게도 존칭을 써야 할까 고민할 때였다. 늑대의 입이 벌어졌다.

[그대, 미래를 알지 않나.]

멈칫했다. 나도 모르게 손을 들어 올린 나는 그대로 늑대의 코를 내려쳤다.

깨갱!

[이, 이게 무슨 짓인가!]

"아, 죄송. 미안. 당황해서."

나는 말을 낮추고 늑대를 바라봤다. ……정말 깨갱하고 우네?

[오래전부터 보였을 텐데.]

"무슨……. 아니. 나 아무 말도 안 했는데."

[그런 말은 나와 같은 생물에게 통하지 않네. 그대로 전해져 오니.]

나는 입을 딱 다물었다. 솔직히 늑대의 깨갱 소리에 시야가 트였다. 정신 차리자. 솔직히 혼란스러웠지만, 정신을 그대로 놓을 정도는 아니었다.눈을 굴린 나는 솔직하게 시인했다.

"그래, 미래를 알아. 그게 왜?"

낑낑대던 늑대가 얼른 고개를 들어 올렸다.

[제법 손이 맵군.]

……근엄한 척해도 이미 탈탈 털렸는데 늑대는 모르는 모양이었다.

[미래를 아는 것. 흐름에 휘둘리지 않는 것. 그게 바로 선지자의 능력이다. 네가 내 코에 타격을 입힌 것도 이와 같은 거지.]

"아팠다고 말하는 거야?"

[아, 아프다고는 하지 않았다!]

발끈하기는. 나는 어깨를 으쓱이고는 슬쩍 옆을 바라봤다. 이런 짐승이 버젓이 서 있는데도 주변은 고요했다.

"흐름이란 게 뭔데?"

이쯤 되니 설명이나 한번 들어보자는 생각이었다.

[말 그대로 세상의 흐름이다. 인간들은 운명이라고 부르던가? 선지자는 유일하게 자유로운 자이며 바꿀 수 있다. 정해진 것을.]

이런. 들어볼 걸 한 게 바로 후회되네. 나는 미간을 찌푸렸다.

나는 바꾼다는 말을 좋아하지 않는데, 기존에 있는 것을 바꾸면 후회를 불러오곤 하니까. 지금처럼.

돌아가도 언니를 살리는 방향을 택하겠지만 뒤틀린 미래를 무척이나 염려하고 있었다. 그런 내게 짐승의 말은 곱게 들리지 않았다.

"뭘 바꿔, 운명을? 바꾸라고 해도 안 바꿀 건데."

[이미 바꾸지 않았나?]

나도 모르게 손을 들어 올렸다. 늑대가 "깨갱" 하고 울었다.

……아직 안 때렸는데.

"겁이 많은 거지?"

[크, 크큼. 아니다. 소녀의 손이 매울 뿐. 아, 아프지는 않다.]

"그으래. 그렇다고 할게. 근데 내가 바꾸다니 뭘 말이야?"

[……스스로도 알지 않나? 조금 전 너를 데려올 때 머릿속을 살짝

들여다봤다. 조금이지만 네가 알던 미래가 보이더군.]

이 늑대, 안 될 늑대님이네. 눈 위로 못마땅함이 절로 드러났다.

[지금 이 시기, 네가 아는 미래에서는 네 옆에 있던 남자 옆에 네가 아니라 다른 이가 있어야 했다. 그렇지 않나?]

나는 쯧 혀를 찼다.

"허……. 쓸데없는 걸 봤네."

[이미 바뀐 것은 바뀐 채로 어쩔 수 없는 것일 수도 있다.]

이 늑대를 어떡하면 좋을까. 불유쾌함을 팍팍 드러내며 손을 쥐었다가 폈다. 늑대가 슬금슬금 뒤로 발을 옮겼다. 슬쩍 피하듯이.

[선지자는 변하게 할 수 있다. 흐름을 뒤바꾸고도 대가를 치르지 않는다. 네가 그 자리에 있는 게 나쁜가?]

그리 말하던 늑대가 움찔했다.

[소, 손은 들어 올리지 말고 얘기하라!]

"안 때려."

[들어 올렸지 않나!]

"뺨 긁으려고 한 거야. 영 생각지 못한 소리라."

나는 손가락으로 뺨을 툭툭 두드려 보았다. 그러니까 저 늑대가 내가 책 속에 환생한 것에 대해 말하는 건데. 영 실감 나지 않았다.

멀거니 바닥만 쳐다봤더니, 어느새 펜릴이 멀어졌던 걸음을 좁히고 나를 응시하고 있었다. 늑대도 갯과긴 하네. 꼬리를 흔드는 모습이 영락없는 동네 개 같기도 했다.

"어쩌다 이런 얘길 하게 된 건지 모르겠지만."

한숨을 쉬었다.

정말로 내가 왜 마법 늑대라는 늑대님과 이러고 있는지 몰라도,

넘실넘실 혼란이 파도치는 와중에도 하나만은 분명했다.

"나는 뭐든 더는 바꾸고 싶지 않아. 오히려 바뀐 걸 제자리로 돌려놓고 싶은 심정이야. 그렇게 노력할 거고."

[왜지?]

그거야……. 입을 꾹 다물었다.

"행복을 바라니까."

순간 내 손끝에 입 맞추던 온기가 생각났지만, 고개를 저었다. 언니가 살아난 뒤로 내 희망은 늘 명확했다.

"내게는 내가 생각하는 가장 행복해지는 루트가 있어. 네가 말한 대로 난 미래를 아는 사람이라 잘 알아."

날숨이 터져 나왔다. 말하다 보니 느낀 건데 이 늑대는 꼭 내가 뭘 바꿔주길 바라는 것 같다.

"나는 이미 커다란 방향 하나를 바꿨어. 그걸 돌이키기에도 바빠."

[바뀐 방향은 네가 말한 이가 행복해지지 않나?]

"응, 그래."

조금 생각해 보던 나는 그대로 끄덕였다.

"맞아. 그 사람이 죽을지도 몰라. 그대로 두고 보고 싶지 않아."

자연스러운 척하지만 마음 한편은 늘 절박했다. 마법은 반드시 풀리고, 폭주의 위험에서도 벗어나야 했다.

[소녀, 난 인간을 잘 알지만 네 말은 이상하다.]

"어디가?"

[행복해지지 않느냐 물었건만 다른 얘기를 하지 않나. 인간 중에 죽는 순간에도 행복한 이가 있다. 이를 봐도 죽음과 행복은 함께 묶이는 것이 아니다.]

"혹시 지금, 리녹이 죽더라도 행복한 길이 있다는 거야?"

[말하자면 그렇다.]

나는 순간 가지 말라고 외치는 리녹을 떠올렸으나 눈을 지그시 감아 지워냈다.

"그런 건 없을걸. 만약 그렇더라도 죽는다는 선택지는 싫어."

괜찮아. 내기했잖아. 한 달만 기다리면 돼.

……만약 리녹이 그런데도 나를 보내지 않는다면?

"내가 아는 이야기는…… 해피엔딩이야. 모두가 행복해지고 끝날 이야기를 망치고 싶지 않아."

[이야기라……. 그렇군.]

바람이 불었다. 늑대가 이 바람에서 무엇을 느낀 것인지 모르나 동공이 가늘어졌다.

[그런데 그 이야기의 끝이 죽음인가?]

"아니?"

나는 애써 긴장감을 숨기며 말했다. 조금 전까지 동내 개처럼 친근하던 모습은 온데간데없었다.

[그렇군. 선지자인 네가 본 미래는 거기까지인가?]

확실히 나는 두 등장인물의 죽음까지는 모른다. 그러나 책의 끝은 해피엔딩이었다. 그러면 된 거 아닌가?

[행복한 끝, 이야기라 했으니, 그래. 책장을 덮은 뒤에는?]

"뭐?"

[이야기가 끝난 뒤에도 그들은 행복한가?]

"그거야……."

당연한 거 아닌가. 그러나 선뜻 답하지 못했다. 날것의 짐승으로 돌아온 늑대의 분위기가 쉬이 답하지 못하게 만들었다. 나는 움찔하긴 했지만 입을 다물지 않았다.

"대답하지 않아도 뻔하잖아."

[그런가.]

늑대는 마치 사람처럼 고개를 절레절레 저었다. 안타깝다는 듯이. 그러고 보니 늑대의 행동 곳곳에는 사람의 행동이 묻어났다. 마치 배운 것처럼.

[지금 그리 생각한다면 어쩔 수 없지. 하지만 찬찬히 생각해 보도록.]

"뭘 생각해 보란 건지 모르겠지만. 넌 대체…… 뭘 알고서 말하는 거야?"

늑대는 더는 말을 하지 않았다. 대신 머나먼 산맥 쪽을 응시했다. 눈 덮인 하얀 산맥을.

[시간이 없군.]

콧잔등을 마구 찡그린다. 혼자 실컷 떠들어 사람 싱숭생숭하게 만들어 놓고 무슨 말인가 싶었다.

[네게 하고 싶은 말은 이것만은 아니었으니.]

"할 말이 또 있어?"

[그렇다. 이게 가장 중요한 얘기다. 아니, 부탁이지.]

"부탁?"

고개가 기울어졌다. 바람에 머리카락이 살랑살랑 흔들렸다. 여전히 눈 덮인 밖은 춥지 않았다.

[부탁이 있다.]

고요한 가운데 늑대가 작게 입을 벌렸다. 꿀꺽. 자연스럽게 침이 넘어갔다. 지금까지 잔뜩 이상한 말을 해놓곤 또 뭘 얘기하려는 거지. 긴장을 느끼며 손을 꽉 쥐었다.

[내 새끼를 키워다오.]

손이 주룩 미끄러졌다. 예, 새끼? 나한테요? 새끼요? 새애끼? ⋯⋯
새끼라 불리고 싶나.

"싫은데요."

어느새 나는 말을 높이고 그 자리로 경계를 잔뜩 채워 넣었다. 절
로 이마에 주름이 생겼다. 이제 와서 무슨 개소리야. 이게.

"절대로. 싫어요."

번지수를 잘못 찾으셔도 한참을 잘못 찾으셨어요. 나는 날 선 시
선을 숨기지 않았다.

"할 말 마음대로 다 지껄이고 무슨 말을 하려나 했더니⋯⋯ 어어?"

저절로 손이 뻗어졌다. 내 의지는 아니었다. 쫙 펼쳐진 팔에 무언
가 폭 내려앉았다. 얼이 빠진 난 어느새 내 팔에서 새근새근 잠들어
있는 새끼 늑대를 바라봤다.

"이게 무슨 짓이야?"

[내 아이다.]

늑대의 울림에서 뿌듯함이 느껴지는 것 같았다. 그때 잠든 아기
늑대가 꼬물꼬물 움직여 자세를 바꾸더니 잠꼬대라도 하듯 키잉 울
었다. 나도 모르게 입술을 꾹 다물었다.

⋯⋯이 귀여운 생물은 뭐지?

[귀엽지 않나?]

"⋯⋯그건 그렇긴 한데. 아니, 그게 아니라."

아무리 흰 솜뭉치 같다고 해도 아닌 건 아니었다.

[그냥 묻는 것이다. 사랑스럽지 않나?]

"그건…… 그런데."

[앙증맞지.]

"그것도 그렇지."

[앞발은 폭신하다.]

"정말 그렇네?"

[사람을 금방 알아본다.]

"똑똑하네."

[배변도 잘 가리지.]

"그건 정말……."

[키우기 좋지?]

"그렇…… 지가 아니라. 안 키워."

어디서 수작이야?

펜릴은 쯧, 하고 혀를 찼다. 아니, 늑대가 혀도 차?

[……쯧, 안 통하는군.]

……통하겠냐? 어처구니없음을 가득 담아 쳐다보고는 고개를 절레절레 저었다. 늑대가 어떻게 나오든 당연하지만 키울 생각은 없다. 원래 리녹의 역할 아니야?

그 선지자인지 뭔지 내게 이러는 이유가 그거라 쳐도 더는 새로운 관계를 맺을 생각이 없다. 짐승이라도 마찬가지다.

"왜 리녹이 아닌 나한테 이러는 거야?"

내 물음에 하얀 늑대가 나를 빤히 보더니 툭 뱉었다.

[당연하다. 네가 키우는 쪽이 이베르크도 원하는 방향 같으니.]

"무슨 말이야?"

내가 키우는 건 둘째 치고. 리녹이 키우길 원할 거라고?

"아니야. 절대로. 리녹은 너 싫어해."

막 오늘 밤까지만 해도 못마땅한 기색이 가득했던 그였다. 그럴 리가 없었다.

[늑대의 매듭을 아나?]

"매듭? 모르는데. 그건……"

대체 뭐냐고 물으려고 했다. 그런데 왜인지 억지로 눈꺼풀이 잠겼다. 누군가 강제로 수면에 재우듯이.

[원래는 그대로 돌아갈 생각이었으나.]

점차 멀어지는 시야에서 늑대의 음성이 아련하게 들려왔다.

[당장 계약이 끊어지면 곤란한 상황이 와서 말이다.]

점점 몸이 허물어졌다. 우습지만 몸이 기우는 이 순간에도 팔에 안긴 조그만 털 뭉치 아가 늑대가 떨어질까 봐 꽉 안았다는 거다.

……내가 넘어지면 애는 무슨 죄야. 이 망할 늑대야.

마침내 바닥에 닿는 순간 눈을 감았다. 딱딱한 것이 나를 받쳐 들더니 그대로 발이 허공에 뜨였다.

[왔나. 이베르크의 후계자.]

그것이 마지막 기억이었다.

△

[생각보다 이르군.]

펜릴이 꼬리를 휘저었다. 리녹은 에이미를 안은 그대로 침묵했다. 그의 다른 손에는 장검이 쥐여 있었다.

[이렇게 **빠를** 줄은 몰랐는데.]

거대한 늑대에게서 감탄이 스며 나왔다. 펜릴이 느릿하게 앞발을 움직였다. 에이미를 상대할 때와 다르게 짐승의 면모가 그대로 드러났다.

"나도 몰랐군. ……세상에 두 개체 남은 마법 생물을 내 손으로 끝내 버릴 줄이야."

리녹의 깊고 살벌한 시선이 늑대에게 박혔다. 자색 눈에는 분노가 성난 파도처럼 일렁였다. 그는 당장 폭발을 앞둔 화산이었다.

[왜 그러지? 도움에 고마워하지 않고서.]

"뭐?"

[늑대의 매듭. 내가 하나 쥐여 준 것이 아닌가.]

새끼를 바라본 늑대의 꼬리가 살랑살랑 움직였다. 이 순간만큼은 교활한 여우의 모습처럼 보일 지경이었다.

"허……."

리녹이 헛숨을 들이켰다. 말도 안 되는 변론이었다. 설사 정말 그런 의도였다 한들 에이미를 멋대로 데려간 것은 용서할 수 없는 행위였다.

[어쨌거나 계약 조건은 후손이 이 자리에 나오는 것이었지.]

"언제부터 정의를 수호한다는 늑대가 이렇게 교활해졌지?"

[나야 네가 키우든 네 반려가 키우든 상관없다.]

반려란 말에 리녹이 멈칫했다.

[맞지 않나? 모든 이베르크가 아닌, 이베르크에 '폭주'의 위험을 겪을 정도로 강대한 마력을 물려받은 자들은.]

"……."

[나, 펜릴의 성질 또한 물려받아, 평생 단 한 명의 반려만을 맞이

하지.]

리녹은 아무 말도 하지 않았다. 분노가 가라앉은 눈은 밤하늘처럼 깊게 침잠했다. 그런 그에게로 나직한, 그러나 조금의 안타까움이 섞인 늑대의 음성이 쇄도했다.

[너도 첫 입맞춤의 대상이, 대상에 대한 감정이, 평생 널 옭아맬 거라는 것을 모르지 않았을 텐데.]

"의도가 뭐지?"

리녹은 펜릴이 던진 질문에 흔들리지 않았다. 펜릴은 눈을 가늘게 좁히더니 살짝 머리를 돌렸다.

[답하지 않을 셈인가?]

그런데도 리녹이 답을 하지 않자, 펜릴은 하는 수 없다는 듯 화제를 먼저 바꾸었다.

[널 억지로 찾게 만든 이유라⋯⋯.]

펜릴은 에이미를 이용해 리녹을 끌어낸 것이 맞았다. 선지자인 에이미에 대한 호기심도 있었으나, 그보다는 리녹이 이 자리에 꼭 나오길 바랐다. 그들이 맺은 계약은 리녹이 이 자리에 나올 경우 바로 이행되는 것이었으니까.

리녹이 의도가 무엇이냐 물은 것은 이런 것을 파악했다는 뜻이리라. 그리고 반드시 그럴 이유가 펜릴에게는 있었다.

[하얀 산맥에 강제로 입구가 생겼다.]

리녹에게로 옅은 불쾌가 스쳤다. 그가 눈썹을 끌어 올렸다.

"황실의 소행인가?"

[그렇지. 어째서인지 그들에게 대단히 뛰어난 마법사가 있는 것 같더군. 당장 수습해야 하기에, 새끼를 지키지 못하게 됐어.]

본래 마법 늑대 펜릴은 한 번씩 긴 잠에 빠진다. 그때 새끼도 함께 잠에 빠지므로 늑대가 가장 무방비할 때였다.

[너와 나는 상생 관계 아니던가? 비록 네 마력은 내가 어찌할 수 없는 것이다만.]

"바라지도 않아."

리녹이 냉정하게 응수했다.

그러나 유일한 입구가 이베르크 영지였던 것에 반해 새로운 입구가 억지로 뚫린 지금은 피로를 풀기 위해 잠들 수 없으며 새 입구를 봉쇄해야 했다. 황실 이들과 마주하는 건 새끼에게 위험하니 안전한 장소가 필요했다.

'귀찮은 걸 떠맡았나.'

상황을 손쉽게 파악한 리녹이 불쾌를 숨기지 않았다.

[새 입구는 내가 임시로 봉쇄하겠다.]

짐승이 등을 돌렸다.

[어쨌거나 너에게든, 네 반려에게든, 계약에 따라 부탁하지.]

그의 눈이 굴러갔으나 바람처럼 사라진 늑대의 뒤를 쫓기에는 부족했다. 아니, 정확히는 굳이 쫓지 않았다. 그의 팔에는 세상 무엇보다 소중한 이가 편안한 잠에 빠져 있었으니까.

△

해가 뜨기 직전, 잠시 눈을 떴다.

해가 보이지 않을 때라 주변이 푸르스름했다. 웬 거대한 짐승 새끼 때문에 억지로 잠에 빠진 건 기억나는데, 한 시간도 채 되지 않아 눈이 떠진 것 같다. 의외로 푹 잔 건지 기분이 나쁘지만은 않다고 생각할 때였다.

'……꼼지락?'

팔 안에서 뭔가가 꼼지락거렸다.

설마.

나도 모르게 고개를 내리자 자그만 눈이 나를 바라보고 있었다.

……끼잉?

잠이 확 깨는 기분이었다. 아니, 찬물을 맞은 것처럼 정말 확 깼다. 그도 그럴 것이 품속에서 털 뭉치 같은 아기 늑대가 고개를 갸웃했으니까.

낑?

아니 미친. 이 늑대가 정말로 제 새끼를 냅다 던져두고 갔단 말이야?

푸르게 물든 이불 너머를 보자니 리녹은 잠들어 있는 것 같았다. 해가 뜨기 전이라 여전히 큰 모습이었다. 밤의 리녹은 거의 잠을 자지 않았는데 지금은 꽤 깊게 잠이든 듯했다. 보통 때는 눈을 감더라도 내 작은 움직임에 깨어나곤 했으니까.

잠들기 전 마지막으로 보았던 것이 검을 든 리녹이었지. 저렇게 잠이 든 건 펜릴과 만난 여파인 걸까? 그의 몸으로부터 나는 난감하게 시선을 돌렸다. 시야 가득 담긴 것은 여전히 난감하게 생각되는 작은 솜뭉치 아기 늑대였다.

……얠 어쩌란 말이야.

늑대라고는 했지만 사실 생김새는 새하얀 강아지에 가까웠다. 늑대도 갯과이긴 하니 그리 이상한 일은 아니었다. 보송보송한 하얀 털은 이루 말할 수 없이 부드러웠는데, 털만 봐서는 내가 아는 강아지 종류를 대기 어려웠다.

　……강아지들의 이것저것 귀여운 부분을 떼어다가 만들어진 것 같단 말이지. 게다가 코는 또 연한 분홍색이다. 갓 태어난 것은 아닌 듯한데 분홍색이라니. 환장하겠네.

　……낑.

　"이렇게 귀여우면 어떡하라는 거니?"

　코를 톡 치자, 아기 늑대가 낑낑 울었다. 머리를 비비적 비비는 늑대를 보며 이게 싫다는 건지 다시 한번 만져 달라는 건지 알 수가 없다. 나는 톡, 아기 늑대를 두드렸다.

　"네 아빠가 나한테 널 맡기고 튀었단다."

　아주 미칠 노릇이지. 약속을 한 건 초대 이베르크 양반인데, 왜 리녹이 뒤치다꺼리를 해야 하냐. 거기다 리녹이 아닌 나한테 맡긴 건 무슨 심보인 거야, 대체.

　흘끗 보니 리녹은 아직 잠든 것 같았다. 아니, 더 가까워진 것 같은데 착각인가? 복잡한 표정을 숨기지 못한 나는 얼굴을 쓸어내렸다.

　"……팔자에도 없는 애 보기라니."

　한숨이 터질 것 같았지만 애써 참았다. 아기 늑대도 애라고. 보통 어른들이 애 앞에서 한숨 쉬는 거 아니라고 하잖아.

　끼잉?

　아기 늑대는 아빠를 똑 닮았는지, 눈이 선명한 푸른색이었다. 바닷물에 적신 것 같다. 나도 모르게 손을 내밀었더니 아기 늑대가 손을 핥았다.

　끼잉.

　기분 좋다는 듯 푸른 눈이 반으로 접힌다. 흔히 강아지도 미소를 짓는다더니 딱 그런 모습이었다. ⋯⋯세상에. 나는 숨을 삼켰다. 살인적으로 귀엽잖아.

반사적으로 손을 떼려 했던 나는 안 된다는 이성에도 불구하고 털에 손을 가져다 댔다. 조그만 솜뭉치가 눈앞에서 꼬물꼬물 움직이는데 거절할 사람 나와 보라 그래.

'그나저나 이제 어떡한다.'

이내 날숨이 터져 나왔다. 아기 늑대는 어제 나타난 펜릴과 비슷하게 생겼지만, 그 펜릴은 아니었다. 더 하얗고 눈동자가 더 옅기도 하고.

"그래. 솔직히 네가 무슨 죄겠니."

아기 늑대의 뺨을 두드린 나는 일단은 현실 도피를 관두고 인정하기로 했다. 일어난 일을 어쩔 거야. 이 아기 늑대의 부친이 나 몰라라 튀어버렸으니⋯⋯. 일단은 이 아기 늑대의 처우는 조금 미루기로 했다. 당장은 내 품에 있는데 말이지.

"⋯⋯그럼 내가 엄마인가?"

말도 안 돼. 너무 실없는 생각을 했다. 잊자.

고개를 돌리는 순간이었다. 언제부터인지 눈을 뜨고 있던 자색 눈과 딱 마주쳤다. ⋯⋯아, 놀라라. 나른하다 싶은 눈으로 나를 바라보던 리녹이 느릿하게 입술을 열었다.

"아빠는 나인가?"

⋯⋯왜 선생님은 헛소리를 또 하고 그러세요.

나는 그에게 어처구니없는 얼굴을 숨기지 못했다.

"일어나자마자 실없는 소리세요. 무슨."

잠이 덜 깨셨나. 절레절레 고개를 저었다.

"네가 엄마란 표현을 말하지 않았나."

"그거야 그냥 해본 소리죠. 진짜겠어요?"

그는 태연한 표정으로 대꾸했다.

"못할 것은 없지 않나?"

"……애초에 이 늑대의 부모는 멀쩡히 살아 있거든요?"

나와 리녹이 실랑이를 하는 사이 꼬물꼬물 내 품을 파고든 아기 늑대는 그대로 눈을 감았다. 색색. 다시 잠이 든 것 같았다. 이것 참.

"……숨 막히게 귀엽네."

나도 모르게 중얼거렸다. 그때 시야로 커다란 손이 나타났다. 눈을 살짝 들어 올리니 느리게 눈을 내리뜨는 리녹이 있었다.

"나는 어떤가?"

"네?"

"귀엽냐고 물었다."

……귀엽겠습니까? 이전에도 그렇고 그는 어째서 귀여움에 매달리는 모습을 보이는 거지?

"얘랑 비교하면 되겠어요? 얘는 딱 봐도 태어난 지 몇 년 산."

나는 리녹을 가리켰다.

"대공님은 대략 20년산."

"……사람은 식자재가 아니다, 에이미."

그걸 몰라서 이랬겠습니까. 말이 그렇다는 거지. 나는 어깨를 으쓱였다.

"아무튼 이런 아기랑 비교하지 마세요."

"그렇지만."

입술을 움직인 리녹이 뜸을 들였다.

"네가 그것만 쳐다보고 있으니까. 싫은 기분이었다."

스르륵. 상체를 일으켜 세운 리녹이 입을 달싹였다.

"나는 귀여워지기 힘든 건가?"

부스스한 옷차림에 단추는 또 어째서 풀어진 건지, 앞섶 사이로 탄탄한 살갗이 언뜻 비쳤다.

"그건, 노력하면 되는 건가."

……다른 의미로 열심히 노력하게 계신데요. 대공님 말고, 대공님 몸이요.

어스름한 새벽빛에 물든 그는 치명적이었다. 순백의 하얀 셔츠가 야릇하게 보일 수 있을 줄이야. 손등에 살짝 힘이 들어가고 숨을 삼키는 티를 내지 않으려 애썼다.

"노력해도…… 아, 안 되니까. 진정하세요."

안 돼. 돌아가. 이왕이면 내 시야 밖으로 멀리멀리 떨어져 줬으면 좋겠다.

"무얼 진정하라는 거지?"

선생님 몸이요. 특히 벌어진 셔츠 사이의 가슴이 열일하고 계시니 단추 좀 잠가 주시면 좋겠네요. 차마 이리 말하지는 못하고 시선을 어슷하게 빗겼다.

"아기 늑대를 보시는 거요. 조금 전부터 못마땅하게 보고 계시잖아요."

"……."

리녹이 그제야 시선을 거뒀다. 사실 몇 분 전부터 그의 시선이 나와 늑대 사이를 연신 느릿하게 움직였던 것이다. 그것도 못마땅함을 조금씩 드러내면서. 리녹이 명확한 감정을 드러내는 것이 드물었기에 더 잘 보였다.

그는 낮게 숨을 내쉬었다.

"나에게 펜릴의 새끼가 편할 리 없지 않나."

그건 그랬다. 리녹에게 펜릴이란 그에게 저주와 같은 마법을 만들어준 장본인이었다. 사람은 아니지만. 물론 초대 대공을 더 미워할지도 모르나 늑대도 원망스러울 것이었다. 그런 데다 그 펜릴의 새끼라면 반갑지 않겠지. 충분히 이해할 수 있는 이야기였다. 그가 당장 이 아기 늑대에게 응징하려 드는 것도 아니고.

"저…… 편하지 않지만 밉지는 않으신 거죠?"

"미울 이유는 없다. 저 늑대는 그때의 일과 관련된 게 아니니까."

리녹이 가만히 눈을 감았다. 그라면 자식에게 부모의 죄를 전가하는 게 얼마나 어리석은 일인지 알고 있을 터였다.

그는 눈을 뜬 것과 함께 손을 뻗었다. 그 손이 내 손에 닿을 듯 말듯 멈췄다.

"실례해도 되겠나?"

내가 끄덕이자, 그는 잠시 무슨 생각을 하는지 모를 얼굴로 손을 들어 올렸다. 곧 시야가 반쯤 가렸다. 손끝은 차갑던데 손바닥은 따뜻하구나, 리녹은.

"피곤해 보인다. 일단은 자는 것이 좋을 것 같다. 누워 주겠나?"

아니, 별로 졸리지 않은데. 일단 그가 밀어서 밀리는 대로 누웠는데, 이상하게도 몸을 기대자 기다렸다는 듯이 졸음이 몰려왔다.

"저, 조금만 잘게요. 조금만……."

미처 언어가 되지 못한 웅얼거림이 튀어나왔다.

"……다시 보지."

잘은 보이지 않았지만 그가 나를 물끄러미 바라보는 것 같았다.

"나의 시간에."

어스름한 푸른빛에서 차차 붉은 물감이 섞이는 하늘을 마지막으로 눈을 감았다.

△

'눈 아파.'

눈 부신 햇살이 눈을 다시 떴을 때, 나를 괴롭혔다. 눈꺼풀 위를 아프게 찌르는 빛을 이기지 못하고 눈을 완전히 떴다.

자기 전 반쯤 쳐져 있던 커튼은 그대로였다. 반쪽은 빛이 잘 가려졌지만 반대편의 틈새로 들어온 빛이 얼굴을 덮쳐 온 모양이다.

몸을 일으키려던 나는 그대로 멈췄다가, 다시 도로 누웠다. 꼭 일어날 필요 있나? 조금 더 자도 이상할 건 없을 것 같은데. 베이커의 수업은 오후일 거고. 어린 리녹이 스쳤지만 그보다 먼저 조금만 누워 있고 싶은 생각이 들었다.

이상하게 피곤하네. 평소 체력이 좋은 편이라 종일 달리고 여기 납치되어서도 다음 날에는 꽤 멀쩡했는데. 오늘 아침은 유난히 피로가 느껴졌다.

설마, 이건 펜릴을 만나서인가? 설마 싶지만 생각해 보면, 어젯밤 평소 잠이 거의 없던 리녹도 잠에 들지 않았던가. 펜릴에게 기력을 빼앗는 능력이라도 있다면 곤란한데.

끼이익. 생각하는 동안 문이 열리는 소리가 자그맣게 난 것도 같았다. 하지만 등 뒤라 돌아보기 귀찮았던 나는 그대로 몸을 푹 파묻었다.

"으으, 오늘 왜 이렇게 피곤하지……."

다다닥. 꼭 도토리가 구르는 것 같은 발소리가 들렸다. 바로 옆에서 매트리스가 꺼지는 느낌이 들었다.

"……에이미, 피곤해?"

나는 눈을 비비며 고개를 돌렸다. 아이의 커다란 두 눈이 보였다. 어린 리녹이었다. 언제 일어난 것인지 어린 리녹은 평상복을 걸치고 있었다. 자그만 청록색 크라바트가 앙증맞게 느껴졌다.

평소 밤의 리녹은 동이 트기 직전에 어린 리녹이 기거하는 방으로 가곤 했다. 그러면 아침에 그곳에서 일어난 어린 리녹이 씻고 옷을 단장하고 다시 내게 나타나곤 했다. 오늘도 그런 모양이고.

아이에게서 보송보송한 비누 향이 났다. 단정한 옷을 보면 낮의 리녹은 아이면서 깔끔한 성격 같기도 하다. 아니, 옷은 로테 취향인가. 절대 주인의 옷 고르는 권한만큼은 넘겨주지 않겠다던 로테의 눈이 아직도 선했다. 나는 그때나 지금이나 생각도 없는데 말이지.

"에이미?"

아이가 고개를 갸웃했다. 나는 침대에 상체를 기대고 기웃기웃하는 아이의 뺨을 톡 건드렸다. 포동포동. 새하얀 뺨인데 턱선은 그대로 각이 잡혀 있다니. 뉘 집 애인지 몰라도 크면 아주 미남이 되겠네, 란 말이 잘 어울린단 말이지. 이미 밤의 그가 미남이긴 했지만.

아이를 보며 흐뭇한 감상을 즐길 때였다. 말간 얼굴이 살짝 찌푸렸다. 동그란 눈이 놀란 것 같기도 했다.

"……에이미."

아이의 입이 달싹였다.

"응 녹스?"

왜 그래, 하고 물으려던 나는 멈칫했다.

"어……. 어."

이불이 스르륵 내려가며 조그만 덩치의 털 뭉치가 나타난 것이다.

낑?

아이의 얼굴이 순간이지만 북풍이 분 것처럼 차갑게 굳었다. 그러나 이내 무구한 낯으로 나를 응시했기에 놀란 것이려니 했다.

"에이미, 이건 뭐야?"

아이의 자그만 손이 아기 늑대를 정확히 가리켰다. 나는 조금 난감한 표정을 지었다.

"음, 늑대? 펜릴?"

"늑대가 왜 여기 있어?"

"그러게……."

나도 알고 싶은데 말이야. 어젯밤에 날강도 같은 늑대님이 훌랑 던져 두고 갔단다. 제대로 말하지 못하고 뺨을 긁적였다. 아이는 갸웃 고개를 기울였다. 그러나 스친 시선에는 반갑지 않음이 담겨 있었다.

"……애, 에이미랑 같이 잤어?"

"응? 어?"

"아까진 안 보였는데, 방금 나타났어."

……왜, 등 뒤에서 식은땀이 흐르는 것 같지.

"그, 그렇지?"

아이 늑대가 이불 밑에 파묻혀서 보이지 않았던 모양이었다. 거기다 나도 일어나자마자 가슴의 무게가 너무 자연스러워서 깜빡 잊고 있었고.

"이제 일어난 거야?"

"음, 그런가 봐."

이제는 아기 늑대도 잠에서 깨어났는지, 아직은 잠에 잠긴 푸른 눈을 깜빡이고 있었다. 그런 늑대를 물끄러미 바라보던 아이가 문득 조그만 입술을 열었다.

"버려도 돼?"

……예? 나는 눈을 크게 깜빡였다. 잘못 들은 게 아니지?

"어, 음, 녹스, 버리자니?"

"저어기로."

아이가 가리키는 것은 자그만 소파였다. 휴, 다행이다. 아이의 눈에는 침대 위에 함께 있는 것이 마음에 들지 않았던 모양이다. 하기야 로테도 베이커도 내 곁에 있는 것을 좋아하지 않았지.

"음, 녹스, 그건 일단……. 아직 늑대도 이제 눈을 떴으니까. 우리."

"……내가 늑대에게 물어보면 돼?"

아이의 자색 눈이 데구루루 돌아갔다. 다물린 연분홍빛 입술이 벌어졌다.

"버려도 돼?"

아이가 내가 아닌 늑대에게 물었다.

늑대에게 묻는다고? 아니, 늑대가 대답을 하겠냐고, 말을 하려던 때였다. 눈을 빙글빙글 돌리던 늑대가 캉캉 짖었다.

낑! 끼이잉!

"버려도 된대."

……정말?

아무리 봐도 그냥 짖은 것 같은데. 나는 차마 그리 말하지 못하고 턱을 매만졌다. 이걸 그대로 얘기해 줘야 하는 거야, 참아야 하는 거야. 지어내면 안 되고 거짓말해도 안 된다고 알려줘야 하나? 근데 실망한 것 같은데.

어째서 평생 육아라곤 생각도 못 해본 내가 아이의 교육학을 떠올리고 있는지 모를 일이다. ……언니는 날 어떻게 키웠을까. 새삼 언니에게 감사함을 느꼈다.

"음, 녹스? 우리 일단……. 대화를 하자. 얘기를 하자, 응?"

아이의 머리가 흔들렸다.

"……했어, 얘기."

머리를 비스듬히 기울인 아이가 눈을 깜빡였다.

"나간대."

낑! 끼잉. 끼이잉.

"그렇대."

……아니, 얘가 정말 네 말을 알아듣고, 또 네가 정말 늑대의 말을 알아들었겠니. 손을 들어 올린 난 눈을 주물렀다.

다행인 일은 아이와 아기 늑대의 실랑이 아닌 실랑이 덕에 잠이 확 깼다는 점이었다. 조금 전까지 몸을 짓누르던 피로도 아이가 울상을 지으며 내 손을 잡는 순간 씻겨 나가듯 사라졌다.

어쨌거나 아이와 아기 늑대의 실랑이는 더는 이어지지 못했는데, 로테가 들어왔기 때문이었다.

"……애완동물을 키우셨습니까?"

"키웠봤겠어요?"

로테에게 사정을 설명했다. 그는 놀란 표정을 짓더니 곧 여느 때처럼 서늘하고 차분한 안색으로 돌아왔다. 그러고는 나를 어디론가 인도했다. 물론 그사이에 로잘린의 도움을 받아 씻고 준비했음은 물론이다. 로테가 나를 데려간 곳은 베이커의 방이었다.

"어라, 총집사 양반? 거기다 아가씨까지. 아직 수업시간이 아닌데?"

시계를 보던 베이커가 턱을 긁적일 때였다. 이내 그의 눈이 동그랗게 뜨였다.

"허, 저건 뭔가?"

베이커의 시선이 꽂힐 듯 쏟아졌다. 그의 시선에도 아랑곳하지 않고 늑대는 낑낑대며 내 품을 파고들었다. 내 손을 잡고 있던 어린 리녹의 눈이 조금 뾰족해졌음은 물론이다. 나는 그 사이에서 난감한 웃음을 흘렸다. 대체 어떡해야 해, 이거.

"하얀 데다 은빛이 감도는 늑대, 거기다 푸른 눈이면……. 맙소사 꿈을 꾸고 있나. 내가 잘못 본 것은 아닌 듯한데."

침묵하며 서 있던 로테가 돌연 베이커를 한심하다는 듯이 응시했다.

"베이커 씨, 당신 수석마법사면서 이런 거 하나 빠르게 못 느낍니까?"

베이커가 목을 긁적이며 유들유들하게 웃었다.

"아니, 나는 거대한 마력 덩어리가 들어오기에…… 당연히 주인께서 오신 줄 알았지."

베이커의 눈이 이내 나를 향했다.

"맞지? 그 폐, 펜……."

"네. 아마 생각하신 게 맞을 거예요."

리녹과 늑대의 시선 사이에 놓인 나는 멋쩍은 웃음을 지어냈다.

"펜릴의 새끼예요."

베이커에게도 간략하게 사정을 설명했다. 오늘 새벽 초대 대공이 키웠다던 펜릴을 본 것과 그 펜릴이 자신의 새끼를 맡겨놓고 갔다는 것, 그리고 리녹이 이 늑대를 어쩔 수 없이 맡게 되었다는 것까지.

물론 초대 대공이 펜릴의 새끼를 기른 것은 가문의 비밀이니 쏙 빼놓고. 여기에 내가 먼저 늑대에게 홀려 밖으로 나왔다는 말도 숨겼다. 어쨌거나 내가 처음에 받았어도 결과적으로 리녹이 계약 때문에 맡게 된 것은 맞으니까.

"허, 이런 거대한 마력이라니. 역시 마법 늑대는 늑대인가? 살아생전 펜릴을 다 보네그려."

모든 얘기를 듣고 난 베이커는 놀람을 숨기지 못했다. 당연한 일이었다. 이곳에서 펜릴은 동화 속 혹은 역사 속에나 나오는 존재였을 테니. 사실 안고 있는 나도 누가 대뜸 데려와서 얘가 펜릴의 새끼라고 했다면 못 믿었을 거다. "웬 특이한 강아지야?"라고 했겠지.

그나마 아기 늑대의 특이한 점은 은은한 은빛이 하얀 털 주변으로 맴맴 돈다는 것이었다. 아마 밤중에 본다면 은근하게 빛나고 있지 않을까? 부친 펜릴처럼.

"로테 씨가 일단 베이커 씨에게 가면 된다고 말씀했는데, 한번 봐 주실 수 있을까요?"

로테가 사정을 듣자마자 베이커에게 데려온 건 그가 뭔가 알고 있거나 관련 지식이 있기 때문일 거다. 그래서 일단은 아기 늑대를 보여 주려 한 거겠지?

라이온 킹의 한 장면처럼 베이커를 향해 손을 쭉 뻗어, 아기 늑대를 건네려고 할 때였다.

캉! 캉캉!

아기 늑대가 버둥버둥 움직이며 짖었다. 깜짝 놀란 내가 얼른 팔을 접자 늑대가 내 품을 파고들었다.

아웅아웅. 끼잉끼잉. 낑.

정신없이 파고드는 모습이 안쓰럽게 느껴질 지경이었다.

"내 손을 타는 게 싫은 모양인데?"

"으음, 그런 것 같은데요."

……일단 대공님의 입술이 벗겨지거나 볼이 터지기 전에 넘겨야 할 것 같은데. 볼이 빵빵한 아이 리녹은 치명적이게 귀여웠지만 늑대가 낑낑대며 안겨 있는 통에 손을 움직일 수 없었다. 아, 한번 찔러보는 건데.

"뭐, 살펴보는 건 굳이 품에 안지 않고도 가능하네."

다행스럽게도 상황은 베이커의 말로 정리되었다. 아기 늑대에게는 조금 미안하지만 나는 베이커의 견해를 듣고도 그에게 넘길 생각이 있었다.

아기 늑대는 분명 귀엽고 사랑스러웠다. 보송보송한 털의 촉감은 중독되겠구나 싶기도 했으나, 그럼에도 나는 이 늑대를 떨어뜨려 놓고 싶었다. 떠날 것이 정해진 내게 무엇이든 간에 이곳에 속한 존재에게 정을 붙이고 싶지 않았으니까. 아기 늑대 또한 마찬가지였다.

"펜릴의 새끼인 것을 알기 전에도 느꼈으나 다시 한번 봐도 강대한 마력을 가진 마법 생물이 맞네. 불안정한 건 미성숙한 새끼여서이겠군."

베이커가 흰빛을 휘감은 손을 떼어냈다. 마법을 써서 관찰한 모양이었다.

"그래서요? 무슨 말씀이신가요?"

"쉽게 말하자면······ 이 새끼 펜릴은 대공 각하와 같은 상태란 말일세."

이 새끼 펜릴? 꼭 욕 같네. ······실없는 생각을 얼른 지워냈다.

"대공님과 같은 상태라면······."

"폭발을 앞둔 용암처럼 거대하고 불안정한 마력을 품고 있으니, 언제 폭발해 흘러넘칠지 모르지."

"······그거 위험한 거 아닌가요?"

"그렇지. 하지만 다른 점이 있다면 펜릴은 지고한 마법 생물이기에 몸과 본능, 정신이 인간과는 비교되지 않을 정도로 튼튼해서 각하처럼 폭주할 일이 없다는 걸세."

그러니까 둘 다 아슬아슬하고 큰 마력이 있는데, 비교적 금방 폭주하기 쉬운 리녹과 달리 펜릴에게는 일종의 튼튼한 보호막이 있다는 건가?

"결국 비슷해도 이 새끼 펜릴은 폭주할 일이 거의 없다는 건가요?"

"그러하네. 제대로 이해했구먼."

일단 내가 안고 있는 조그만 동물이 시한폭탄은 아니라니 다행이긴 한데, 리녹과 비슷한 상태라니 기분이 조금 묘했다. 초대 대공이 펜릴에게서 넘겨받았다는 마력 때문일까?

사실 펜릴은 인 외 존재인 만큼 생김새가 인간과는 전혀 달랐지만, 이상하게도 새벽에 보았던 펜릴은 리녹과 비슷한 느낌을 주었다. 아니, 거대한 늑대를 사람으로 그린다면 꼭 리녹 같은 그림이 나올 것 같다고 할까. 나를 제외한 모든 사람을 경계하는 아기 늑대를 보면 꼭 숲속 집에서 처음 보았던 리녹의 모습이 겹쳐 보였다.

"총집사 양반이 손을 대려 해도 거부했다고?"

"네. 맞아요."

"늑대는 본래 반려든 우두머리든 단 하나의 존재를 따르는 동물이지. 늑대의 성질을 띤 펜릴도 그러할 걸세."

단순히 내 느낌에 그치는 것이 아니었나 보다. 나는 늑대를 안지 않은 손으로 뺨을 살짝 긁었다. 그 밖에도 베이커는 펜릴의 습성이나 버릇 등 놀랍도록 자세한 이야기들을 풀어냈다. 어쩐지 육아 전에 육아 교육을 듣는 기분이었으나 일단 무시하고 입을 열었다.

"대단하시네요. 어쩜 그렇게 잘 아세요?"

앞서 말했듯이 이곳에서 펜릴은 역사 속에서만 잠깐 등장한 전설에 가까운 존재였다. 초대 대공의 일기만큼은 아니지만 베이커가 제법 자세하게 말을 하니 신기했다.

"마탑에서 마법 생물을 다뤄본 적 있네. 내가 말한 것들은 보통 대형 마법 생물들이 공통적으로 가지는 특성들이기도 하지."

"마법사의 탑에서요?"

나는 눈을 한번 끔뻑였다. 마탑. 마법사의 탑을 줄인 말로 제국에는 약 세 개 정도가 있으며, 그중 가장 큰 중앙 마탑은 세레나가 어린 시절에 머문 곳이기도 했다.

"그렇네. 나는 동쪽 마탑 출신이지. 공격 위주인 중앙과 다르게 이곳은 마법진이나 마법 생물 등 이론에 관한 연구가 활발하네."

베이커는 마탑의 이야기가 자랑스러운지 묻지 않은 이야기를 덧붙였다.

"그렇군요."

나는 품 안에 안겨 편안히 눈을 움직이는 아기 늑대를 보았다가 이어 말했다. 조심스러운 말투로.

"어쨌든 저는 이 아기 펜릴을 떼어놓으려 하거든요. 괜찮을까요?"

"안 괜찮을 건 없네만……. 왜인가?"

베이커가 아기 늑대에게 고갯짓했다. 보라는 듯 베이커의 머리가 가까워지자 아기 펜릴이 캉캉 짖었다.

"보다시피 아가씨를 따르는 듯한데."

"음, 다른 사람들은 시간이 필요한 게 아닐까 싶기도 해요. 괜찮아질 거라 생각하구요. 그리고 저도 겨우 하루 봤는걸요."

하루 본 나를 이렇게 좋아하니 시간이 조금만 지나면 다른 이들도 그렇지 않을까? 베이커가 조금 전 말해 준 늑대의 특징을 살짝 모른 체하며 나는 늑대를 양손으로 들어 올렸다.

그러고는 나는 작게 속삭였다.

"무엇보다 어린 대공님이 안 좋아하세요."

더는 그렁그렁한 저 눈을 보기가 힘들 정도로요.

숲속 집에서 내가 언니랑 껴안고 있을 때도 저런 눈빛은 안 했는데. 이 정도면 지켜줘야 할 것 같은 느낌이 든다. 더구나 어린 리녹은 감정이 격해지면 위험하다고 하니까.

"뭐. 아가씨 뜻이 정 그러하다면 어쩔 수 없지."

베이커 또한 내 뜻에 동의했는지, "제일 중요한 것은 주인님이지 암."이라고 하면서 어깨를 으쓱했다. 그러고는 손을 뻗었는데, 낌새를 눈치채고 아기 펜릴이 캉캉 짖어도 손을 거두지 않았다.

"쉬이, 착하지."

베이커의 손이 막 아기 펜릴의 하얀 털에 닿으려고 한 순간이었다.

"……허!"

베이커가 숨을 몰아쉬었다. 손을 전광석화처럼 거둔 그는 손을 쥐었다 피며 나를 바라봤다.

"왜, 왜 그러세요?"

"안 되겠네. 안 되겠어, 아가씨."

베이커가 고개를 거세게 저었다.

"조금 전…… 이 새끼 펜릴에게 닿는 순간 거대한 마력이 느껴졌네."

"……마력이라면."

"아니. 아까와 다른 점이 있다면 내게로 쏟아지려 했던 거지. 그 마력이 밖으로 쏟아지면 이 저택이 어찌 될지 모르네. 이를테면 주인님의 '폭주'와 같은 효과일 걸세."

아니, 아까는 이 펜릴이 폭주하지 않을 거라면서요?

"아무래도 이 새끼 펜릴은 아가씨를 지나치게 좋아하는 듯하네. 이미 애착을 품은 상태야."

"겨우 하루 봤는데요?"

의도치 않게 코를 꿰인 느낌이 이러할까? 아니, 겨우 하룻밤을 보냈단 말입니다. 하룻밤. 나는 어처구니가 없었다.

"마법적 생물이지 않나. 이 존재들의 생각을 우리가 알 수 있을 리 없지."

베이커는 그리 말하고는 잠시 고민하며 덧붙였다.

"내 생각이네만 여기서 억지로 아가씨와 떼어내려 한다면 폭주와 다름없는 상황을 겪을 것 같네."

"그 말씀은……."

그가 끄덕였다.

"어떻게든 방법을 찾을 때까지 아가씨가 데리고 있어야 한다는 말이지."

이 무슨…… 암담한 결과야. 방법을 찾으러 베이커를 찾은 건데 그대로 돌아가라니. 베이커를 다시 바라봤지만 그는 시선으로 말하는 듯했다. 안 돼. 돌아가.

나는 무척 억울해졌다.

"저는 가급적이면 대공님이 좋아하지 않는 일은 하고 싶지 않은데요……."

감이지만, 아기 늑대와 오래 붙어 있으면 안 될 것 같았다. 이런 조그맣고 어린 생물은 언제든 아차, 하고 만 순간에 정이 붙어버리고 만다. 다친 아기 동물을 주워 오던 우리 언니처럼. 그리고 어린 리녹의 그렁그렁한 눈을 오래 보고 싶지 않기도 했다.

결과적으로 내가 이 귀여운 생물보다는 리녹을 생각하는 것이니 떼어놓으려 하는 건 당연한 일이었다.

"으음, 주인님의 시선은 나도 느꼈네만."

흘끗 어린 리녹을 바라본 베이커는 어려운 답을 내려야 하는 사람처럼 난처함을 숨기지 못했다. 그는 턱을 괜히 쓰다듬으며 이번엔 조금 떨어져 있는 로테를 응시했다. 그러나 로테는 그런 시선을 매정히 무시했다. 상관없는 일이라는 듯이.

……안 친한가?

"일단 주인께서 폭주할 낌새는 보이지 않네. 일단은 괜찮다는 말이지."

"실례지만 그렇게 무책임하게 말씀하실 일은 아니지 않나 생각되는데요?"

폭주가 위험하다 알려준 건 댁들이잖아.

그런 시선으로 바라보자 베이커가 코를 찡긋했다.

"이런 따끔하군. 아가씨는 은근 할 말을 다 하는 성격이란 말일세?"

"그렇게 말씀하셔도 되니, 제대로 된 답을 부탁드려도 될까요?"

"아니. 위험이 없다고 말한 건 진심일세. 이런 걸로 장난치지는 않아. 내가 비록 가벼워 보이는 모습이라도 말일세."

"알고 계셨어요?"

"……그렇게 바로 대답하면 상처받는데."

베이커가 유들유들한 웃음을 슬쩍 숨기며 시선을 흘렸다. 그러고는 이마를 슬슬 문질렀다.

"어린 주인께서 적으로 인지하지 않게만 하면 되지 않겠나?"

……지금 그 말을 대공님께서도 듣고 계신다는 건 알고 계시죠? 어린 리녹을 흘끗 보았지만 다행히도 아이의 눈은 오로지 나와 늑대에게만 꽂혀 있었다. 대화는 상관없다는 듯이.

"그건 아가씨 몫이라 생각하네."

"네?"

"어린 주인께서는 오직 아가씨의 말만 경청하지 않는가."

무슨 억지냐고 말을 하려던 나는 그대로 입을 꾹 다물었다. 어린 리녹은 좀처럼 누구에게도 마음을 열지 못했다. 내 눈에도 선명히 보일 정도로.

그런 나를 쳐다보던 베이커가 능글능글하게 씩 미소하며 양 입술을 떼어냈다.

"이것 참. 늑대가 하나도 아니고 둘이구만."

유들거리는 시선이 아기 펜릴과 리녹을 스쳤다.

"한 번에 하나밖에 못 해, 싫어도 눈치부터 봐. 이리도 맹목적이라니. 우리 주인께서는 참 짐승스럽기도 하시지."

침묵하던 로테가 끼어들었다.

"베이커, 각하께 감히 말이 지나치다 생각됩니다만."

"뭐 어때. 총집사 양반도 그렇게 생각했지 않나?"

그러자 로테가 태연히 말했다.

"사실을 사실 그대로 말하면 안 될 때가 있는 법입니다."

……그렇게 생각했구나, 로테도.

"어쨌거나 힘든 일임은 아네만 부탁 좀 해도 되겠나, 아가씨."

부탁이라고 해도 나보고 어찌하란 말인지…… 시선을 흐리며 한숨을 참았다. 베이커의 조언 겸 말은 거기서 끝이었다.

방에서 나가기 직전, 막 떠오른 것이 있어 베이커를 잡았다.

"저, 베이커 씨. 혹시 대공님한테서 거울을 조사하란 명을 받은 적 있으세요?"

탄시즈와 만나게 했던 두 개의 거울, 그 거울의 행방과 결과가 궁금했다.

"아? 아. 있었지. 황실의 물건 말이지?"

"네. 그거요."

"아마, 별 결과가 없어서 처분하는 이에게 맡겼을 걸세. 왜 그러나?"

"아……. 아니에요."

나는 애써 심각한 표정을 지워냈다. 베이커로는 비밀을 밝혀내지 못했다는 건가? 작중 탄시즈는 세레나 못지않은 대마법사였다. 물론 세레나는 두 남자 주인공들보다 훨씬 강한 존재였지만. 어쨌거나 만만찮은 능력을 가진 이였단 거다.

어떡하지. 리녹에게 사실대로 말해야 하나? 그래야겠지. 나는 굳은 결심을 하고 방을 나섰다. 품에는 아기 늑대를 안고서. 로테는 베이커와 잠시 할 얘기가 있다며 잠시 기다려달라 했다. 자연히 우리는 복도에 나란히 섰다.

"음, 여기서 로테 기다리면 되겠다. 그렇지?"

볕이 드는 창문이 있는 복도 한쪽 끝에서 리녹을 곁눈질했다. 시선 끝에 데롱 매달린 아이는 답이 없었다.

"녹스?"

한 번 더 그를 부르자 그제야 아이가 고개를 들었다. 아이의 손이 하얗게 되도록 내 옷을 붙들었다. 그러면서 다른 손은 어쩔 줄 모르듯이 쥐었다 폈다.

"……녹스?"

동굴을 밝히는 선명한 자수정처럼 몹시도 영롱한 두 눈이 나를 향했다. 나는 곧 눈동자가 반짝인 이유가 비단 볕 때문은 아님을 알았다.

"에, 에이미……. 히끅."

아이가 서러움에 눈물을 뚝뚝 떨어트렸다. 심장이 쿵 떨어졌다. ……아니, 우는 게 뭐 이리 치명적이게 귀여울 일이지?

"울지 마. 왜 그래, 왜 울어 응?"

"에, 이…… 미……. 히끅."

곧 아이의 파들거리는 손끝이 하얀 늑대를 가리켰다.

"……이제 쟤가, 더 좋아?"

그대로 멈칫한 나는 눈을 깜빡였다.

"어, 나 애랑 하루 봤는데."

하루 만에요? 그런 게 가능할 리가 없잖아.

나는 아이의 턱에서 뚝뚝 흘러내리는 눈물을 소매로 훔쳤다. 아이는 소매로 눈물을 닦을 줄도 몰랐다.

"……쟤가, 쟤가 더 좋아? 그런 거야?"

"아니야. 왜 그런 생각을 해. 응? 뚝 하자. 뚝."

"히끅. 에이미."

"응."

"아, 안 멈춰져. 어…… 떡해?"

나는 서둘러 아이의 눈을 닦아주었다.

"아냐. 그런 얼굴 하지 마. 녹스, 이건 네 잘못이 아니야. 아주 자연스러운 일이야."

"자연스러워?"

"응. 당연한 거."

자기가 서러우면서도 서러운 이유를 모르는 얼굴. 가만히 눈을 깜빡이는 모습이. 안타까웠다. 아이의 눈물은 멈추지 않았다. 내가 무어라 변명, 아니, 해명을 하고자 입술을 열려고 할 때였다.

하필 이때 끼익 문이 열리는 소리가 들렸다. 아, 설마? 열린 틈으로 이 순간에 반갑지 않은 이가 걸어 나왔다. 그리고 나는 로테와 정면으로 눈이 마주쳤다.

"허, 세상에."

로테가 입을 축였다.

"……울리셨습니까?"

그 순간, 나는 세상에서 가장 무서운 것이 성난 덕후라는 것을 알았다. 그는 무척이나 기가 막힌 눈빛이었는데, 눈동자가 굴러 나를 향하자 바람나서 붙잡으러 온 배우자를 맞닥뜨린 기분이 들었다.

"울리셨습니까?"

그가 같은 질문을 하자 나는 그제야 화들짝 놀라 고개를 저었다.

"아, 아뇨. 저 아니에요."

"울리셨군요."

"아니래도요?"

"변명은 옳지 않습니다."

"아니라니까!"

로테가 미간을 찌푸리며 머리를 기울였다.

"각하의 눈물은 저절로 안구에서 떨어져 나왔습니까?"

"아니, 그, 그건 아닌데요."

"……결국엔 눈물까지."

잠깐. 아니, 왜 내가 바람피운 사람처럼 변명을 하고 있지?

"저기, 아니라고 세 번, 아니, 네 번이나 말씀드렸는데 저라고 말씀하시는 로테 씨의 태도에 문제가 있는 것 같은데요."

콧잔등을 찡그리며 꺼낸 말에 로테도 지지 않고 응수했다.

"부족한 식견으로 보기에는 정황상 아가씨 말고는 없는 것으로 보입니다. 아닙니까?"

"네. 많이 부족하시네요."

"……."

차가워지는 로테의 표정에도 나는 아랑곳하지 않고 손을 들어 올렸다. 내가 가리킨 것은 하얀 아기 늑대였다.

"왜 저밖에 없어요? 저만 아니라 얘도 있는데요?"

로테는 어처구니없다는 표정을 숨기지 않았다.

"혹시 조그만 짐승에게 책임을 전가하시는 겁니까?"

"그렇게 생각하시다니 로테 씨야말로 속이 좁으시네요."

"식견도, 속도 좁아서 죄송한 마음입니다만."

"네. 밴댕이 같으시네요. 반성하세요."

"……예. 밴댕이여서 죄송한 마음이나, 아가씨께서는 다른 의미
로 반성이 필요하신 상황이 아니실까 싶습니다."

그런데도 네가 울린 게 아니냐는 시선을 숨기지 않는 로테였다.
그에게서 마치 그래도 지구는 돈다고 외쳤던 과학자가 겹쳐 보였다.

와. 그 대공의 그 보좌 아니랄까 봐 고집은.

"어쩔 수 없네요."

나는 일부러 보란 듯이 한숨을 내쉬었다. 뜻 모를 내 행동에 로테
의 시선이 뾰족해졌다.

"이 방법만은 쓰지 않으려 했는데."

무슨 말을 하는 것이냐는 로테의 시선을 지나쳐 나는 리녹을 향했
다. 소년은 어느새 눈물을 뚝 그치고 나만을 바라보고 있었다. 로테
와 실랑이를 하는 와중에도 오롯이 나만을.

나는 그런 리녹의 조그만 어깨에 살짝 손을 얹고서 슬그머니 아이
의 뒤로 이동했다. 그러고는 쪼그려 앉았다.

"녹스, 녹스. 조금 전에 녹스가 운 건 나 때문이야?"

따지고 보면 늑대 탓이요, 더 정확히 파고들면 나 때문이지만 나
는 아이가 나라고 말을 하지 않을 거란 자신이 있었다.

도리도리.

"녹스를 울린 건 나야?"

……도리도리.

나는 그대로 고개를 들었다.

"아니라는데요?"

로테는 어이없다는 표정을 넘어서 경악을 보여 주었다. 해석하자

면 네가 감히 귀한 각하께 협잡질을 했느냐 정도 되겠다.

"히끅. 에이미, 아니야."

거기다 이어서 리녹이 못을 쾅쾅 박아주자, 로테에게서 나라 잃은 표정을 볼 수 있었다. ⋯⋯그러게 내가 치사해지기 싫어서 여기까지는 안 하려고 했다고.

"너. 끕, 에이미 괴롭히지 마. 저리 가."

쿠쿵. 로테의 낯으로 번개가 쾅쾅 내리친 착각이 일었다. 그는 가까스로 안경을 추켜올렸다.

"각하, 제 충성심을 걸고 맹세컨대 아가씨를 괴롭히는 몹쓸 행위는 전 하지 않은 것으로 압니다."

그가 반듯하게 허리를 세우더니 이내 나를 향해 고개를 숙여 보였다.

"하지만 각하께서 바위를 가리켜 물이라 하신다면 마땅히 옳은 일, 죄송합니다. 아가씨, 무례한 행동을 사과드리겠습니다."

⋯⋯보통 노려보면서 사과를 하던가요? 리녹이 못 본 틈을 타 노려본 게 틀림없다. 나는 헛웃음이 터질 것 같았지만 꾹 참고 함께 정중하게 "아닙니다." 하고 대답했다.

우스운 연극이 따로 없었다. 사사건건 리녹 몰래 잘도 내게 한마디씩 하는데. 이런데도 로테가 믿지 않은 건⋯⋯ 참된 애정이 눈에 보이기 때문인가 보다.

그러고 보니 로테도 책 속의 인물이지만 로테의 서사에 관해서는 자세히 몰랐다. 정확하게는 리녹과 어디서 어떻게 만났으며 무슨 계기로 가까워졌냐 하는 것들.

책은 세레나와 리녹, 그리고 탄시즈가 중심이었으니 당연한 일이었다. 나도 리녹에게 충성을 다하는 보좌가 이런 성격인 줄, 겪고 나서 깨닫게 된 것이 많으니 말이다.

그런데도 로테의 눈은 처음 본 그날부터 빠짐없이 한결같으니 리녹의 행복을 바라는 사람으로서는 안심하게 된다. 나한테 가끔 밉게 굴면 뭐 어때. 그렇다고 정말 미워하는 것 같지도 않고.

생각해 보면 나는 책 속 리녹의 불운한 서사에 집중을 했기 때문에 대공저에서 그가 존경과 사랑을 받았던 점을 간과했던 것 같다. 생각 이상으로 대공저 사람들은 리녹을 아끼는 것 같았다. 내가 다 따뜻해질 만큼. 물론 그 애정이 어쩐지 덕심에 가까운 것 같기는 하지만.

"집무실 말씀이십니까?"

어쨌거나 나는 어린 리녹과 할 얘기가 남아 있었고, 로테는 내 부탁에 나와 리녹을 집무실로 안내했다. 걷는 동안 품 안에 안긴 아기 펜릴은 세상모르고 잠에 빠져 있었다. 얘로 인해 그 실랑이가 벌어졌는데 색색 잠든 걸 보니 신기하기도 하고 어처구니도 없고.

"계속 잠만 자네요. 이 아기 펜릴은."

조금 앞에서 걷던 로테가 흘끗 시선을 던졌다.

"본래 마력이 강한 마법 생물은 특히나 새끼일 때 잠이 많다고 들었습니다. 마력이 안정화되는 시기라 그렇다고 하더군요."

그 말에 나는 문득 어린 리녹을 바라보다 언니와 살던 시절을 떠올렸다. 리녹을 발견해 데려왔던 그때. 어린 리녹은 유달리 잠이 많아서 늘 오후 5시쯤부터 꾸벅꾸벅 졸곤 했는데, 그것도 마력 때문이었던 걸까? 베이커 말에 따르면 리녹과 아기 펜릴은 비슷한 점이 있다고 하니 말이다.

"본래는 어린 각하께서도 평소 약을 드시고 나면 주무시는 것이 일상이었습니다. 물론 여러 가지 이유에서였으나…… 이것이 마력 안정화에 도움이 되는 일이기는 했습니다."

로테의 설명을 듣는 동안 리녹과 눈이 마주쳤다. 아이는 입을 꾹 다물더니 내 새끼와 약지를 꼬옥 쥐었다.

"……안 잘 거야."

재우려는 줄 알았나 보다.

"하하. 안 재울게. 걱정하지 마, 녹스."

그 얼굴은 재워달라고 해도 재우고 싶지 않은 얼굴이거든. 여기서 볼이라도 꼬집었다간 로테한테 혼이 나려나. 실없는 생각을 하는 동안 집무실에 도착했다. 문을 열던 로테가 문고리를 톡 두드렸다. 마치 할 말이 있는 사람처럼.

"그러고 보니 이 새끼 펜렐에게 이름을 지어주십니까?"

가벼이 묻는 말에 눈을 동그랗게 떴다. 생각지 않았던 얘기였다.

"이름요? 얘 이름이 펜릴 아니었어요?"

"그건 개체의 이름입니다. 개를, 개라고 부르듯이 말입니다."

그러니 이름이 필요하다는 말이었다. 그냥 펜릴이라 불러도 상관 없지만 헷갈릴지 모른다고.

내가 지어줘도 될지 모르겠다. 어떡한다. 나는 손가락의 온기를 쭈욱 따라갔다. 그 끝에 눈을 깜빡이는 사랑스러운 아이 하나가 있다. 이름 하나 잘못 지어주면 어디까지 곤혹스러워질 수 있을지 아주 잘 아는데.

"일단 한번 생각해 볼게요."

로테는 가볍게 머리를 숙이고는 나와 리녹이 들어갈 수 있게 자리를 비켰다.

"저는 문밖에 서 있겠습니다."

끼익. 문이 닫히고, 나는 얌전히 옆자리에 앉은 아이와 마주했다.

"음, 녹스, 일단 얘기를 꺼내기 전에."

나는 안고 있던 아기 펜릴을 조심스럽게 탁자 위에 내려놓았다. 차가운 탁자에 놀랐는지 부스스 눈을 깜빡이던 아기 늑대가 눈을 동그랗게 떴다.

탁자 위에는 트레이가 놓여 있고 그 위로는 아기자기한 다과가 놓여 있었다. 듣기로는 어린 리녹을 위해 매번 이곳에 놓여지는 다과라나. 보존 마법이 걸려 있어 늘 따끈따끈하다고 했다.

나는 다과 중에서 작은 체리를 골라 불안한 듯 낑낑거리는 아기 늑대에게 내밀었다.

킁킁. 코를 들이밀던 늑대가 조심스럽게 집어먹었다.

캉?

그러고는 제자리에서 뱅글뱅글 돌았다. ……정말 귀엽긴 치명적으로 귀엽네. 그러나 가까스로 티를 내지 않은 나는 관심 없는 척 고개를 아이에게로 향했다.

"일단 이렇게 내려놓고 이야기하는 게 좋다. 그치?"

……끄덕.

아이의 뺨이 눈에 띄게 발그레해졌다. 정말 좋은가 보다.

"아까는 내가 미처 녹스의 마음을 생각 못 했어. 미안해."

나는 어릴 적 내가 토라졌을 때의 언니 모습을 떠올리며 리녹의 앞에 한쪽 무릎을 접어 앉아 눈높이를 맞췄다.

"나는 당연히 녹스와 오래 알고 지내서 녹스가 그렇게 생각하리라고는 생각하지 못했어. 신중하지 못했던 것 같아."

조그만 손을 손에 쥐자, 아이의 손이 꼼지락꼼지락 움직였다.

"에이미 잘못…… 아니야."

아이가 도리질 쳤다. 그러고는 무언가 말을 하려 했지만 입술만 달싹였다. 말이 나오지 않는 것처럼 보였다.

"억지로 아니라고, 괜찮다고 하지 않아도 돼. 괜찮아."

나는 어린 시절을 떠올렸다. 언니가 바빠서 미안하다고 할 때마다 나는 눈물을 글썽이면서도 아니라고, 괜찮다고 말 하기가 싫었다. 상황은 다르지만 리녹도 그렇지 않을까 했다.

"……에이미는."

"응."

"쟤……. 키울 거야?"

나는 체리 꼭지를 잡고 낑낑대는 아기 늑대에게 시선을 주었다. 시선을 알아차렸는지 늑대가 꼬리를 살랑살랑 흔들었다.

"글쎄. 키우는 건 아니지만…… 한동안은 데리고 있어야 하지 않을까?"

조금 전 베이커의 말을 떠올리면 당장 아기 늑대를 내게서 떨어트렸다간 이 저택이 날아갈지도 모른다고 하니.

"음, 베이커 씨가 다른 방법을 찾아본다고 하셨으니까. 그때까지만 기다려 볼까 싶어."

꾸며 말하는 대신 진솔하게 토로했다.

"그래도 있지 않을까……. 방법이 없다면 없다고 말했을 테니까."

일주일간 겪어보니 베이커는 능글능글한 구석이 있긴 해도 아닌 건 단호하게 말하는 구석이 있었다.

"그리고 음……. 저 아이는 이곳이 아니면 갈 곳이 마땅히 없는 것 같기도 해.”

“……왜? 펜릴이라서?”

“응. 그런 것도 있고.”

나는 조금 난감한 기분을 지워내며 턱밑을 살짝 긁었다.

“쟤의 아빠가 그냥 두고 갔거든.”

그 순간 아이가 멈칫했다.

“……엄마는?”

“모르겠어. 어디 있는지 모르겠네.”

처음부터 나타난 건 한 마리뿐이었으니…….

사실 어린 리녹에게 펜릴과 이베르크의 계약에 따라 네가 반드시 맡아야 한다고 말을 할 수도 있지만 굳이 그렇게 하고 싶지 않았다. 원하지 않는 의무는 억지로 지워주고 싶지 않았다. 이미 리녹은 인생에 걸쳐 많은 것을 겪고 짊어졌으니까.

설사 아이가 늑대와 반드시 함께 지내게 된다고 해도 아이가 납득할 수 있는 과정이길 바랐다. 베이커와 로테도 내게 그런 역할을 바란 것 같고.

“……나랑 같은 거구나.”

어린 리녹은 작게 중얼거리고는 시선을 내렸다. 아기 늑대를 빤히 바라보는 것 같았다. 아무것도 모를 아기 늑대는 천지 분간 모르는 아이처럼 캉캉 짖었다.

리녹의 모친은 유폐되고 부친은 그를 학대했다. 어쨌거나 두 사람 다 그를 어디엔가 두고 돌보지 않았다. 어쩌면 일부분 동질감을 느낀 걸지도 모르겠다.

“에이미.”

"으응?"

잠시지만 가라앉았던 아이의 눈에 다시 무구함이 맴돌았다.

"이름은, 뭐라고 지을 거야?"

"아……. 어, 어? 그, 글쎄."

얼떨떨하게 답변하면서 동시에 이것이 어린 리녹만의 인정이지 않을까 싶었다. 손을 들어 올려 아이의 뺨을 감싼 나는 활짝 웃었다.

"아기 늑대가 녹스의 좋은 친구가 되면 좋겠다."

그렇게 말하고는 나는 그제야 아기 늑대 쪽으로 시선을 주었다. 늑대는 그런 시선이 반가운지 꼬리를 마구 흔들었는데, 어찌나 빠른지 꼭 프로펠러 같았다.

나는 망설이다가 돌연 늑대를 들어 올려서는 어린 리녹에게 안겨 주었다.

"……에이미?"

"으응. 녹스, 잠시만. 잠시만 그대로 있어 줄래?"

……나 어쩐지 언니의 마음을 알 것 같은데.

캉캉 짖는 늑대는 다행히도 베이커에게처럼 살벌한 기세를 뿜지는 않았다. 서로가 못마땅한 기색이 역력했지만…….

그런데 늑대에게도 표정이 있구나. 아무튼 간에. 귀여운 것 더하기 귀여운 것의 조합은 정말 최고구나.

나는 소파에 얼굴을 파묻었다.

"에이미, 왜 그래? 아파?"

"아니, 아니."

……진정 중이란다. 벽을 때리면 아플 것 같아서 말이야.

"아무튼 이름이랬지? 이름을 짓자고?"

"……응."

아기 늑대를 얼떨떨하게 안은 채로 어린 리녹이 고개를 주억였다. 그리고 늑대를 안지 않은 손을 뻗어 나를 살짝 붙들었다. 아이의 고개가 내 눈 쪽으로 들어 올려졌다.

"나 없을 때……."

작은 입술이 오물거렸다.

"얘랑 둘만 있을 때, 이름 지어주지 마."

"윽."

차마 말을 잇지 못하자, 리녹은 내가 거절한 것이라고 생각했는지 안절부절못하며 그렁그렁한 눈을 보였다.

"나랑 있을 때……. 지어주면 안 돼?"

"응. 그렇게. 무조건 그렇게."

나는 묻지도 따지지도 않고 고개를 움직였다. 저 얼굴에 저 부탁을 들어주지 않는 건 범죄였다.

"그럼 이름을 뭐라고 지으면 좋을까? 음……. 생각나는 것 있어?"

"에이미는?"

나는 턱을 곰곰이 짚었다.

"나는 글쎄……. 아. 생각 나는 게 있는데."

뭐냐는 듯, 아이가 호기심 어린 시선을 보냈다.

"로테."

난 단호히 말했다.

"사실 로테라고 짓고 싶긴 해."

그리 말하며 방싯 입술을 끌어 올려 보였다.

로테 앉아!

로테 짖어!

로테 시끄러워!

……할 수 있으니 말이야.

물론 이리될 수는 없지만, 생각만 해도 로테에게 한 방 정도는 먹일 수 있겠다 싶었다.

"그냥 생각뿐이야."

"생각?"

아이는 천진한 얼굴로 깜빡이고는 입술을 오물거렸다.

"그래도 돼."

……그거, 로테 엉엉 울 소리 같은데.

"……아, 아니야. 괜찮아."

나는 고개를 저었다. 사실 조금은 바라는 마음이긴 하지만 그렇다고 옳다구나 좋다고 할 수는 없지. 로테를 굳이 적으로 돌리고 싶지는 않았다. 무엇보다 리녹이 망설임 하나 없이 승낙했다는 사실을 알게 되면……. 울지 않을까?

어쩐지 본 적도 없건만 로테의 안경에 습기가 찬 모습이 상상되는 듯했다. 그렇게 아기 늑대의 이름 후보 '로테'란 선택지는 흐지부지 넘어갔다. 로테에게 매우 다행이게도. 이런 노고를 로테가 알 리가 없겠지만.

"음, 뭐가 좋을까. 막상 지으려 보니 딱 생각나는 게 없네."

녹스의 이름을 짓던 날에 바로 이름이 나왔던 건 절박해서였지. 어떻게든 언니가 플래그를 꽂지 않게 막아서야 했으니까. 그게 아니었다면 선량한 언니는 아무렇지 않게 이름을 지어줬을 거고.

그날과 다르게 시간이 무한정 주어지니 머리는 아무것도 그려지지 않은 흰 도화지 같았다.

"녹스는 뭔가 생각나는 거 없어? 어떤……. 아무 단어라도?"

……도리도리.

계속 생각하면 뭐라도 나오지 않을까. 아이와 머리를 맞대고 고민에 열중할 때였다.

"에이미……."

"응?"

"내 이름, 지어줄 때는 어땠어?"

아이의 눈이 별을 콕 박아놓은 것처럼 초롱초롱했다.

"아, 녹스 이름을 지어줄 때 말이지?"

끄덕.

마침 그때 생각을 했었는데, 아이 또한 궁금했던 모양이었다.

"그때는 음……."

다급하기도 했었지만, 그만큼 아이를 본 순간 단어가 떠오르기도 했었다.

"잘은 모르겠지만, 바로 생각났어. 녹스란 이름이 잘 어울릴 것 같거든. 녹스는 머리카락이 까맣고 눈은 반짝반짝하잖아."

나는 아이의 머리끝을 톡톡 두드리고는 살짝 웃었다.

"녹스라는 단어 뜻 중에는 반짝이는 밤이라는 뜻도 있어."

녹스는 단순히 밤이라는 뜻이지만 이 이름과 똑같은 밤의 요정이 반짝거리는 검은 머리칼을 가지고 있었다고 하여 반짝이는 밤이라는 의미를 뜻하기도 했다.

"그때는 후다닥 급하게 지었던 것 같아서 우려도 되었는데, 지금 생각해 보면 잘한 것 같아."

어린 리녹이 어깨를 두드리던 내 손가락을 붙잡았다. 내 손가락보다 한 마디쯤 남는 손.

"나도. ……나도 좋아."

나지막하게 중얼거리는 청아한 음성과 함께 아이의 귀가 눈 위에 핀 붉은 꽃처럼 발긋 물들었다. 하얀 피부 덕에 홍조가 더욱 눈에 띄는 편이었다.

"어린 주인께서는 유일하게 아가씨의 말만 경청하지 않는가."

이 말을 들었을 때만 해도 아무리 그렇다고 해도 가능하겠냐 싶었는데, 정말로 내 뜻을 수긍하는 아이를 보면서 안쓰러움이 가슴 한 곳에 봉긋하게 피어난 것을 외면할 수 없었다.

낮과 밤이 다른 모습인 그는 언젠가 이 마법을 풀어내고, 온전한 모습으로 살아가게 된다. 나는 그때까지 어린 리녹 쪽이 좋은 기억을 다시 쌓아가길 바랐다. 기왕 다시 여덟 살로 돌아간 기회를 살려서 말이다. 그의 진짜 여덟 살 때는 아프고 힘든 일들로 가득했으니까. 불행했던 기억 대신 좋은 기억만 가졌으면 좋겠는데. 적어도 나와 함께하는 시간에 좋은 것으로만 채워졌으면 좋겠다고도, 생각했다.

"에이미 그럼……."

"응? 응응. 뭐라고?"

생각에 빠진 동안 리녹은 어느새 조그만 아기 늑대를 내려다보고 있었다. 아기 늑대는 체념한 것인지, 얌전히 아이의 손에 안겨 있었다. 짐승의 표정을 알아보는 재주는 없지만 짐작해 보자면 여전히 불편하거나 불만 어린 눈인 것 같다.

"하얀색이야. 이거."

아이의 조그만 손이 아기 펜릴의 새하얀 털을 가리켰다. 몸체 주변으로 은은하게 도는 은빛을 제외하면 정말 눈처럼 하얀 털이었다.

"응? 아. 그러네. 하얀색. 녹스, 내가 녹스 머리 색을 말해서 생각해 본 거야?"

……끄덕.

나는 웃으며 아이의 뺨을 콕 찍어주었다.

"좋네. 좋은 것 같아. 그럼 흰색을 바탕으로 이름을 지어볼까? 으음."

흰색. 흰색이라. 하얀색 하면 뭐가 있지?

"화이트?"

캉.

"실버?"

캉캉!

……신기하게도 알아듣는 것 같네. 놀랍게도 아기 늑대는 흰색과 관련한 것을 꺼낼 때마다 캉캉 짖었다. 못마땅한 눈을 봐서는 마음에 안 들어 하는 것도 같고?

"마음에 안 들어서 그러니?"

캉!

"……그렇다고 하는 것 같아."

나는 놀란 표정을 숨기지 못했다. ……너 정말 쟤 말을 알아듣니?

"화이트가 어때서. 위엄…… 있지 않아?"

캉. 카앙!

"아니래."

"……그래?"

설마하니 정말 그러하리라곤 생각하지 않았지만. 묘하게 아이가 해석을 잘하는 것 같기도 하고. ……남자 주인공에게 짐승 언어 해석 능력이 있다고는 못 들었는데. 계약 관계로 엮인 사이라 그런가?

어쨌거나 내가 예시를 든 것들이 늑대는 마음에 들지 않은 모양이다. 끄응. 평생 애완동물 한번 키워본 적 없는데, 이름 지어본 것도 남자 주인공이 처음이었단 말이지.

나는 이제 고민도 않고 툭 뱉었다.

"그럼 하양이?"

낑?

"모르겠다. 하양이. 하양이로 해."

짝짝. 얼렁뚱땅 박수를 쳤다. 아기 늑대에게는 미안하지만 더는 생각하기 어려웠다.

낑낑! 끼잉.

그러나 다행스럽게도 그냥 툭 뱉은 것이 아기 펜릴의 마음에 든 모양이었다. 탁자 위에 내려놓은 아기 늑대가 꼬리를 쫓듯 제자리에서 빙글빙글 돌았던 것이다.

"……이거 좋아하는 거지?"

조금 전에 체리를 먹고 저렇게 좋아했으니, 좋아하는 게 맞는 것 같다. 그런데 어느 점이 마음에 들었던 거지? ……발음? 아무튼 간에 더는 생각나는 것이 없었는데, 좋아하니 다행이었다. 어쩐지 강아지 이름 같다는 느낌을 지우지 못했지만.

……나중에 부친 펜릴이 찾아와서 따지는 건 아니겠지? 그때야말로 댁이 다시 지으라고 말해 줘야겠다. 멋대로 맡기고 간 것은 저쪽이니 말이다.

"음, 이래저래 잘 해결돼서 다행이다. 그렇지?"

어린 리녹이 동의한다는 듯이 고개를 까딱였다. 까만 머리카락이 한들한들 흔들렸다.

캉!

"어, 그래. 너도 다행이다, 하양아?"

캉캉!

자기도 끼워달라는 듯해 불러주었더니 다시 제자리에서 빙글빙글 돌았다. 이때, 어린 리녹이 내 손을 살짝 붙잡았다.

"나도."

"응?"

"나도, 불러줘. 이름."

"……녹스?"

끄덕.

발그레한 뺨과 함께 움직이는 머리를 바라보며 나는 묘한 기분에 사로잡혔다. ……졸지에 애를 둘 키우는 기분인데.

"하하. 아무튼 이름, 잘 지어서 다행이다."

이대로 눌러앉게 되는 건 아닌지 살짝 불안감이 들었다. 물론 그렇게 두지 않겠지만.

만약 여기서 계속 살게 되면 늑대도 같이 사는 건가? 언니가 알았다면 기함할 생각을 하며 고개를 절레절레 저었다. 과한 생각이야. 어차피 그리될 가능성도 없는걸.

진정하자는 의미에서 탁자에 차려져 있던 찻잔을 들어 올렸다. 의외로 사이좋은 아이와 하양이를 바라보며 흐뭇한 마음이 지나쳤을까. 느슨하게 쥐었던 손이 미끄러졌다.

"으앗!"

다행히 푹신한 카펫 위에 떨어진 찻잔은 깨지지 않았지만 찻잔에

담겨 있던 차가 원피스를 흠뻑 적셨다. 일단 냅킨과 가지고 있던 손
수건으로 차를 닦아냈다. 적당히 따뜻했던 차라 화상의 위험은 없어
서 다행이었다.

"에이미!"

"아, 아냐. 녹스 괜찮아. 이거 미지근한 물이야."

아이의 눈이 빠르게 굴렀다. 나보다 안절부절못하는 아이를 얼른
진정시켰다. 입술을 꾹 깨문 아이가 내 옷자락을 손에 쥐었다. 나는
리녹을 그대로 둔 채로 옷의 주머니 쪽을 뒤적였다. 혹시나 안쪽까
지 젖었을까 봐. 그러다 문득 몸을 멈칫했다.

그 순간 문이 열렸다.

"실례합니다만, 무슨 일이십니까?"

소란을 듣고 들어온 로테였다. 그는 상황을 보더니 얼른 하녀를
불렀다.

"에이미, 옆방에 커다란 망토가 있어."

"아, 밤의 각하께서 걸치시는 것을 말씀하시는 것 같습니다. 아가
씨, 옆방으로 하녀를 불러놓았습니다."

"어? 어, 아, 고, 고마워요."

정신없는 사람처럼 보일 것을 알면서도 바보처럼 끄덕였다. 하지
만 도무지 앞의 상황에 집중할 수 없었다. 물론 얼른 대충 닦아내고
옷 위로 망토나 숄을 걸쳐야겠지만……

나는 얼른 자리에서 일어났다.

"얼른 다녀올게!"

옆방의 문을 닫자마자 나는 숨을 골랐다. 더듬더듬. 손을 더듬으
며 주머니 안에 있던 것을 꺼냈다.

"······손거울."

황실의 물건. 이것이 다시 한번 내 손으로 들어왔다. 이쯤 되면 악연이라 할 수밖에 없었다. 또 내게 돌아왔단 말이야? 이러는 이유를 알 수가······. 아, 저주. 이베르크저 내에 숨겨진 황실의 물건엔 저주가 걸려 있댔다.

"설마 여기 걸린 저주가 이런 건가?"

물건이 한 사람에게 계속 돌아오는 마법? 하지만 이건 너무······. 하찮잖아. 그러나 생각할 겨를은 없었다. 눈앞에 빛이 터지며 하얗게 번졌기 때문이었다.

눈을 뜨자 익숙한 공간이었다. 또 정원. 정원이었다. 이번엔 아무것도 하지 않고 유심히 주변을 보았다. 정원에는 아이가 하나 있었다. 조그마한 붉은 머리칼, 뒷모습만 보았지만 어쩐지 저 아이가 누구일지 짐작이 갔다. 꿈의 주인을 알고 있으니까.

"또 왔네요."

이번엔 당황하지 않고 돌아섰다. 탄시즈가 우아하게 손을 흔들었다. 나는 그를 한번 보고는 다시 아이를 번갈아 응시했다. 조그만 아이는 왜인지 바닥을 더듬었다. 휘청거리기도 했다.

"왜 항상 정원이죠?"

이번이 네 번째라고 편안해지기라도 한 것인지 엉뚱한 질문이 내게서 튀어 나갔다.

"글쎄. 가장 행복한 기억이어서일까요."

탄시즈가 부드러운 어조로 심드렁하게 대꾸했다.

"유심히 볼 광경은 아닌데. 저건 어린 나예요. 휘청휘청하는 게 이상하죠?"

고개를 돌리면 고아하게 휘어진 눈이 나를 향했다.

"앞이, 흐릿했거든요."

그가 제 눈을 톡톡 두드렸다.

"구원받기 전까지는."

낮고도 그윽한 음성이었다. 무슨 말인지 이해하긴 어려웠지만 대충 끄덕였다.

"그래요, 이번엔 어째서 온 건가요? 갓 태어난 마법사."

"갓 태어난 마법사?"

탄시즈 입장에선 얼굴도 보이지 않을 텐데 내 심정을 눈치챈 것 같았다.

"아직도 자신을 모르는 건가요?"

"모르…… 다니요?"

"이런. 고대 마법의 선택을 받고도 자신을 모르다니요."

탄시즈가 고개를 기울여 노래하듯이 속삭였다.

"모든 마법을 수호하는 황실 마법사로서 간과할 수 없네요."

알아들을 수 없는 말들의 연속이었다. 하지만 그럼에도 머리 어딘가에서 퍼즐이 착 들어맞는 기분이 들었다.

"내 공간으로 오기 전에 정말 아무런 전조도 없었어요?"

"전조? 아, 거울……."

"거울? 아. 매개체 말이군요. 그래. 시작은 피를 맺었을 거고."

그의 말처럼 처음 거울을 만지던 날 실수로 베여 피가 맺혔다.

"다음에는요? 전혀 기억나는 것이 없어요? 갓 태어난 마법사, 마법에는 그냥 이란 이유는 없어요."

나긋나긋한 그의 음성이 꼭 처음 내가 살던 곳을 찾았던 탄시즈의 모습을 연상하게 했다. 그저 순진하고 숙맥인 기사인 줄로만 알았던 순간을.

어느새 그와 좀 더 가까워졌지만 나는 말을 잇지 못했다. 거짓말처럼 스쳐 지나간 것이 있었다.

"제발. 아이가 눈을 뜨고 있을 때, 눈이 내리게 해줘. 아니면 내게……. 내릴 능력이라도 줘."

아이가 눈을 뜨는 동안 눈은 내리지 않았다.

그렇다면 두 번째, 그리고 세 번째.

눈이 내릴 방법과 능력. 이게 이 남자와 관련이 있다고?

"이제야 무언가 깨달은 건가요?"

눈앞에는 커다란 지팡이를 든 마법사가 있었다. 덩치는 기사 못지않게 크지만 그렇기에 더욱 위압감을 가진 아름다운 마법사가.

"다시 인사할까요? 새로운 고대 마법의 수호자."

짐작 가는 것이 전혀 없지는 않았다. 줄곧 마법, 하면 계속 떠올랐던 것. 내 손등에 새겨진 문양.

"갓 태어난 마법사, 우리에게 마법을 사용하는 방법은 숨 쉬는 것보다 간단합니다."

부드러이 열리는 입술에 집중했다.

"스스로를 인정해요. 고대 마법의 진가는 자각하면서 시작되니."

살랑살랑. 탄시즈의 지팡이에 걸린 보석이 흩날렸다. 이 순간만큼은 적개심을 잊고 홀린 듯이 바라보게 되었다. 금빛이 뚝뚝 떨어지는 아래 흔들리는 로브 자락은 신비롭기까지 했다.

"그저 바라세요. 세상에 고대 비술이 사라진 지금. 그대는 노력한다면 유일하게 대마법사의 길에 오를 수 있는 특별한 사람이니까."

그의 지팡이가 다가왔다. 위협적으로 목에 닿았을 때와는 전혀 다른 느낌이었다.

"이 순간부터 당신에게서 마력이 흘러나오니."

"……."

"당신이 이곳을 찾아온 이유를 알겠네요. 스스로를 모르니 같은 고대 마법을 쓰는 이에게서 정답을 듣기 위함, 맞지요?"

탄시즈가 정체를 알 수 없는 나에게 호의를 베푸는 것만은 분명했다. 나도 모르게 중얼거렸다.

"왜, 이렇게 다 알려 주는 거예요?"

"나는 원래 모든 여성에게 친절합니다."

탄시즈가 한 손가락을 제 입술에 가져다 대며, 비밀을 속삭이듯이 말했다.

"거기다 나는 인재를 좋아하니, 무려 내 꿈속까지 찾아와 호기심을 풀러 온 갓 태어난 마법사를 놓치고 싶지 않기도 하네요."

붉은 머리칼이 잘게 흔들렸다. 착각일까. 어쩐지 탄시즈의 머리칼이 조금 전보다 길어진 것도 같았다. 탄시즈의 지팡이가 그의 눈동자처럼 금색으로 물들었다.

"이 정도면 당신의 얼굴을 볼 수 있겠지요?"

그 순간 강한 바람이 불었다. 그리고 망토가 벗겨지는 감각을 느꼈다. 강한 바람 사이에서 간신히 눈을 떴을 때, 찢어질 듯 커진 눈을 마주했다. 탄시즈가 놀란 듯 아무런 소리도 내지 못한 채 나를 보고 있었다.

그렇게 그가 손을 뻗는 순간, 탁!

조명이 암전되었다.

"아……."

나는 그 공간에서 튕겨져 나왔다. 마치 할 일을 다했다는 듯이.

△

10분 전.

달칵. 문이 닫혔다. 에이미가 나간 문을 물끄러미 쳐다보던 어린 리녹이 고개를 돌렸다.

'아가씨가 가자마자 조용해지시는구나.'

로테는 그런 리녹의 뒤에서 눈을 가늘게 좁혔다. 사실 로테는 조용한 주인 쪽이 익숙했다. 낮의 주인은 말을 하는 일이 극히 드물었으니.

'당연한가.'

침묵하는 제 주인에게 맞춰 로테 또한 조용히 침묵하는 길을 택했다. 조금 전 어린 주인의 목소리가 커짐을 듣고 들어온 것이지만 사정은 자세히 묻지 않는 쪽이 좋았다. 어린 주인은 언제 심기가 불편해질지 모르는 시한폭탄 같은 이였으니.

그사이 어린 리녹은 눈을 아래로 향하고 있었다. 시선 끝에는 빛이 낮게 맴돌고 있었다. 조금 전 에이미가 있을 때와는 전혀 다른 분위기였으나 지적하는 이는 없었다.

에이미는 몰랐으나 사실 리녹과 아기 늑대는 의사소통이 가능했다. 정확히는 아기 늑대가 겉으로 드러낸 뜻을 리녹이 알아차릴 수 있었고, 아기 펜릴 또한 마찬가지였다. 펜릴의 마력을 건네받은 이베르크 중에 강력한 이들은 늑대와 일부 소통이 가능했기 때문이었다.

"에이미가 허락했으니."

자색 눈동자에 담긴 것은 아기 펜릴 하양이었다.

"내쫓을 생각은 없어."

이 저택의 주인은 리녹이었다. 어려졌다고 한들 마찬가지였다. 이곳에 있는 이들은 그의 허락하에 머무는 것이었으니. 하양이 또한 같은 처지였다.

어린 리녹의 얼굴은 오밀조밀했으나 인형처럼 표정이 없었다.

"아까는 내가 미처 녹스의 마음을 생각 못 했어. 미안해."

그러나 소년의 눈에 미세한 균열이 일었다.

"억지로 아니라고, 괜찮다고 하지 않아도 돼. 괜찮아."

아이는 좋아하는 것과 해야 할 일의 차이를 알지 못했다. 아니, 좋아하는 것이 무엇인지 알 길이 없었다. 아이의 삶에는 수많은 '의무'만이 존재했기 때문이었다. 아니라는 말보다는 반드시 해야 한다는 말을, 괜찮다는 말보다는 더 하라는 말을 들었다.

그래. 분명 앞으로도 그러할 것이다. 만약, 아이는 에이미를 만나지 않았다면. 혹은 에이미가 아닌 리녹 홀로 있을 때 늑대가 찾아왔다면 절대 받아들이지 않았을 것이다. 전설적인 마법 늑대라 한들 그대로 쫓겨나야 했을 것이었다.

"쟤의 아빠가 그냥 두고 갔거든."

"……엄마는?"

"모르겠어. 어디 있는지 모르겠네."

그 순간 아이는 망설였다.

펜릴의 위용에 비하면 눈앞의 어른 손바닥 세 개만 한 늑대는 약해 보였다. 저 새끼 펜릴의 부모는 새끼를 버렸는가? ……자신이 버려진 것처럼?

아이는 생각했다. 에이미를 만나지 않은 자신이었다면 사정을 알았다고 한들 받아들이지 않았을 것이었다. 제 아버지가 가르친 옳고 그름은, 그에게 이득이 되냐 되지 않느냐였다. 그런 의미에서 저 늑대는 받아들여 봐야 이득이 되지 않음이었다. 보호하고 있음을 들켰을 때 귀찮아질 일이었기 때문이다.

"아프면 아프다고 말하는 거야."

에이미는 아이에게 '아픔'을 가르쳤다. 그러고는 그 외의 것을 알려 주고 싶어 했다. 아이는 아직도 좋아하는 것이 무엇인지, 하고 싶은 것이 무엇인지. 기쁨과 행복이 무엇인지 몰랐다.

그럼에도 아이가 끝내 허락하고 만 것은.

"아기 늑대가 녹스의 좋은 친구가 되면 좋겠다."

에이미가 원하는 바를 들어주고 싶었기 때문이었다.

눈을 뜬 아이는 하양이에게로 성큼 걸어갔다.

"너."

나지막한 아이의 음성에 하양이가 머리를 들어 올렸다.

"잘 들어."

아이는 자그마한 그의 손가락을 들어 올렸다. 늑대는 자신을 가리킨 리녹의 손가락을 바라보며 눈을 끔뻑였다.

"내가 위."

손가락이 움직였다.

"네가 아래."

낑? 캉? 캉캉!

"반론은 안 받아."

서늘한 아이의 표정에 아기 펜릴 하양이가 벌떡 일어났다. 아기 늑대는 언제 온순했냐는 듯이 사납게 이를 드러냈다.

으르릉.

아이는 이 순간 공간 내에 거대한 마력이 일렁이고 있음을 느꼈다. 그러나 가볍게 미간을 찌푸린 아이가 이내 들어 올린 발을 살짝 내려놓았다.

쿵.

늑대의 마력이 이내 흔적도 없이 사라졌다. 짐승일수록 본능에 투철하다. 아기 펜릴은 마법 생물답게 강대한 마력을 가졌으나 눈앞의 소년을 이길 수 없음을 알았다. 털이 오싹오싹 서는 것 같이 느껴졌다. 눈앞의 소년과의 서열 경쟁에서 자신이 패배했음을 알았다. 하양이가 천천히 엎드렸다. 꼬리를 엉덩이 안쪽으로 말아 내렸다.

……낑.

"그래. 그러도록 해."

그렇게 서열 정리하는 것을 끝낸 아이 리녹이 아기 늑대와 평화 협정에 들어갔다.

"10분 이상 품에 안겨 있는 건 안 돼."

캉! 캉캉!

"안 돼. 오른손 핥지 마."

……낑.

"……손가락은 허락해 주지."

낑? 끼이잉! 헥헥.

평화협정 끝에 모든 결론이 나오게 되었다. 에이미의 오른손과 왼발, 오른발은 어린 리녹이 가지고……. 왼손은 늑대가 가지기로.

"약속 지키지 않으면 마구간에 가둬둘 거야."

캉?

"말을 가둬두는 곳."

캉캉! 캬앙!

"말 냄새가 싫으면 지키면 돼."

하양이가 알았다는 듯이 꼬리를 붕 휘둘렀다. 하지만 아쉬운 마음인지 귀가 축 처졌다. 그리고 이 모든 모습을 바라보고 있던 로테는 눈을 살포시 찌푸렸다. 아니, 입이 근질근질해서 참을 수 없었다. 늘 서늘한 듯 정중한 그는 웃음에 인색한 편이었으나, 지금은 참을 수 없었다.

'역시 각하이신가.'

로테의 뿌듯함이 하늘을 찌를 듯했다. 지금 그의 뛰어나고 우아하며 완벽하신 각하께서 마법 늑대 펜릴을 제 아래 무릎 꿇리지 않았던가.

'오늘을 기념일로 지정해야겠군.'

처음으로 적을 베었을 때, 처음으로 머리를 잘랐을 때…… 등등. 로테는 그 기념일만 1,823번째 기념인 줄은 모른 채, 달력에 새로 새기기로 했다. 그는 보일 듯 말 듯 입술을 끌어 올렸다. 로테는 집무실 벽을 부수고 싶은 것을 간신히, 참았다.

△

옷을 가져온 하녀가 로잘린이 아니어서 한차례 실랑이가 있었다. 반드시 갈아입어야 한다는 하녀 언니의 만류를 뒤로하고 대충 망토를 걸치고 집무실로 돌아간 나는 문을 열자마자 멈칫했다.

'……이 분위기 뭐야?'

나는 얼떨떨한 기분을 숨기지 못했다.

"……그래. 그 정도만."

캉!

나가기 전 마지막으로 서로를 못마땅히 보던 하양이가 리녹의 손 등에 머리를 비비고 있었고.

'로테는 또 왜 저래?'

로테는, 뒤에서 리녹을 바라보며 매우 뿌듯한 표정을 하고 있었다. ……대체 무슨 일이 있었던 거야?

내가 없는 사이 어떤 일이 있었는지 알 수 있을 리 없었다. 나는 가장 쉬운 길을 택했다. 깔끔히 알기를 포기하는 거다. 그래 뭐. 잠깐 사이에 살가워진 게 신기한 기분이긴 하지만, 살가워서 나쁠 건 없으니까.

무엇보다 눈앞의 광경에만 신경 쓸 겨를이 없었다. 한편으로 만약 한 달의 내기가 끝나고 이 저택을 떠나게 되면 하양이는 앞으로 줄곧 리녹과 있어야 할 테니 이참에 가까워져도 좋겠다 싶었다.

석양이 저물어가기에 나는 아이를 집무실에 둔 채 방을 빠져나왔다. 함께 있어도 좋지만 어린 리녹은 자신이 변하는 모습을 보여 주고 싶어 하지 않기 때문에 아이를 배려한 거기도 했다.

"오, 아가씨. 방으로 돌아가는 길인가?"

로테의 안내를 받아 돌아가던 길 복도에서 베이커와 마주쳤다. 나는 하양이를 안은 채 고개를 까딱였다.

"네. 맞아요. 복도에서 뵈니 신기하네요."

베이커는 자신의 연구실에서 잘 나오지 않았다.

"아주 안 나올 수는 없으니 말일세. 결계 순찰도 한번은 필요하니 하긴 하는데…… 영 힘들단 말이지."

베이커가 유들유들하게 웃으며 대화를 넘겼다.

"저, 베이커 씨. 보여 주고 싶은 것이 있는데요."

나는 침을 꿀꺽 삼키며 눈을 굴렸다.

"잠시만 여기서 마법을 쓸 수 있게 해줄 수 있나요?"

베이커는 어리둥절한 얼굴이었으나 곧 알겠다며 내가 있던 자리의 결계를 해제해 주었다.

"베이커 씨가 이것저것 마법을 쓰는 법을 알려 주었잖아요. 그중에서 기본은 불을 피우는 거라고."

"그랬지."

라이터, 라이터, 불 좀 켜져라. 나는 속으로 간절히 중얼거리며 손가락을 들어 올렸다. 그리고…….

"혹시 이런 건가요?"

"오오!"

손가락 끝에서 자그마한 불이 일렁거렸다. 시도한 나조차도 놀라 숨을 삼켰다.

"이제 마법을 쓰시게 된 겁니까?"

가만히 있던 로테마저 놀라 한마디 덧붙일 정도였다. 사실 내가 뭔가를 간절히 바라는 감각은 낯선 것이 아니었다. 누군가를 치료할 때, 그 능력을 쓸 때 언제나 그렇게 느꼈으니까.

설마하니 그게 키워드였을 줄이야. 너무나도 쉬운 관문이었으나 등잔 밑이 어두웠음을 몰랐던 것이기도 했다.

"대단하군! 벌써 그렇게 작은 불을 만든단 말인가? 보통은 줄이는 것도 힘들어하는데."

나는 얼른 불을 접고, 하양이에 대해 이야기해 주었다.

"오오. 이름을 지었단 말이지."

베이커는 고개를 숙여 방에서 했던 것처럼 유심히 하양이를 관찰했다. 하양이는 내가 쓰다듬어 준 덕분인지 방에서처럼 베이커에게 짖지 않았다. 거기에 베이커가 감탄했다.

"하양이라 했던가? 아무튼 이 펜릴은 아가씨를 무척이나 좋게 본 모양이네."

"흐음. 저도 그런 것 같긴 한데, 이유를 모르겠네요. 품 안에 안고 자서 그런가……."

"그런 단순한 이유라면 펜릴을 길들인 이가 더 있었지 않겠나?"

나는 하양이를 안지 않은 손으로 뺨을 긁적였다. 나도 이유를 알 수 없는 건 마찬가지였으니까.

턱을 문지르던 베이커가 툭 입을 열었다.

"이 정도면 펜릴이 아가씨에게 협조할지도 모르겠는걸."

나는 고개를 갸웃했다.

"협조라뇨?"

"아아. 펜릴이 거대한 마력을 지닌 마법 짐승임은 알고 있을 거네."

"네, 알아요."

직접 능력을 보기도 했지.

"초대 대공께서도 이 펜릴의 마력을 받은 것처럼, 펜릴은 마력을 전이하거나 빌려주는 것이 가능한 짐승일세."

"아. 그럼……."

"아직 새끼이긴 하나 그렇게 할지도 모른다는 것이지."

턱을 툭툭 두드린 베이커가 다시 입을 열었다.

"확신할 일은 아니지만…… 아가씨는 이제 마법을 쓸 수 있게 된 거 아닌가?"

"네? 그랬죠."

"만약, 펜릴이 협조하면 더 대단한 마법을 쓸 수 있을지도 모르네."

베이커가 그리 말하고는 자신의 말에 고개를 주억였다.

"상상도 못 한 마법을 쓸 수 있을지도 모른단 얘기네. 혹 아나? 대마법사라도 될 수 있을지."

나는 움찔했다.

"놀랍군, 놀라워. 이런 재능에다 펜릴의 호감까지……."

"천재라 말씀하실 거면 하지 마세요."

베이커가 멈칫하더니 이내 눈을 찡긋했다.

"이런, 눈치 빠른 아가씨."

"덕분에요."

내가 고개를 젓자 베이커가 소리 내어 웃었다. 물론 나는 웃을 수 있는 심정이 아니었다. 베이커가 그저 흘린 말에도 심장이 쿵쿵 뛰었으니까. 너무 많은 것이 한 번에 흘러들어와 과부하가 걸린 기분이었다.

그동안 내가 바란 건 저택에서 마력이 없는 곳을 찾아 구슬을 쓰는 것이었는데. 갈수록 이상한 생각이 들었다. 내가 좀 더 제대로 마법을 배우면?

베이커가 입술을 휙 휘었다.

"허어. 아가씨는 우리 주인님도 그렇고 이 새끼 펜릴도 그렇고. 늑대들에게 호감을 얻는 재주가 있단 말일세."

솔직히 그다지 바랐던 능력은 아니다. 베이커가 능글맞게 웃으며 손을 흔들었다.

"그럼 또 보자고."

베이커가 복도 저 끝으로 사라지자, 잠자코 있던 로테가 다시 안내했고, 방에 곧 도달했다. 가는 내내 침묵했던 것을 보아서는 그도 내가 보인 모습에 적잖이 놀란 듯했다.

"그럼 쉬십시오."

로테가 문을 닫았다. 방 안에는 하양이와 둘만 남은 상태였다. 나는 고개를 빼꼼 내렸다.

"하양아, 너 정말……. 그게 가능하니? 내게 힘을 주는 거?"

낑?

하양이가 귀를 쫑긋했다. 고개를 갸웃하는 모습이 무척이나 귀여워서 머리를 쓰다듬었다. 와, 부드럽네.

나는 하양이를 탁자에 내려놓고 아기 늑대와 눈높이를 맞췄다.

"아까 베이커 씨가 말한 거 말이야. 마력, 옮기는 거였나?"

고개를 숙여 늑대의 푸른 눈을 깊이 응시했다.

"그럼 혹시……."

그러고는 목 안쪽을 뒤져서 조그만 목걸이를 꺼냈다.

"……이 순간이동 구슬도 네가 시동해 줄 수 있을까?"

끼잉?

"아니. 아니. 이것보다는……."

나는 고개를 흔들었다. 입술을 꾹 깨물었다.

"……날 대마법사가 되게 도와줄 수 있어?"

그러나 하양이는 머리를 좌우로 기웃댈 뿐이었다. 나는 피식 웃음을 터트리고는 분홍색 코를 톡 찍었다.

"아냐. 못 들은 걸로 하자. 알아듣지 못하는 널 두고 무슨 소릴 하니."

고개를 젓고는 시선을 옮기는데, 탁자 끝에 익숙한 것이 보였다. 나를 쫓아 아기 늑대의 머리도 돌아갔다.

낑. 왈왈!

"아, 혹시 이거가 궁금하니?"

나는 탁자 위의 마법 도구를 들고 흔들었다. 물론 하양이가 이게 궁금한 것이 아니라 그저 내 시선을 쫓아왔던 것이겠지만.

내 손을 따라 살랑살랑 움직이는 머리는 너무나 귀여웠다. ······이 맛에 다들 개를 키우나? 하긴 그러고 보면 이 저택에는 온통 갯과들인 것 같다. 로테부터 시작해서 베이커나 그레이. 아직 얼굴을 보지 못한 기사단도 갯과이려나.

나는 아직도 대공 기사단을 만나지 못했다.

"저기 보이세요? 저기 기사단 인간들 전부 아가씨에게 말을 걸고 싶어 안달 났는데 감히 다가오지 못하는 거예요. 대장님께 접근 금지, 말 걸기 금지를 당해서요."

그날 리녹의 생일날 파티에서 그레이처럼 덩치가 큰 사내들이 나를 바라보고 있다가 흠칫 놀라 시선을 마구 흐리는 모습은 정말 신기했지. 꼭 커다란 짐승들을 똘똘 뭉쳐 놓은 것 같은 사내들이었다.

이제 내기한 지 일주일 좀 넘었나? 이대로라면 기사단을 볼 일은 없지 않을까?

"하양아."

나는 마법 도구를 흔들던 것을 멈추고 도구를 살짝 던졌다가 다시 받았다.

"이게 뭔지 보여줄까?"

왕!

"어라, 너 강아지처럼 짖기도 하네. 여러 방식으로 짖을 수 있구나?"

끼잉?

"……그렇게 귀여우면 못써."

스리슬쩍 웃음을 터트리고는 조그만 귀를 만졌다.

"그래도 나한테는 낮의 리녹이 제일 귀여워. 미안해."

끼잉.

강아지들은 귀 안쪽이 제일 보드랍다던데, 귀 끝의 털이 보송보송
했다. 하양이는 손등에 마구 머리를 비볐다.

"그래. 이거 보여줄게."

나는 심호흡하며 마법 도구를 한번 흔들었다. 이제는 이걸 보다
더 잘 사용하는 방법을 알 것 같다. 아니, 몸이 안다고 해야 할까? 바
라는 것이었으니까.

곧 방 안 가득 새하얀 눈이 내렸다. 눈가루는 아주 작아서 꼭 싸락
눈같이 느껴졌다. 풍치를 즐기기에는 딱이었다.

"예쁘지?"

왕왕!

눈을 깜빡인 하양이는 분홍색 혀를 빼물고 제자리에서 빙글빙글
돌았다. 앞발을 들어 올려 낑낑 뛰기도 했다. 저건, 기쁘다는 거겠지?

"너 눈을 좋아하는구나?"

왕?

"아 맞아. 넌 눈 덮인 산맥에서 왔지?"

나는 마법 도구를 멈췄다. 그러고는 하양이를 그대로 안아 들고 테라스 바깥으로 나왔다. 입김이 나왔지만 춥지는 않았다.

"네가 사는 곳이 저기, 저쪽이려나?"

한동안 눈이 내리지 않아서인지 대공 저택 내의 눈은 여기저기 녹아 있었다. 저 멀리 흰 설산은 여전했지만.

나는 난간에 살짝 하양이를 내려놓고 멍하니 풍경을 응시했다. 해가 지며, 온 세상이 붉게 물든 하늘. 주홍빛으로 물든 정원이 색다른 아름다움을 뽐냈다. 언제 봐도 예쁜 풍경이었지만 조금 다른 생각이 들었다.

"이 풍경에 눈이 내리면 좋을 거야. 그렇지."

턱을 괸 채 한 손으로 하양이를 쓰다듬으며 생각에 잠겼다. 눈을 보고 싶으냐는 말에 체념한 얼굴로 보고 싶다 끄덕이던 어린 리녹의 얼굴. 원하는 것을 말하는 데에 익숙하지 못한 모습도.

나는 그 모습을 보며 네 소원을 들어주고 싶었다. 왜 네 조그만 바람은, 조그만 행복은, 기적이 일어나야만 가능한 일들인 건지.

"눈 한번 펑펑 내리면 소원이 없겠네 싶었어."

멍하니 하늘을 바라보며 손을 들어 올렸다.

될까? 아니, 될 거야. 될 것 같아.

곧이어 뺨에 차가운 것이 닿았다. 나는 손안의 도구를 보다 말고 헛웃음을 터트렸다.

"눈이다, 하양아."

정말 하늘에서 눈이 내리고 있었다.

"여기만 내리고 있어."

그것도 이곳, 내가 있는 자리에만 내렸다. 풍경을 보면 여전히 석양에 물든 풍경만이 보였다.

"아, 밖에서 눈을 내리는 것 말인가? 어렵지."

베이커가 말하길 마법 도구는 바깥에서 사용이 안 된다고 했다. 그러니 손안의 도구는 시동되고 있지 않은 것이다. 으레 켜지던 보석의 불이 꺼져 있었으니까.

나는 내 손 위에 발을 올린 채 헥헥 웃는 듯이 입을 벌린 하양이를 응시했다.

"네가 도와줬니?"

왕! 왕왕!

아무리 내가 막 깨달았다고 한들 강력한 마법을 쓸 수 있을 리 없었다. 어떻게 아냐고? 조금 전 불을 피울 때 꽤 집중을 했었으니.

더구나 나는 큰 부상을 치료한 뒤에는 늘 기운이 달렸다. 마법도 그러할 것이었다.

하양이와 떨어지자 눈이 그쳤다. 그리고 확신했다. 하양이가 마력을 빌려준 게 맞구나. 나 혼자서만은 할 수 없는 일인가 보다 싶었다.

"이 정도면 펜릴이 아가씨에게 협조할지도 모르겠는걸."

그래. 하양이가 날 도와서 이렇게 된 거라면. 나는 천천히 반대 손을 들어 올렸다. 고대 마법. 고대 마법······.

"스스로를 인정해요. 고대 마법의 진가는 자각하면서 시작되니."

인정하기 싫지만, 나긋한 그 음성이 나를 살렸다. 아니, 나를 도왔다.

"그저 바라세요. 세상에 고대 비술이 사라진 지금. 그대는 노력한다면 유일하게 대마법사의 길에 오를 수 있는 특별한 사람이니까."

손등에는 새하얀 문양이 올라와 있었다. 왜 이것이 내게 생긴 걸까? 왜? 왜 어째서 나였을까. 그런 의문은 오래 가지 않았다. 굴러들

어온 행운, 기적. 이것을 오래도록 바라보다 말고 오싹 소름이 돋았
다. 다시 하늘을 올려다봤다. 그래 이제 알겠다. 이건.

"……사기잖아."

캉?

숨을 삼킨 나는 벌떡 일어나 허리를 바로 세웠다. 할 일이 떠오른
탓이었다.

"하양아, 날 좀 도와줄래?"

△

다음 날. 나는 아침 식사를 하자마자 부랴부랴 식당을 나섰다. 로
테 대신 안내하던 부집사가 놀란 표정으로 날 쫓아왔지만 그의 안
내를 정중하게 반려하고 걸어갔다. 로테가 한소리 하겠지만 그런 건
나중에 듣고.

걸어가는 동안 나는 어젯밤을 떠올렸다.

"낮의 나도 허락했다고? 에이미, 네가 함께 있었겠군."

리녹은 낮의 자신 또한 하양이를 인정했다는 사실이 영 기껍지 못
한 것처럼 보였다. 기본이 서늘한 표정인 사람이 하양이를 볼 때 더
차가워지긴 했다.

"마법을 쓸 수 있게 되었다고 들었다."

"네. 아직은 간단한 것뿐이지만요."

하양이가 옆에 있지 않으면 내가 할 수 있는 것들은 많지 않았다.
베이커는 그 속도도 빠르다고 했지만.

어찌저찌하다 보니 나는 낮이고 밤이고 하양이를 잘 떼어놓지 않

았다. 그래서일까, 리녹의 표정도 더 나빠졌다.

"대공님?"

그를 달래려고 슬쩍 손을 잡자 일단 그건 거부하지는 않았지만. 리녹에게 이름을 알려 주자 반응이 놀라웠다.

"……늑대 새끼라 불러도 되나?"

"어……. 질투하세요?"

그는 한동안 말이 없더니 내 쪽으로 고개를 숙여 내 어깨에 얼굴을 묻었다.

"……하면 안 되나."

아니, 이렇게 귀엽게 하기는 없잖아요. 반칙이라 생각하면서도 차마 그를 밀어내지 못하고, 그렇게 날이 밝았다. 밤의 기억을 털어낸 나는 한 팔에 안긴 하양이를 확인했다.

캉?

낮이나 밤이나 리녹은 귀여운 것은 별로 좋아하지 않나 보네. 하긴 낮의 본인이 더 귀여워서 아닐까?

근거 있는 소리라 생각하며, 집무실 문을 열었다.

"아가씨?"

"녹스!"

언제나 아침이면 나보다 리녹이 먼저 와 있었기에 아이는 눈을 동그랗게 뜨고 나를 담고 있었다. 나는 그런 아이의 손을 붙잡았다.

"오늘 안 바쁘지?"

오늘은 마법 수업이 있는 날이었다. 리녹도 고개를 끄덕였다.

"그럼 나랑 나가자."

조금 뒤 우리는 두툼하게 입고서 정원에 나갔다. 정원 곳곳에는 아직 채 녹지 못한 눈이 군데군데 남아 있었다.

"그거 알아, 녹스?"

나는 손모아장갑을 낀 아이의 손을 꼬옥 붙들며 말했다.

"내가 살던 곳에는 착한 아이에게만 선물을 주는 할아버지가 있었어."

이곳에는 없지만. 그리 덧붙이며 웃었다.

"이 나라에는 없는 것 같으니까, 내가 해볼까 싶었어."

"착한 아이……."

"응."

아이가 작게 고개를 저었다.

"나는……."

"착해. 아주아주 많이. 착해."

불운하고 불행한 과거가 감정마저 희미해진 너를 만들었다 할지라도. 나는 그럼에도 남자 주인공을 참 좋아했다.

"설령 착하지 않더라도. 선물은 내가 줄게."

"……에이미가?"

"응. 녹스는, 내 인생에서 최고로 착한 아이니까."

작별인사 없이 떠났던 날, 아이는 그날 이후 나를 다시 보고도 원망 한 번 내비치지 않았다. 눈물만 뚝뚝 떨어트리는 아이를 바라보며 가슴이 아릿했던 기억이 선명했다.

어쩌면 이 한 달이 마지막일지도 모르지만, 마지막이라면 잊지 못할 기억 하나만큼은 선사하고 싶었다.

"녹스, 하늘을 봐."

아이가 천천히 머리를 들어 올렸다. 한들한들 밤처럼 새카만 머리칼이 흔들렸다.

"이게 바로 눈이야."

구름 한 점 없이 맑은 하늘. 차갑디차가운 겨울바람 속에서 온기를 불어넣는 색은 오직 내 머리칼뿐이었다. 눈처럼 차갑고 서늘한 색을 가진 아이에게 사락사락 눈꽃이 내리기 시작했다.

하늘에서 오직, 단 한 사람에게만 눈이 내렸다.

"녹스, 비밀인데."

이것을 위해 로테마저 멀리 보내고 정원에 아무도 남기지 않았다.

"나는 요정인가 봐. 오직 너만을 위해 기적을 일으키는 요정."

나는 함박눈 속에서 장난스럽게 덧붙였다. 아이는 동화도 전설도 믿지 않으니, 하나쯤은 동심을 간직해 달라는 마음에서.

"이건 착하게 살아온 녹스에게 주는 선물이야."

나를 물끄러미 바라보던 눈이 일렁인 것 같았다. 그리고 이내 천천히 호를 그린다. 그리고 그리다가……. 새하얀 뺨에 봄이 피어났다. 마치 눈사람에게 생기가 불어진 것처럼 마법 같은 변화 속에서. 나비 날갯짓 같던 눈꺼풀이 멈추고, 그곳에 세상에서 가장 환히 웃는 아이가 있었다.

"에이미."

숲속에서도, 나와 재회하면서도 보여준 적 없는 아이의 함박웃음이었다.

"나는 에이미가 가족이었으면 좋겠어."

아이가 처음으로 자신이 원하는 것을 말하던 순간, 나는 처음으로 후회했다. 쿵. 심장이 발 밑에 떨어져서 쿵쾅쿵쾅 뛰는 것 같았다. 환히 웃은 아이에게서 시선을 떼어내지 못하며 주춤거리며 아주 살짝 발을 물렸다.

'내가 정말, 이 아이와 헤어질 수 있을까?'

나는 마침내 결론을 내렸다.

'아니, 못 해.'

귀에서 둥둥. 심장 소리가 울렸다. 아니, 온몸에서 심장이 뛰는 것만 같았다. 이 순간 어째서 나는 밤의 리녹 또한 떠올린 것인지 모를 일이었다. 아니다. 당연한 걸지도 모른다. 같은 사람이니까.

숨을 삼키는 소리가 들렸다.

나는 너무 가볍게 생각했나? 그저 나의 능력을 제대로 안 순간, 한 번도 눈을 본 적이 없다던 아이가 생각났을 따름이다. 이 의문스러운 능력에 관한 원인도, 이유도 궁금하지 않았다. 하지만 아이랑 떨어지지 못하겠다, 그리 생각하자 많은 것이 걸렸다.

본래 이곳을 떠나면 평생 그저 에이미로만 살려 했다. 이제는 원작에서 완전히 벗어난 언니랑 오순도순. 그동안 이건 나의 너무나 가벼운 마음가짐이었나? 그래서 반발처럼 가슴이 쓰린 걸까?

아이와 헤어질 수 있느냐고 내게 스스로 되물었다. 동시에 매 순간 어쩔 줄 몰라 하는 밤의 그마저 떠올린 건.

'아냐. 아니야.'

나는 입술을 지그시 사리물었다.

"……에이미?"

아이의 의아한 시선을 느끼며 나는 가까스로 미소를 지었다.

"아, 아냐아냐. 조금 어지러워서."

그대로 쪼그려 앉아 아이와 시선을 교환했다.

"좋았어?"

망설이던 아이가 깊게 고개를 끄덕였다.

"……좋아."

아이의 최고로 밝은 표정만으로도 충분히 난 잘한 거라 생각하며 이상한 생각을 지워냈다.

"녹스, 내 이런 능력은 비밀로 해줘. 둘만의 비밀로."

"……응."

손을 뻗은 아이가 조심스럽게 내 눈꺼풀 위에 손을 올렸다. 닿을 듯 말 듯 조심조심하는 손이었다.

"에이미가…… 싫어하는 일은 하지 않아."

그렇게 살짝 깔았던 눈을 들어 올린 채 순진한 표정을 품은 아이를 멍하니 바라볼 때였다. 아이의 표정이 돌연 이상해졌다.

"녹스?"

"에이미."

아이의 손이 내려갔다.

"늑대가…… 이상해."

어린 리녹의 말에 얼른 고개를 내렸다. 그의 말처럼 품 안에 안겨 있던 햐양이의 상태가 이상했다. 쌕쌕. 거친 숨을 토해내고 있었다.

"하양아?"

아기 늑대는 부름에 대답하지 못한 채로 쌔액 숨만 내쉬었다. 나는 그대로 벌떡 일어나 한 손에는 리녹의 손을 잡고 달렸다.

다행히도 바쁘다더니 저택에는 상주하고 있던 베이커를 만나 하양이를 내밀었다.

"베이커 씨, 이상해요. 하양이가! 아기 늑대가!"

"일단 진정하게. 진정해, 아가씨."

이미 로테도 함께 방 안에 들어온 참이었다. 베이커는 하양이를 건네받아 이전에 했던 것처럼 마법이 담긴 손을 가져갔다.

"으음. 이건……."

눈을 찡그린 베이커가 침음을 흘렸다.

"너무 염려할 필요는 없네. 마력 고갈로 인해서 탈진이 온 거니까."

"탈…… 진요?"

"그래. 왜, 애들이 바깥에서 오래 뛰어놀면 열이 오르지? 지혜열과 같은 거야. 어린 마법 생물 새끼들이 흔히 겪는 일이니 염려하지 않아도 되네."

베이커가 옅은 웃음을 지으며 내 어깨를 한번 토닥였다.

"내가 보기엔 아가씨가 아픈 사람 같구먼."

놀란 마음도 이해한다며 베이커가 나를 앉히고는 차를 내밀었다.

"에이미 만지지 마."

"아이고. 주인님. 저는 그저 위로 한번 해준 겁니다요."

작은 토닥임도 못 넘어가는 주인이라며 살짝 투덜거린 베이커가 내 맞은편에 앉았다.

"어쩌다 이렇게 된 건가?"

"아, 저랑 뭘 해보려다가……."

"흐음, 지난번 추측이 맞았나? 거 참 대단하군. 펜릴의 협조를 받다니 말이야."

나는 끄덕이지도 못하고 난감한 미소만 흘렸다. 사실 이 얘기를 전할 생각은 없었으나 하양이가 몸져누우며 어쩔 수 없이 설명하게 되었다.

"마법을 써보고 싶어서 연습하다 이렇게 되었네요……."

"원래 새끼들은 조절을 못 하는 법이네. 이러면서 성장하는 거지."

나는 눈을 내리게 했다는 말 대신 그렇게 전했다.

"일단 오늘은 내 방에 재워두고 가게나. 마석으로 도와줄 테니."

"네. 잘 부탁드려요."

나는 푹신한 쿠션에 옆으로 누운 하양이의 배를 가만히 쓰다듬었다. 어느새 눈을 뜬 하양이가 혀를 내밀어 나를 핥았다.

"하양아."

……끼잉.

"다 나으면 뭐든 해줄게."

그러자 하양이의 꼬리가 약하지만 살랑살랑 흔들렸다. 갯과는 충성스러운 동물이라 하지만 이럴 때마저 충성스러울 필요는 없잖아. 어쩜 자기 몸 하나 생각하지 않고 도와주냐고.

우습게도 그 모습에 나는 밤의 숲에서의 리녹을 떠올렸다. 피투성이가 되어서 언니를 구해냈던 리녹을.

베이커의 방을 나선 뒤 로테는 내게 오늘은 쉬라며 방으로 갈 것을 권했다. 놀랐을 텐데 괜찮으냐고 묻는 로테는 드물게 친절했다. 나는 힘없는 티를 내는 대신 웃어 보이며 오늘만 그리하기로 했다. 다른 날 같았으면 나를 붙잡았을 어린 리녹도 오늘만은 끄덕였다.

△

쉽사리 오지 않는 잠을 청해 가까스로 길게 이어진 낮잠에서 일어났을 때, 하늘은 이미 깜깜한 밤이었다. 저녁도 훌쩍 넘긴 건가?

"일어났나?"

눈을 비비는데, 나지막한 목소리가 귀로 달라붙었다.

"아, 대공님."

밤의 리녹이 침대 옆 작은 탁자에 기대어 있었다. 나를 본 그는 팔짱을 느리게 풀었다.

"……들었다."

성큼 다가온 녹스가 상체를 숙였다. 그는 길게 뻗은 손으로 내 머리를 살짝 넘겨주었다.

"네 펜릴이 아프다고?"

"대공님의 펜릴이시죠."

거, 말은 바로 합시다, 선생님.

아무리 잠에서 막 깼다지만 나는 지체 없이 정정해 주었다. 내 손을 아프지 않게 부여잡은 리녹이 순순히 고개를 끄덕였다.

"아, 네가 엄마고 난 아빠였지. 공동 육아가 맞다고 생각한다."

무슨 소리세요.

"……저는 엄마가 아니고, 대공님도 아빠가 아니고, 공동 육아도 아니에요. 대공님이랑 계약한 펜릴과의 약속이잖아요."

"정확하게는 선조이지."

"네. 초대 대공님요."

나는 어처구니없다는 시선으로 그를 보았다. 헛웃음이 튀어 나왔지만 덕분에 자기 전의 기분이 씻겨 내려가는 기분이었다.

"베이커에게 들었다. 펜릴은 내일 오후쯤에 말끔히 일어날 거라고 하더군."

"아…… 다행이네요."

정말로 다행이라는 생각과 함께 남아 있던 찌꺼기도 말끔히 사라진 것처럼 느껴졌다.

일부러 말해준 걸까? 내가 일어나길 기다려서? 손목 안쪽에 입을 맞추는 리녹을 보며, 나는 고개를 슬쩍 내렸다.

"그런데 하양이라고 안 불러주실 거예요?"

"늑대 새끼로 불러도 된다고 해준다면, 함께 써보도록 노력하겠다."

"……대공님은 정말 귀여운 걸 안 좋아하시는구나."

리녹이 무슨 소리냐는 듯 고개를 기울였다.

"귀여운 것도, 예쁜 것도 좋아한다고 생각하는데."

"네?"

리녹은 입술을 내리누른 상태에서 느릿하게 입술을 옮겼다. 팔의 여린 살 위로 입술이 연하게 찍혀 올라갔다.

"예쁘고 귀엽고. 모두 네가 다 하고 있지 않나."

……예? 예? 아니, 선생님. 깜빡이 좀 내재하실 생각 없으신가요. 세상에. 아무리 생각해도 맨정신으로 들을 소리가 아닌 것 같은데.

나는 침을 삼키며 얼른 머리를 돌렸다. 제발 얼굴이 빨개져 있지 않기를 바라며. 얼른 시간이 가라, 가라. 그렇게 비는 동안 리녹이 돌연 내 손을 놓고 몸을 바로 세웠다. 올라가는 리녹의 머리를 쫓아 시선을 들어 올리니, 리녹이 나를 붙잡았던 손을 그대로 내게 내밀었다.

"왜 그러세요?"

나는 영문을 몰라 에스코트하듯이 내민 그의 손을 멀거니 허공에 방치했다.

"에이미, 오늘 나와 함께 어디를 가줄 수 있겠나?"

"간다니요? 나간다구요?"

"그렇다."

적잖이 놀랐다. 그동안 줄곧 밤의 리녹과는 침실에서만 시간을 보냈는데, 나간다니 어디로? 물론, 망설임은 길지 않았다. 어쨌거나 그는 이 한 달에 충실할 거고 거기에 어울리기로 한 것이 조건이었다. 지금에 와서는 그 한 달에 대한 것도 흔들리고 있었지만. 나는 꾹 눌러 티를 내지 않았다.

리녹이 어렵지 않게 나를 일으켜 세운 것도 잠시, 나는 발밑이 붕 떠오르는 것을 느꼈다.

"저, 저희 어디 가요?"

"네가 말하지 않았나."

한 손으로 가볍게 나를 안아 올린 리녹이 대꾸했다.

"보편적인 유혹 방식 중에는 데이트 신청이 있다고."

"……언제 신청하셨어요?"

나 못 들은 것 같은데. 하지만 그는 의아한 시선을 받아넘기며 주머니에서 무언가를 꺼냈다.

"방금 손을 잡았지 않나?"

순진한 그의 표정에 나는 기가 막힌 얼굴을 숨기지 못했다.

……언제부터 데이트 신청이, 손 내미는 것이 된 건가요, 선생님.

그는 오늘도 셔츠만 대충 걸치고 있어서 맨살에 닿는 감촉이 몹시도 오묘하고 야릇했다. 어딜 가든 간에 일단 좀 내려주면 좋겠는데.

입술을 축일 때였다. 나는 그가 들어 올린 것을 보며 눈을 동그랗게 떴다.

"그건."

"구슬이지."

순간이동 구슬이었다. 우리 어딜 가냐고 묻기도 전에 리녹의 발밑으로 거대한 마법진이 그려졌다. 발밑에서 불어오는 강대한 바람을 이기지 못하고 리녹의 목에 얼굴을 묻었다. 눈을 꾹 감았다. 시야가 점멸한 것도 같았다.

"······눈 떠도 된다, 에이미."

눈을 떴을 때 우리는 더는 침실이 아니었다. 낯선 검은 나무를 바라보며 나는 눈을 비볐다.

"······저택에서는 순간이동 못 쓰는 것 아니었어요?"

"이건 쓸 수 있게 베이커가 만든 거다."

그런 게 가능하단 말이야? 베이커랑 더 친해져야 하나, 엉뚱한 생각을 하는데, 리녹이 나를 내려놓았다. 그는 내 어깨에 손을 올리고는 천천히 입술을 열었다.

"잠깐, 실례해도 되겠나?"

그러고는 살짝 움직였다.

"아······."

그제야 눈앞의 풍경이 그대로 들어왔다. 숲이었다. 밤의 숲처럼 나무가 **빽빽하게** 들어찬 곳이 아닌 한겨울이 가득한 겨울 숲. 앙상하지만 멋스럽게 휘어진 가지들 위로 눈송이가 이불처럼 쌓인다.

눈이 내렸다. 자작나무로 가득한 이곳에 달과 별을 관람자 삼아 소복소복 눈이 내리고 있었다.

"로테에게 듣기로 눈을 보고 싶다고 했더군. 전해 들었다."

나는 차마 입을 열지 못했다. 그건 어린 당신이 눈을 보지 못했기에 그저 맞춰준 것뿐이었는데······. 헛웃음이 터져 나왔다.

'하필 당신은 이런 타이밍에.'

그대로 고개를 들어 올린 나는 그대로 멈췄다. 달빛이 순식간에 웃음을 앗아갔다.

"눈을 좋아하나?"

마른 가지 사이로 비치는 달빛 아래서 은은한 빛을 받아 희게 빛나는 얼굴이 웃고 있었다. 새하얀 셔츠 아래 굴곡진 몸을 그대로 보이고서 나만을 바라보는 모습이 그림으로 그린 것처럼 아름다웠다. 차라리 신기루여서 이대로 사라졌으면 좋겠다 싶을 만큼.

모양 좋은 입술이 그리는 호선에 딸꾹질이 나올 것만 같았다.

"나는 눈을 좋아하지 않지만……."

리녹이 붙잡은 내 손을 들어 날숨을 불었다.

"네가 좋아한다면 나도 좋을 것 같다."

처음으로 보는 그의 미소 뒤로 함박웃음을 짓던 아이의 표정이 보이는 듯했다.

아. 그렇구나.

"에이미?"

나는 고개 숙여 아주 작게 웃음을 터트렸다. 갈팡질팡, 헤매고 모른 척하고 싶던 감정을 확신하고 말았다.

'당신이랑 헤어지기 싫어.'

나는 이미 오래전부터 이 생각을 하고 있던 거다.

[말 그대로 세상의 흐름이다. 인간들은 운명이라고 부르던가? 선지자는 유일하게 자유로운 자이며 바꿀 수 있다. 정해진 것을.]

아냐. 아니야.

[선지자는 변하게 할 수 있다. 흐름을 뒤바꾸고도 대가를 치르지 않는다. 네가 그 자리에 있는 게 나쁜가?]

응. 나쁘다. 내 선택이 끝내 리녹을 죽음에 이르게 한다면. 나는 죄책감으로 이후를 어찌 살아갈까.

이 저택은 언젠가 습격을 받고 리녹은 쑥대밭이 된 저택에서 폭주를 하게 된다. 죽을 위기를 거치고서야 이야기는 최종 막에 오른다. 마지막 싸움에.

눈앞을 가득 메우는 것은 내가 잊지 못했던 책 속의 구절이었다.

「리녹, 나는 당신을 사랑해서 비로소 이 고대 마법을 깊이 탐구할 수 있었어요. 나는 확신해요. 아마도 내가 당신을 사랑하지 않았다면 당신의 마법은 영영 풀리지 못했으리라고.」

이건 대마법사인 세레나만이 할 수 있었던 로맨틱한 대사였으나 지난 시간 내내 내게는 반드시 이곳을 비워 줘야 하는 이유가 되었다. 조금은 아쉽고 안쓰럽기도 했으며 길 잃은 아이처럼 어찌하면 좋을까 싶은 생각이 늘 문을 두드렸다. 지금도 확신하지 못하겠다.

"세상에 고대 비술이 사라진 지금. 그대는 노력한다면 유일하게 대마법사의 길에 오를 수 있는 특별한 사람이니까."

당신의 정적이 내게 실마리를 주었다. 하지만 그 노력이 결실을 맺기 전에 당신에게 폭주가 찾아온다면? 차라리 내게 당신을 확실하게 살릴 방법이 있었다면 이 순간에 할 답이 달랐을까?

"미안해요, 대공님. 어떡하죠?"

달빛 아래에서 나는 선명히 웃을 수 있었다.

"나는 눈을 좋아하지 않아요."

당신이 저 흰 눈보다 아름다워서 차마 눈에 들어오지 않노라고. 설경을 마다하며 나는 웃었다. 이제야 비로소 내가 어떻게 하면 될지 감이 잡혔다. 아니, 망설이는 척 모른 척하고 싶었던 건지도 모르지.

"생각해 봤는데, 대공님."

입김이 나오는데도 춥지 않은 건 대공저에서처럼 그가 뭔가를 했기 때문인가 보다.

"우리 내기가 대공님이 절 유혹하는 거라면요."

나는 리녹을 보며 다른 손으로 그의 손가락을 살짝 쥐었다.

"반대로 저는 대공님이 제게 질리시게끔 행동해야 하는 거였을까요?"

얼어붙었던 리녹의 입술이 천천히 열렸다.

"어떻게?"

"음, 어떻게라."

달빛을 반사하는 눈을 꼼꼼히 훑으며 고민에 잠겼다. 이내 비스듬히 머릴 기울이며 머리칼이 옆으로 흔들렸다.

"코라도 팠다면, 더러운 것을 거리낌 없이 먹었다면. 씻지도 않고 세상에서 가장 지독한 냄새를 풍겼다면."

울지 않았음에도 울음을 삼킨듯한 음성이 흘러나왔다.

"그랬다면 제게 질리셨을까요?"

목구멍 안쪽에서 흘러나온 말은 내 목소리 같지 않았다. 리녹의 표정이 조금 이상해진 것 같았으나 이내 그도 함께 진지해졌다.

그가 조심스럽게 내 손을 잡았다.

"……에이미, 코를 파는 걸 좋아하나?"

그건 왜 묻는 거지?

"더러운 것을 거리낌 없이 먹는 것은? 씻지 않는 것과 지독한 냄새는?"

나직하게 읊조리는 그의 목소리는 차분하고 진중하기만 했다.

"그건 왜……."

……코 파는 걸 좋아하냐는, 너무나 진지하게 중얼거린 음성에 도리어 진지함이 사라질 것 같아 입술에 힘을 주었다.

"아무튼 제가 대공님이 질릴 만한 행동을 한다면요?"

리녹은 조금 생각해 보더니 이내 덧붙였다.

"내게 왜 허락을 구하는지 알 수 없지만. 허락을 구하는 것이라면. 난 상관없다."

그는 고개를 숙이더니 나를 살짝 잡아당겼다. 허리로 단단한 팔이 휘감기고 불시에 귀로 잦아든 날숨에 척주가 바짝 조였다.

"너는 코를 파도 아름다울 거다."

……네? 나는 상황도 잊고 고개를 들었다.

"네가 먹은 더러운 것은 함께 먹는 내게는 좋은 식사가 되었을 것이고. 네게서 나는 냄새가 무엇이든 간에 내게는 향기였겠지."

아니. 아니……. 로맨틱한 대사긴 한데……. 그의 얼굴을 담는 순간 좀 울컥했다. 너무나 심금을 울리는 말인데, 왜 오묘하게 느껴지는 걸까. 이건 아무래도 시작부터 코를 판 예시를 든 사람을 족치는 게 맞는 것 같았다. 에이미. 죽자. 죽어.

"네가 뭘 하든 함께할 것이다."

내 속도 모르고 코를 파더라도 멋질 것 같은 미남이 입꼬리를 근사하게 끌어 올렸다.

한편으로 한구석을 깨는 듯한 이 한 마디가 폐부 깊은 곳을 찔렀다. 줄곧 어떻게든 보이지 않으려 안간힘을 쓰던 기저의 마음이었다. 그곳에는 낭패감이 고여 있었다.

나는 안일했다. 그저 이 한 달만 버티면, 기다리면 자연스럽게 우리 인연이 지나가리라고 생각했다. 내 마음은 전혀 고려하지 않은 채. 우리의 데이트 아닌 데이트는 거기서 끝이었다.

"어째서지?"

끝까지 괜찮다고 코에 손을 대도 된다고. 심지어 본인도 같이하겠다고 해준 그에게 고개를 저었다. 아, 글쎄, 선생님, 그런 의도가 아니었단 말입니다!

정 좀 떨어지라고 한 서글픈 소리를 그렇게 날름 주워 먹을 줄은 몰랐다고 할까. 침실로 돌아오자마자 흑역사를 갱신한 부끄러움을 이기지 못하고, 바로 자겠다, 냅다 침실로 뛰어갔지만.

"다친다, 에이미."

조심하라며 나를 들어 올려 침대에 눕혀준 그 덕에 잠을 이루지 못했음은 물론이다.

△

"조금 피로해 보이십니다."

다음 날 잠을 설친 내 몰골이 티가 나기는 한 듯 로테가 이리 말할 정도였다.

"잠을 설쳐서요."

그리 말하자 로테는 유심히 날 보면서도 더는 말하지 않았으나, 우리 완벽하신 각하와 대체 무슨 짓을 한 것이냐 하는 그의 속이 슬쩍 보이기는 했다.

……댁의 완벽하신 각하가 나한테 코 파도 된다고 했어. 알아?

차마 그리 말하지 못하고 고개를 절레절레 저었다.

"쉬지 않아도 괜찮습니까?"

"전 괜찮으니 안내 잘 부탁드려요."

"물론입니다."

태양이 아직 하늘에 떠 있는 시간, 오늘은 로테에게 산책을 부탁했다. 꼭 보고 싶은 정원이 있다고 했더니 그는 선뜻 안내해 주었다. 그와 걷는 동안 나는 생각에 잠겼다.

'하양이 열이 무사히 내렸다고 했지.'

베이커가 하양이를 보살피고 있으므로 마법 수업은 계속 중단된 상태였다. 그리고 베이커로부터 오늘 저녁쯤엔 아기 펜릴을 데려가도 된다고 연락을 받았다. 그럼 마법은 딱 오늘까지 쉰다.

낮 동안 나를 찾을 이는 이제 어린 리녹뿐이다. 어린 리녹에게도 잠시 나갔다 오겠다고 미리 말해두었으니, 해가 지기 전 두어 시간까진 괜찮을 터였다.

나는 어젯밤 설경과 그로 인해 마주한 내 마음을 계기로 뭐든 간에 행동에 옮기기로 했다. 지금부터 내가 하려는 건 아주 중요한 것을 바꿀지도 모를 일이었다.

"이곳입니다. 여기가 말씀하신 서쪽 정원입니다."

나는 꽃이 만발했으나 어딘가 싸늘한 바람이 부는 정원을 보며 고개를 끄덕였다. 로테는 잠시 후에 오겠다며 이름 모를 기사를 두고 사라졌다. 아마 기사는 감시 겸 보호자겠지. 감시자여도 상관없다. 도망을 가려는 게 아니니.

"……저게 서쪽 탑이로구나."

정원에서 멀지 않은 곳에 우뚝 선 탑이 있었다. 누구도 다가가지 못하게 높이 선 울타리가 차갑고 견고하게 보였다.

"좋아. 저 탑이란 말이지."

나는 방싯 웃으며 탑의 높이를 가늠했다. 이 탑은 어쩌면 내가 앞으로 어그러뜨릴 마지막 이야기가 될지도 모를 '조커'다. 열었을 때, 어느 숫자가 될지 모를 나의 패.

오늘은 제대로 움직여 볼 생각이었다. 그러니까 내가 관여해서 어그러진 원작을 바로잡는데 필요한 포석으로서.

리녹은 결핍된 사람이었다. 하지만 그 결핍의 원인이자 근원이 가슴에서 뽑힌다면? 당신은 여전히 그대로일까. 그럼에도 그대로라면…….

이건 내 마지막 보루를 걸고 하는 내기다.

서쪽 탑. 이곳엔 오직 외전을 읽은 이들만이 아는 리녹의 이야기가 숨겨져 있었다.

> 3권에서 계속

언니가 남자 주인공을 주워 왔다 2

초판 인쇄 2020년 4월 13일
초판 발행 2020년 4월 28일

지은이 문시현
펴낸이 최재호
펴낸곳 주식회사 에이템포미디어

편집 디자인 s:now* **표지 디자인** Limjae
교정 교열 에이템포미디어 출판부

등록번호 2019년 2월 27일 제 2019-000012호
주소 경기도 부천시 부천로 198번길 18, 202동 1101호(춘의동, 춘의테크노파크 2차)
전화 070-4100-0600

전자우편 atempo_media@naver.com
블로그 atempomedia.com
인스타그램 instagram.com/atempomedia_books
트위터 twitter.com/atempomedia

ISBN 979-11-6428-196-1